古文名篇鉴赏

卷二

王爽 主编

吉林出版集团有限责任公司

目 录

路温舒
　【尚德缓刑书】……………（229）
班 固
　【苏武传】…………………（231）
　【李陵传】…………………（236）
　【封燕然山铭并序】………（241）
张 衡
　【归田赋】…………………（243）
崔 瑗
　【座右铭】…………………（245）
赵 壹
　【刺世疾邪赋】……………（246）
蔡 邕
　【述行赋并序】……………（247）
　【郭泰碑】…………………（250）
孔 融
　【与曹操论盛孝章书】……（253）
祢 衡
　【鹦鹉赋并序】……………（255）
王 粲
　【登楼赋】…………………（257）
陈 琳
　【为袁绍檄豫州】…………（259）
曹 操
　【让县自明本志令】………（264）
　【祀故太尉桥玄文】………（268）
周 瑜
　【疾困与孙权笺】…………（269）
诸葛亮
　【前出师表】………………（270）
　【后出师表】………………（272）

曹 丕
　【典论·论文】……………（275）
　【与吴质书】………………（277）
　【出妇赋】…………………（279）
曹 植
　【洛神赋】…………………（280）
　【与杨德祖书】……………（282）
无名氏
　【曹瞒传】…………………（285）
阮 籍
　【大人先生传】……………（288）
嵇 康
　【与山巨源绝交书】………（298）
李 密
　【陈情表】…………………（301）
向 秀
　【思旧赋并序】……………（303）
刘 伶
　【酒德颂】…………………（305）
傅 玄
　【马钧传】…………………（306）
孙 楚
　【反金人铭】………………（309）
陈 寿
　【隆中对】…………………（310）
张 载
　【剑阁铭】…………………（312）
潘 岳
　【秋兴赋并序】……………（314）
　【闲居赋】…………………（316）
　【皇女诔】…………………（318）

左思
　【白发赋】……(319)
左芬
　【离思赋】……(321)
陆机
　【文赋】……(322)
　【《吊魏武帝文》序】……(328)
刘琨
　【答卢谌书】……(330)
鲁褒
　【钱神论】……(331)
木华
　【海赋】……(334)
王羲之
　【《兰亭集》序】……(338)
　【誓墓文】……(340)
孙绰
　【游天台山赋并序】……(341)
陶渊明
　【桃花源记】……(343)
　【五柳先生传】……(345)
　【归去来兮辞并序】……(346)
　【闲情赋并序】……(348)
　【自祭文】……(351)
颜延之
　【陶征士诔并序】……(353)
　【祭屈原文】……(357)
谢惠连
　【雪赋】……(358)
范晔
　【董宣传】……(360)
　【严光传】……(362)
　【中兴二十八将传论】……(364)
刘义庆
　【床头捉刀人】……(365)
　【王子猷雪夜访戴】……(366)
　【刘伶病酒】……(367)
　【石崇与王恺争豪】……(368)
　【张季鹰吊顾彦先】……(369)

【谢太傅泛海】……(370)
【温峤娶妇】……(371)
【桓南郡好猎】……(372)
【祖财阮屐】……(373)
袁淑
　【庐山公九锡文】……(374)
鲍照
　【芜城赋】……(375)
　【登大雷岸与妹书】……(377)
　【瓜步山楬文】……(382)
谢庄
　【月赋】……(383)
孔稚珪
　【北山移文】……(385)
谢朓
　【拜中军记室辞随王笺】……(388)
沈约
　【丽人赋】……(390)
江淹
　【恨赋】……(391)
　【别赋】……(393)
　【诣建平王上书】……(396)
任昉
　【与沈约书】……(398)
刘峻
　【广绝交论】……(399)
丘迟
　【与陈伯之书】……(403)
陶弘景
　【答谢中书书】……(406)
郦道元
　【三峡】……(407)
　【孟门山】……(408)
刘勰
　【情采】……(410)
　【物色】……(414)
吴均
　【与宋元思书】……(417)
　【与顾章书】……(419)

钟 嵘
　《诗品》序 …………………… (420)
刘令娴
　【祭夫徐敬业文】 …………… (424)
萧 统
　【《文选》序】 ………………… (426)
　【《陶渊明集》序】 …………… (428)
萧 纲
　【采莲赋】 ……………………… (430)
　【答张缵谢示集书】 ………… (431)
萧 绎
　【采莲赋】 ……………………… (432)
　【荡妇秋思赋】 ………………… (433)
颜之推
　【涉务】 ………………………… (434)

徐 陵
　【《玉台新咏》序】 …………… (436)
陈叔宝
　【夜亭度雁赋】 ………………… (438)
　【题江总所撰孙玚墓志铭后四十字】
　　……………………………… (439)
祖鸿勋
　【与阳休之书】 ………………… (440)
王 褒
　【与周弘让书】 ………………… (442)
庾 信
　【《哀江南赋》序】 …………… (443)
　【小园赋】 ……………………… (448)
　【枯树赋】 ……………………… (450)
　【春 赋】 ……………………… (454)
　【至仁山铭】 …………………… (456)

【尚德缓刑书】

路温舒

臣闻齐有无知之祸①，而桓公②以兴；晋有骊姬③之难，而文公用伯④。近世赵王⑤不终，诸吕作乱，而孝文⑥为大宗⑦。由是观之，祸乱之作，将以开圣人也。故桓、文扶微兴坏，尊文、武之业，泽加百姓，功润诸侯，虽不及三王⑧，天下归仁焉。文帝永思至德，以承天心，崇仁义，省刑罚，通关梁，一远近，敬贤如大宾，爱民如赤子，内恕情之所安，而施之于海内，是以圄圉⑨空虚，天下太平。夫继变化之后，必有异旧之恩，此贤圣所以昭天命也。往者，昭帝即世而无嗣，大臣忧戚⑩，焦心合谋，皆以昌邑尊亲，援⑪而立之。然天不授命，淫乱其心，遂以自亡。深察祸变之故，乃皇天之所以开至圣也。故大将军受命武帝，股肱⑫汉国，披⑬肝胆，决大计，黜亡义，立有德，辅天而行，然后宗庙以安，天下咸宁。

臣闻《春秋》正即位，大一统而慎始也。陛下初登至尊，与天合符，宜改前世之失⑭，正始受命之统，涤烦文，除民疾，存亡继绝，以应天意。

臣闻秦有十失，其一尚存，治狱之吏是也。秦之时，羞文学，好武勇，贱仁义之士，贵治狱⑮之吏。正言者谓之诽谤⑯，遏过者谓之妖言。故盛服先生⑰不用于世，忠良切言皆郁于胸，誉谀之声日满于耳，虚美熏心，实祸蔽塞。此乃秦之所以亡天下也。方今天下赖陛下恩厚，亡⑱金革之危，饥寒之患，父子夫妻戮力⑲安家，然太平未洽者，狱乱之也。夫狱者，天下之大命也，死者不可复生，绝者不可复属⑳。《书》曰："与其杀不辜，宁失不经。"今治狱吏则不然，上下相殴，以刻为明。深者获公名，平者多后患。故治狱之吏皆欲人死，非憎人也，自安之道在人之死。是以死人之血流离于市，被刑之徒比肩而立，大辟㉑之计岁以万数，此仁圣之所以伤也。太平之未洽，凡以此也。夫人情安则乐生，痛则思死。棰楚㉒之下，何求而不得？故囚人不胜痛，则饰辞以视㉓之；吏治者利其然，则指道以明之。上奏畏却，则锻练而周内㉔之。盖奏当之成，虽咎繇㉕听之，犹以为死有余辜。何则？成练者众，文致之罪㉖明也。是以狱吏专为深刻㉗，残贼而亡极，偷㉘为一切，不顾国患，此世之大贼也。故俗语曰："画地为狱，议不入。刻木为吏，期不对。"此皆疾吏之风，悲痛之辞也。故天下之患，莫深于狱，败法乱正，离亲塞道，莫甚乎治狱之吏。此所谓一尚存者也。

臣闻乌鸢㉙之卵不毁，而后凤凰集；诽谤之罪不诛，而后良言进。故古人有言："山薮藏疾，川泽纳污，瑾瑜匿恶，国君含垢。"唯陛下除诽谤以招切言，开天下之口，广箴谏之路，扫亡秦之失，尊文、武之德，省法制，宽刑罚，以废治狱，则太平之风，可兴于世。永履和乐，与天亡极，天下幸甚。

【注释】

①无知之祸：指春秋时齐国人公孙无知杀齐襄公自立之事。　②桓公：即齐桓公姜小白，春秋五霸之一。　③骊姬：春秋时晋献公的宠妃。　④文公：即晋文公重耳，春秋五霸之一。伯：通"霸"。　⑤赵王：即刘邦之子赵王如意。　⑥孝文：汉文帝的谥号。　⑦太宗：汉帝的庙号。　⑧三王：指夏禹、商汤、周文王。　⑨圜圄：监狱。　⑩戚：忧愁。　⑪援：引进。　⑫股肱：辅佐。　⑬披：披露。"臣闻《春秋》正即位，大一统而慎始也。陛下初登至尊，与天合符，宜改前世之失，正始受命之统，涤烦文，除民疾，存亡继绝，以应天意。　⑭失：过去。　⑮治狱：管理，监狱。　⑯诽谤：语言攻击，无中生有。　⑰盛服先生：尽忠于国事的大臣。　⑱亡：通"无"。　⑲戮力：合力。　⑳属：连续。　㉑大辟：死刑。　㉒棰楚：杖刑的通称。棰，木杖。楚，荆条鞭子。　㉓视：通"示"招供。　㉔内：通"纳"，使陷入。　㉕咎繇（gāo yáo）：即皋陶，音 gāo yáo，相传是舜时掌管刑法的官吏。　㉖文致之罪：玩弄法律条文而构成的罪行。　㉗深刻：苛刻严峻。　㉘偷：通"偷"，苟且。　㉙乌鸢：乌鸦和鹞鹰。

【赏析】

路温舒，西汉著名的司法官。字长君，西汉巨鹿（今河北平乡）人。出身贫寒，其父为乡间小吏里门监。幼时，其父让温舒牧羊，路温舒便拿湖泽中的蒲叶练习写字。他信奉儒家学说。起初学习律令，当过县狱吏、郡决曹史；后来又学习《春秋》经义，举孝廉，当过廷尉奏曹掾、守廷尉史、郡太守等职。宣帝时，他做临淮太守，深受百姓欢迎。

这封上书写于汉宣帝刘询即位之初。主旨是劝宣帝广开言路，崇尚道德教化，重用治狱官吏的政策，主张"尚德缓刑"，"省法制，宽刑罚"，让老百姓生活在一个比较宽松的社会环境中。文中指出："夫狱者，天下之大命也"，秦朝灭亡的一个重要原因，就是对老百姓实行严刑苛法，汉承袭秦朝这一弊政，必须改革。他还反对刑讯逼供，认为刑讯迫使罪犯编造假供，给狱吏枉法定罪开了方便之门。他在奏疏中还提出废除诽谤罪，以便广开言路。他把司法问题提到关系国家存亡的高度。由于路温舒是狱吏出身，所以对前代和当朝在司法刑狱方面存在的种种弊端了如指掌，他把狱吏为保全自己而草菅人命的心理活动，刻画得入木三分，对人们了解封建社会刑法和监狱的黑暗，很有帮助。文章写得"辞顺而意笃"（《汉书·路温舒传赞》），所以刘询读后非常欣赏他的才气，立即提升他为广阳私府长。

【苏武传】

班　固

　　武字子卿，少以父任①，兄弟并为郎，稍迁至栘中厩监②。时汉连③伐胡，数通使相窥观。匈奴留汉使郭吉、路充国等前后十馀辈。匈奴使来，汉亦留之以相当。

　　天汉元年，且鞮侯单于初立，恐汉袭之，乃曰："汉天子，我丈人行也。"尽归汉使路充国等。武帝嘉④其义，乃遣武以中郎将使持节送匈奴使留在汉者；因厚赂单于，答其善意。武与副中郎将张胜及假吏常惠等，募士、斥候百馀人俱⑤。既至匈奴，置币遗⑥单于。单于益骄，非汉所望⑦也。

　　方欲发使送武等，会⑧缑王与长水虞常等谋反匈奴中——缑王者，昆邪王姊子也，与昆邪王俱降汉，后随浞野侯没胡中——及卫律所将降者，阴相与谋⑨劫单于母阏氏归汉。会武等至匈奴，虞常在汉时，素与副张胜相知，私候胜曰："闻汉天子甚怨卫律，常能为汉伏弩射杀之。吾母与弟在汉，幸蒙其赏赐。"张胜许之，以货物与常。

　　后月馀，单于出猎，独阏氏、子弟在。虞常等七十馀人欲发，其一人夜亡⑩，告之。单于子弟发兵与战，缑王等皆死，虞常生得。单于使卫律治其事。张胜闻之，恐前语发，以状语武⑪。武曰："事如此，此必及我。见犯乃死，重负国⑫！"欲自杀，胜、惠共止之。虞常果引张胜。单于怒，召诸贵人议，欲杀汉使者。左伊秩訾曰："即谋单于，何以复加？宜皆降之。"单于使卫律召武受辞，武谓惠等："屈节辱命，虽生，何面目以归汉！"引佩刀自刺。卫律惊，自抱持武，驰召医⑬。凿地为坎，置煴火，覆武其上，蹈其背以出血⑭。武气绝，半日复息⑮。惠等哭，舆归营。单于壮其节⑯，朝夕遣人候问武，而收系张胜。

武益愈⑰，单于使使晓武，会论虞常，欲因此时降武⑱。剑斩虞常已，律曰："汉使张胜谋杀单于近臣，当死。单于募降者赦罪。"举剑欲击之，胜请降。律谓武曰："副有罪，当相坐⑲。"武曰："本无谋，又非亲属，何谓相坐？"复举剑拟之，武不动。律曰："苏君！律前负汉归匈奴，幸蒙大恩，赐号称王，拥众数万，马畜弥山，富贵如此。苏君今日降，明日复然。空以身膏草野⑳，谁复知之！"武不应。律曰："君因我降，与君为兄弟，今不听吾计，后虽欲复见我，尚可得乎！"

武骂律曰："女为人臣子，不顾恩义，畔㉑主背亲，为降虏于蛮夷，何以女为见！且单于信女，使决人死生，不平心持正，反欲斗两主，观祸败！南越杀汉使者，屠为九郡；宛王杀汉使者，头县北阙㉒；朝鲜杀汉使者，即时诛灭。独匈奴未耳！若知我不降明，欲令两国相攻。匈奴之祸，从我始矣！"律知武终不可胁，白㉓单于。单于愈益欲降之，乃幽㉔武，置大窖中，绝不饮食。天雨雪，武卧啮雪，与旃毛并咽之，数日不死。匈奴以为神，乃徙武北海上无人处，使牧羝㉕，羝乳乃得归㉖。别其官属常惠等，各置他所。

武既至海上，廪食不至㉗，掘野鼠、去草实而食之。杖汉节牧羊，卧起操持㉘，节旄尽落。积五六年，单于弟於靬王弋射海上。武能网纺缴，檠弓弩㉙，於靬王爱之，给其衣食。三岁余，王病，赐武马畜、服匿、穹庐㉚。王死，后人众徙去。其冬，丁令盗武牛羊，武复穷厄。

初，武与李陵俱为侍中。武使匈奴明年，陵降，不敢求武。久之，单于使陵至海上，为武置酒设乐。因谓武曰："单于闻陵与子卿素厚，故使陵来说。足下虚心欲相待，终不得归汉，空自苦亡人之地㉛，信义安所见乎？前长君为奉车㉜，从至雍棫阳宫，扶辇下除㉝，触柱折辕，劾大不敬，伏剑自刎，赐钱二百万以葬。孺卿㉞从祠河东后土，宦骑与黄门驸马争船，推堕驸马河中，溺死，宦骑亡；诏使孺卿逐捕，不得，惶恐饮药而死。来时，太夫人已不幸，陵送葬至阳陵。子卿妇年少，闻已更嫁矣。独有女弟二人，两女一男，今复十余年，存亡不可知。

人生如朝露，何久自苦如此！陵始降时，忽忽如狂㉟，自痛负汉，加以老母系保宫㊱，子卿不欲降，何以过㊲陵！且陛下春秋高，法令亡常㊳，大臣亡罪㊴夷灭者数十家，安危不可知，子卿尚复谁为乎？愿听陵计，勿复有云！"

武曰："武父子亡功德，皆为陛下所成就，位列将，爵通侯，兄弟亲近，常愿肝脑涂地。今得杀身自效，虽蒙斧钺汤镬，诚甘乐之㊵。臣事君，犹子事父也；子为父死，亡所恨。愿勿复再言！"

陵与武饮数日，复曰："子卿壹听陵言。"武曰："自分㊶已死久矣！王必欲降武，请毕今日之驩，效死于前！"陵见其至诚，喟然叹曰："嗟乎，义士！陵与卫律之罪，上通于天！"因泣下沾衿，与武决去。陵恶自赐武㊷，使其妻赐武牛羊数十头。

后陵复至北海上，语武："区脱捕得云中生口㊸，言太守以下吏民皆白服㊹，曰上崩。"武闻之，南乡号哭，欧血，旦夕临数月。

昭帝即位数年，匈奴与汉和亲。汉求武等，匈奴诡言㊺武死。后汉使复至匈奴，常惠请其守者与俱，得夜见汉使，具自陈道。教使者谓单于，言天子射上林中，得雁，足有系帛书，言武等在某泽中。使者大喜，如惠语以让单于㊻。单于视左右而惊，谢汉使曰："武等实在。"于是李陵置酒贺武曰："今足下还归，扬名于匈奴，功显于汉室。虽古竹帛所载，丹青所画，何以过子卿！陵虽驽怯，令汉且贳㊼陵罪，全其老母，使得奋大辱之积志，庶几乎曹柯之盟，此陵宿昔之所不忘也！收族陵家，为世大戮㊽，陵尚复何顾乎？已矣，令子卿知吾心耳！异域之人，壹别长绝！"陵起舞，歌曰："径万里兮度沙幕，为君将兮奋匈奴。路穷绝兮矢刃摧，士众灭兮名已隤。老母已死，虽欲报恩将安归！"陵泣下数行，因与武决。单于召会武官属，前已降及物故，凡随武还者九人。

武以始元六年春至京师。诏武奉一太牢㊾谒武帝园庙。拜为典属国，秩中二千石；赐钱二百万，公田二顷，宅一区。常惠、徐圣、赵终根皆拜为中郎，赐帛各二百匹。其余六人老，归家，赐钱人十万，复终身。常惠后至右将军，封列侯，自有传。武留匈奴凡十九岁，始以强壮出，及还，须发尽白。

武来归明年，上官桀、子安与桑弘羊及燕王、盖主谋反。

武子男元与安有谋，坐死(50)。初，桀、安与大将军霍光争权，数疏光过失予燕王，令上书告之。又言苏武使(51)匈奴二十年，不降，还，乃为典属国。大将军长史无功劳，为搜粟都尉，光颛权自恣。及燕王等反诛，穷治党与。武素与桀、弘羊有旧，数为燕王所讼，子又在谋中，廷尉奏请逮捕武。霍光寝其奏，免武官。

数年，昭帝崩。武以故二千石与计谋立宣帝，赐爵关内侯，食邑三百户。久之，卫将军张安世荐武明习故事，奉使不辱命，先帝以为遗言。宣帝即时召武待诏宦者署，数进见，复为右曹典属国。以(52)武著节老臣，令朝朔望，号称祭酒，甚优宠之。武所得赏赐，尽以施予昆弟、故人，家不馀财。皇后父平恩侯、帝舅平昌侯、乐昌侯、车骑将军韩增、丞相魏相、御使大夫丙吉，皆敬重武。

武年老，子前坐事(53)死，上闵(54)之。问左右："武在匈奴久，岂有子乎？"武因平恩侯自白："前发匈奴时，胡妇适产一子通国，有声问来，愿因使者致金帛赎之。"上许焉。后通国随使者至，上以为郎。又以武弟子为右曹。武年八十馀，神爵二年病卒。

甘露三年，单于始入朝。上思股肱之美(55)乃图画其人于麒麟阁，法其形貌，署其官爵、姓名。唯霍光不名，曰"大司马大将军博陆侯，姓霍氏"；次曰"卫将军富平侯张安世"；次曰"车骑将军龙额侯韩增"；次曰"后将军营平侯赵充国"；次曰"丞相高平侯魏相"；次曰"丞相博阳侯丙吉"；次曰"御史大夫建平侯杜延年"；次曰"宗正阳城侯刘德"；次曰"少府梁丘贺"；次曰"太子太傅萧望之"；次曰"典属国苏武"。皆有功德，知名当世，是以表而扬之，明著中兴辅佐，列于方叔、召虎、仲山甫焉。凡十一人，皆有传。自丞相黄霸、廷尉于定国、大司农朱邑、京兆尹张敞、右扶风尹翁归及儒者夏侯胜等，皆以善终，著名宣帝之世，然不得列于名臣之图，以此知其选矣。

赞曰：李将军恂恂(56)如鄙人，口不能出辞，及死之日，天下知与不知皆为流涕，彼其中心诚信于士大夫也。谚曰："桃李不言，下自成蹊(57)。"此言虽小，可以喻大。然三代之将，道家所忌，自广至陵，遂亡其宗，哀哉！孔子称："志士仁人，有杀身以成仁，无求生以害仁"，"使于四方，不辱君命。"苏武有之矣。

【注释】

①少以父任:年轻时凭借父亲的职位而做官。 ②稍:逐渐。栘中厩监:栘园中管马厩的官。 ③连:不断。 ④嘉:赞赏。 ⑤俱:一起。 ⑥遗:赠送。 ⑦望:期望。 ⑧会:适逢,正好遇上。 ⑨阴相与谋:暗中策划。 ⑩亡:逃跑。 ⑪以状语武:把事情经过告诉苏武。 ⑫见犯乃死,重负国:受到侮辱才去死,更对不起国家。 ⑬毉:医生。 ⑭凿地为坎,置煴火,覆武其上,蹈其背以出血:医生在地上挖一个坑,在坑中点燃微火,然后把苏武脸朝下放在坑上,轻轻地敲打他的背部,让淤血流出来。 ⑮复息:又有了气息。 ⑯节:节操。 ⑰益愈:伤势逐渐好了。 ⑱降武:使苏武投降。 ⑲相坐:连坐,牵连。 ⑳空以身膏草野:白白地用身体给草地做肥料。指死的委婉说法。 ㉑畔:背叛。 ㉒县:通"悬"。北阙:宫殿的北门。 ㉓白:告诉。 ㉔幽:囚禁。 ㉕羝:公羊。 ㉖羝乳乃得归:公羊生了小羊才得归汉。 ㉗廪食不至:粮食运不到。 ㉘卧起操持:睡觉、起来都拿着。 ㉙网纺缴,檠弓弩:编结打猎的网,矫正弓弩。 ㉚服匿:盛酒酪的瓦器。穹庐:圆顶的毡帐篷。 ㉛空自苦亡人之地:白白地在荒无人烟的地方受苦。 ㉜长君:苏武的哥哥。奉车:奉车都尉。 ㉝除:台阶。 ㉞孺卿:苏武的弟弟。 ㉟忽忽如狂:终日若有所失,几乎发狂。 ㊱系保官:拘禁在保官。 ㊲过:超过。 ㊳法令亡常:法令随时变更。 ㊴亡罪:无罪。 ㊵虽蒙斧钺汤镬,诚甘乐之:即使受到斧钺和汤镬这样的极刑,我也心甘情愿。 ㊶自分:自认为 ㊷恶自赐武:不好意思亲自赐苏武东西。 ㊸云中生口:云中郡的俘虏。 ㊹白服:穿上白色的丧服。 ㊺诡言:说谎。 ㊻如惠语以让单于:按照常惠所教的话去责备单于。 ㊼贳:宽恕。 ㊽收族陵家,为世大戮:逮捕杀我的全家,成为当世的奇耻大辱。 ㊾太牢:祭品。 ㊿坐死:受牵连而死。 51使:出使。 52以:因为。 53坐事:因事获罪。 54闵:同"悯",怜恤,哀伤。 55股肱之美:股指大腿,肱指胳膊。用来比喻左右辅助之臣。 56恂恂:恭谨温顺的样子。 57桃李不言,下自成蹊:原意是桃树不招引人,但因它有花和果实,人们在它下面走来走去,走成了一条小路。比喻人只要真诚、忠实,就能感动别人。

【赏析】

本文是《汉书》中最出色的名篇之一,它记述了苏武出使匈奴,面对威胁利诱坚守节操,历尽艰辛而不辱使命的事迹,生动刻画了一个"富贵不能淫,威武不能屈"的爱国志士的光辉形象。作者采用写人物传记经常运用的纵式结构来组织文章,以顺叙为主,适当运用插叙的方法,依时间的先后进行叙述,脉络清晰,故事完整。

本文在写作上很有特点,主要体现在以典型环境和细节描写表现人物特征。苏武留胡十九年,经历坎坷曲折,汉与匈奴的关系错综复杂。作者抓住苏武经历中的关键之处,运用典型环境和细节描写,使苏武这个人物跃然纸上。这些典型环境,把苏武这个人物推到了矛盾斗争的风口浪尖上,让人物一展风采。作者又通过一些细节描写,表现了苏武不屈的民族气节。如苏武自刺一节,被置于地坎温火之上,"蹈背出血,气绝复苏",充满悲壮色彩。而周围人的反应是"卫律惊,自抱持武"、"惠等哭,舆归营"、"单于壮其节"。这一惊、一哭、一壮的细节描写充分衬托出苏武的铮铮铁骨及高尚情操。文章语言千锤百炼,俭省精净,刻画人物入骨三分,将史家笔法与文学语言较好地结合起来。另外,为了突出表现苏武的民族气节,文中着重写了几个叛徒,与苏武形成鲜明对比:先写张胜的见利忘义、丧失骨气,衬托了苏武的深明大义和富于骨气;张胜的遇事束手无策,对国家不负责任,衬托了苏武的临事不惧、对国家高度负责。其次,作者暴露了卫律卖国求荣的可鄙的内心世界,这就更加突出了苏武的崇高的民族气节。他们都在匈奴的威势面前丧失了民族气节,拜倒在敌人脚下。唯独苏武大义凛然,为了民族尊严和汉王朝的利益,宁死不屈。作者为我们塑造了一个丰满的、动人的、高大的民族英雄形象。另外,此文的语言流畅,用词精炼,情节引人入胜,对后世的散文和小说的写作都有很大影响。

【李陵传】

班 固

　　陵字少卿,少为侍中建章监①。善骑射,爱人,谦让下士,甚得名誉。武帝以为有广之风,使将八百骑,深入匈奴二千馀里,过居延②视地形,不见虏,还。拜为骑都尉③,将勇敢五千人,教射酒泉、张掖④以备胡。数年,汉遣贰师将军伐大宛⑤,使陵将五校⑥兵随后。行至塞,会贰师还。上赐陵书,陵留吏士,与轻骑五百出敦煌,至盐水⑦,迎贰师还,复留屯张掖。
　　天汉二年⑧,贰师将三万骑出酒泉,击右贤王于天山。召陵,欲使为贰师将辎重⑨。陵召见武台⑩,叩头自请曰:"臣所将屯边者,皆荆楚勇士奇材剑客也,力扼虎,射命中,愿得自当一队,到兰干山南以分单于兵,毋令专乡贰师军。"上曰:"将恶⑪相属邪!吾发军多,毋骑予女。"
　　陵对:"无所事骑⑫,臣愿以少击众,步兵五千人涉⑬单于庭。"上壮而许之,因诏强弩都尉路博德⑭将兵半道迎陵军。博德故伏波将军,亦羞为陵后距⑮,奏言:"方秋匈奴马肥,未可与战,臣愿留陵至春,俱将酒泉、张掖骑各五千人并击东西浚稽⑯,可必禽也。"书奏,上怒,疑陵悔不欲出而教博德上书,乃诏博德:"吾欲予李陵骑,云'欲以少击众'。今虏入西河⑰,其引兵走西河,遮钩营⑱之道。"诏陵:"以九月发,出遮虏鄣⑲,至东浚稽山南龙勒水⑳上,徘徊观虏,即亡所见,从浞野侯赵破奴㉑故道抵受降城休士，因骑置以闻。所与博德言者云何？具以书对。"陵于是将其步卒五千人出居延，北行三十日，至浚稽山止营，举图所过山川地形，使麾下骑陈步乐还以闻。步乐召见，道陵将率得士死力，上甚说，拜步乐为郎。

陵至浚稽山，与单于相直，骑可㉒三万围陵军。军居两山间，以大车为营。陵引㉓士出营外为陈，前行持戟盾，后行持弓弩，令曰："闻鼓声而纵，闻金声而止。"虏见汉军少，直前就营。陵搏战攻之，千弩俱发，应弦而倒。虏还走上山，汉军追击，杀数千人。单于大惊，召左右地兵八万余骑攻陵。陵且战且引，南行数日，抵山谷中。连战，士卒中矢伤，三创㉔者载辇，两创者将车，一创者持兵战。陵曰："吾士气少衰而鼓不起者，何也？军中岂有女子乎㉕？"始军出时，关东群盗妻子徙边者随军为卒妻妇，大匿车中。陵搜得，皆剑斩之。明日复战，斩首三千余级。引兵东南，循故龙城㉖道行，四五日，抵大泽葭苇中，虏从上风纵火，陵亦令军中纵火以自救。南行至山下，单于在南山上，使其子将骑击陵。陵军步斗树木间，复杀数千人，因发连弩射单于，单于下走。是日捕得虏，言"单于曰：'此汉精兵，击之不能下，日夜引吾南近塞，得毋有伏兵乎？'诸当户君长㉗皆言'单于自将数万骑击汉数千人不能灭，后无以复使边臣，令汉益轻匈奴。复力战山谷间，尚㉘四五十里得平地，不能破，乃还。'"

是时陵军益急，匈奴骑多，战一日数十合，复伤杀虏二千余人。虏不利，欲去，会陵军候管敢为校尉所辱，亡降匈奴，具言："陵军无后救，射矢且尽，独将军麾下及成安侯㉙校各八百人为前行，以黄与白为帜，当使精骑射之即破矣。"成安侯者，颍川人，父韩千秋，故济南相㉚，奋击南越㉛战死，武帝封子延年为侯，以校尉随陵。单于得敢大喜，使骑并攻汉军，疾呼曰："李陵、韩延年趣降！"遂遮道急攻陵。陵居谷中，虏在山上，四面射，矢如雨下。汉军南行，未至鞮汗山㉜，一日五十万矢皆尽㉝，即弃车去。士尚三千余人，徒斩车辐而持之，军吏持尺刀，抵山入狭谷。单于遮其后，乘隅下垒石，士卒多死，不得行。昏后，陵便衣独步出营，止左右："毋随我，丈夫一取㉞单于耳！"良久，陵还，大息曰："兵败，死矣！"军吏或曰："将军威震匈奴，天命不遂，后求道径还归，如浞野侯为虏所得，后亡还，天子客遇之，况于将军乎！"陵曰："公止！吾不死，非壮士也！"于是尽斩旌旗，及珍宝㉟埋地中，陵叹曰："复得数十矢，足以脱矣。今无兵复战，天明坐受缚矣！各鸟兽散，犹有得脱归报天子者。"令军士人持二升糒，一判冰，期㊱至遮虏鄣者相待。夜半时，击鼓起士，鼓不鸣。陵与韩延年俱上马，壮士从者十馀人。虏骑数千追之，韩延年战死。陵曰："无面目报陛下！"遂降。军人分散，脱至塞者四百馀人。

陵败处去塞百馀里，边塞以闻。上欲陵死战，召陵母及妇，使相者视之，无死丧色。后闻陵降，上怒甚，责问陈步乐，步乐自杀。群臣皆罪陵，上以问太史令司马迁㊲，迁盛言："陵事亲孝，与士信，常奋不顾身以殉国家之急。其素所畜积㊳也，有国士之风。今举事一不幸，全躯保妻子之臣随而媒蘖㊴其短，诚可痛也！且陵提步卒不满五千，深輮戎马之地，抑数万之师，虏救死扶伤不暇，悉举引弓之民共攻围之。转斗千里，矢尽道穷，士张空拳㊵，冒白刃，北首㊶争死敌，得人之死力，虽古名将不过也。身虽陷败，然其所摧败亦足暴于天下。彼之不死，宜欲得当以报汉也。"初，上遣贰师大军出，财令陵为助兵，及陵与单于相值，而贰师功少。上以迁诬罔㊷，欲沮㊸贰师，为陵游说，下迁腐刑㊹。

久之，上悔陵无救，曰："陵当发出塞，乃诏强弩都尉令迎军。坐㊺预诏之，得令老将生奸诈㊻。"乃遣使劳赐陵馀军得脱者。

陵在匈奴岁馀，上遣因杅将军公孙敖将兵深入匈奴迎陵。敖军无功还，曰："捕得生口㊼，言李陵教单于为兵以备汉军，故臣无所得。"上闻，于是族陵家，母弟㊽妻子皆伏诛。陇西士大夫以李氏为愧㊾。其后，汉遣使使匈奴，陵谓使者曰："吾为汉将步卒五千人横行匈奴，以亡救而败，何负于汉而诛吾家？"使者曰："汉闻李少卿教匈奴为兵。"陵曰："乃李绪，非我也。"李绪本汉塞外都尉，居奚侯城㊿，匈奴攻之，绪降，而单于客遇绪，常坐陵上。陵痛其家以李绪而诛，使人刺杀绪。大阏氏㉑欲杀陵，单于匿之北方，大阏氏死乃还。

单于壮陵，以女妻㉒之，立为右校王，卫律为丁灵㉓王，皆贵用事。卫律者，父本长水胡人。律生长汉，善协律都尉㉔李延年，延年荐言律使匈奴。使还，会延年家收，律惧并诛，亡还降匈奴。匈奴爱之，常在单于左右。陵居外，有大事，乃入议。

昭帝立，大将军霍光、左将军上官桀㊺辅政，素与陵善，遣陵故人陇西任立政等三人俱至匈奴招陵。立政等至，单于置酒赐汉使者，李陵、卫律皆侍坐。立政等见陵，未得私语，即目视陵，而数数自循其刀环㊻，握其足㊼，阴谕之，言可还归汉也。后陵、律持牛酒劳汉使，博饮㊽，两人皆胡服椎结㊾。立政大言曰："汉已大赦，中国安乐，主上富于春秋㊿，霍子孟、上官少叔用事。"以此言微动之。陵默不应，孰视而自循其发，答曰："吾已胡服矣！"有顷，律起更衣，立政曰："咄，少卿良苦！霍子孟、上官少叔谢汝㉛。"陵曰："霍与上官无恙乎？"立政曰："请少卿来归故乡，毋忧富贵。"陵字立政曰："少公㉜，归易耳，恐再辱，奈何！"语未卒，卫律还，颇闻余语，曰："李少卿贤者，不独居一国。范蠡遍游天下，由余㉝去戎入秦，今何语之亲也！"因罢去。立政随谓陵曰："亦有意乎？"陵曰："丈夫不能再辱。"

陵在匈奴二十余年，元平元年㉞病死。

【注释】

①侍中：官名。侍从皇帝，出入应对。这里是建章监的加官。建章监：建章宫守卫营的长官。　②居延：泽名。又名居延泽，在今内蒙古额济纳旗东。　③骑都尉：在边郡掌管骑兵训练的长官　④酒泉：郡名。治禄福（今甘肃酒泉）。张掖：郡名。治得（在今甘肃张掖西北）。　⑤贰师将军：指李广利。大宛（yuān）：西域国名。在今苏联吉尔吉斯共和国境。　⑥校：汉军队编制，一校七百人。　⑦盐水：地名，在今新疆吐鲁蕃东。　⑧天汉二年：公元前99年。　⑨辎（zī）重：这里指输送物资的运输部队。　⑩武台：殿名。在未央宫内。　⑪恶（wù）：不愿，羞耻之意。　⑫无所事骑：不必要骑兵。　⑬涉：到达之意。　⑭路博德：汉将，曾为伏波将军。　⑮拒：捍拒之义。　⑯浚（jùn）稽：山名。在今蒙古西南部戈壁阿尔泰山脉。　⑰西河：古时称西部地区南北流向的黄河为"西河"，这里指今宁夏与内蒙古间自南而北的一段。　⑱钧营：地名。具体地点不明。　⑲遮虏鄣：障名，在今内蒙额济纳境，汉武帝时所筑。　⑳龙勒水：在今蒙古杭爱山脉东南。　㉑赵破奴：汉将，封为浞野侯。受降城：在今内蒙古白云鄂博西南。　㉒可：大约。　㉓引：退。　㉔创（chuāng）：创口，伤处。　㉕军中女子：古时军中有女子，则有士气不扬之说。　㉖龙城：又称龙庭，为匈奴祭天之处。汉初龙城在今内蒙古乌兰察布盟阴山一带，元狩四年后北迁到今蒙古乌兰巴托。故龙城，指元狩四年前的龙城。　㉗当户、君长：泛指匈奴大小各部的首领。　㉘尚：庶几；差不多。　㉙成安侯：指韩

延年。 ㉚故济南相：往昔的济南王国相。 ㉛南越：国名。在今两广及越南一带。元鼎六年始改设九郡。 ㉜未至鞮汗山一日：言李陵距离鞮汗山仅一日之程。鞮（dī）汗山：在今蒙古南部。 ㉝五十万矢皆尽：言李陵部所带五十万矢全部用完。 ㉞一取：言一身独取。 ㉟珍宝：这里指将军所用器具、衣物等。 ㊱判（pàn）：大片。期：希望。 ㊲太史令：官名。掌天文历法等，属太常。司马迁：即《史记》的作者，本书有其传。 ㊳蓄积：平素修养之意。 ㊴媒蘖（niè）：媒，酒母；蘖，曲。媒蘖，酝酿之意。比喻构陷害人以罪。 ㊵空弮：言有弓无箭。 ㊶北首：北向。 ㊷诬罔：诬陷欺骗。 ㊸沮（jǔ）：暗讥之意。 ㊹腐刑：又称官刑，割去生殖器。 ㊺坐：犯错。 ㊻老将生奸诈：指路博德羞为李陵后拒，而生诈上奏，致使李陵失救。 ㊼生口：活人，指俘虏。 ㊽弟：疑是衍文，李陵是遗腹子，不当有弟。 ㊾以李氏为愧：耻李陵不能死节。 ㊿奚侯城：未详何地，可能在边塞。 ㉛大阏氏：匈奴单于之母。 ㉜妻（qì）：嫁。 ㉝丁灵：又称丁令、丁零。活动于今苏联贝加尔湖一带。 ㉞协律都尉：官名。掌制乐律。李延年：中山人，汉武帝时音乐家。 ㉟霍光：字子孟，本书有其传。上官桀：上官，复姓；名上官桀，字少叔。上邽人。曾与霍光共辅昭帝，后被诛。 ㊱循：抚摸。环：与"还"谐音。 ㊲足：隐喻"走"。"环"与"足"连起来的隐语是：还走。 ㊳博饮：以博为戏，论输赢饮酒。 ㊴椎结：头顶约束发如椎，故称椎结，又作椎髻。 ㊵富于春秋：言年少，来日方长。 ㊶谢汝：向你致意。 ㊷少云：任立政之字。 ㊸由余：春秋时由西戎使于秦，为秦穆公留用，协助秦王称霸西戎。 ㊹元平元年：公元前74年。

【赏析】

本文是《汉书》中很著名的一个篇章，记述了李广之孙李陵悲剧的一生，从将门之子的"虽忠不烈，视死如归"到后来被定为叛徒，他的特殊经历使其成为历史上颇有争论的人物。有人以李陵投降匈奴而不耻于他，也有人认为他敢以"步卒五千人横行匈奴"，并非怕死。

如果将李陵投降的原因尽归于其贪生怕死，似乎不太能让人信服。作为从小熟韵"虽忠不烈，视死如归"之道理的名将李广之后，作为临十余倍于己之敌苦战近十日而毫无惧色的一代名将，生死似乎不应当是特别重大的问题。正如李陵在《答苏武书》所道："陵岂偷生之士，而惜死之人哉？宁有背君亲，捐妻子，而反为利者乎？然陵不死，有所为也，故欲如前书之言，报恩於国主耳"。司马迁在《报任安书》也说："身虽陷败彼，彼观其意，且欲得其当而报汉。"司马迁"其文直，其事核，不虚美，不隐恶"，所言是属实的。况且李陵在最后关头，确实是想一死了之的。之所以不死而要受降，或许这是因为他毕竟还年轻气盛，要是因为"兵不利，战不善"而兵败的话，恐怕他早就跟匈奴拼了。然而自己明明被人算计，而功业不成，如此赴死于国事无补，自己也死难瞑目。况且就这样稀里糊涂地战死，对皇帝没法交代，也愧对他祖父李广的在天之灵，更对不住那些跟着他拼死血战的五千将士。投降也是让兵士们尽可能杀出重围向汉武报信，似乎别有考虑。李陵欲"有所为也"，自己且暂留此有用之身，待来日寻的时机再立奇功，但是这一切都不为汉朝统治才所理解，在统治者眼中，你既然已经归于匈奴，就是汉朝的敌人，因此，李陵就成了有家不能归并且怀郁闷之情了其一生的悲剧人物。

【封燕然山铭并序】

班　固

　　惟永元元年秋七月，有汉元舅曰车骑将军窦宪①，寅亮圣明，登翼②王室，纳于大麓③，维清缉熙。乃与执金吾④耿秉，述职⑤巡御，理兵于朔方。鹰扬之校，螭虎之士⑥，爰该六师，暨南单于、东胡乌桓、西戎氐羌，侯王君长之群，骁骑三万。元戎轻武，长毂四分，云辎⑦蔽路，万有三千馀乘。勒以八阵，莅以威神，玄甲耀日，朱旗绛⑧天。遂陵高阙，下鸡鹿⑨，经碛卤⑩，绝大漠，斩温禺以衅鼓⑪，血尸逐以染锷⑫。然后四校横徂，星流彗扫，萧条万里，野无遗寇。于是域灭区殚，反斾⑬而旋，考传验图，穷览其山川。遂逾涿邪，跨安侯，乘燕然，蹑⑭冒顿之区落，焚老上之龙庭。上以摅⑮高、文之宿愤，光祖宗之玄灵；下以安固后嗣，恢拓⑯境宇，振大汉之天声。兹所谓一劳而久逸，暂费而永宁者也。乃遂封山刊石⑰，昭铭⑱盛德。其辞曰：

　　铄⑲王师兮征荒裔，剿凶虐兮截海外。夐其邈兮亘⑳地界，封神丘兮建隆嵑，熙㉑帝载兮振万世！

【注释】

　　①窦宪：字伯度，窦融之曾孙。东汉外戚、权臣、著名将领。　②登翼：登用辅翼。　③大麓：犹总领，谓领录天子之事。《书.舜典》："纳于大麓，烈风雷雨弗迷。"孔传："麓，录也。纳舜使大录万机之政，阴阳和，风雨时，各以其节，不有迷错愆伏。"　④执金吾：秦汉时率禁兵保卫京城和宫城的官员。本名中尉。其所属兵卒也称为北军。武帝太初元年（前104），改名为执金吾。　⑤述职：古时诸侯向天子陈述职守。　⑥螭虎之士：形容勇武之士。　⑦辎：古代一种有帷盖的车。云辎：谓车辆盛多如云。　⑧绛：红色。这里是使动用法，使天变红。　⑨陵：上。鸡鹿：指鸡鹿塞。　⑩碛卤：碛，石地；卤，咸地。碛卤：含盐碱多沙石的地方。　⑪衅鼓：上古时的一种祭礼。上古凡重要器物（如钟、鼓等）制成后，一定要杀牛、羊、猪等，把他们的血涂在新器物上表示祭，称作衅。　⑫斾：旌旗。　⑬锷：刀剑的刃。　⑭蹑：踩，踏。　⑮摅：发表或表示出来。　⑯恢拓：开拓扩展。　⑰刊石：刻石。刊：斫，消除，修改。　⑱昭：光明、昭明。铭：铸、刻或写在器物上记述生平、事迹或警诫自己的文字；昭铭：清楚地铭刻。　⑲铄：熔

化金属。这里指众心成城,鼓励士卒。 ⑳亘:连绵不断,伸展开去。 ㉑熙:兴起,兴盛。

【赏析】

　　班固(32-92)东汉官吏、史学家、文学家,字孟坚,潜心二十余,修成《汉书》,善辞赋,代表作有《两都赋》。建初四年(79)章帝效法西汉室帝石渠阁故事,在白虎观召集当代名儒讨论五经同异,班固兼任记录,奉命把讨论结果整理成《白虎通德论》。

　　班固的《封燕然山铭并序》是一篇重要的历史文献,也是一篇著名的文学作品。汉和帝永元元年(89),归汉的南匈奴单于请兵讨伐北匈奴,获得窦太后同意(时和帝年十一岁,太后临朝)。汉朝以窦宪为车骑将军,以执金吾耿秉为副,各领四千骑,合南匈奴、乌桓、羌胡骑兵三万馀出征。汉军大败北匈奴于稽落山(今蒙古国额布根山),北单于仓皇逃窜,汉军追击诸部落,抵达私渠比鞮海(今蒙古国邦察干湖),北匈奴投降者二十馀万人。窦宪、耿秉等登上去塞北三千馀里的燕然山(今蒙古国杭爱山),刻石纪功,命班固撰写此铭,时班固以中护军随行,参与谋议。

　　我国秦汉时期,主要的外患是北方的匈奴。中国北部的万里长城,就是防御匈奴入侵的一大战略设施。但是,汉朝与匈奴的边界辽阔,易攻不易守。匈奴是个游牧民族,飘忽无定居,经常乘北方秋冬收割庄稼时,入塞侵掠,中国深其害。汉朝此时强威起来,变消极的被动防御策略为主动反击的战略,北伐匈奴,达到彻底解决后患之目的。东汉永元元年(89)窦宪、耿秉大败匈奴,封燕然山而还,大振汉朝声威。这次北伐,可以与西汉元狩二年(前121)霍去病、卫青大败匈奴于漠北,封狼居胥山而还,前后比美。应当指出,汉朝是在匈奴无数次入侵的危害之下,才反击匈奴的。在世界历史上,中华民族酷爱和平,而不是一个侵略性民族;但是在侵略者面前,决不是只有招架之功,而无还手之力的。汉朝反击匈奴,即是极好的证例。班固《封燕然山铭并序》的历史意义与价值,也就在这里。

　　《封燕然山铭并序》具有三项显著特色。第一是气势磅礴。铭、序一气贯注,浑然而为一体。虽说篇幅不长,读来令人精神振奋,可以真实感受到汉代人的恢宏气魄。序云"上以摅高、文之宿愤,光祖宗之玄灵;下以安固后嗣,恢拓境宇,振大汉之天声",铭云"铄王师兮征荒裔,剿凶虐兮截海外","熙帝载兮振万世",即是洗雪国耻、保卫祖国、光大祖国声威的爱国激情的集中体现。序文多用排偶句,铭文采用骚体,偶句排奡矫健,骚体雄浑,更增加了磅礴气势。第二是着力描写强盛的军容军威,从而表现汉军的必胜。对于杀人流血的战争场面,寥寥几笔。描写军容军威,如"云辎蔽路","玄甲耀日,朱旗绛天","星流彗扫",颇富诗意之美。

【归田赋】

张 衡

游都邑以永久①，无明略以佐时②；徒临川以羡鱼③，俟河清乎未期④；感蔡子之慷慨⑤，从唐生以决疑⑥。谅天道之微昧⑦，追渔父以同嬉⑧；超埃尘以遐逝⑨，与世事乎长辞⑩。

于是仲春令月⑪，时和气清，原隰郁茂⑫，百草滋荣。王雎鼓翼⑬，仓庚哀鸣⑭；交颈颉颃⑮，关关嘤嘤。于焉逍遥⑯，聊以娱情。

尔乃龙吟方泽，虎啸山丘⑰。仰飞纤缴⑱，俯钓长流；触矢而毙，贪饵吞钩；落云间之逸禽⑲，悬渊沉之鲨鰡⑳。

于时曜灵俄景㉑，系以望舒㉒。极般㉓游之至乐，虽日夕而忘劬㉔；感老氏之遗诫㉕，将回驾乎蓬庐。弹五弦之妙指㉖，咏周孔之图书㉗；挥翰墨以奋藻㉘，陈三皇之轨模㉙。苟纵心于物外，安知荣辱之所如㉚？

【注释】

①都邑：指东汉京都洛阳。永：长。久：滞。言久滞留于京都。 ②明略：明智的谋略。这句意思说自己无明略以匡佐君主。 ③徒临川以羡鱼：《淮南子·说林训》曰："临川流二羡鱼，不如归家织网。"用词典表明自己空有佐时的愿望。徒：空，徒然。羡：愿。 ④俟：等待。河清：黄河水清，古人认为这是政治清明的标志。此句意思为等待政治清明未可预期。 ⑤蔡子：只战国时燕人蔡泽。《史记》卷七九有传。慷慨：壮士不得志于心。 ⑥唐生：即唐举，战国时梁人。决疑：请人看相以绝对前途命运的疑惑。蔡泽游学诸侯，未发迹时，曾请唐举看相，后入秦，代范雎为秦相。 ⑦谅：确实。微昧：幽隐。 ⑧渔父：宋洪兴祖《楚辞补注》引王逸《渔父章句序》："渔父避世隐身，钓鱼江滨，欣然而乐。"嬉：乐。此句表明自己将于渔父通了于川泽。 ⑨超尘埃：即游乎尘埃之外。尘埃，比喻纷浊的事务。遐逝：远去。 ⑩长辞：永别。由于政治昏乱，世路艰难，自己与时代不合，产生了归田隐居的念头。 ⑪令月：吉日，好的时节。令：善。 ⑫原：宽阔平坦之地。隰：低湿之地。郁茂：草木繁盛。 ⑬王雎：鸟名。即雎鸠。 ⑭仓庚：鸟名。即黄鹂。 ⑮颉颃：鸟飞上下貌。 ⑯于焉：于是乎。逍遥：安闲自得。 ⑰尔乃：于是。方泽：大泽。这两句言自己从容吟啸于山泽间，类乎龙虎。 ⑱纤缴（zhuó）：指箭。纤：细。缴：射鸟时系在箭上的丝绳。 ⑲逸禽：云间高飞的鸟。 ⑳鲨鰡（shāliú）：一种小鱼，常伏在水底沙上。 ㉑曜灵：日。俄：斜。景：同"影"。 ㉒

系：继。望舒：神话传说中为月亮驾车的仙人，这里代指月亮。　㉓般（pán）游：游乐。般：乐。　㉔虽：虽然。勤：劳苦。　㉕感老氏之遗诫：指《老子》十二章："驰骋田猎，令人心发狂。"　㉖五弦：五弦琴。指：通"旨"。　㉗周孔之图书：周公、孔子著述的典籍。此句写其读书自娱。　㉘翰：毛笔。藻：辞藻。此句写其挥翰遣情。　㉙陈：陈述。轨模：法则。　㉚如：往，到。以上两句说自己纵情物外，脱略形迹，不在乎荣辱得失所带来的结果。

【赏析】

　　张衡，（78年–139年）卒。字平子，南阳西鄂（今河南南阳市石桥镇）人。他是我国东汉时期伟大的天文学家、数学家、发明家、地理学家、制图学家、诗人、汉朝官员，为我国天文学、机械技术、地震学的发展作出了不可磨灭的贡献。

　　张衡的《归田赋》所展现的是隐居、远离世俗的情怀，充满着田园风光。张衡所处的时代黑暗污浊，仕途的不顺又让他郁郁不快，想游于纷乱的尘世以外又作不到，于是他憧憬那与官场形成鲜明对比的田园。他构想出一个充满自然情趣的田园景象："仲春令月，时和气清，原隰郁茂，百草滋荣。王雎鼓翼，鸧鹒哀鸣，交颈颉颃，关关嘤嘤。"这百草和禽鸟都能任情舒展的田园，这充满勃勃生机的境界，怎能不令他心驰神往！在这里可以获得赏览自然景物的欢乐，还可以轻松自由地射钓。他的蓬庐远离尘嚣之外，在这里弹奏前代名曲，读圣贤之书，挥毫奋藻，尽情地陈述其对人生、社会的感受。他笔下的田园充溢着浓厚的生活兴趣，体现出身心同外在环境的和谐，同时，也带有鲜明的道家色彩。这是一篇言"志"之赋。表达的就是对宦海浮沉、仕途坎坷的深沉悲哀，也是对人生怎样摆脱这种悲哀的深刻反省。这可以说是作者一生的总结，所以不但思想深刻，而且感情凝聚得也相当深厚和真实。话虽不多，但句句发自内心，且句句闪现着他生活遭遇的折光。而借景抒情的表现手法和不断跳跃变化的感情曲线，更增加了人物的生动性和内心世界的丰富性。这一切都使这篇小品化的抒情小赋在言志抒情时获得了真实性和个性化的永恒价值。

　　《归田赋》是作者从仕途转向退隐时所作的一篇小赋，有着独特的艺术风格，它一洗汉大赋铺采缛文、繁重凝滞、虚夸堆砌的规矩，转为文句平淡清丽、结构短小灵活的风格，可谓散体抒情小赋的先驱。此赋对后世影响极大，如赵壹的《刺世疾邪赋》、王粲的《登楼赋》、曹植的《洛神赋》、向秀的《思旧赋》、陶渊明的《悲士不遇赋》等，均受其影响。而《归田赋》给后代影响最大、最直接的要算陶渊明的《归去来兮辞》了，可以说《归去来兮辞》在构思、命意、手法上都直接受《归田赋》的启示，只不过写得比它更成熟、更深刻、更成功、更富有个性化和文学色彩罢了。

【座右铭】

崔 瑗

无道人之短①,无说己之长②。施③人慎勿念,受施慎勿忘。世誉不足慕,唯仁为纪纲。隐心而后动,谤议庸何伤。无使名过实,守愚圣所臧。在涅贵不淄④,暧暧内含光。柔弱生之徒,老氏诫刚强。行行鄙夫志,悠悠故难量。慎言节饮食,知足胜不祥。行之苟有恒⑤,久久自芬芳。

【注释】

①短:短处、缺点。 ②长:优点。 ③施:施人以恩惠。 ④在涅贵不淄:涅:可以做黑色染料的矾石。比喻品格高尚,不受恶劣环境的影响。 ⑤恒:恒心。

【赏析】

崔瑗,字子玉,东汉安平(今河北省安平县)人,是著名的书法家。生于章帝初二年(公元七十七年),卒于顺帝汉安元年(公元一四二年),年六十六岁。他是东汉著名学者崔骃的中子。父母早亡,锐志好学。他十八岁时来到京师洛阳交游问学,因而通晓天文、律历、数术、《京房易传》,受到学者们的推崇,终成宿德大儒。

《座佑铭》的写作原因是:当时崔瑗的哥哥崔章为州人所杀,他不能容忍凶手逍遥法外,于决定亲手杀掉凶手为哥哥报仇。也正因为这样一种极端方式他把自己推向了亡命天涯的险途。幸运的是命运眷顾,他最终"会赦,归家"。经过此次波折,崔瑗开始反思反省过往,并将反思反省写成铭文,置放于座右,时时顾念自励,就是今天我们看到的此文。

文章虽短,但其中却蕴含着很多做人的道理,如"无道人之短,无说己之长。施人慎勿念,受施慎勿忘",这些都是生活中的小事,但很少有人做到。还有"无使名过实""在涅贵不淄","行之苟有恒,久久自芬芳"等这些句子都成为后人修身的基本准则了,对我们有很大的启发、教导意义。

【刺世疾邪赋】

赵 壹

　　伊①五帝之不同礼，三王亦又不同乐。数极自然变化，非是故相反驳。德政不能救世溷乱②，赏罚岂足惩时清浊？春秋时祸败之始，战国愈复增其荼毒。秦汉无以相逾越，乃更加其怨酷。宁计生民之命，唯利己而自足。

　　于兹迄今，情伪万方。佞谄日炽，刚克消亡。舐痔结驷，正色徒行。妪媚名势，抚拍豪强。偃蹇反俗，立致咎殃；捷慑逐物③，日富月昌。浑然同惑，孰温孰凉？邪夫显进，直士幽藏。

　　原斯瘼④之攸兴，实执政之匪贤。女谒掩其视听兮，近习秉其威权。所好则钻皮出其毛羽，所恶则洗垢求其瘢痕。虽欲竭诚而尽忠，路绝崄而靡缘。九重既不可启，又群吠之狺狺⑤。安危亡于旦夕，肆嗜欲于目前。奚异涉海之失柂⑥，积薪而待燃？荣纳由于闪榆，孰知辨其蚩妍！故法禁屈挠于势族，恩泽不逮于单门。宁饥寒于尧舜之荒岁兮，不饱暖于当今之丰年。乘理虽死而非亡，违义虽生而匪存。

　　有秦客者乃为诗曰："河清不可俟⑦，人命不可延。顺风激靡⑧草，富贵者称贤。文籍⑨虽满腹，不如一囊钱。伊优北堂⑩上，抗脏倚门边⑪。"

　　鲁生闻此辞，系而作歌曰："势家⑫多所宜，咳唾自成珠。被褐怀金玉⑬，兰蕙化为刍⑭。贤者虽独悟⑮，所困在群愚。且各守尔分⑯，勿复空驰驱⑰。哀哉复哀哉，此是命矣夫！"

【注释】

①伊：发语词。　②溷乱：混乱。　③捷慑逐物：急切而唯恐落后地追逐名利权势。　④原：推究。瘼：病，这里指弊病。　⑤狺狺：狗叫声。　⑥柂：同"舵"。　⑦河清：语出《左传·襄公八年》："俟河之清，人寿几何？"古人传说黄河一千年清一次，黄河一清，清明的政治局面就将出现。　⑧激：指猛吹。靡：倒下。　⑨文籍：文章典籍。代指才学。　⑩伊优：逢迎谄媚之貌。北堂：指富贵者所居。　⑪抗脏：高尚刚正之貌。

倚门边：是"被疏弃"的意思。 ⑫势家：有权有势的人。 ⑬被褐：披着短褐的人，借指贫穷的人。金玉：借喻美好的才德。 ⑭兰蕙：两种香草名。刍：饲草。 ⑮独悟：犹"独醒"。《楚辞·渔父》中有"众人皆醉我独醒"的话。 ⑯尔分：你的本分。 ⑰空驰驱：白白奔走。

【赏析】

赵壹，东汉文学家，约生于汉顺帝永建（126－132）年间，卒于汉灵帝中平（184－189）年间。字元叔，汉阳西县（今天水市西南）人。为人耿直，狂傲不羁，受地方乡党所排斥，屡次得罪，几乎被杀，经友人救援方免。曾任上计吏，见司徒袁逢，长揖不拜。袁逢等人为他延誉，名动京师。后西归，公府十次征召皆不就，死于家中。

东汉时期，处于外戚、宦官篡权争位的夹缝中的士人，志向、才能不得施展，愤懑郁结，便纷纷以赋抒情，宣泄胸中的垒块。赵壹《刺世疾邪赋》就是这类抒情小赋的代表作。他将压抑在胸中的郁闷和不平，在文中化为激切的言词，尖锐揭露了东汉末年邪孽当道、贤者悲哀的黑暗腐朽的社会本质："舐痔结驷，正色徒行"，"邪夫显进，直士幽藏"。他甚至敢于把批评的矛头直指"执政"的最高统治者："原斯瘼之攸兴，实执政之匪贤"。最后由"刺世"发展到同这黑暗的世道彻底绝决的程度："宁饥寒于尧舜之荒岁兮，不饱暖于当今之丰年"。此赋在抒发自己感情时直率猛烈，痛快淋漓，敢于冒天下之大不韪，揭露批判时政的深度和力度都是空前的。

此赋无论在艺术上还是内容上，成就都很高。龚克昌先生《汉赋研究》认为：此赋艺术上的独特之处是：篇幅短小，感情喷发，铺陈夸饰之风尽弃，从而使赋风为之一变。铺陈叙事的汉大赋，从此以后就渐渐为抒情小赋所代替了。赋后用两首五言诗作结，结构也颇别致。马积高先生《赋史》也说，无论从哪一方面说，赵壹《刺世疾邪赋》在东汉文学史上有极为重要的地位。其批判的尖锐性在文学史上始终放射出不灭的异彩，为历代文士所瞩目，甚至有人评价《刺世疾邪赋》一篇压倒两汉所有的辞赋。

【述行赋并序】

蔡邕

延熹二年秋，霖雨逾月。是时梁冀新诛，而徐璜、左悺等五侯①擅贵于其处。又起显阳苑于城西，人徒②冻饿，不得其命者甚众。白马令李云以直言死，鸿胪陈君以救云抵罪。璜以余能鼓琴，白朝廷，敕陈留太守发遣余，到偃师③，病不前，得归。心愤此事，遂托所过，述而成赋。

余有行于京洛兮，遘淫雨之经时④。涂迍邅其蹇连兮，潦污⑤滞而为灾。乘马蹯而不进兮，心郁悒而愤思⑥。聊弘虑以存古兮，宣幽情而属词⑦。

夕宿余于大梁兮，诮无忌⑧之称神。哀晋鄙之无辜兮，怨朱亥之篡军⑨。历中牟之旧城兮，憎佛肸⑩之不臣。问宁越之裔胄⑪兮，蔑仿佛而无闻。

经圃田而瞰北境兮，悟卫康⑫之封疆。迄管邑而增感叹兮，愠叔氏之启商⑬。过汉祖之所隘兮，吊纪信于荥阳。

降虎牢之曲阴兮，路丘墟以盘萦⑭。勤诸侯之远戍兮，侈申子之美城。稔涛涂之愎恶兮，陷夫人⑮以大名。登长坂以凌高兮，陟葱山之峣陉；建抚体⑯而立洪高兮，经万世而不倾。回峭峻以降阻兮，小阜寥⑰其异形。冈岑纡以连属兮，溪谷夐其杳冥⑱。迫嵯峨以乖邪兮，廓⑲岩窞以峥嵘。攒栎朴而杂榛楛兮，被浣濯⑳而罗生。布藑茇与台菌兮，缘层崖而结茎。行游目以南望兮，览太室㉑之威灵。顾大河于北垠兮，瞰洛汭㉒之始并。追刘定之攸仪兮，美伯禹之所营。悼太康㉓之失位兮，愍五子之歌声。

寻修轨以增举㉔兮，邈悠悠之未央。山风泊以飙涌兮，气憭慄而厉凉㉕。云郁术而四塞兮，雨濛濛而渐唐㉖。仆夫疲而劬瘁兮，我马虺隤以玄黄㉗。格莽丘而税驾兮，阴曀曀㉘而不阳。

哀衰周之多故兮，眺濑隈㉙而增感。念子带之淫逆兮，唁襄王㉚于坛坎。悲宠嬖之为梗兮，心恻怆而怀惨㉛。

乘舫舟而溯湍流兮，浮清波而横厉㉜。想宓妃之灵光兮，神幽隐以潜翳。实熊耳之泉液兮，总伊瀍与涧瀍㉝。通渠源于京城兮，引职贡乎荒裔㉞。操吴榜其万艘兮，充王府而纳㉟。济西溪而容与兮，息巩都而后逝。愍简公之失师兮，疾子朝之为害。

玄云黯以凝结兮，集零雨之溱溱㊱。路阻败而无轨兮，涂泞溺而难遵㊲。率陵阿㊳以登降兮，赴偃师而释勤。壮田横之奉首兮，义二士之侠坟。伫淹留以候霁兮，感忧心之殷殷㊴。并日夜而遥思兮，宵不寐以极晨㊵。候风云之体势兮，天牢湍而无文㊶。弥信宿而后阕兮，思逶迤㊷而东运。见阳光之颢颢兮，怀少弭㊸而有欣。

命仆夫其就驾兮，吾将往乎京邑。皇家赫而天居兮，万方徂而星集。贵宠煽以弥炽兮，佥守利而不戢㊹。前车覆而未远兮，后乘驱而竞及。穷变巧于台榭兮，民露处而寝湿。消嘉谷于禽兽兮，下⑮糠秕而无粒。弘宽裕于便辟兮，纠忠谏其骎⑯急。怀伊吕而黜逐兮，道无因而获入。唐虞⑰渺其既远兮，常俗生于积习。周道鞠为茂草兮，哀正路之日踊⑱。

观风化之得失兮，犹纷挐其多违⑲。无亮采以匡世兮，亦何为乎此畿㊿？甘衡门以宁神兮，咏都人而思归。爰结踪而回轨兮，复邦族以自绥。

乱曰：跋涉遐路，艰以阻兮。终其永怀，窘㊿阴雨兮。历观群都，寻前绪㊿兮。考之旧闻，厥事举㊿兮。登高斯赋，义有取兮。则善戒㊿恶，岂云苟㊿兮？翩翩独征，无俦与㊿兮。言旋言复，我心胥㊿兮。

【注释】

①延熹：东汉恒帝的年号。霖：雨下三日以上为霖。梁冀：恒帝梁皇后的哥哥。五侯：指宦官单超等五人，因杀冀有功，同日被封为侯。 ②显阳苑：宫苑名。人徒：供役使的人。 ③陈留：东汉郡名，蔡邕的本籍。偃师：今河南偃师，在洛阳东。 ④遘：遇。淫雨：连绵不断的雨。经时：经过了一段时间。 ⑤追遭：指道路难行。蹇连：艰难。潦污：雨后的积水。 ⑥蹯：盘旋貌。愤思：心情愤激。 ⑦弘虑：放开思路。存古：追思往昔。宣幽情：抒发郁结内心深处的感情。属词：作文。 ⑧大梁：今河南开封。无忌：魏公子，号信陵君。 ⑨哀晋鄙之无辜兮，忿朱亥之篡军：公子无忌用侯嬴计，盗兵符，使朱亥杀晋鄙而夺其军以救赵。 ⑩中牟：汉县名。佛肸：中牟县长，据此以抗赵简子。 ⑪裔胄：后人。 ⑫圃田：古泽名。卫康：卫康叔，周武王的同母弟。 ⑬愠：怒。叔氏：管叔，周武王之弟。启商：启示商民反纣。 ⑭虎牢：今虎牢关。曲阴：曲折的小路。盘萦：盘绕曲折。 ⑮稔：积久。愎恶：坚持错误。夫人：指申侯。 ⑯抚体：安抚体恤。 ⑰阜：土山。寥：空旷。 ⑱冈岑：小山峦。纡：屈曲。杳冥：阴暗。 ⑲乖：违背。邪：歪斜。廓：空廓。 ⑳攒：聚集。栀、朴、榛、楛：均指树木的名字。浣、濯：洗的意思。 ㉑太室：即嵩山。 ㉒大河：黄河。垠：边际。洛汭：洛水注入渭河的地方。 ㉓太康：夏王启之子，好游乐，不问民事。 ㉔修：长。轨：古代车子两轮间的距离。增举：马车加倍赶路。 ㉕汩：本意是水流迅疾，引申为迅疾。飙：暴风。涌兮，懆懆：暗淡无光。厉凉：寒凉。 ㉖郁术：烟云上升貌。渐：浸。唐：堤岸。 ㉗勧、瘁：劳苦的意思。疶隤：疲极而病。玄黄：疾痛。 ㉘格：到。莽丘：小土山。税驾：指休息或停宿。暗暗：阴暗的样子。 ㉙濒隈：水边弯曲的地方。 ㉚子带、襄王：都是周惠王之子。 ㉛宠嬖：受宠的人。梗：祸崇。怀惨：心怀惨痛。 ㉜溯：逆流而上。横厉：纵横凌厉。 ㉝熊耳：山名。伊、瀍、涧：皆水名。濑：急流。 ㉞职贡：各地按时期的货品。荒：边境。裔：衣服的边缘，引申为边远的地方。 ㉟吴榜：船浆。纳最：指交纳收集起来的贡品。 ㊱玄：黑。溱溱：形容雨水众盛。 ㊲遵：沿着。 ㊳率：遵循。陵、阿：皆为大土山。 ㊴佇：久立。殷殷：忧伤貌。 ㊵极晨：直到天亮。 ㊶候：观测。牢：乌云密集。湍：水势急。文：同"纹"。 ㊷弥：满。阕：止息。透

迤：曲折前进。㊸颢颢：光明的样子。少弭：愁思少解。㊹煽：炽盛。佥：都，皆。戢：收敛。㊺嘉：好的。下：在下位的人。㊻弘：宽大。便辟：机巧小人。骎：急速。㊼唐虞：指尧和舜。㊽鞠：穷、尽。歰：不滑润。㊾纷挐：纷乱。违：错失。㊿亮采：相辅之意。畿：京郊。(51)永怀：深长的忧伤。窘：困迫。(52)绪：前人留下的事业。(53)厥：那些。举：提出，列出。(54)则：以……为准则。戒：以……为戒。(55)苟：苟且。(56)翩翩：欣喜。征：出征。俦：伴侣。与：参与。(57)言旋言复：言：发语词。旋、复：归回之意。胥：等待。

【赏析】

蔡邕，(132～192)，东汉辞赋家、散文家、书法家，字伯喈，陈留圉（今河南杞县）人。他博学多识，擅长辞章，并精通音律。桓帝时宦官专权，听说他善于鼓琴，于是奏请天子令陈留太守督促他入京。行至偃师，称疾而归。灵帝时召拜郎中，校书于东观，迁议郎。公元175年（熹平四年），曾上奏请求正定《六经》文字，自写经文，刻碑石立于太学门外，世称“熹平石经”。后因弹劾宦官，被流放朔方。遇赦后，不敢归乡里，亡命于今江浙一带有12年之久。献帝时董卓强迫他出仕。董卓被诛，邕被捕死于狱中。曾著诗、赋、碑、诔、铭等共104篇。书法精妙，尤工隶书，影响甚大。《隋书·经籍志》有《蔡邕集》12卷已散佚，明代张溥辑有《蔡中郎集》，收入《汉魏六朝百三家集》。

此赋作于公元159年（汉桓帝延高二年），蔡邕当时二十七岁，被迫应召入京未至而归。从体制来说，这是自模仿刘歆《遂初赋》以来的纪行赋，写作方法并无特异之处。此赋根据作者自己的行止，对各地的古人古事进行描述，并加以评论，扬善惩恶，托古讽今。赋中对宦官与外戚的相互厮杀进行了斥责，同时也把人民的生活苦难与统治者的骄奢淫逸相对比，如恒帝建造显阳苑，民工们大都挨饿受冻，以至于死亡。蔡邕是一个耿介之人，对这种事情自然不会放过，于是通过写作来表达，所以此赋的批判意味很强。鲁迅对此文有着很高评价：“例如蔡邕，选家大抵只取他的碑文，使读者仅觉得他是典重文章的作手。必须看到《蔡中郎集》里的《述行赋》，那些‘穷变巧于台榭兮，民露处而寝湿。肖嘉谷于禽兽兮，下糠而无粮’的句子，才明白那时的情形，明白他确有取死之道”（《题〈未定草〉》。统观全文，可以确认此赋确实体现了较高的艺术水平和文学价值。

【郭泰碑】

蔡　邕

先生讳泰，字林宗，太原界休①人也。其先出自有周王季之穆②，有虢叔者，实有懿德，文王咨焉。建国命氏③，或谓之郭，即其后也。先生诞应天衷④，聪睿明哲，孝友温恭，仁笃慈惠。夫其器量弘深，姿度广大，浩浩焉，汪汪焉，奥乎不可测已。若乃砥节厉行⑤，直道正辞，贞固⑥足以干事，隐括⑦足以矫时。遂考览六经，探综图纬⑧，周流华夏，随集帝学⑨。收文武之将坠⑩，拯微言⑪之未绝。于是缨緌之徒⑫，绅佩之士⑬，望形表而影附，聆嘉声而响和者，犹百川之归巨海，鳞介⑭之宗龟龙⑮也。尔乃潜隐衡门⑯，收朋勤诲，童蒙赖焉，用祛其蔽⑰。州郡闻德，虚己备礼，莫之能致。群公休⑱之，遂辟司徒掾⑲，又举有道⑳，皆以疾辞。将蹈鸿涯㉑之遐迹，绍巢许㉒之绝轨，翔区外㉓以舒翼，超天衢㉔以高峙。禀命不融㉕，享年四十有二，以建宁二年㉖正月乙亥卒。凡我四方同好之人，永怀哀悼，靡所置念。乃相与惟先生之德，以谋不朽之事㉗，佥以为先民既没，而德音犹存者，亦赖之于见述也。今其如何，而阙斯礼？于是树碑表墓，昭铭景行㉘，俾芳烈奋于百世，令问㉙显于无穷。其词曰：

於休㉚先生，明德通玄，纯懿淑灵，受之自天。崇壮幽浚㉛，如山如渊。礼乐是悦，诗书是敦。匪惟摭㉜华，乃寻厥根。宫墙重仞，允㉝得其门。懿乎其纯，确㉞乎其操。洋洋搢绅，言观其高。栖迟㉟泌丘，善诱能教。赫赫三事㊱，几行其招。委辞召贡㊲，保此清妙。降年不永，民斯悲悼。爰勒兹铭，摛㊳其光耀。嗟尔来世，是则㊴是效！

【注释】

①太原界休：今属山西省。　②王季之穆：王季之子。王季，周文王之父，名季历。穆：按古代宗庙制度，始祖的神位居中，二世、六世，位在其左，称为昭；三世、五世、七世位在右，称为穆。周以太王为始祖，王季为太王之子，称昭，其子之穆。　③建国命氏：谓虢叔始封虢国，因以虢为姓氏。虢，通"郭"。　④天衷：天的善意。　⑤砥节厉行：谓磨练节操品行。　⑥贞固：坚守正道。　⑦隐括：本为矫正竹木弯曲的器具。此指评论时政。　⑧图纬：图谶和纬书。图谶，古代方士或儒生编造的关于帝王受征验一类的书，多为隐语、预言治乱兴废的书，有《诗》、《书》、《乐》、《易》、《春秋》、《孝经》、《礼》七经的纬书。　⑨帝学：指京师太学。　⑩文武将坠：谓周文王、武王之道将要失传。语出《论语·子张》："子贡曰：'文武之道，未坠于地，在人。'"　⑪微言：精深微妙之言。　⑫缨緌（ruí）之徒：指有声望的士大夫。缨，冠带。緌，冠饰。　⑬绅佩之士：指有地位的人。绅：束腰阔带。　⑭鳞介：指有鳞和甲壳的水族。　⑮龟龙：古人以龟龙为灵物。《大戴礼》："甲之虫三百六十，而神龟为之长。"　⑯衡门：指简陋的房屋。　⑰用祛其蔽：谓因此去掉迷惑。　⑱休：称赞。　⑲司徒掾（yuàn）：司徒的属官。　⑳有道：汉代察举科目之一，与秀才、孝廉类似。　㉑鸿涯：传说古代仙人名。《列仙传》卷一："洪崖先生，或曰黄帝之臣伶伦也。或曰尧时已三千岁矣。"鸿，通"洪"。

㉒绍：继承。巢许：指尧时隐士巢父、许由。尧让天下，辞而不受。　㉓区外：世俗之外。　㉔天衢：天途。　㉕融：长。　㉖建宁二年：公元169年。建宁，汉灵帝的年号。　㉗不朽之事：指立碑的事。　㉘景行：崇高的德行。　㉙令问：美好名声。　㉚於(wū)休：叹美词，犹言美好啊。　㉛幽浚：深沉。　㉜摭(zhí)：拾取。　㉝允：确定。　㉞确：坚定。　㉟栖迟：指隐居。　㊱三事：指三公，汉代指丞相（大司徒）、太尉（大司马）、御史大夫（大司空）。　㊲委辞召贡：婉言辞谢朝廷的召聘。　㊳摛(chī)：传布。　㊴则：准则。

【赏析】

　　本文作于建宁二年（169）又题《郭有道碑》、《郭有道林宗碑》。本文作者蔡邕（133－192）字伯嘴，东汉文学家、书法家，博学多才，通晓经史、天文、音律，擅长辞赋。

　　郭泰（128－169），东汉名士，为"八顾"（东汉时八位能以自己的德行影响别人的名士）之首。自幼丧父，从学致专，博通群书，因深为河南尹李膺赏识而名震京城。他生活的时代，正"逮桓、灵之间，主荒政缪，国命委于阉寺，士子羞与为伍"（《后汉书·党史铜传》），因而处世很谨慎，"不为危言核论，故宦官擅政而不能伤也。及党事起，知名之士多被其害，唯林宗及汝南袁闳得免焉"（《后汉书·郭泰列传》）。他几次受召不应，潜心教书，学生数以千计；又善于鼓励士人改邪归正，负有很高的名望。死时四方之士奔走会葬者达千余人。

　　碑文要求"该要雅泽"，本就是不易之事，何况为这样的一位学者作碑文立传，更非一般弄墨文人所能为。作为志同道合的蔡邕，怀着对郭泰的仰慕之情，悼念作文，自成杰作。南朝梁刘勰曾予以高度评价："自后汉以来，碑碣云起。才锋所断，莫高蔡邕。观《杨赐》之碑，骨鲠训典；《陈》、《郭》二文，词无择言；周乎众碑，莫非清允。其叙事也该而要，其缀采也雅而泽。清词转而不穷，巧义出而卓立。察其为才，自然而至。"（《文心雕龙·诔碑》）洵非夸饰之辞。

　　《郭泰碑》在碑文体制上确是臻于完美的。全文由序传和颂辞两部分组成。序传为散体，记述死者生平经历；颂辞为铭文，称美死者的功绩美德，真可谓"属牌之体，资乎史才。其序则传，其文则铭。标序盛德，必见清风之华；昭鸿懿，必见峻伟之烈。此碑之制也"（《文心雕龙·诔碑》）。

　　碑文全面地叙述了郭泰的生平业绩，先从籍贯、祖先写起，列述天赋品性、仁惠美德以及才气学识、志趣声望，最后点明终年的时日，其纷繁的一生，仅用四百来字便了然于目，可谓"叙事该要"了。本篇叙述采用了整齐的四言排比句，时而比喻，时而象征，兼用对偶骈体句，在平铺中见雄奇，列叙中显生气。

【与曹操论盛孝章书①】

孔 融

岁月不居②，时节③如流。五十之年，忽焉已至。公为始满④，融又过二。海内知识⑤，零落殆尽，惟会稽盛孝章尚存。其人困于孙氏，妻孥湮没⑥，单子⑦独立，孤危愁苦。若使忧能伤人，此子不得永年⑧矣！

《春秋传》曰："诸侯有相灭亡者，桓公不能救，则桓公耻之⑨。"今孝章实丈夫之雄也，天下谈士，依以扬声⑩，而身不免于幽絷⑪，命不期⑫于旦夕，是吾祖⑬不当复论损益之友，而朱穆⑭所以绝交也。公诚能驰一介之使，加咫尺之书⑮，则孝章可致，友道可弘⑯矣。

今之少年，喜谤前辈，或能讥评孝章。孝章要为有天下大名，九牧⑰之人，所共称叹。燕君市骏马之骨，非欲以骋道里，乃当以招绝足也⑱。惟公匡复汉室，宗社⑲将绝，又能正之。正之之术，实须得贤。珠玉无胫而自至者，以人好之也，况贤者之有足乎⑳！昭王筑台㉑以尊郭隗，隗虽小才，而逢大遇，竟能发明主之至心㉒。故乐毅自魏往，剧辛自赵往，邹衍㉓自齐往。向使郭隗倒悬㉔而王不解，临溺而王不拯㉕，则士亦将高翔远引，莫有北首㉖燕路者矣。凡所称引，自公所知，而复有云者，欲公崇笃斯义㉗也。因表不悉㉘。

【注释】

①此文见于《昭明文选》。盛孝章名宪，三国吴会稽（今浙江绍兴）人，汉末为吴郡太守。为人器量高雅宏伟，而又爱重士人。　②不居：不停留。　③时节：时光。　④公为始满：言曹操的年龄始满五十岁。过二：谓已五十二岁。　⑤知识：相识的人；朋友。零落：喻死亡。　⑥妻孥（nú）：妻子和儿女。湮没：死亡。　⑦单孑（jié）：孤单。　⑧永年：长寿。　⑨春秋四句：《春秋公羊传》僖公元年："邢已亡矣。孰亡之？盖狄灭之。曷为不言狄灭之？为桓公讳也。曷为为桓公讳？上无天子，下无方伯，天下诸侯有相灭亡者，桓公不能救，则桓公耻之。"《公羊传》的意思是《春秋》没有把桓公不救邢，致使邢灭亡的事记录进去是有意为桓公隐讳。这里是以曹操比齐桓公，暗示他拯救盛孝章是义不容辞的事情。　⑩依以扬声：依靠盛孝章来传播自己的名声。　⑪幽絷（zhí）：囚

禁。 ⑫不期：不能预料。 ⑬吾祖：指孔子，孔融是孔子的后裔。孔子曾说："益者三友，损者三友。"（《论语·季氏》） ⑭朱穆：字叔公，东汉后期人。他曾著《绝交论》以讥交友之道。 ⑮一介：一个。咫尺之书：简短的书信。古时长八寸为咫。 ⑯弘：光大。 ⑰九牧：九州。 ⑱燕君三句：燕君，指燕昭王。《战国策·燕策》载，昭王欲招贤，郭隗对他说："臣闻古之君人有以千金求千里马者，三年不能得。涓人言于君曰：'请求之。'君遣之。三月，得千里马。马已死，买其骨五百金，反以报君。君大怒曰：'所求者生马，安事死马而捐五百金？'涓人对曰：'死马且买之五百金，况生马乎！天下必以王为能市马，马今至矣。'于是不能期年，千里之马至者三。今王诚欲致士，先从隗始。隗且见事，况贤于隗者乎！"绝足，指千里马。 ⑲宗社：宗庙社稷。指国家政权。 ⑳珠玉句：《韩诗外传》："盖胥谓晋平公曰：'珠出于海，玉出于山，无足而至者，好之也；士有足而不至者，君不好也。'"胫：小腿。 ㉑筑台：昭王听了郭隗的话，为隗筑宫而师事之。又相传昭王于易水东南筑黄金台，置千金于台，延聘天下贤士。 ㉒发明主之至心：能将英明的君主招揽贤才的心情发扬到极致。 ㉓乐毅：本为魏人，仕燕昭王，拜为上将军。为燕伐齐，下七十余城，封昌国君。昭王死后，子惠王中齐人反间计，使骑劫代之，乐毅乃逃到赵国。剧辛：战国时人，有贤才，与乐毅等同时仕燕，参与谋划破齐之计。邹衍：齐人，阴阳家，主张大九州之说，燕昭王师事之。 ㉔向：先前。使：假使。倒悬：把人倒起来，喻困苦危急。 ㉕临溺：快要淹死。拯：拯救。 ㉖北首：犹北向。 ㉗崇笃：崇尚笃信。斯义：招贤纳士之义。 ㉘悉：尽。

【赏析】

孔融（153－208），字文举，汉末鲁国（今山东省曲阜县）人。历任北海相、将作大匠、少府、太中大夫等职。为人秉性刚直，先后触犯何进、董卓等权臣，受到他们的排挤。后因屡次讥讽曹操，被杀害。他好学博览，是汉末有名文士，为"建安七子"之一。

此文是汉献帝建安九年（204），孔融任少府时向曹操推荐盛孝章的一封信。盛孝章名宪，会稽人，也是汉末名士。曾任吴郡太守，因病辞官家居。孙策平吴后，对当时名士深为忌恨，尤其妒忌盛孝章的名望，孝章因此曾外出避祸。策死后，孙权继续对其进行迫害。孔融与孝章友善，知道他处境危急，所以特地写了这封信，向当时任司空兼车骑将军的曹操救援。曹操接信后，即征孝章为都尉，征命未至，孝章已为孙权所害。文章叙述了孝章所处的艰难处境，并引用历史上重用贤才的故事，从交友之道和得贤之重要来打动对方，辞意恳切，具有一定的感染力量。

后人对此书颇为推崇，如苏轼评价此书："孔北海志大而论高，功烈不见于世，然英伟豪杰之气，自为一时所宗，其论盛孝章、郗鸿豫书，慨然有烈丈夫之风。"（苏东坡《东坡全集·乐全先生文集叙》）。张溥说："今读其书表，如鲍子复生，禽息不没，彼之大度，岂止六国四公子乎？……东汉词章拘密，独少府诗文，豪气直上，孟子所谓浩然，非邪？琴堂衣冠，客满酒盈，予尚能想见之"（张溥《汉魏六朝百三家集·孔少府集题辞》）。王世贞对孔融也是十分看重："当时孔文举为先达，其于文特高雄"（王世贞《艺苑卮言》卷三）。

【鹦鹉赋并序】

祢 衡

　　时黄祖太子射宾客大会，有献鹦鹉者，举酒于衡前曰："祢处士①！今日无用娱宾，窃以此鸟自远而至，明慧聪善，羽族②之可贵，愿先生为之赋，使四坐咸共荣观③，不亦可乎？"衡因为赋，笔不停缀，文不加点。其辞曰：

　　惟西域④之灵鸟兮，挺自然之奇姿。体金精⑤之妙质兮，合火之明辉。性辩慧而能言兮，才聪明以识机⑥。故其嬉游高峻，栖跱幽深。飞不妄集，翔必择林。绀⑦趾丹觜，绿衣翠衿。采采丽容，咬⑧好音。虽同族于羽毛，固殊智而异心。配⑨鸾皇而等美，焉比德众禽？

　　于是美芳声之远畅⑩，伟⑪灵表之可嘉；命虞人于陇坻⑫，诏益于流沙；跨昆仑而播弋⑬，冠云霓而张罗。虽纲维之备设，一目之所加⑭。且其容止闲暇，守植⑮安停；逼之不惧，抚之不惊顺从以远害，不违迕以丧生。故献全者受赏，而伤肌者被刑。

　　尔乃归穷委命⑯，离群丧侣；闭以雕笼，翦其翅羽；流飘万里，崎岖重阻；逾岷越障，载罹寒暑。女辞家而适人⑰，臣出身而事主；彼贤哲之逢患，犹栖迟以羁旅⑱。矧⑲禽鸟之微物，能驯扰⑳以安处！眷西路而长怀，望故乡而延伫。忖陋体之腥臊，亦何劳于鼎俎㉑？

　　嗟禄命之衰薄，奚遭时之险巇㉒？岂言语以阶乱㉓，将不密以致危㉔？痛母子之永隔，哀伉俪之生离。匪余年之足惜，愍㉕众雏之无知。背蛮夷之下国，侍君子之光仪㉖。惧名实之不副，耻才能之无奇。美西都之沃壤，识苦乐之异宜㉗。怀代越之悠思㉘，故每言而称斯。

　　若乃少昊司辰，蓐收整辔㉙。严霜初降，凉风萧瑟。长吟远慕，哀鸣感类㉚。音声凄以激扬，容貌惨以憔悴。闻之者悲伤，见之者陨泪。放臣为之屡叹，弃妻为之欷歔。

　　感平生之游处㉛，若埙箎之相须㉜；何今日之两绝，若胡越之异区？顺笼槛以俯仰，窥户牖以踟蹰；想昆山之高岳，思邓林之扶疏㉝；顾六翮㉞之残毁，虽奋迅其焉如？心怀归而弗果㉟，徒怨毒㊱于一隅。苟竭心于所事，敢背惠㊲而忘初？托轻鄙之微命，委陋贱之薄躯；期守死以报德，甘尽辞以效愚㊳；恃隆恩于既往，庶弥久而不渝㊴。

【注释】

①处士：泛指未做过官的士子。 ②羽族：鸟类。 ③荣观：荣幸的观赏。 ④西域：汉以来对玉门关、阳关以西地区的总称。 ⑥识机：洞悉机微。 ⑦绀：稍微带红的黑色。 ⑧咳：鸟鸣声。 ⑨配：比。 ⑩远畅：向远处散布。 ⑪伟：赞美。灵表：轻灵的姿态。 ⑫虞人：传说中掌管山泽的官。陇坻：即陇山。 ⑬弋：一种射鸟器具。 ⑭一目之所加：终于用很小的一块网，捕捉到了鹦鹉。一目：网的一个网眼。 ⑮守植：守志。 ⑯归穷委命：归于窘困之境。 ⑰适人：嫁人。 ⑱栖迟：停留。羁旅：滞留在外。 ⑲矧：何况。 ⑳驯扰：驯服。 ㉑劳于鼎俎：指被宰杀。 ㉒险巇：险恶。 ㉓阶乱：引起祸乱。 ㉔将不密以致危：还是因为泄露秘密而导致祸乱。 ㉕愍：怜悯。 ㉖背：离开。光仪：美好的样子。 ㉗西都：长安。识苦乐之异宜：指长安富足，人以为乐，鹦鹉却以为苦。 ㉘怀代越之悠思：指思乡之情。 ㉙少昊、蓐收：传说中主宰秋季的神。司辰：掌管季节、时间。整辔：指驾车，比喻掌管季节。 ㉚感类：同类相感。 ㉛游处：同游共处。 ㉜若埙箎之相须：埙箎：均为古代乐器。相须：相互依赖。此句指所结交的人都很友好。 ㉝昆山：昆仑山。邓林：夸父追日时丢下手杖所化出的桃林。 ㉞翮：鸟的羽茎。 ㉟弗果：达不到目的。 ㊱毒：恨。 ㊲背惠：背弃以前得到的恩惠。 ㊳尽辞：用力进言。效：报效。愚：愚诚。 ㊴庶：或许。弥久：更久。渝：改变。

【赏析】

祢衡（173－198）字正平，平原般县（今山东临邑）人（《山东通志》载祢衡为今乐陵人）。东汉末年名士，文学家，与孔融等人亲善。后因出言不逊触怒曹操，被遣送至荆州刘表处，后又因出言不逊，被送至江夏太守黄祖处，终为黄祖所杀，终年26岁。此赋写于黄祖太子射在江夏的一次宴会上，当时有人献上一只鹦鹉，太子射让祢衡以此为题作赋，以娱乐宾客。于是祢衡便一气呵成，作成此赋。

赋的开头写鹦鹉的奇姿妙质："挺自然之奇姿。体金精之妙质兮，合火之明辉"，与众禽大异，甚至可以和鸾皇相媲美："虽同族于羽毛，固殊智而异心。配鸾皇而等美，焉比德众禽？"。这既是直描鹦鹉，同时也是作者的自况。然后又写鹦鹉被捉时不恐惧惊慌："虽纲维之备设，一目之所加。且其容止闲暇，守植安停；逼之不惧，抚之不惊顺从以远害，不违迕以丧生"，接着又写鹦鹉虽然保全了性命，但其内心是十分痛苦的，因为这是和本心相违背的。它流浪万里，但总是心牵故乡。最后借鹦鹉以抒发内心情感：鹦鹉在深秋寒霜中，容貌憔悴。在笼子里，它羽毛残毁。赋的结尾又写鹦鹉不敢背弃初志，一定要报答主人恩情："托轻鄙之微命，委陋贱之薄躯；期守死以报德，甘尽辞以效愚；恃隆恩于既往，庶弥久而不渝。"

祢衡才华横溢、性格狂狷,他生逢乱世,寄人篱下,漂泊不定,一心想做一番大事业,但却怀才不遇。此赋是他借助鹦鹉之口,抒发自己内心的苦闷。仔细阅读,可以发现此赋明显是受到贾谊《服鸟赋》的影响,物我一体,浑然为一,艺术技巧十分高明。

【登楼赋】

王粲

登兹楼①以四望兮,聊暇日以销忧②。览兹宇之所处兮③,实显敞而寡仇④。挟清漳之通浦兮⑤,倚曲沮之长洲⑥。背坟衍之广陆兮⑦,临皋隰之沃流⑧。北弥陶牧⑨,西接昭丘⑩。华实蔽野⑪,黍稷盈畴⑫。虽信美而非吾土兮⑬,曾何足以少留⑭!

遭纷浊而迁逝兮⑮,漫逾纪以迄今⑯。情眷眷⑰而怀归兮,孰忧思之可任⑱!凭轩槛以遥望兮,向北风而开襟⑲。平原远而极目兮,蔽荆山之高岑⑳。路逶迤而修迥㉑兮,川既漾而济深㉒。悲旧乡之壅隔兮㉓,涕横坠而弗禁㉔。昔尼父之在陈兮,有归欤之叹音㉕。钟仪幽而楚奏兮㉖,庄舄显而越吟㉗。人情同于怀土兮㉘,岂穷达而异心㉙!

惟日月之逾迈兮㉚,俟河清其未极㉛。冀王道之一平兮㉜,假高衢而骋力㉝。惧匏瓜之徒悬㉞兮,畏井渫之莫食㉟。步栖迟以徙倚㊱兮,白日忽其将匿㊲。风萧瑟而并兴㊳兮,天惨惨而无色㊴。兽狂顾以求群㊵兮,鸟相鸣而举翼㊶。原野阒其无人㊷兮,征夫行而未息㊸。心凄怆以感发兮㊹,意忉怛而憯恻㊺。循阶除而下降㊻兮,气交愤于胸臆㊼。夜参半而不寐㊽兮,怅盘桓以反侧㊾。

【注释】

①兹楼:指麦城楼。麦城楼故城在今湖北当阳东南,漳、沮二水汇合处 ②聊:姑且,暂且。暇日:假借此日。暇:通"假",借。销忧:解除忧虑。 ③斯宇之所处:指这座楼所处的环境。 ④实显敞而寡仇:此楼的宽阔敞亮很少能有与它相比的。寡,少。仇,匹敌。 ⑤挟清漳之通浦:漳水和沮水在这里会合。挟,带。清漳,指漳水,发源于湖北南漳,流经当阳,与沮水会合,经江陵注入长江。通浦,两条河流相通之处。 ⑥倚曲沮之长洲:弯曲的沮水中间是一块长形陆地。倚,靠。曲沮,弯曲的沮水。沮水发源于湖北保康,流经南漳、当阳,与漳水会合。长洲,水中长形陆地。 ⑦背坟衍之广陆:楼北是地势较高的广袤原野。背:背靠,指北面。坟:高。衍:平。广陆:广袤的原野。

⑧临皋（gāo）隰（xí）之沃流：楼南市地势低洼的低湿之地。临：面临，指南面。皋：水边低洼之地。沃流：可以灌溉的水流。 ⑨北弥陶牧：北楼陶朱公所在的江陵。弥：接。陶牧：春秋时越国的范蠡帮助越王勾践灭吴后弃官来到陶，自称陶朱公。牧：郊外。湖北江陵西有他陶朱公墓，故称陶牧。 ⑩昭丘：楚昭王德坟墓，在当阳郊外。 ⑪华实蔽野：（放眼望去）花和果实覆盖着原野。华：同"花"。 ⑫黍（shǔ）稷（jì）盈畴：农作物遍布田野。黍稷：泛指农作物。 ⑬信美：确实美。吾土：这里指作者的故乡。 ⑭曾何足以少留：曾不能暂居一段。曾，竟。 ⑮遭纷浊而迁逝：生逢乱世到处迁徙流亡。纷浊：纷乱混浊，比喻乱世。 ⑯漫逾纪以迄今：这种流亡生活已超过了十二年。逾：超过。纪：十二年。迄今：至今。 ⑰眷眷（juàn）：形容念念不忘。 ⑱孰忧思之可任：这种忧思谁能经受的住呢？任，承受，当，受。 ⑲开襟：敞开胸襟。 ⑳蔽荆山之高岑（cén）：高耸的荆山挡住了视线。荆山，在湖北南漳。高岑：小而高的山。 ㉑路逶迤（wěiyí）而修迥：道路曲折漫长。修，长。迥，远。 ㉒川既漾而济深：河水荡漾而深，很难渡过。这两句是说路远水长归路艰难。 ㉓悲旧乡之壅（yōng）隔兮：想到与故乡阻塞隔绝就悲伤不已。壅，阻塞。 ㉔涕横坠而弗禁：禁不住泪流满面。涕，眼泪。弗禁，止不住。 ㉕昔尼父之在陈兮，有"归欤"之叹音：据《论语·公冶长》记载，孔子周游列国的时候，在陈、蔡绝粮时感叹："归欤，归欤！"尼父，指孔子。 ㉖钟仪幽而楚奏兮：指钟仪被囚，仍不忘弹奏家乡的乐曲。《左传·成公九年》载，楚人钟仪被郑国作为俘虏献给晋国，晋侯让他弹琴，晋侯称赞说："乐操土风，不忘旧也。" ㉗庄舄（xì）显而越吟：指庄舄身居要职，仍说家乡方言。《史记·张仪列传》载，庄舄在楚国作官时病了，楚王说，他原来是越国的穷人，现在楚国作了大官，还能思念越国吗？便派人去看，原来他正在用家乡话自言自语。 ㉘人情同于怀土兮：人都有怀念故乡的心情。 ㉙岂穷达而异心：哪能因为穷困和腾达就不同了呢？ ㉚惟日月之逾迈兮：日月如梭，时光飞逝。惟，发语词，无实义。 ㉛俟（sì）河清其未极：黄河水还没有到澄清的那一天。俟，等待。河，黄河。未极，未至。 ㉜冀王道之一平：希望国家统一安定。冀，希望。 ㉝假高衢（qú）而骋力：自己可以施展才能和抱负。假，凭借。高衢：大道。 ㉞惧匏（páo）瓜之徒悬：担心自已像匏瓜那样被白白地挂在那里。《论语·阳货》："吾岂匏瓜也哉？焉能系而不食？" ㉟畏井渫（xiè）之莫食：害怕井淘好了，却没有人来打水吃。渫，淘井。《周易·井卦》："井渫不食，为我心恻。" ㊱步栖（qī）迟以徙倚：在楼上漫步徘徊。栖迟，徙倚都有徘徊、漫步义。 ㊲白日忽其将匿（nì）：太阳将要沉没。匿，隐藏。 ㊳风萧瑟而并兴：林涛阵阵，八面来风。萧瑟，树木被风吹拂的声音。并兴，指风从不同的地方同时吹起。 ㊴天惨惨而无色：天空暗淡无光。 ㊵兽狂顾以求群：野兽惊恐地张望寻找伙伴。狂顾：惊恐地回头望。 ㊶鸟相鸣而举翼：鸟张开翅膀互相地鸣叫。 ㊷原野阒（qù）其无人：原野静寂无人。阒，静寂。 ㊸征夫行而未息：离家远行的人还在匆匆赶路。 ㊹心凄怆以感发：指自己为周围景物所感触，不禁觉得凄凉悲怆。 ㊺意忉怛（dāodá）而憯（cǎn）恻：指心情悲痛，无限伤感。这两句为互文。憯，同"惨"。 ㊻循阶除而下降：沿着阶梯下楼。循，沿着。除，台阶。 ㊼气交愤于胸臆：胸中闷气郁结，愤懑难平。 ㊽夜参半而不寐：即直到半夜还难以入睡。 ㊾怅盘桓以反侧：惆怅难耐，辗转反侧。盘桓，这里指内心的不平静。

【赏析】

　　王粲（177～217）汉魏间文学家，字仲宣，山阳高平（今山东邹县）人。王粲一生以文才而闻名天下，与曹植并称为"曹王"，又是"建安七子"之一，在七子中文学成就最高。刘勰在《文心雕龙》中称他为"七子之冠冕"。

　　王粲才华卓越，却不被重用，寓流荆州十五年。公元205年秋，王粲在荆州登上麦城（在今湖北当阳东南）城楼，纵目四望，写下了这篇传诵不衰的名赋。这篇赋主要抒写作者生逢乱世、长期客居他乡、才能不能得以施展而产生思乡、怀国之情和怀才不遇之忧，表现了作者对动乱时局的忧虑和对国家和平统一的希望，也倾吐了自己渴望施展抱负、建功立业的心情。全篇抒情意味很浓，"忧"字贯穿全篇，风格沉郁悲凉，语言流畅自然，是建安时代抒情小赋的代表性作品。

　　此赋结构严谨，第一段写景中透露出"忧思"，"望"、"忧"两字，奠定了全文的抒情基调。其中写异乡风光："挟清漳之通浦兮，倚曲沮之长洲。背坟衍之广陆兮，临皋隰之沃流。华实蔽野，黍稷盈畴"地势开阔，山川秀美，物产富饶，以眼前乐景反衬心中哀情。第二段集中表达了作者内心的沉重忧思。开头四句承上文"非吾土"抒发怀乡之情，"凭轩槛以遥望兮"中的"望"字，化景物为情思。第三段对思乡之情进一步开掘，揭示出"忧思"深层的政治内涵。此段写傍晚景色："步栖迟以徙倚兮，白日忽其将匿。风萧瑟而并兴兮，天惨惨而无色。兽狂顾以求群兮，鸟相鸣而举翼"。兽狂鸟倦，原野寂寥，烘托出作者内心的凄怆。前后景物描写，即景生情，寓情于景，一乐一悲，相互照应，真切地反映出作者愁绪步步加深、忧伤至极的过程。此赋主题深刻，超越了一般的怀乡之作，揭示了深厚的政治内涵。

　　此赋语言清丽，文章用典贴切，注意与主观感情的抒发相契合。例如"瓠瓜徒悬"、"井渫莫食"等典故，都传达出作者的怀乡之情和怀才不遇的怨愤。

【为袁绍檄豫州】

陈　琳

　　左将军领豫州刺史①郡国相守②：盖闻明主图危以制变，忠臣虑难以立权③。是以有非常之人，然后有非常之事；有非常之事，然后立非常之功。夫非常者，故非常人所拟④也。曩者⑤强秦弱主，赵高执柄，专制朝权，威福由己；时人迫胁，莫敢正言，终有望夷之败⑥。祖宗焚灭，污辱至今，永为世鉴。及臻吕后季⑦年，产、禄⑧专政，内兼二军⑨，外统梁、赵⑩，擅断万机，决事省禁⑪，下凌上替⑫，海内寒心。于是绛侯、朱虚⑬，兴兵奋怒，诛夷逆暴，尊立太宗⑭。故能王道兴隆，光明显融，此则大臣立权之明表也。

司空曹操，祖父中常侍⑮腾⑯，与左悺、徐璜并作妖孽，饕餮放横⑰，伤化虐民。父嵩，乞匄携养，因赃假位⑱，舆金辇璧，输货权门，窃盗鼎司⑲，倾覆重器⑳。操赘阉遗丑㉑，本无懿德，犭票狡㉒锋协㉓，好乱乐祸。幕府㉔董统鹰扬㉕，扫除凶逆，续遇董卓，侵官暴国㉖，于是提剑挥鼓，发命东夏，收罗英雄㉗，弃瑕取用㉘。故遂与操同咨合谋㉙，授以裨师；谓其鹰犬㉚之才，爪牙可任；至乃愚佻短略㉛，轻进易退，伤夷折衂㉜，数丧师徒㉝。幕府辄复分兵命锐，修完补辑㉞，表行东郡㉟，领兖州刺史，被以虎文㊱，奖蹙威柄，冀获秦师一克之报㊲。而操遂承资跋扈，肆行凶忒，割剥元元，残贤害善。故九江太守边让㊳，英才俊伟，天下知名，直言正色，论不阿谄，身首被枭悬之诛，妻孥受灰灭之咎。自是士林愤痛，民怨弥重，一夫奋臂，举州同声。故躬破于徐方，地夺于吕布，彷徨东裔㊴，蹢躅无所。幕府惟强干弱枝之义，且不登叛人之党，故复援旌擐㊵甲，席卷起征，金鼓响振，布众奔沮㊶。拯其死亡之患，复其方伯之位，则幕府无德于兖土之民，而有大造于操也。

后会鸾驾反旆㊷，群虏寇攻，时冀州方有北鄙之警，匪遑离局㊸，故使从事中郎徐勋，就发遣操，使缮修郊庙，翊卫㊹幼主。操便放志专行，胁迁当御省禁；卑侮王室，败法乱纪；坐领三台㊺，专制朝政；爵赏由心，刑戮在口；所爱光五宗，所恶灭三族；群谈者受显诛，腹议者蒙隐戮；百僚钳口㊻，道路以目㊼；尚书记朝会，公卿充员品而已。故太尉杨彪，典历二司㊽，享国极位。操因缘眦睚㊾，被以非罪，榜楚参并，五毒备至；触情任忒，不顾宪网㊿。又议郎赵彦，忠谏直言，义有可纳，是以圣朝含听，改容加饰(51)。操欲迷夺时明(52)，杜绝言路，擅收立(53)杀，不俟(54)报闻。

又梁孝王(55)，先帝母昆，坟陵尊显，桑梓松柏，犹宜肃恭。而操帅将吏士，亲临发掘，破棺裸尸，掠取金宝，至令圣朝流涕，士民伤怀。操又特置发丘中郎将、摸金校尉，所过隳突(56)，无骸(57)不露。身处三公之位，而行桀虏(58)之态，污国虐民，毒施人鬼。加其细政苛惨，科防互设，罾(59)缴充蹊，坑阱塞路，举手挂网罗，动足触机陷。是以兖、豫有无聊(60)之民，帝都有吁嗟之怨。

历观载籍，无道之臣，贪残酷烈，于操为甚。幕府方诘㉛外奸，未及整训，加绪含容，冀可弥缝㉜。而操豺狼野心，潜包祸谋，乃欲摧挠栋梁，孤弱汉室，除灭忠正，专为枭雄㉝。往者伐鼓，北征公孙瓒，强寇桀逆，拒围一年，操因其未破，阴交书命，外助王师，内相掩袭。故引兵造河，方舟北济，会其行人发露，瓒亦枭夷，故使锋芒挫缩，厥图不果㉞。

尔乃大军过荡西山，屠各㉟、左校㊱，皆束手奉质，争为前登，犬羊残丑，消沦山谷。于是操师震慑，晨夜逋遁，屯据敖仓㊲，阻河为固，欲以螳螂之斧，御隆车之隧㊳。幕府奉汉威灵，折冲宇宙，长戟百万，胡骑千群，奋中黄育获之士㊴，骋良弓劲弩之势，并州越太行，青州涉济、漯㊵，大军泛黄河而角其前，荆州下宛㊶、叶而掎其后，雷霆虎步，并集虏庭，若举炎火以焫㊷飞蓬，覆沧海以沃熛㊸炭，有何不灭者哉。又操军吏士，其可战者，皆自出幽、冀，或故营部曲，咸怨旷思归，流涕北顾；其馀兖、豫之民，及吕布、张扬之遗众，覆亡迫胁，权时苟从㊹，各被创夷，人为仇敌。若回旆方徂，登高冈而击鼓吹，扬素挥㊺以启降路，必土崩瓦解，不俟血刃。

方今汉室陵迟㊻，纲维弛绝，圣朝无一介之辅，股肱无折冲之势，方畿㊼之内，简练㊽之臣，皆垂头搨翼㊾。莫所凭恃，虽有忠义之佐，胁于暴虐之臣，焉能展其节！又操持部曲精兵七百，围守宫阙，外托宿卫，内实拘执，惧其篡逆之萌，因斯而作。此乃忠臣肝脑涂地之秋，烈士立功之会，可不勖㊿哉！

操又矫命称制㊿¹，遣使发兵。恐边远州郡，过听而给与，强寇弱主，违众旅叛，举以丧名，为天下笑，则明哲不取也。

即日幽、并、青、冀四州并进。书到，荆州便勒见兵，与建忠将军㊿²协同声势。州郡各整戎马，罗落㊿³境界，举师扬威，并匡社稷，则非常之功于是乎著。其得操首者，封五千户侯，赏钱五千万。部曲偏裨将校诸吏降者，勿有所问。广宣恩信，班扬㊿⁴符赏，布告天下，咸使知圣朝有拘逼之难。如律令㊿⁵。

【注释】

①左将军领豫州刺史：指刘备。　②相守：郡守、国相。这是发给刘备及所部郡国相守的文本，故开头有此称谓。　③盖闻明主图危以制度，忠臣虑难以立权：我听说，英明

的郡主危难时能制定策略来平定变乱,忠心的大面临因难寻求对策来确定自己的地位。 ④拟:比拟。 ⑤曩者:从前。 ⑥望夷之败:望夷,秦宫室望夷宫。宦官赵高专权,杀秦二世于此,因称"望夷之效"。 ⑦臻:到。季:晚年。 ⑧产、禄:指吕产、吕禄。 ⑨二军:指南军与北军,汉京师警备部队。 ⑩梁、赵:指吕产为梁王,吕禄为赵王。 ⑪省禁:汉制,王所居曰禁中,诸公所居曰省中。 ⑫凌、替:谓纲纪不能维持,上下不思振作。 ⑬绛侯:指西汉太尉周勃。朱虚:指西汉朱虚侯刘章。汉高帝死后,吕后专权,任用吕产、吕禄。吕氏死后,周勃、刘章等遂诛诸吕,拥立文帝。 ⑭太宗:汉文帝庙号。 ⑮中常侍:宦者的职务。 ⑯腾:曹操的祖父(曹嵩的养父)曹腾。 ⑰饕餮放横:骄横放纵。 ⑱因赃假位:因行贿而骗取官位。 ⑲鼎司:三公曹嵩官至太尉。 ⑳重器:国家的宝器。 ㉑赘阉遗丑:宦官的后代。 ㉒猥狡:轻捷狡黠。 ㉓锋协:刀锋之利。 ㉔幕府:指袁绍。 ㉕董:督、统:统率。鹰扬:威武(的军队)。 ㉖侵官暴国:乘诛杀宦官之机,拥兵入京,擅行废立,大乱朝廷。 ㉗于是提剑挥鼓,发命东夏,收罗英雄:指汉献帝初平元年(190年),关东诸州起兵讨董卓,推勃海太守袁绍为盟主,曹操从之。 ㉘弃瑕取用:不计较他的污点而任用之。 ㉙同咨合谋:共同商量筹划。 ㉚鹰犬:指爪牙,比喻辅助之人,当时并无贬义。 ㉛佻:轻佻。略:谋略。 ㉜衄:折伤。 ㉝师徒:指军队。 ㉞修完补辑:整修队伍。 ㉟表行东郡:上表让他担任东郡太守。 ㊱虎文:虎皮。 ㊲冀获秦师一克之报:指春秋时秦穆公使孟明率师伐郑,被晋击败于殽。后孟明被释归来,秦穆公仍用他,再次伐晋,取王官及郊。 ㊳元元:民众。"故九江太守"句:前九江太守边让尝讥议曹操,曹操闻而杀之,并及其妻子。 ㊴东裔:东隅之地。 ㊵摝(huàn):套,穿。 ㊶奔沮:败逃。 ㊷旆驾:帝王车驾。銮驾反旆:指兴平二年(194年),汉献帝自长安返洛阳,次年,曹操迎帝并在许昌建都,改号建安。 ㊸匪遑:无暇。离局:离开(冀州)。 ㊹翊卫:辅助,护卫。 ㊺三台:指尚书、御史、谒者。 ㊻钳口:闭口不言。 ㊼道路以目:路上相见,只能以目示意,不敢交语。 ㊽二司:指扬彪曾为司空及司徒。 ㊾眦睚(zì yá):一作眦眦,瞪眼睛,怒目而视。引伸为小怨。 ㊿宪网:法令、纲纪。 51改容加饰:皇帝改变听谏言后难堪的容颜,并给予赏赐。饰:赐。 52迷夺时明:迷惑时人的眼目。 53擅:擅自。立:立即。 54俟:等待。 55梁孝王:指汉文帝子、景帝弟刘武。 56㧑(huī)突:冲撞毁坏。 57骸:尸骨。 58桀虏:凶暴之徒。 59罾(zēng):射鸟之器,此处喻法纲。 60无聊:生活穷困,无所依赖。 61诘:究问,查办,问罪。 62冀可弥缝:幕府(袁绍)仍希望能补救(曹操)行事的缺失。 63枭雄:雄长,魁道。 64厌图不果:其果谋没有成功。 65屠各:匈奴部族名。 66左校:指左校令官署统下的匈奴人。 67敖仓:中原清粮聚集地,楚汉相争时,刘邦曾据此以供军需。 68隧:道路。 69中黄、育、获之士:指中黄伯、夏育、孟获,皆古勇士。 70济、漯:指济水、漯水。 71并州、青州、荆州:皆指随同讨伐曹操的州郡部队。 72焫(ruò):烧。 73熛(biāo):迸飞的火焰。 74权时:衡量时势。苟从:苟且,跟从。 75素挥:白旗。 76陵迟:衰颓。 77方畿(jī):京城。 78简练:简明干练。 79揭翼:谓鸟垂翅,表现垂头丧气的神态。 80勖(xù):勉励。 81娇命称制:假托君令,发布诏敕。 82建忠将军:指张绣,当时屯军于宛,与刘表合兵,在宛与曹对抗。 83罗落:分布陈列。 84班扬:宣布。 85如律令:按法令执行,汉代诏书或檄书结尾多用此语。

【赏析】

陈琳（？—217）字孔璋，广陵射阳（今江苏淮安东南）人，东汉末年著名文学家，"建安七子"之一。

汉末社会动荡，建安三年（198），曹操挟持汉帝建都许城（今河南许昌）自称大将军封武平侯，位司空，行车骑将军。但东方各郡的刺史太守拥兵割据。建安四年（199）袁绍统领很大军讨曹，并传檄各州郡。此文是袁绍攻打曹操起兵时让陈琳起草的檄文，目的是晓喻当时任左将军豫州刺史的齐备，希望他反曹。文中历数曹操罪状，并称赞袁绍兵威。这篇檄文，不仅险些给陈琳带来杀身之祸，也显露其过人的才华，获得曹操的赏识，因为陈琳骂曹骂得凶，戳到曹操的痛处，据说竟使曹操的头痛病不治而愈，因而曹操不忍杀他。后人欣赏这篇文章，并不是因为文中扬袁抑曹的观点，而是其行文的铺陈排偶，辞藻华美，笔力遒劲，感情充沛。

檄文一开头陈琳没有就事论事，而开宗明义，将袁绍这次征讨称为挽救危难、粉碎篡逆的非常之举，以此作为号召。

为了使号召有说服力，有号召力，陈琳引用了历史上一反一正两件历史事实，一是赵高挟持秦二世，"时人迫胁，莫敢正言"，终于酿成了二世被迫自杀的望夷宫事件，并导致秦朝的覆亡。这是一个惨痛的历史教训。二是吕后末年，吕产、吕禄等专权，汉代几至易姓，但在周勃、刘章等人"兴兵奋怒"的努力下，终于诛诸吕，立文帝，安定了汉室。这是一个成功的例证，"大臣立权之明表也"，希望对刘备来效法。选取这一历史事例，可以说十分贴切地联系着当时的现实：周勃诛诸吕时身为太尉，而袁绍当时"为太尉转为大将军"，相当周勃的地位。朱虚侯刘章是汉代的宗室，而刘备正好也是汉宗室。陈琳正是通过这一历史事件希望袁绍、刘备携手，灭贼扶汉。

阐明了讨曹的目的后，陈琳紧接说明为什么要讨曹。第一步由远及近，从纵的方向对曹操进行声讨，由曹操的出身，祖父为宦作恶，其父是过继之子，曹操本人参加过讨董卓义军，作兖州刺史，擅权朝刚，窃据相位，是全朝士大夫的耻辱。第二步，由己推人，揭露曹操的狼狈发家史，历叙袁绍和曹操的关系，曹操是由袁绍提携的，每当曹操遭遇危险，是袁绍数次分兵于曹，使曹操转危为安，东山再起，而曹操得势后不仅不思回报汉室，反而恩将仇报，当袁绍代表朝廷征讨公孙瓒时，曹操竟暗中与公孙瓒相勾结，企图危害袁绍，削弱汉室。第三步，居高临下，专陈曹操"不臣"的劣迹，说曹操不仅残害忠良，而且还发掘皇太后哥哥梁孝王的陵墓，怀有不臣之心。陈琳正是通过对曹操不忠、不义、不道的深刻揭露，显示出袁绍此举的为君、为国、为民的正义性。

为了达到让刘备弃曹从袁的目的，陈琳仅指出孰为正义并不够，还需对双方实力、军事情势进行分析，使之明其利害，专一从己。檄文指出袁绍是乘胜之师，兵多将广。幽州、青州刺史都是袁绍的儿子，并州刺史是袁绍的外甥，他们一定会与袁绍本部冀州军团结一致，奋勇作战。荆州刘表是袁绍的同盟，形成对曹军的前后夹击。而曹操的部队，嫡系军队"怨旷思归，流涕北顾"；收编吕布、张扬的部队则人心尚未归顺，"人为仇敌"，强弱之势十分明显，最后希望刘备"举师扬威，并匡社稷"，并公布立功的奖赏及投降不问的优待政策。作者对刘备可以说是晓之以理，动之以情，明之以利害。

本文大都以骈偶句构成，齐整凝练，不仅有着形式整饬之美，且能增加文章的气势，便于口耳相传，扩大影响。语言丰富，全文二千多字，除称谓之外，基本上没有重复使用的词语；叙述也很形象，如表示袁绍军队的威力，用"若举炎火以焫飞蓬，覆沧海以沃熛炭"等，给人极深印象。

【让县自明本志令】

曹 操

孤始举孝廉①，年少，自以本非岩穴知名之士②，恐为海内人之③所见凡愚。欲为一郡守，好作政教以建立名誉，使世士④明知之。故在济南⑤，始除残去秽⑥，平心选举，违忤诸常侍⑦。以为强豪所忿，恐致家祸，故以病还。

去官之后，年纪尚少⑧，顾视同岁⑨中，年有五十，未名为老，内自图之；从此却去二十年，待天下清，乃与同岁中始举者等耳。故以四时归乡里，于谯⑩东五十里筑精舍，欲秋夏读书，冬春射猎，求底下之地，欲以泥水自蔽⑪，绝宾客往来之望，然不能得如意。

后征为都尉，迁典军校尉⑫，意遂更欲为国家讨贼立功，欲望封侯作征西将军⑬，然后题墓道言"汉故征西将军曹侯之墓"，此其志也。而遭值董卓之难⑭，兴举义兵⑮。是时合兵能多得耳，然常自损，不欲多之。所以然者，多兵意盛，与强敌争，倘更为祸始。故汴水之战⑯数千，后还到扬州更募⑰，亦复不过三千人。此其本志有限也。

后领兖州，破降黄巾⑱三十万众。又袁术僭号⑲于九江，下皆称臣，名门曰建号门，衣被皆为天子之制，两妇预争为皇后。志计已定，人有劝术使遂即帝位，露布⑳天下。答言："曹公尚在，未可也。"后孤讨禽㉑其四将，获其人众，遂使术穷亡解沮㉒，发病而死。及至袁绍㉓据河北，兵势强盛，孤自度势，实不敌之。但计投死为国，以义灭身，足垂于后。幸而破绍，枭㉔其二子。又刘表自以为宗室，包藏奸心，乍前乍却㉕，以观世事，据有当州㉖。孤复定之，遂平天下。身为宰相，人臣之贵已极，意望已过矣㉗。今孤言此，若为自大，欲人言尽，故无讳耳。设使国家无有孤，不知当几人称帝，几人称王。

或者人见孤强盛，又性不信天命之事，恐私心相评，言有不逊之志㉘，妄相忖度，每用耿耿。齐桓、晋文所以垂称至今日者，以其兵势广大，犹能奉事周室也。《论语》云："三分天下有其二，以服事殷，周之德可谓至德矣。"夫能以大事小也。昔乐毅㉙走赵，赵王㉚欲与之图燕，乐毅伏而垂泣，对曰："臣事昭王，犹事大王；臣若获戾，放在他国，没世然后已，不忍谋赵之徒隶㉛，况燕后嗣乎？"胡亥㉜之杀蒙恬也，恬曰："自吾先人及至子孙，积信于秦三世矣。今臣将兵三十馀万，其势足以背叛，然自知必死而守义者，不敢辱先人之教以忘先王也。"孤每读此二人书，未尝不怆然流涕也。孤祖、父㉝以至孤身，皆当亲重之任，可谓见信者矣以及子桓㉞兄弟，过于三世矣。孤非徒对诸君说此也，常以语妻妾，皆令深知此意。孤谓之言："顾我万年之后，汝曹皆当出嫁，欲令传道我心，使他人皆知之。"孤此言皆肝鬲之要㉟也。

　　所以勤勤恳恳叙心腹者，见周公有《金縢》㊱之书以自明，恐人不信之故。然欲孤便尔委捐㊲所典兵众，以还执事㊳，归就武平侯国㊴，实不可也。何者？诚恐己离兵为人所祸也。既为子孙计，又已败则国家倾危，是以不得慕虚名而处实祸，此所不得为也。前朝恩封三子为侯，固辞不受；今更欲受之，非欲复以为荣，欲以为外援为万安计。孤闻介推㊵之避晋封，申胥㊶之逃楚赏，未尝不舍书而叹，有以自省也。奉国威灵，仗钺㊷征伐，推㊸弱以克强，处小而禽大。意之所图，动无违事，心之所虑，何向不济，遂荡平天下，不辱主命，可谓天助汉室，非人力也。然封兼四县㊹，食户三万㊺，何德堪之！江湖未静，不可让位；至于邑土，可得而辞。今上还阳夏、柘、苦三县户二万，但食武平万户，且以分损㊻谤议，少减孤之责也。

【注释】

①孤：古代王侯自谦之称。曹操当时任丞相，封武平侯，故此自称。孝廉：汉代从汉武帝开始，规定地方长官按期向中央推举各科人才，分孝廉、贤良、方正等科目，听候使用，东汉时每年由各郡、国从二十万人中荐举一人，曹操被举为孝廉时才二十岁。孝指善事父母，廉指清廉方正。　②岩穴知名之士：指隐居而有名望的人。汉朝风尚，儒生常故意隐居深山，抬高声价，以待举荐。岩穴，山洞石室。　③海内人：这里主要指世家豪族。曹操出身宦官家庭，故被轻视。　④世士：世人。　⑤在济南：曹操于公元184年（中平元年）为济南国相，职位相当于太守。济南国辖境在今山东济南一带。　⑥除残去

秽：曹操任济南国相时，下属官吏多趋附权贵，贪赃枉法。曹操奏请撤免八个县官，下令捣毁六百多所祠庙，严禁祭祀鬼神，因此得罪了当时的权贵近臣。　⑦违迕(wǔ)：违背、触犯。诸：之于。常侍：也称中常侍，皇帝的侍从近臣，掌管宫廷文书和传达皇帝命令。东汉末年，中常侍改用宦官，权势很大，地方官多逢迎他们。　⑧年纪尚少(shào)：曹操任济南相期满，朝廷调他为东郡太守。他托病辞官还乡，年方三十来岁。　⑨同岁：同一年被举为孝廉的人。　⑩谯(qiáo)：今安徽亳县。曹操的故乡。　⑪泥水自蔽：意谓老于荒野，不求闻达。　⑫典军校尉：武官名，掌管近卫兵，多由皇帝亲信担任。公元188年（中平五年），汉灵帝刘宏建立西园军，设置八校尉，以小黄门蹇硕为上军校尉，袁绍为中军校尉，曹操为典军校尉。　⑬征西将军：东汉时授征西将军的有四人，他们对东汉王朝都立过功劳。曹操借此述志，表示愿做东汉王朝的功臣。　⑭董卓之难：董卓原是凉州（今甘肃、宁夏一带）豪强，灵帝时任并州（今山西太原）牧。公元189年（中平六年），汉灵帝死，少帝刘辩即位，外戚何进为了消灭宦官，召董卓领兵入洛阳，废少帝，立献帝刘协。董卓自封都尉和相国，操纵朝政。各州郡起兵反对，成立讨卓联军。　⑮兴举义兵：指公元190年（初平元年），关东各州郡纷纷起兵讨伐董卓，都自称"义兵"。曹操也在陈留郡己吾县（今河南省陈留县）招募五千人起兵讨董。董卓挟持献帝和数十万居民从洛阳迁都长安，沿路死人无数，洛阳被焚。公元192年（初平三年），董卓被王允、吕布所杀。　⑯汴水之战：公元190年（初平元年），以袁绍为盟主的关东各州郡声称讨董，实各怀私利，又怕董卓兵强，不敢先进。曹操独率军西进，与董卓部将徐荣在荥阳的汴水（今名索河，在河南省荥阳县西南）一带交战，因兵少无援失败。曹操本人被流矢所中，连夜逃走。　⑰扬州更募：曹操汴水战败后，与夏侯惇等到扬州重新召募兵丁。东汉末年，扬州的州治在今安徽省合肥，辖今江苏、安徽一带。　⑱破降黄巾：公元192年（初平三年），青州黄巾农民军起义攻入兖州，杀刺史刘岱。济北鲍信与兖州官吏迎曹操为兖州牧。曹操领兵攻黄巾军于寿张（今山东省东平县西南），追至济北，黄巾军三十万被迫投降。曹操从中挑选精壮，组成自己的强大军事力量，号为"青州兵"。　⑲袁术：字公路，袁绍的异母弟，九江郡太守，东汉末年江淮一带世族豪强大军阀。僭(jiàn)号：盗用皇帝称号。公元197年（建安二年），袁术以九江太守称帝于寿春（今安徽省寿县）。　⑳露布：布告，宣示。　㉑禽：同"擒"。公元197年（建安二年）九月，袁术攻陈（今河南省淮阳县），曹操引兵出击，大胜，擒斩袁术的四个部将桥蕤(ruí)、李丰、梁纲、乐就。　㉒解沮(jǔ)：瓦解崩溃。　㉓袁绍：字本初，袁术之兄。公元199年（建安四年）三月，消灭了公孙瓒，占有黄河以北的冀、青、幽、并四州，成为北方最强大的割据势力。　㉔枭(xiāo)：即枭首，斩首而悬之示众。公元200年（建安五年），曹操在官渡（今河南省中牟县东北）之战中，以少胜多，消灭袁绍军的主力。两年后，袁绍病死。后来，其子袁谭、袁尚因争夺冀州互相攻杀，袁谭求援曹操后，袁尚退军。但是袁谭背叛了曹操，公元205年（建安十年）正月，曹操又出兵击杀袁谭，袁尚和他的次兄袁熙逃奔辽西乌桓。公元207年（建安十二年）五月，曹操北征乌桓。袁熙、袁尚又逃往辽东，九月为曹操部属公孙康所杀。曹操于是将他们悬头示众。　㉕乍前乍却：忽前忽后。意喻投机。据史载：官渡之战，袁绍向刘表求援，刘表暗地里与曹操勾结，未敢出兵。有人劝他归附曹操，他也持观望态度。　㉖当州：当地，即荆州，辖今湖北、湖南等地。公元208年（建安十三年）七月，曹操南征刘表，八月刘表病死，九月其幼子刘琮即以荆州降曹操。　㉗"人臣"二句：公元208年（建安十三年），汉献帝为了表彰曹操平定三郡乌桓的功绩，废太尉、司徒、司空三公，恢复西汉的丞相和御史大夫制度，任曹操为丞相。　㉘不逊之志：不忠顺的想法。指别人认为曹操有代汉自立为皇帝的野心。　㉙乐毅：战国燕昭王时名将，曾率赵、楚、韩、魏、燕五国军队破齐国，攻下齐国七十余城，后封为昌国君。燕昭王死，燕惠王立，中了齐将田单的反间计，让骑劫代乐毅为将，乐毅担心留在燕国被害，于是投奔赵国。　㉚赵王：赵惠文王。　㉛徒隶：犯人和奴隶，此泛指地位低贱的人。　㉜胡亥：秦始皇嬴政的小儿子，继始皇立，称二世。蒙恬（tián）：秦始皇时名将，秦统一六国后，他率兵三十万，北击匈奴，修筑长城。秦始皇死后，赵高伪造始皇遗诏，逼使蒙恬自杀。　㉝祖、父：指曹操的祖父曹腾和父亲曹嵩。曹腾在汉桓帝时任中常侍、大长秋（管理皇宫事宜的官），封费亭侯；养夏侯氏的孩子为子，即是曹嵩，汉灵帝时官至太尉。曹嵩生曹操。　㉞子桓：曹操次子曹丕的字。　㉟肝鬲（gé）之要：出自内心的至要之言。鬲，同"膈"，胸膈。　㊱周公：姓姬名旦，周武王弟，周成王叔。金縢（téng）：《尚书·周书》篇名。其中记述武王病时，周公曾作祷辞祭告于神，请求代武王死，祭毕将祷词封藏在金縢柜中。武王死，成王年幼，周公摄政。成王的另两个叔父管叔、蔡叔等诽谤周公篡位，引起成王怀疑。于是周公避居东都（现河南洛阳市）。后来成王启柜发现祷词，知其忠贞，大为感动，亲自迎回了周公。縢，封缄。金縢密封的金属柜。　㊲委捐：放弃，交出。　㊳执事：指朝廷统率军队的主管权。　㊴武平侯国：公元196年（建安元年），献帝任曹操为大将军，封武平侯。武平，在今河南鹿邑县西。为万安计：曹操此令公布后，据《魏书》记载：汉献帝在第二年，即公元211年（建安十六年），封曹操之子曹植为平原侯，曹据为范阳侯，曹豹为饶阳侯。　㊵介推（cuī）：即介子推，春秋时晋国人，曾随晋公子重耳出亡十九年。后重耳回国即位，大封从亡诸臣。介子推不挂念自己的功劳，与他的母亲隐于绵山而死。后世又传说重耳曾烧山要他出来做官，他坚不出山，抱木被烧而死。　㊶申胥：即申包胥，春秋时楚国大夫。伍子胥率吴军伐楚，攻下郢都。申包胥求救于秦，痛哭七日，终于感动了秦哀公，求得救兵，击退吴军。楚昭王回到郢都，赏赐功臣。他避而逃走，不肯受赏。㊷钺（yuè）：古兵器，形似大斧，也是天子出征时的一种仪仗。皇帝授钺给主将，即象征代表天子出征。　㊸推：指挥。　㊹四县：指武平、阳夏（jiǎ，今河南太康县）、柘（今河南柘城县北）、苦（hù，今河南鹿邑县东）。　㊺食户三万：受三万户人家所纳赋税的供养。　㊻分损：减少，平息。

【赏析】

　　这篇文章是反映曹操思想和经历的一篇带有自传性质的重要文章。写于公元210年（建安十五年），其时曹操五十六岁。当时，他完成统一北方大业后，政权逐渐巩固，继而想统一全国，但是孙权、刘备两大军事势力仍然是他的巨大威胁。他们除在军事上联盟抗曹外，在政治上则抨击曹操"托名汉相，实为汉贼"，"欲废汉自立"（《三国志·吴书·周瑜传》）。在这种政治形势下，曹操发布了这篇令文，借退还皇帝加封三县之名，表明他的本志，反击了朝野谤议。

　　本文的政治意图在于反对当时政敌对于自己政治野心的攻击，回顾了自己政治抱负，概述了曹操统一中国北部的过程，表达了作者以平定天下、恢复统一为己任的理想。文章写得坦白直率,感情真挚质朴,气势磅礴,流畅自然,尤其是:"设使国家无有孤,不知当几人称帝,几人称王",充满豪气,表现出政治家的气度和见识。鲁迅评赞说:"在曹操本身,也是一个改造文章的祖师,可惜他的文章传得很少。他胆子很大,文章从通脱得力不少,做文章时又没有顾忌,想写的便写出来。"曹操今传文赋中,此文最具这种特色,值得后人借鉴。

【祀故太尉桥玄文】

曹操

故太尉桥公①,诞敷②明德,泛爱博容。国念明训,士思令谟。灵幽体翳,邈哉晞矣!

吾以幼年,逮升堂室,特以顽鄙之姿,为大君子所纳③。增荣益观,皆由奖助。犹仲尼称不如颜渊,李生之厚叹贾复。士死知己,怀此无忘。

又承从容约誓之言:"殂④逝之后,路有经由,不以斗酒只鸡过相沃酹⑤,车过三步,腹痛勿怪。"虽临时戏笑之言,非至亲之笃好,胡肯为此辞乎?匪⑥谓灵忿,能诒己疾,怀旧惟顾,念之凄怆。

奉命东征,屯次乡里,北望贵土,乃心陵墓,裁致薄奠,公其尚飨⑦!

【注释】

①桥公:字公祖,公元109年-183年,梁国睢阳(今河南商丘南)人。 ②诞敷:遍布。 ③"吾以幼年"三句:指曹操还没有入仕的时候,去拜望桥玄,桥玄见而异之,说:"天下将乱,安生民者,其在君乎!"曹操由此名声鹊起。 ④殂:死亡。 ⑤沃酹:以酒浇地而祭奠 ⑥匪:同"非"。 ⑦飨:祭祀。

【赏析】

公元196年,曹操迎汉献帝于许昌,取得"挟天子以令诸侯"的有利地位。自建安二年曹操降张绣、擒吕布、灭袁术。建安七年,曹操在下邳大败刘备,在官渡击垮袁绍,声威大振,志得意满,班师凯旋。当率大军经过故乡谯县(今安徽省亳县)时,特地去桥玄的墓地祭祀,这篇文章便是当时所写的祭文。

曹操之所以为桥玄写祭文,是有原因的。曹操年轻时就机敏聪颖,但任侠放荡,不务正业,所以为当时的一般士大夫们极端鄙视。但当时的名士官居太尉的桥玄认为他是安定天下的不世奇才。（光和六年桥玄官至太尉。曹操还没有入仕的时候，去拜望桥玄，桥玄见而异之，说："天下将乱，安生民者，其在君乎！"他感到自己年纪衰老，看不到曹操大展雄风的一天，并以妻子儿女相托附。曹操由此名声鹊起，他也因此而感谢桥玄的知遇之恩。

文章简短，而倾诉之深。曹操之所以成功，除了他的天分和自身努力，还有一个十分重要的原因就是桥玄对他的赞语使他名声大振。所以，他对故去的知音特别感激。文章开头便对桥玄大加赞美："诞敷明德，泛爱博容。国念明训，士思令谟。灵幽体翳，邈哉晞矣。"这是发自内心的话。然后，作者又在文中重提桥玄的言语，认为这是死者对自己的信任和亲近，申明设祭是为了不忘故人，不忘故人是由于死者是自己的知音。虽然生死异路，但这隔不断作者与桥玄的知己之情。此文短小精悍，无一句赘语，且情真意切，文气十足。语言则质朴清新，是魏晋散文作品中的佳作。

【疾困与孙权笺】

周 瑜

瑜以凡才，昔受讨逆殊特之遇，委以腹心，遂荷①荣任，统御兵马，志执鞭弭，自效戎行。规定巴蜀②，次取襄阳，凭赖威灵，谓若在握。至以不谨，道遇暴疾，昨自医疗，日加无损。人生有死，修短命矣，诚③不足惜，但恨微志未展，不复奉教命耳④。

方今曹公⑤在北，疆埸未静，刘备寄寓，有似养虎。天下之事，未知终始，此朝士旰食⑥之秋，至尊⑦垂虑之日也。鲁肃忠烈，临事不苟，可以代瑜。人之将死，其言也善，傥或可采，瑜死不朽矣。

【注释】

①荷：担任。　②巴蜀：先秦时期地区名和地方政权名，在今四川境内。东部为巴，西部为蜀。　③诚：确实。　④但恨微志未展，不复奉教命耳：只是遗憾平生的志向没能得到施展与践行，又不能再受到您的教诲和差遣了。　⑤曹公：曹操。　⑥旰食：指事务繁忙不能按时吃饭。　⑦至尊：指孙权。

【赏析】

周瑜（175－210）字公瑾，汉族，庐江舒县（今安徽省庐江县西南）人。东汉末年东吴名将，因其相貌英俊而有"周郎"之称。周瑜精通军事，又精于音律，江东向来有

"曲有误，周郎顾"之语。公元208年，孙、刘联军在周瑜的指挥下，于赤壁以火攻击败曹操的军队，此战也奠定了三分天下的基础。公元210年，周瑜因病去世，年仅36岁。《疾困与孙权笺》是周瑜临死前写给吴主孙权的一封遗书。

周瑜此遗书的主要目的是向吴主孙权表明心迹，周瑜一生孤傲自负，与吴主孙权的关系是君臣加对潜在竞争对手的关系，孙权从心底是防周瑜的，周心中也明白，故而在临死前表白，我为你孙吴政权打天下，立下汗马功劳，我将死了，我推荐鲁肃这个老实人代替我，这你可放心了吧！

周瑜此信写得感情真挚，如："但恨微志未展，不复奉教命耳。"从中可以看出才华过人的周瑜至死壮志未酬的遗憾。"鲁肃忠烈，临事不苟，可以代瑜。人之将死，其言也善，傥或可采，瑜死不朽矣。"临死不忘为主人推荐人才，可见其心中为吴谋划的忠心。

【前出师表】

诸葛亮

"先帝创业未半而中道崩殂①，今天下三分，益州疲敝②，此诚危急存亡之秋也。然侍卫之臣不懈于内，忠志之士忘身于外者，盖追先帝之殊遇，欲报之于陛下也。诚宜开张圣听，以光先帝遗德，恢宏志士之气，不宜妄自菲薄，引喻失义，以塞忠谏之路也。宫中府中，俱为一体，陟罚臧否③，不宜异同。若有作奸犯科及为忠善者，宜付有司论其刑赏，以昭陛下平明之治，不宜偏私，使内外异法也。

侍中④、侍郎⑤郭攸之、费祎、董允等，此皆良实，志虑忠纯，是以先帝简拔以遗陛下。愚以为宫中之事，事无大小，悉以咨之，然后施行，必能裨补阙漏，有所广益。将军向宠，性行淑均，晓畅军事，试用于昔日，先帝称之曰能，是以众议举宠以为督⑥。愚以为营中⑦之事，悉以咨之，必能使行阵和穆，优劣得所也。亲贤臣，远小人，此先汉所以兴隆也；亲小人，远贤臣，此后汉所以倾颓也。先帝在时，每与臣论此事，未尝不叹息痛恨于桓、灵也。侍中、尚书⑧、长史⑨、参军⑩，此悉贞亮死节之臣也，愿陛下亲之信之，则汉室之隆，可计日而待也。

臣本布衣⑪，躬耕于南阳，苟全性命于乱世，不求闻达于诸侯。先帝不以臣卑鄙⑫，猥自枉屈，三顾臣于草庐之中，咨臣以当世之事，由是感激，遂许先帝以驱驰。后值倾覆，受任于败军之际，奉命于危难之间，尔来二十有一年矣！先帝知臣谨慎，故临崩寄臣以大事也。受命以来，夙夜忧叹，恐托付不效，以伤先帝之明。故五月渡泸，深入不毛⑬。今南方已定，兵甲已足，当奖率三军，北定中原，庶竭驽钝，攘除奸凶，兴复汉室，还于旧都⑭。此臣之所以报先帝而忠陛下之职分也。至于斟酌损益，进尽忠言，则攸之、祎、允之任也。愿陛下托臣以讨贼兴复之效，不效则治臣之罪，以告先帝之灵。若无兴德之言，则责攸之、祎、允等之慢，以彰其咎。陛下亦宜自谋，以咨诹⑮善道，察纳雅言，深追先帝遗诏，臣不胜受恩感激。

今当远离，临表涕零，不知所言。

【注释】

①殂：死亡。 ②疲敝：疲乏，衰败。 ③陟罚臧否（pǐ）：即陟臧罚否，也就是赏善罚恶。陟：升迁，奖赏。臧：善。否：恶。 ④侍中：官名，皇帝的侍从顾问。 ⑤侍郎：官名，皇帝的近侍，又称黄门侍郎。 ⑥督：即中部督。 ⑦营中：指军队。 ⑧尚书：协助皇帝处理政务的官员。 ⑨长（zhǎng）史：丞相府中辅助丞相管理政务的官员。 ⑩参军：汉末至南北朝丞相及诸王府内的属官。 ⑪布衣：百姓。 ⑫卑鄙：卑贱浅陋。 ⑬不毛：不毛之地。 ⑭旧都：指东汉的首都洛阳。 ⑮咨诹（zōu）：询问。

【赏析】

诸葛亮（181－234），字孔明，琅琊阳都（今山东省沂南县）人。三国时的政治家、军事家。因战乱避居荆州，后隐居隆中。27岁出山辅佐刘备。公元221年刘备称帝，国号汉，诸葛亮任丞相。两年后刘备病死，刘禅即位，封诸葛亮为武乡侯。诸葛亮执掌军政大权，先后六次进攻曹魏，终因各种原因未能成功。蜀汉建兴十二年（公元234年）八月死于军中，谥号忠武。

本篇是公元227年诸葛亮出师北伐前给刘禅的奏表，"表"是古代文体的一种，专为臣下对君王进行陈述求请时使用，类似的还有"章"、"奏"、"议"等。此表是他对朝廷的建议和出师前所作的保证。表中先陈述蜀汉当前正处于形势危险之际，再反复劝勉刘禅继承先主遗志，"亲贤臣远小人"，特别强调顾全大局，不偏私左右亲信。末尾陈述自己对蜀汉的忠诚与北取中原的决心。尤其是"今当远离，临表涕零，不知所言"，其声呜咽似泣，其情沛然如注，勤勤恳恳之态如现，耿耿忠心尽袒。

《出师表》能写到如此地步，决不是偶然的。文章皆有所为而发。时当北伐在即，作为主帅的诸葛亮要向君主上一道表文，他不是作为例行公事，而是从北伐的全局上考虑，只有后主修明政治，才能保证北征顺利，因而先进安后之言，再表夺胜决心。表文又极为注意收表对象的特点，因而决不是一般的上条陈，列述方策，而是熔议论、叙事、抒情于一炉，启愚矫顽。诸葛亮是后主的丞相，又是受"托孤"的对象。他给后主上表文，既不宜用训斥的口吻，又不便用卑下的声气，写得不卑不亢，方为得体。尤其文中连称先帝，最为合宜。全文称先帝凡十三次，显得情词十分恳切。诸葛亮自叙"先帝知臣谨慎，故临崩寄臣以大事也"，确实"诸葛一生惟谨慎"，细玩本文，从虑事到措词，无不体现了"谨慎"精神，这也是此表被之为"至文"的重要原因。

【后出师表】

诸葛亮

先帝虑汉、贼不两立①，王业不偏安②，故托臣以讨贼也。以先帝之明，量臣之才，固知臣伐贼才弱敌强也；然不伐贼，王业亦亡，惟坐而待亡，孰与伐之？是故托臣而弗疑也。臣受命之日，寝不安席，食不甘味，思惟北征，宜先入南③，故五月渡泸，深入不毛，并日而食④。臣非不自惜也，顾王业不得偏安于蜀都⑤，故冒危难以奉先帝之遗意也，而议者⑥谓为非计。今贼适疲于西，又务于东⑦，兵法乘劳⑧，此进趋之时也。谨陈其事如左：

高帝⑨明并日月，谋臣渊深，然涉险被创⑩，危然后安。今陛下未及高帝，谋臣不如良、平⑪，而欲以长计取胜，坐定天下，此臣之未解一也。刘繇、王朗⑫各据州郡，论安言计，动引圣人，群疑满腹，众难塞胸，今岁不战，明年不征，使孙策坐大，遂并江东⑬，此臣之未解二也。曹操智计殊绝于人，其用兵也，仿佛孙、吴⑭，然困于南阳⑮，险于乌巢⑯，危于祁⑰连，逼于黎阳⑱，几败北山⑲，殆死潼关⑳，然后伪定㉑一时耳。况臣才弱，而欲以不危而定之，此臣之未解三也。

曹操五攻昌霸㉒不下，四越巢湖㉓不成，任用李服而李服㉔图之，委夏侯而夏侯㉕败亡，先帝每称操为能，犹有此失，况臣驽下，何能必胜？此臣之未解四也。自臣到汉中，中间期年耳，然丧赵云、阳群㉖、马玉、阎芝、丁立、白寿、刘郃、邓铜等及曲长、屯将七十余人，突将无前㉗。賨、叟、青羌散骑、武骑㉘一千余人，此皆数十年之内所纠合四方之精锐，非一州之所有；若复数年，则损三分之二也，当何以图敌？此臣之未解五也。今民穷兵疲，而事不可息；事不可息，则住与行劳费正等㉙。而不及今图之，欲以一州之地，与贼持久，此臣之未解六也。

夫难平者，事也。昔先帝败军于楚㉚，当此时，曹操拊手，谓天下以定。然后先帝东连吴、越㉛，西取巴、蜀㉜，举兵北征，夏侯授首㉝，此操之失计而汉事将成也。然后吴更违盟，关羽毁败㉞，秭归蹉跌，曹丕称帝㉟。凡事如是，难可逆见。臣鞠躬尽力，死而后已；至于成败利钝㊱，非臣之明所能逆睹㊲也。

【注释】

①汉：指蜀汉。蜀汉自认为是西汉、东汉一脉相传的继承者。贼：此处指曹魏。　②偏安：偏处于一方之地以自安。　③入南：指诸葛亮深入南中，平定四郡事。　④并日而食：两天仅吃一日的食粮。　⑤蜀都：此指蜀汉之境。　⑥议者：朝廷中发表议论的官员。　⑦"今贼"二句：指建安六年（公元228年）年初，诸葛亮初出祁山，魏西部西安、天水、安定三郡，叛魏降汉，关中震动，故称"贼疲于西"。同年八月，东吴大将陆逊击败魏将曹休，斩获万余，故称"又务于东"。　⑧兵法乘劳：兵书上说要趁敌人疲劳时去进攻。　⑨高帝：汉高祖刘邦。　⑩涉险被创：刘邦曾在同项羽的一次战斗中被流矢所中。　⑪良、平：刘邦的重要谋臣张良、陈平。　⑫刘繇（yáo）：东汉末扬州刺史，后徙曲阿（今江苏省丹阳）。王朗：东汉末会稽太守。二人均被孙策击败。　⑬孙策：字伯符，孙权之兄。东汉兴平二年（公元195年），孙策率兵击破刘繇，据有江东。后又入据会稽。孙策的征战，为吴国打下了根基。江东：长江中下游地区。　⑭孙、吴：孙，指孙子，中国历史上著名军事家，春秋时吴国将领，善用兵，著有《孙子兵法》十三篇。吴，指吴起，战国时魏大将。　⑮南阳：东汉郡名，治所在宛城（今河南南阳）。建安二年（公元197年），曹操与张绣战于宛城，军败，身中流矢，操之长子曹昂战死。　⑯乌巢：地在今河南延津东南。建安五年（公元200年），袁绍重兵攻曹操，兵临官渡，在乌巢聚积大量军粮，准备与操相持。其时操军粮少兵疲，幸曹操率奇兵夜袭乌巢，继而在官渡大败袁军，才转危为安。　⑰祁连：似指邺（今河北省磁县东南）附近的祁山。建安九年（公元204年），曹操围邺，袁绍少子袁尚引兵还救，操击破之；袁尚败守祁山，操再破之，复引兵围邺，险被袁将审配的伏兵所射中。　⑱逼于黎阳：建安七年（公元202年），袁绍病死，其子袁谭、袁尚固守黎阳（今河南浚县东），操征之，战不克。　⑲几败北山：建安二十四年（公元219年），曹操大将夏侯渊被蜀军所杀，操从长安出斜谷，与刘备争汉中，运粮经北山，被蜀将赵云袭击，曹军损失重大。　⑳殆死潼关：建安十六年（公元211年），曹操讨马超、韩遂于潼关，在黄河边与马超军相遇，曹操避入舟中，马超骑兵沿河追射，矢如雨下。　㉑伪定：诸葛亮以蜀汉为正统，因此指曹魏为"伪"。此句意为：曹操经历了许多危险，然后才得以僭称国号于一时罢了。　㉒昌霸：又称昌豨。建安四年（公元199年），刘备袭取徐州，东海昌霸叛曹附刘备，曹操屡攻不下，后命于禁击杀之。　㉓四越巢湖：曹魏以合肥为军事重镇，相邻的巢湖与吴接界，其时孙权

经常派遣军队包围合肥，曹操多次从巢湖进攻孙权，多无功而返。 ㉔李服：即王服。建安四年（公元199年），汉献帝的亲信车骑将军董承带了密诏，与将军吴子兰和刘备等计划杀害曹操。五年（公元200年）春，计划泄露，曹操捕杀董承、王服二人。 ㉕夏侯：指夏侯渊。曹操留夏侯渊守汉中，建安二十四年（公元219年），被刘备部将黄忠杀于定军山（今陕西省沔县东南）。 ㉖赵云、阳群等：均为蜀汉名将。 ㉗无前：先锋战士。叟（cóng）、青羌：蜀军中两个西南少数民族的将士。 ㉘散骑、武骑：均为骑兵分部的名称。 ㉙劳费正等：劳力和费用正好相等。 ㉚平：同"评"，评论断定。败军于楚：指刘备曾败于当阳长坂事。当阳属古楚地。 ㉛东连吴越：指建安十三年（公元208年）联合孙吴，在赤壁之战破曹兵事。 ㉜西取巴蜀：指建安十六年（公元211年），刘备率师入益州，攻下成都，益州牧刘璋投降，取得巴蜀地区。 ㉝授首：交出头颅。指蜀将黄忠于定军山攻杀夏侯渊之事。 ㉞关羽毁败：建安二十四年（公元219年），孙权用吕蒙计袭荆州，打败关羽父子。秭（zǐ）归：在今湖北省宜昌北。蹉跌：失坠，比喻失败。指章武二年（公元222年），刘备因孙权背弃盟约，袭取荆州，杀害关羽，亲率兵伐吴，在秭归被吴军所败。 ㉟曹丕称帝：汉献帝元康元年（公元220年），曹操之子曹丕废去汉献帝，称尊号，即为魏文帝。 ㊱利钝：顺利或困难。 ㊲逆睹：预见预料。

【赏析】

　　本篇选自《三国志·蜀志·诸葛亮传》，裴松之注。此表的写作时间为建兴六年，当时诸葛亮率军出散关，又给刘禅上一表，即《后出师表》。当时，魏将曹休被东吴打败，魏国主力东进，诸葛亮想趁魏国内虚弱出兵攻魏。但是，许多大臣对诸葛亮这种想法表示疑虑，后主刘禅也犹豫不决。在这一篇表文中，诸葛亮主要是分析当时的形势，表示"鞠躬尽力，死而后已"。

　　文中的史实多有矛盾，后人很多都怀疑不是诸葛亮所作，至少不完全是出于诸葛亮之手，有学者认为《后出师表》并非出自诸葛亮之手。陈寿修《三国志》时未收录《后表》。裴松之注《三国志》时，引用《汉晋春秋》的说法《后出师表》并没有收录《诸葛亮文集》之中，而是出于东吴张俨的《默记》，这显然不合常理。而且，《后出师表》内容与正史亦有出入，如"自臣到汉中，中间期年耳，然丧赵云……"即与《三国志》记载的赵云卒年（建兴七年，229年）不合。另外里面的语气非常沮丧："然不伐贼，王业亦亡。惟坐而待亡，孰与伐之?"与《前出师表》积极的文辞截然不同。另外，诸葛亮此时独揽大权，当时没有人质疑北伐的前景，而文中却谈到"议者所谓非计"，不符合蜀汉当时的情况。因此有学者怀疑这是东吴诸葛恪为了执行自己北伐政策而一手炮制的伪作。至今尚无定论。

【典论·论文】

曹丕

　　文人相轻,自古而然。傅毅①之于班固,伯仲之间耳,而固小之。与弟超书曰:"武仲以能属文,为兰台令史,下笔不能自休。"夫人善于自见,而文非一体,鲜能备善。是以各以所长,相轻所短。里语曰:"家有弊帚,享之千金。"斯不自见之患也。

　　今之文人,鲁国孔融文举,广陵陈琳孔璋,山阳王粲仲宣,北海徐幹伟长,陈留阮瑀元瑜,汝南应玚德琏,东平刘桢公幹②;斯七子者,于学无所遗,于辞无所假,咸以自骋骥騄于千里,仰齐足而并驰。以此相服,亦良难矣。盖君子审己以度人,故能免于斯累而作《论文》。

　　王粲长于辞赋,徐幹时有齐气③,然粲之匹也。如粲之《初征》、《登楼》、《槐赋》、《征思》,幹之《玄猿》、《漏卮》、《圆扇》、《橘赋》,虽张、蔡④不过也。然于他文,未能称是。琳、瑀之章表书记,今之隽也。应玚和而不壮,刘桢壮而不密。孔融体气高妙,有过人者,然不能持论,理不胜辞,以至乎杂以嘲戏。及其所善,扬、班俦⑤也。

　　常人贵远贱近,向声背实,又患闇于自见,谓己为贤。

　　夫文本同而末异,盖奏议宜雅⑥,书论宜理,铭诔尚实⑦,诗赋欲丽;此四科不同,故能之者偏也。唯通才能备其体。

　　文以气⑧为主;气之清浊有体,不可力强而致。譬诸音乐,曲度⑨虽均,节奏同检;至于引气不齐,巧拙有素,虽在父兄,不能以移子弟⑩。

　　盖文章经国之大业,不朽之盛事⑪。年寿有时而尽,荣乐止⑫乎其身。二者必至之常期,未若文章之无穷。是以古之作者,寄身于翰墨,见意于篇籍⑬,不假⑭良史之辞,不托飞驰之势,而声名自传于后。故西伯幽⑮而演《易》,周旦显而制《礼》,不以隐约而弗务,不以康乐而加思。

夫然,则古人贱尺璧而重寸阴⑯,惧乎时之过已。而人多不强力,贫贱则慑⑰于饥寒,富贵则流于逸乐,遂营目前之务,而遗千载之功。日月逝于上,体貌衰于下,忽然与万物迁化,斯志士之大痛也!融等已逝,唯幹著《论》,成一家言。

【注释】

①傅毅:字武仲,东汉文学家。章帝时为兰台令史,与班固等同主校雠书籍的工作。 ②"今之文人"八句:所举七人,即"建安七子"。 ③齐气:言齐文体舒缓,而徐干也有斯气。 ④张:张衡。蔡:蔡邕。 ⑤扬:扬雄。班:班固。侪:同辈。 ⑥奏议:臣子向皇帝上书言事,条议是非的文字的统称。雅:典雅。 ⑦铭诔:泛指记述死者经历和功德的文章。尚实:崇尚真实。 ⑧气:才气。或指"逸气"、"齐气"。 ⑨曲度:曲谱。 ⑩虽在父兄,不能以移子弟:惟人心之所独晓,父不能以禅子,兄不能以教弟也。 ⑪盖文章经国之大业,不朽之盛事:《左传·襄公二十四年》:"太上有立德,其次有立功,其次有立言,虽久不废,此之谓不朽。" ⑫尽:终。止:局限。 ⑬翰墨、篇籍:均指文辞、文章。 ⑭假:借。 ⑮西伯:周文王。幽:幽禁。 ⑯寸阴:时间。 ⑰慑:害怕。

【赏析】

曹丕(187-226),字子桓,三国时期著名的政治家、文学家,魏朝的开国皇帝。公元220-226年在位,庙号,谥为文皇帝,葬于首阳陵。沛国谯(今安徽省亳州市)人,魏武帝曹操与武宣卞皇后的长子。由于文学方面的成就而与其父曹操、其弟曹植并称为"三曹"。

《典论·论文》是中国文学批评史上第一篇文学专论,三国时期文学专论,作者曹丕即魏文帝。《典论》是他在建安后期为魏太子时所撰的一部政治、社会、道德、文化论集。全书由多篇专文组成。《论文》是其中的一篇《典论·论文》是魏文帝曹丕所写的二十篇文章之一,按照"子"书的形式写成,是曹丕关于国家大事一系列的问题的论文总集。但是这二十篇文章到现在大多已经失散,只剩下残章断简。而幸运的是,《论文》由于被南朝的萧统选入了《昭明文选》而得以完整保留下来。建安时代,由于政治社会状况及时代思潮的变化,文学创作非常活跃,文学创作的自觉精神有显著的提高,再加东汉桓灵之世品评人物的清议风气的影响,品评文章的风气也逐渐形成。曹丕的《典论·论文》正是在这种风气中产生的比较系统的文学批评论著。

文章包括四部分内容。第一,它批评了"文人相轻"的陋习,指出那是"不自见之患",提出应当"审己以度人",才能避免此累。第二,评论了"建安七子"在文学上的才力及不足,分析了不同文体的不同写作要求,说唯有"通才"才能兼备各体。第三,提出"文以气为主"的命题,这里的"气",实际上指的是作家的气质和个性。曹丕的这一观点,表明他对创作个性的重要性已有比较充分的认识。第四,论述了文学事业的社会功能,将它提到"经国之大业,不朽之盛事"的高度,又说"年寿有时而尽,荣乐止乎其身",都不如文章能传诸无穷。这些论述对后世的文学批评有很大影响。

【与吴质书】

曹丕

二月三日，丕白。岁月易得①，别来行复②四年。三年不见，《东山》犹叹其远，况乃过之③，思何可支④！虽书疏往返，未足解其劳结⑤。

昔年疾疫，亲故多离⑥其灾。徐、陈、应、刘⑦，一时俱逝，痛可言邪！昔日游处，行则连舆，止则接席⑧，何曾须臾⑨相失！每至觞酌流行⑩，丝竹并奏，酒酣耳热，仰而赋诗。当此之时，忽然不自知乐也。谓百年已分⑪，可长共相保⑫，何图数年之间，零落略尽⑬，言之伤心！顷撰其遗文，都为一集⑭。观其姓名，已为鬼录⑮。追思昔游，犹在心目；而此诸子，化为粪壤⑯，可复道哉！

观古今文人，类不护细行⑰，鲜能以名节自立。而伟长独怀文抱质⑱，恬淡寡欲，有箕山之志⑲，可谓彬彬君子者矣。著《中论》二十馀篇⑳，成一家之言，辞义典雅，足传于后，此子为不朽矣。德琏常斐然有述作㉑之意，其才学足以著书，美志不遂，良可痛惜。间者㉒历览诸子之文，对之抆㉓泪，既痛逝者，行自念也㉔。孔璋章表殊健㉕，微为繁富㉖。公幹有逸气㉗，但未遒耳㉘。其五言诗之善者，妙绝㉙时人。元瑜书记翩翩㉚，致足乐也㉛。仲宣独自善于辞赋㉜，惜其体弱，不足起其文㉝。至于所善，古人无以远过。昔伯牙绝弦于钟期㉞，仲尼覆醢于子路㉟，痛知音之难遇，伤门人之莫逮。诸子但为未及古人，自一时之隽也。今之存者，已不逮矣。后生可畏，来者难诬㊱，然恐吾与足下不及见也。

年行㊲已长大，所怀万端，时有所虑，至通夜不瞑㊳。志意何时复类昔日？已成老翁，但未白头耳！光武㊴言："年三十馀，在兵中十岁，所更非一㊵。"吾德不及之，年与之齐矣。以犬羊之质，服虎豹之文㊶；无众星之明，假日月之光，动见瞻观，何时易乎？恐永不复得为昔日游也。少壮真当努力，年一过往,何可攀援㊷?古人思秉烛夜游,良有以也㊸。

顷何以自娱?颇复有所述造不㊹?东望於邑㊺,裁书㊻叙心。

丕白。

【注释】

①岁月易得:指时间过得很快。 ②行:将。复:又。 ③"《东山》"句:《诗经·豳风·东山》:"自我不见,于今三年。"写士兵的思乡之情。远,指时间久远。 ④支:承受。 ⑤劳结:因忧思而生的郁结。 ⑥离:通"罹",遭遇。 ⑦徐、陈、应、刘:徐干、陈琳、应玚、刘桢,详本书有关作者小传。 ⑧连舆:车与车相连。舆,车。接席:座位相挨。 ⑨须臾:一会儿。相失:相离。 ⑩觞酌流行:传杯接盏,饮酒不停。觞,酒杯。酌,斟酒,代指酒。 ⑪谓百年己分(fèn):以为长命百年是自己的当然之事。分,本应有的。 ⑫相保:相互保有同处的欢娱。 ⑬零落略尽:大多已经死去。零落,本指草木凋落,此喻人死亡。略,差不多。 ⑭"顷撰"二句:我最近撰集他们的遗作,汇成了一部集子。顷,近来。都,汇集。 ⑮鬼录:死人的名录。 ⑯化为粪壤:指死亡。人死归葬,久而朽为泥土。 ⑰类:大多。护:注意。细行:小节,细小行为。 ⑱伟长:徐干的字。怀文抱质:文质兼备。文,文采。质,质朴。 ⑲箕山之志:鄙弃利禄的高尚之志。箕山,相传为尧时许由、巢父隐居之地,后常用以代指隐逸的人或地方。 ⑳《中论》:分为上下卷,部分散佚。是一部哲理性学术著作。 ㉑德琏:应玚的字。斐然:有文采貌。述:阐发前人著作。作:自己创作。 ㉒间(jiàn)者:近来。 ㉓抆(wěn):擦拭。 ㉔"既痛"两句:既悲痛死者,又想到自己。行,又。 ㉕孔璋:陈琳的字。章表:奏章、奏表,均为臣下上给皇帝的奏书。殊健:言其文气十分刚健。 ㉖微:稍微。繁富:指辞采繁多,不够简洁。 ㉗公幹:刘桢的字。逸气:超迈流俗的气质。 ㉘遒:刚劲有力。 ㉙绝:超过。 ㉚元瑜:阮瑀的字。书记:指军国书檄等官方文字。翩翩:形容词采飞扬。 ㉛致足乐也:十分令人快乐。致,至,极。 ㉜仲宣:王粲的字。续:一作"独"。 ㉝起其文:勃起他的文气。 ㉞"昔伯牙"句:春秋时俞伯牙善弹琴,唯钟子期为知音。子期死,伯牙毁琴,不再弹。事见《吕氏春秋·本味》。钟期,即钟子期。 ㉟"仲尼"句:孔子的学生子路在卫国被杀并被剁成肉酱后,孔子便不再吃肉酱一类的食物。事见《礼记·檀弓上》。覆,倒。醢(hǎi),肉酱。 ㊱诬:妄言,乱说。 ㊲年行:行年,已度过的年龄。 ㊳瞑:合眼入睡。 ㊴光武:东汉开国皇帝刘秀的庙号。 ㊵"年三十"三句:李善注以为语出《东观汉记》载刘秀《赐隗嚣书》。所更非一,所经历的事不只一件。 ㊶"以犬羊"四句:谦称自己并无特出德能,登上太子之位,全凭父亲指定。扬雄《法言·吾子》:"羊质虎皮,见草而悦,见豺而战,忘其皮之虎也。"《文子》:"百星之明,不如一月之光。"服,披,穿。假,借。日月,喻帝后、天地。此喻指曹操。 ㊷攀援:挽留。 ㊸良有以也:确有原因。 ㊹顷:最近。述造:即"述作"。不:同"否"。 ㊺於邑(wūyè):同"呜咽",低声哭泣。 ㊻裁书:写信。古人写字用的帛、纸往往卷成轴,写字时要先剪裁下来。

【赏析】

《与吴质书》是魏晋时期的散文名篇,曹丕和曹植各有一篇,分别是曹丕和曹植写给吴质的书札。在文学史上，曹植的文学成就高于曹丕，而曹丕的《与吴质书》不但慷慨任气，而且文采焕然，情深意切，较曹植的更为有名。

本文表达了对挚友的深切怀念，并对他们的文章人品做出了中肯深刻的评价："伟长独怀文抱质，恬淡寡欲，有箕山之志，可谓彬彬君子者矣。……德琏常斐然有述作之意，其才学足以著书，美志不遂，良可痛惜。……孔璋章表殊健，微为繁富。公幹有逸气，但未遒耳。其五言诗之善者，妙绝时人。……仲宣独自善于辞赋，惜其体弱，不足起其文。"通过对朋友的怀念和评价表达出了建安时代人命危浅，朝不保夕的残酷现实，抒发了作者内心深处热爱生命，渴望建功立业的志向。文章情感真挚，一气呵成。文笔清秀婉丽，文采焕然，浅显舒畅，体现出建安文学慷慨悲凉的特色。后人对曹丕的文学才华评价都很高，如："文帝天资文藻，下笔成章博闻强识，才艺兼该；若加之旷大之度，励以公平之诚，迈志存道，克广德心，则古之贤主，何远之有哉"（《三国志·魏书·文帝本纪》）。王勃："文帝富裕春秋，光应禅让，临朝恭俭，博览坟典，文质彬彬，庶几君子者矣。"

【出妇赋】

曹丕

思在昔之恩好，似比翼之相亲。惟方今之疏绝，若惊风之吹尘。夫色衰而爱绝①，信古今其有之。伤茕独之无恃②，恨胤嗣之不滋③。甘没身而同穴，终百年之长期。信无子而应出，自典礼之常度④。悲谷风之不答，怨昔人之忽故⑤。被入门之初服⑥，出登车而就路。遵长途而南迈，马踌躇而回顾。野⑦鸟翩而高飞，怆哀鸣而相慕。抚骖服而展节，即临沂之旧城⑧。践麋鹿之曲蹊，听百鸟之群鸣。情怅恨而顾望，心郁结⑨其不平。

【注释】

①爱绝：容颜衰老。 ②恃：依靠。 ③胤嗣：后代。滋：繁衍。 ④常度：常规。 ⑤昔人：指丈夫。忽故：忽然变故。 ⑥初服：嫁衣。 ⑦野：鸟类羽毛摧残掉落。 ⑧临沂：临近沂水。旧城：旧乡，指娘家。 ⑨郁结：不舒展。

【赏析】

此赋以女子的口吻写成，回忆了自己与丈夫曾经美好的生活："念在昔之恩好，似比翼之相亲。"而对比眼前的状况可谓是天壤之别："惟方今之疏绝，若惊风之吹尘。夫色衰而爱绝，信古今其有之。"妇人被休的原因是没能为丈夫生下后代。接下来又写了女子的心理感受：穿上入门时的那件新衣，出门登车上路。沿着长路南行，连车马都徘徊不前时时回望。野鸟翩翩高飞，悲伤地鸣叫且又相互爱慕。轻拍车马举步前行，到了临沂的旧城。踏着麋鹿行走的弯曲小路，聆听百鸟的群鸣。我的心情惆怅不已，怨恨中不时回头顾望，心情真是郁闷纠结，难以平静。一个被休的弃妇回忆往日美好，哀叹丈夫绝情，感怀色衰爱弛，惆怅踏上归程，描绘得淋漓尽致。此赋语言轻丽缠绵、感情真挚，读来很能打动人心。

【洛 神 赋】

曹 植

　　黄初①三年，余朝京师，还济洛川。古人有言，斯水之神，名曰宓妃①。感宋玉对楚王神女之事，遂作斯赋。其词曰：

　　余从京域，言归东藩。背伊阙，越轘辕，经通谷③，陵④景山。日既西倾，车殆马烦⑤。尔乃税驾乎蘅皋⑥，秣驷乎芝田⑦，容与乎阳林，流眄⑧乎洛川。于是精移神骇，忽焉思散，俯则未察，仰以殊观，睹一丽人，于岩之畔。乃援御者而告之曰："尔有觌⑨于彼者乎？彼何人斯，若此之艳也！"御者对曰："臣闻河洛之神，名曰宓妃，然则君王之所见也，无乃是乎？其状若何？臣愿闻之。"

　　余告之曰：其形也，翩若惊鸿，婉⑩若游龙，荣曜秋菊，华茂春松。仿佛兮若轻云之蔽月，飘飖兮若流风之回雪。远而望之，皎若太阳升朝霞；迫而察之，灼若芙蕖⑪出渌波。秾纤得衷，修短合度。肩若削成，腰如约素。延颈秀项⑫，皓质呈露。芳泽无加，铅华⑬弗御。云髻峨峨⑭，修眉联娟⑮。丹唇外朗，皓齿内鲜。明眸善睐⑯，靥辅承权⑰。瑰姿艳逸，仪静体闲。柔情绰态，媚于语言。奇服旷世，骨象应图⑱。披罗衣之璀粲兮，珥瑶碧之华琚⑲。戴金翠之首饰，缀明珠以耀躯。践远游之文履，曳雾绡⑳之轻裾。微幽兰之芳蔼兮，步踟蹰于山隅。

　　于是忽焉纵体，以遨以嬉。左倚采旄㉑，右荫桂旗。攘皓腕于神浒兮，采湍濑之玄芝㉒。余情悦其淑美兮，心振荡而不怡。无良媒以接欢兮，托微波而通辞。愿诚素㉓之先达兮，解玉佩以要之。嗟佳人之信修兮，羌习礼而明诗㉔。抗琼珶㉕以和予兮，指潜渊而为期。执眷眷之款实㉖兮，惧斯灵之我欺。感交甫之弃言兮,怅犹豫而狐疑。收和颜而静志兮,申礼防以自持。

于是洛灵感焉,徙倚彷徨。神光离合,乍阴乍阳。竦轻躯以鹤立,若将飞而未翔。践椒涂之郁烈㉗,步蘅薄㉘而流芳。超㉙长吟以永慕兮,声哀厉而弥长。

尔乃众灵杂遝,命俦啸侣㉚。或戏清流,或翔神渚,或采明珠,或拾翠羽。从南湘之二妃,携汉滨之游女。叹匏瓜之无匹兮,咏牵牛㉛之独处。扬轻袿之猗靡兮,翳修袖㉜以延伫。体迅飞凫,飘忽若神。陵波微步,罗袜生尘。动无常则,若危若安。进止难期,若往若还。转眄流精,光润玉颜㉝。含辞未吐,气若幽兰。华容婀娜,令我忘餐。

于是屏翳收风,川后静波,冯夷㉞鸣鼓,女娲清歌。腾文鱼以警乘㉟,鸣玉鸾以偕逝。六龙俨其齐首,载云车之容裔㊱。鲸鲵踊而夹毂㊲,水禽翔而为卫。于是越北沚,过南冈,纡素领㊳,回清阳。动朱唇以徐言,陈交接之大纲。恨人神之道殊兮,怨盛年之莫当。抗罗袂以掩涕兮,泪流襟之浪浪。悼良会之永绝兮,哀一逝而异乡。无微情以效爱兮,献江南之明珰㊴。虽潜处于太阴㊵,长寄心于君王。忽不悟其所舍,怅神宵㊶而蔽光。

于是背下陵高㊷,足往神留。遗情想像,顾望怀愁。冀灵体㊸之复形,御轻舟而上溯。浮长川而忘反,思绵绵而增慕。夜耿耿而不寐,沾繁霜而至曙。命仆夫而就驾,吾将归乎东路。揽騑辔以抗策,怅盘桓㊹而不能去。

【注释】

①黄初:魏文帝的年号。洛川:即洛水。 ②宓妃:洛水神女名。 ③伊阙:山名,又名龙门山。辗辕:山名,在河南省偃师市东南。通谷:山名。 ④陵:登。 ⑤殆:危险。烦:疲乏。 ⑥尔乃:于是就。税驾:停车。蘅:杜衡,香草名。皋:岸。 ⑦秣:饲。芝田:仙人种芝草之地。 ⑧容与:从容。流眄:目光流视。 ⑨觌:看见。 ⑩翩:轻疾。婉:曲折貌。 ⑪迫:接近。灼:鲜艳貌。芙蕖:荷花。 ⑫延、秀:都指长。 ⑬芳泽:古时妇女的润发油。铅华:粉。 ⑭峨峨:高貌。 ⑮联娟:微曲貌。 ⑯眿:顾盼。 ⑰靥:酒窝。辅:面颊。承权:权:颧。在颧骨之下。 ⑱骨象应图:形象如画中之人。 ⑲珥:佩戴。华琚:美玉。 ⑳践:脚踏。文履:文绣之履。雾绡:如雾的薄纱。 ㉑采旄:彩色的旗。 ㉒神浒:神女所游之水边。湍濑:急流。玄芝:黑色的芝草。 ㉓诚素:真情。 ㉔嗟佳人之信修兮,羌习礼而明诗:感叹佳人确实修洁美好。 ㉕抗:举起。琼、珶:皆为美玉。 ㉖眷眷:依恋向往貌。款实:真诚笃实。

㉗椒涂：布洒花椒的道路，取其芳香。郁烈：香气浓烈。 ㉘蘅薄：香草丛生之处。 ㉙超：惆怅。 ㉚杂遝：众多貌。命俦啸侣：犹呼朋唤友。 ㉛匏瓜：星名。无匹：没有配偶。牵牛：星名。 ㉜猗靡：随风飘浮。翳修袖：收敛长袖。 ㉝转眄流精，光润玉颜：其转眄顾盼之间流露出神采。 ㉞屏翳：风神。川后：河神。冯夷：河伯名。 ㉟腾：飞升。文鱼：一种飞鱼。警乘：警戒车乘。 ㊱俨：庄重貌。容裔：徐行貌。 ㊲毂：国轮中心圆木，此指车。 ㊳纡素领，回清阳：纡：回。素领：指白项。 ㊴效爱：致相爱之意。珰：耳珠。 ㊵太阴：指水中。 ㊶舍：止。宵：昏暗。 ㊷背下陵高：背离低下之地而登高。 ㊸冀：希望。灵体：指洛神。 ㊹揽骓辔以抗策：策马扬鞭的意思。盘桓：徘徊。

【赏析】

《洛神赋》原名《感甄赋》，一般认为是因曹植被封鄄城所作；亦作《感甄赋》，因魏明帝曹睿将《感甄赋》改名为《洛神赋》，世人多认为其写作牵涉到曹植与魏明帝曹叡之母甄氏之间的一段错综复杂的感情。曹植在诗歌和辞赋创作方面有杰出成就，其赋继承两汉以来抒情小赋的传统，又吸收楚辞的浪漫主义精神，为辞赋的发展开辟了一个新的境界。《洛神赋》为曹植辞赋中杰出作品。

《洛神赋》全篇大致可分为六个段落，第一段写作者从洛阳回封地时，看到"丽人"宓妃伫立山崖，这段类话本的"入话"。第二段，写"宓妃"容仪服饰之美。第三段写"我"非常爱慕洛神，她实在太好了，既识礼仪又善言辞，虽已向她表达了真情，赠以信物，有了约会，却担心受欺骗，极言爱慕之深。第四段写洛神为"君王"之诚所感后的情状。第五段"恨人神之道殊"以下二句，是此赋的寄意之所在。第六段，写别后"我"对洛神的思念。作者以浪漫主义的手法，通过梦幻的境界，描写人神之间的真挚爱情，但终因"人神殊道"无从结合而惆怅分离。

此赋写作上的特点：想象丰富。词藻华丽而不浮躁，清新之气四逸，令人神爽。讲究排偶，对仗，音律，语言整饬、凝炼、生动、优美。取材构思汉赋中无出其右。描写刻画十分传神，又用比喻、烘托的手法，在对洛神的体型、五官、姿态等描写时，给人传递出洛神的沉鱼之貌、落雁之容。同时，又有"清水出芙蓉，天然去雕饰。"的清新高洁。在对洛神与之会面时的神态的描写刻画，使人感到斯人浮现于眼前，风姿绰约。而对于洛神与其分手时的描写"屏翳收风，川后静波，冯来鸣鼓，女娲清歌。"让人感到爱情之真挚、纯洁。

【与杨德祖①书】

曹植

植白：数日不见，思子为劳，想同之也。

仆少小好为文章，迄至于今，二十有五年矣。然今世作者，可略而言也。昔仲宣独步于汉南，孔璋鹰扬于河朔，伟长擅名于青土，公幹振藻于海隅，德琏发迹于此魏，足下高视于上京②。当此之时，人人自谓握灵蛇之珠，家家自谓抱荆山之玉③。吾王于是设天网以该之，顿八纮以掩之④，今悉集兹国矣。然此数子犹复不能飞轩绝迹⑤，一举千里。以孔璋之才，不闲⑥于辞赋，而多自谓能与司马长卿同风，譬画虎不成反为狗也。前书嘲之，反作论盛道仆赞其文⑦。夫钟期不失听，于今称之，吾亦不能妄叹者，畏后世之嗤余也。

世人之著述，不能无病。仆常好人讥弹其文，有不善者，应时改定。昔丁敬礼常作小文，使仆润饰之；仆自以才不过若人，辞不为也。敬礼谓仆："卿何所疑难，文之佳恶，吾自得之，后世谁相知定吾文者耶？"吾常叹此达言，以为美谈。昔尼父之文辞，与人通流；至于制《春秋》，游夏之徒乃不能措一辞。过此而言不病者，吾未之见也。

盖有南威⑧之容，乃可以论于淑媛；有龙渊⑨之利，乃可以议于断割。刘季绪⑩才不能逮于作者，而好诋诃文章，掎摭利病。昔田巴毁五帝，罪三王，訾五霸于稷下，一旦而服千人，鲁连一说，使终身杜口⑪。刘生之辩，未若田氏，今之仲连，求之不难，可无息乎？人各有好尚，兰茝荪蕙⑫之芳，众人所好，而海畔有逐臭之夫；《咸池》、《六茎》⑬之发，众人所共乐，而墨翟有非之之论，岂可同哉！

今往仆少小所著辞赋一通相与。夫街谈巷说，必有可采；击辕之歌⑭，有应风雅。匹夫之思，未易轻弃也。辞赋小道，固未足以揄扬大义，彰示来世也。昔扬子云先朝执戟之臣耳，犹称壮夫不为也。吾虽德薄，位为藩侯，犹庶几戮力上国，流惠下民，建永世之业，流金石之功，岂徒以翰墨为勋绩、辞赋为君子哉！若吾志未果，吾道不行，则将采庶官之实录，辩时俗之得失，定仁义之衷，成一家之言，虽未能藏之于名山，将以传之于同好。非要之皓首⑮，岂今日之论乎！其言之不惭，恃惠子之知我也⑯。

明早相迎，书不尽怀。植白。

【注释】

①杨德祖：即杨修（175－219），字德祖，为人才思敏捷，与曹植关系密切。　②昔

仲宣独步于汉南,孔璋鹰扬于河朔,伟长擅名于青土,公幹振藻于海隅,德琏发迹于此魏,足下高视于上京:言建安七子中的几位,归附曹操之前就已经功成名就。 ③灵蛇之珠:比喻锦绣人才。荆山之玉:即和氏璧。 ④吾王:曹操。该:包容。顿:振举。八纮:八方。掩:覆盖。 ⑤飞轩绝迹:至极高远之处。 ⑥不闲:不善长。 ⑦前书嘲之,反作论盛道仆赞其文:谓以前曹植曾写信善意讽刺陈琳,但陈琳竟然写文章说曹对他的文章大加赞赏。至于制《春秋》,游夏之徒乃不能措一辞:言孔子作《春秋》,尽善尽美,无可挑剔。 ⑧南威:春秋时晋国美女。 ⑨龙渊:古代宝剑名。 ⑩刘季绪:刘表之子。诋诃:诋毁。掎摭:挑剔,指责。 ⑪昔田巴毁五帝,罪三王,訾五霸于稷下,一旦而服千人,鲁连一说,使终身杜口:战国时齐国辩士田巴在稷下学官毁谤五帝、三王和春秋五霸,一天使千人折服。后经鲁仲连批驳,便终生闭口无言。 ⑫兰、茝、荪、蕙:均为香草名。 ⑬《咸池》、《六茎》:均指古乐名。 ⑭击辕之歌:敲打车辕使之中乐成声。 ⑮要之皓首:结为白发之好。要,同"邀"。 ⑯恃:凭借,因为。惠子之知我:庄子以惠子为知已,惠子死后则很少向人畅所欲言。这里借指曹植和杨修的关系。

【赏析】

此文是写给朋友杨修的一封信,通过对当时若干文学现象的评论分析,表达了作者对作家的道德修养和文学修养以及文学批评的一些问题的看法。

曹植的《与杨德祖书》千古流传,主要是因为它表现了文学批评与创作中的固有现象。今天看它,仍有很多现实意义。曹植指出:"世人之著述,不能无病",每个人的创作都有缺点,因此不必要因为别的作家某一方面的缺点而轻视他。但"文人相轻,自古而然",直至今日,这种现象不绝如缕,作为批评者的文人在指出其他文人的缺点时,或带轻视之意,或有讽刺之词,或二者兼而有之,好像忘了自己也有犯错误的时候;有的被批评者对正确的意见也不以为然,甚至反唇相讥。其实曹植本人也在犯"文人相轻"的错误,比如他对建安七子的评价:"然此数子犹复不能飞轩绝迹,一举千里也。以孔璋之才,不闲于辞赋,而多自谓能与司马长卿同风,譬画虎不成,反为狗也。前有书嘲之,反作论盛道仆赞其文。夫钟期不失听,于今称之,吾亦不能妄叹者,畏后世嗤余也!世人之著述不能无病,仆尝好人讥弹其文,有不善者,应时改定。"但曹植又知道,文章归根结底是作者个人的事,别人的评价很难击中要害。作者写文章首先是为了自己,最终也只是为了自己,不要太多考虑别人的反应,更不要去迎合流俗,要有自己独立的人格和文品。

曹植能冲破政治功利的束缚,不把文学当作获得一时之需的工具,而追求文学的本体价值,使他的作品没有像许多应制之作那样销声匿迹,反而随着时代的流逝而愈显珍贵。文章表达酣畅淋漓,语言骈散相间,一气呵成;既有书信中所蕴含的感情,又有理论的观点,同时还十分有文采,是不可多得的好文章。

【曹瞒传】

无名氏

太祖一名吉利，小字阿瞒。（父）嵩，夏侯氏之子，夏侯惇之叔父。太祖于惇为从父兄弟。

太祖少好飞鹰走狗，游荡无度，其叔父数言之于嵩。太祖患之，后逢叔父于路，乃阳败面喎口①；叔父怪而问其故，太祖曰："卒中恶风②。"叔父以告嵩。嵩惊愕，呼太祖，太祖口貌如故③。嵩问曰："叔父言汝中风，已差乎④？"太祖曰："初不中风，但失爱于叔父，故见罔⑤耳。"嵩乃疑焉。自后叔父有所告，嵩终不复信，太祖于是益得肆意矣。

太祖初入尉廨，缮治四门⑥。造五色棒，县⑦门左右各十余枚，有犯禁者，不避豪强，皆棒杀之。后数月，灵帝爱幸小黄门蹇硕父夜行，即杀之。京师敛迹⑧，莫敢犯者。近习宠臣咸疾⑨之，然不能伤，于是共称荐之，故迁为顿丘令。

（太祖与袁绍相拒，绍谋臣许攸来奔，）公闻攸来，跣⑩出迎之，抚掌笑曰："子远，卿来，吾事济矣！"既入坐，谓公曰："袁氏军盛，何以待之？今有几粮乎？"公曰："尚可支一岁⑪。"攸曰："无是⑫，更言之！"又曰："可支半岁。"攸曰："足下不欲破袁氏邪，何言之不实也！"公曰："向⑬言戏之耳。其实可一月，为之奈何？"攸曰："公孤军独守，外无救援而粮谷已尽，此危急之日也。今袁氏辎重有万余乘，在故市、乌巢，屯军无严备；今以轻兵袭之，不意而至，燔⑭其积聚，不过三日，袁氏自败也。"公大喜，乃选精锐步骑，皆用袁军旗帜，衔枚⑮缚马口，夜从间道⑯出，人抱束薪⑰，所历道有问者，语之曰："袁公恐曹操钞略后军，遣兵以益备。"闻者信以为然，皆自若⑱。既至，围屯，大放火，营中惊乱。大破之，尽燔其粮谷宝货，斩督将眭元进、骑督韩莒子、吕威璜、赵叡等首，割得将军淳于仲简鼻，未死，杀士卒千余人，皆取鼻，牛马割唇舌，以示绍军。将士皆怛惧。时有夜得仲简，将以诣麾下，公谓曰："何为如是？"仲简曰："胜负自天，何用为问乎！"公意欲不杀。许攸曰:"明旦鉴于镜,此益不忘人⑲。"乃杀之。

(公将北征三郡乌丸,诸将皆谏不可,唯郭嘉劝行。公遂出兵,败虏众于柳城。)时寒且旱,二百里无复水,军又乏食,杀马数千匹以为粮,凿地入三十余丈乃得水。既还,科问⑳前谏者,众莫知其故,人人皆惧。公皆厚赏之,曰:"孤㉑前行,乘危以侥幸,虽得之,天所佐也,故不可以为常。诸君之谏,万安之计,是以相赏,后勿难言之。"

(公西征,与马超等夹潼关而军。公潜遣徐晃、朱灵等夜渡蒲坂津,据河西为营。公自潼关北渡。)公将过河,前队适渡,超等奄至㉒,公犹坐胡床㉓不起。张郃等见事急,共引公入船。河水急,比渡,流四五里,超等骑追射之,矢下如雨。诸将见军败,不知公所在,皆惶惧,至见,乃悲喜,或流涕。公大笑曰:"今日几为小贼所困乎!"

(公得渡河,循㉔河而南。超等屯㉕渭南,遣信求割河以西请和,公不许。)时公军每渡渭,辄为超骑所冲突,营不得立,地又多沙,不可筑垒。娄子伯说公曰:"今天寒,可起沙为城,以水灌之,可一夜而成。"公从之,乃多作缣囊㉖以运水,夜渡兵作城,比明㉗,城立,由是公军尽得渡渭。

(汉皇后伏氏坐昔与父完书,云帝以董承被诛怨恨公,辞——甚丑恶,发闻。)公遣华歆勒兵入宫收后,后闭户匿㉘壁中。歆坏户发壁,牵后出。帝时与御史大夫郗虑坐,后被发徒跣过,执帝手曰:"不能复相活邪?"帝曰:"我亦不自知命在何时也。"帝谓虑曰:"郗公,天下宁有是邪!"遂将后杀之,完及宗族死者数百人。

(公昔)为尚书右丞司马建公所举。及公为王,召建公到邺㉙,与欢饮,谓建公曰:"孤今日可复作尉否?"建公曰:"昔举大王时,适可作尉耳。"王大笑。建公名防,司马宣王之父。

(汉室日衰,孙权上书称臣,称说天命。)桓阶劝王正位,夏侯惇以为宜先灭蜀,蜀亡则吴服,二方既定,然后遵舜、禹之轨,王从之。及至王薨,惇追恨前言,发病卒。

(建安二十五年,春于洛阳。)王使工苏越徙美梨,掘之,根伤尽出血。越白状,王躬自㉚视而恶之,以为不祥,还遂寝疾。

太祖为人佻易㉛无威重,好音乐,倡优在侧,常以日达夕㉜,被服轻绡㉝,身自佩小鞶囊,以盛手巾细物,时或冠帢帽㉞以见宾客;每与人谈论,戏弄言诵,尽无所隐,及欢悦大笑,至以头没杯案中,肴膳皆沾污巾帻㉟,其轻易㊱如此。然持法峻刻㊲,诸将有计画胜出己者,随以法诛之,及故人旧怨,亦皆无馀。其所刑杀,辄对之垂涕嗟痛之,终无所活。初,袁忠为沛相,尝欲以法治太祖,沛国桓邵亦轻之,及在兖州,陈留边让言议颇侵太祖,太祖杀让,族㊳其家,忠、邵俱避难交州,太祖遣使就太守士燮尽族之。桓邵得出首,拜谢于庭中,太祖谓曰:"跪可解死邪!"遂杀之。常出军,行经麦中,令"士卒无败㊴麦,犯者死"。骑士皆下马,付麦以相持,于是太祖马腾入麦中,敕㊵主簿议罪;主簿对以《春秋》之义,罚不加于尊,太祖曰:"制法而自犯之,何以帅下然孤为军帅,不可自杀,请自刑。"因援剑割发以置地。又有幸姬常从昼寝,枕之卧,告之曰:"须臾觉㊶我。"姬见太祖卧安㊷,未即寤㊸,及自觉,棒杀之。常讨贼,廪谷不足,私谓主者曰:"如何?"主者曰:"可以小斛以足之。"太祖曰:"善。"后军中言太祖欺众,太祖谓主者曰:"特当借君死以厌众,不然事不解。"乃斩之。取首题徇曰:"行小斛,盗官谷,斩之军门。"其酷虐变诈,皆此类也。

【注释】

①败面呙口:毁伤面容,歪脸咧嘴之意。 ②卒中恶风:忽然中风了。 ③如故:和平常一样。 ④已差乎:难道他说错了? ⑤见罔:不受宠爱。 ⑥缮治四门:整顿治理四门。 ⑦县:同"悬"。 ⑧敛迹:收敛行迹。 ⑨疾:恨。 ⑩跣:光着脚,不穿鞋袜。 ⑪一岁:一年。 ⑫无是:不是这样。 ⑬向:刚刚。 ⑭燔:焚烧。 ⑮衔枚:古代行军时口中衔着枚,以防出声。 ⑯间道:偏僻的小路。 ⑰束薪:捆扎起来的柴木,一捆薪柴。 ⑱自若:不以为意,神情如常。 ⑲明旦鉴于镜,此益不忘人:以后他照镜子(看到自己的鼻子被割了),不会忘记今天的(耻辱和仇恨)。 ⑳科问:犹查问。 ㉑孤:古代帝王的自称。 ㉒奄至:忽然到来。 ㉓胡床:亦称"交床"、"交椅"、"绳床",是古时一种可以折叠的轻便坐具。 ㉔循:沿着。 ㉕屯:驻军防守。 ㉖缣囊:细绢制成的袋子。 ㉗比明:等到天明。 ㉘匿:躲藏。 ㉙邺:古地名,在今河北省临漳县的漳河岸畔。 ㉚躬自:亲自。 ㉛佻易:不庄重或不沉稳。 ㉜以日达夕:从白天到夜晚。 ㉝轻绡:一种透明而有花纹的丝织品。 ㉞冠:戴。帢帽:古代一种便帽。 ㉟巾帻:冠类,汉以来,盛行以幅巾裹发,称巾帻。 ㊱轻易:轻率,随便,简慢。 ㊲峻刻:严厉苛刻。 ㊳族:灭族。 ㊴败:毁坏。 ㊵敕:命令。 ㊶觉:叫醒。 ㊷卧安:睡的安稳。 ㊸未即寤:没有立即叫醒。

【赏析】

《曹瞒传》是东吴人所著,此传早已失传,裴松之注《三国志·武帝纪》多引其文,基本结构和主要内容大致完整。因为东吴人所作,其本身就含有敌对宣传的成分,作为史料不足以全信。

从以上所辑《曹瞒传》文我们可以看到:文章非常注重曹操的形象刻画,将一个性格复杂多变的人物生动地展现给读者。《曹瞒传》在把曹操作为个体的人进行关注的情况下,突出的是他的个性品格,整个传文都是围绕着他"轻佻无威重"、"峻刻"、"酷虐变诈"和不畏权贵、多谋善断、临危坦然、乐观豁达的品性来写的。魏刘邵《人物志》说:"……故其刚柔明畅,贞固之徵,著乎形容,见乎声色,发乎情味,各如其象"。即是说人的品性如刚强柔和、明白晓畅、坚贞稳固之类,显露于人的形貌容姿、言语声色。为了突出曹操的这些个性品格,《曹瞒传》正是紧紧抓住曹操的言行来进行传写的。《曹瞒传》大量地使用了人物的语言和对话来表现曹操的品性,如与马超、韩遂交战,失败后曹操大笑而语:"今日几为小贼所困乎",充分显露出他的乐观豁达品性;又如听说已得冀州后所言:"孤已得冀州,诸君知之乎"、"诸君方见不久也",其欣喜之状溢于言表;再如"初,袁忠为沛相,尝欲以法治太祖,沛国桓邵亦轻之,及在兖州,陈留边让言议颇侵太祖,太祖杀让,族其家,忠、邵俱避难交州,太祖遣使就太守士燮尽族之。"将其酷虐之性和对旧怨耿耿于怀、不报不快的心理暴露无遗。

《曹瞒传》的用语行文有谐谑化的倾向。如文中所记之事如"阳败面喁口"骗其叔父,"欢悦大笑,以至头没杯案中,肴膳沾淤巾帻"等,也是极具诙谐意味的。这种诙谐意味,不仅体现在其所选用事类本身的可笑性上,更体现在传中人物的语言上。传文通过对人物话语的成功摹拟,也使在人物语言中体现出来的诙谐和幽默弥漫开来,笼罩了全文。《曹瞒传》轻松、诙谐的风格,一方面冲淡了它的史传气息,模糊了它的史传身份,另一方面也使它具有了相当程度的小说意味。

【大人先生传①】

阮　籍

大人先生盖老人也。不知姓字。陈天地之始,言神农、黄帝②之事,昭然也。莫知其生平年之数。尝居苏门之山,故世或谓之。闲养性延寿,与自然齐光,其视尧舜之所事若手中耳。以万里为一步,以千岁为一朝,行不赴而居不处,求乎大道而无所寓。先生以应变顺和③,天地为家,运去势隤,魁然独存,自以为能足与造化推移,故默探道德,不与世同之。自好者非之,无识者怪之,不知其变化神微也;而先生不以世之非怪而易其务也。先生以为中区之在天下，曾不若蝇蚊之着帷，故终不以为事，而极意乎异方奇域，游览观乐，非世所见，徘徊无所终极。遗其书于苏门之山而去，天下莫知其所如往也。

或遗大人先生书曰："天下之贵，莫贵于君子；服有常色，貌有常则④，言有常度，行有常式⑤；立则磬折，拱若抱鼓⑥，动静有节，趋步商羽⑦，进退周旋，咸有规矩⑧。心若怀冰，战战栗栗⑨，束身⑩修行，日慎一日，择地而行，唯恐遗失⑪，诵周孔⑫之遗训，叹唐虞⑬之道德，唯法是修，唯礼是克⑭，手挚珪璧⑮，足履绳墨⑯，行欲为目前检⑰，言欲为无穷则⑱；少称乡闾⑲，长闻邦国⑳，上欲图三公㉑，下不失九州牧㉒，故挟金玉，垂文组㉓，享尊位，取茅土㉔，扬声名于后世，齐功德于往古；奉事君上，牧养㉕百姓，退㉖营私家，育长妻子㉗，卜吉而宅㉘，虑乃亿祉㉙，远祸近福，永坚固己；此诚士君子之高致㉚，古今不易之美行也。今先生乃被发而居巨海㉛之中，与若君子者远，吾恐世之叹先生而非之也。行为世所笑，身无由自达㉜，则可谓耻辱矣。身处困苦之地，而行为世俗之所笑，吾为先生不取也。"

于是大人先生乃逌然㉝而叹，假云霓而应㉞之曰："若之云尚何通哉㉟！夫大人者，乃与造物㊱同体，天地并生，逍遥浮世，与道俱成㊲，变化散聚㊳，不常其形㊴。天地制域于内，而浮明开达于外㊵，天地之永固，非世俗之所及也。吾将为汝言之。

"往者，天尝在下，地尝在上，反覆颠倒，未之安固，焉得不失度式而常之㊶？天因㊷地动，山陷川起㊸，云散震㊹坏，六合失理㊺，汝又焉得择地而行，趋步商羽？往者群气㊻争存，万物死虑㊼；支体不从㊽，身为泥土，根拔枝殊㊾，咸失其所，汝又焉得束身修行，磬折抱鼓？李牧功而身死㊿，伯宗忠而世绝，进(51)求利以丧身，营爵赏(52)而家灭，汝又焉得挟金玉万亿，祗奉君上而全(53)妻子乎？且汝独不见夫虱之处乎裈(54)中，逃乎深缝，匿夫坏絮，自以为吉宅(55)也。行不敢离缝际，动不敢出裈裆，自以为得绳墨也。饥则啮(56)人，自以为无穷食(57)也。然炎丘(58)火流，焦邑灭都，群虱死于裈中而不能出。汝君子之处区内(59)，亦何异夫虱之处裈中乎？悲乎！而乃自以为远祸近福，坚无穷(60)已；亦观夫阳乌游于尘外而鹪鹩戏于蓬艾，小大固不相及，汝又何以为若君子闻于予乎？且近者夏丧于商，周播之刘，耿、薄为墟，丰、镐成丘，至人未一顾而世代相酬，厥居未定，他人已有，汝之茅土，将谁与久？是以至人不处而居，不修而治，日月为正，阴阳为期。岂丢情于世，系累于一时。乘东云，驾西风，与阴守雌，据阳为雄，志得欲从，物莫之穷，又何不能自达而畏夫世笑哉！

"昔者天地开辟，万物并生；大者恬其性，细者静其形；阴藏其气，阳发其精；害无所避，利无所争；放之不失，收之不盈。亡不为夭，存不为寿；福无所得，祸无所咎⁶¹；各从其命，以度相守。明者不以智胜，闇者⁶²不以愚败；弱者不以迫畏，强者不以力尽⁶³。盖无君而庶物定，无臣而万事理⁶⁴，保身修性，不违其纪⁶⁵；惟兹若然⁶⁶，故能长久。今汝造音以乱声，作色以诡形⁶⁷；外易其貌，内⁶⁸隐其情，怀欲以求多，诈伪以要名；君立而虐兴，臣设而贼生，坐制礼法，束缚下民，欺愚诳拙，藏智自神⁶⁹，强者睽⁷⁰视而凌暴，弱者憔悴而事人，假廉以成贪，内险而外仁，罪至不悔过，幸遇则自矜，驰此以奏除⁷¹，故循滞而不振。

"夫无贵则贱者不怨，无富则贫者不争，各足于身而无所求也。恩泽无所归，则死败无所仇⁷²；奇声不作则耳不易听⁷³，淫色不显则目不改视⁷⁴，耳目不相易改则无以乱其神矣；此先世之所至⁷⁵止也。今汝尊贤以相高⁷⁶，元能以相尚⁷⁷，争势以相君，宠贵以相加，驱天下以趣之，此所以上下相残也。竭天地万物之至以奉声色无穷之欲，此非所以养百姓也。于是惧民之知其然，故重赏以喜之，严刑以威之；财匮而赏不供⁷⁸，刑尽而罚不行，乃始有亡国戮君溃散之祸。此非汝君子之为乎？汝君子之礼法，诚天下残贼、乱危、死亡之术耳；而乃目以为美行不易之道，不亦过乎！今吾乃飘飘于天地之外，与造化为友，朝食汤谷，夕饮西海⁷⁹，将变化迁易，与道周始，此之于万物岂不厚哉？故不通于自然者不足以言道，闇于昭昭者⁸⁰不足与达明；子之谓也。"

先生既申若言，天下之喜奇者异之，忼忾者高之。其不知其体，不见其情，猜耳其道，虚伪之名⁸¹，莫识其真，弗达其情，虽异而高之，与向之非怪者，蔑如也⁸²。至人者，不知乃贵，不见乃神，神贵之道存乎内，而万物运于外矣；故天下终而不知其用也。逌乎有宗之野，有隐士焉见之而喜，自以为均志同行[83]也，曰："善哉！吾得之见而舒愤也。上古质朴淳厚之道已废，而末枝遗叶并兴。豺狼贪虐，群物无辜，以害为利，殒性亡躯，吾不忍见也，故去而处兹。人不可与为俦[84]，不若与木石为邻。安期[85]逃乎蓬山，角里潜乎丹水，鲍焦[86]立以枯槁，莱维去而逌死·亦由兹夫！吾将抗志显高[87]，遂终于斯，禽生而兽死，埋形而遗骨，不复反余之生乎！夫志均者相求，好合者齐颜[88]，与夫子同之。"于是先生乃舒虹霓以蕃尘，倾雪盖以蔽明，倚瑶厢而徘徊，总众辔而安行，顾而谓之曰："太初[89]真人，唯天之根，专气[90]一志，万物以存，退不见后，进不睹先，发西北而造制，启东南以为门[91]，微道而以德久娱乐，跨天地而处尊。夫然成吾体也，是以不避物而处，所睹则宁；不以物为累，所逌则成；彷徉足以舒其意，浮腾足以逞其情。故至人无宅，天地为客；至人无主，天地为所；至人无事，天地为故；无是非之别，无善恶之异，故天下被其泽而万物所以炽[92]也。若夫恶彼而好我，自是而非人，忿激以争求[93]，贵志而贱身，伊禽生而兽死，尚何显而获荣，悲夫！子之用心也！薄安利以忘生，要求名[94]以丧体，诚与彼其无诡[95]，何枯槁而逌死。子之所好何足言哉？吾将去子矣。"乃扬眉而荡目[96]，振袖而抚裳，令缓辔而纵策，遂风起而云翔。彼人者瞻之而垂泣，自痛其志，衣草木之皮，伏于岩石之下，惧不终夕而死。

先生过神宫而息，漱吴泉[97]而行，回乎逌而游览焉。见薪于阜[98]者，叹曰："汝将焉以是终乎哉？"薪者曰："是终[99]我乎，不以是终我乎，且圣人无怀[100]，何其哀？夫盛衰变化，常不于兹[101]，藏器于身，伏[102]以俟时。孙刖足以擒庞，雎折胁而得位，百里困而相嬴，牙既老而弼周，既颠倒而更来兮[103]，固先穷而后收。秦破六国，并兼其地，夷灭诸侯，南面称帝，姱盛色，崇[104]靡丽，凿南山以为阙，表东海以为门[105]，辟万室而不绝，图无穷而永存，美宫室而盛帷帟[106]，击钟鼓而扬其章，广苑囿而深池沼，兴渭北而建咸阳，峒木曾未及成林，而荆棘已蘘乎阿房[107]。时代存而迭处[108]，故先得而后亡，山东之徒虏[109]遂起而王天下。由此视之，穷达讵可知耶？且圣人以道德为心，不以富贵为志，以无为为用，不以人物为事，尊显不加重，贫贱不自轻，失不自以为辱，得不自以为荣。木根挺而枝远，叶繁茂而华零⑪，无穷之死犹一朝之生，身之多少，又何足营⑪！"因叹而歌曰："日没不周方，月出丹渊中⑫，阳精蔽不见，阴光⑬代为雄，亭亭在须臾，厌厌将复东⑭。离合云雾兮，往来如飘风。富贵俯仰间，贫贱何必终。留侯起亡虏，威武赫荒夷；召平封东陵，一旦为布衣，枝叶托根柢，死生同盛衰；得志从命升，失势与时隤。寒暑代征迈，变化更相推⑮；祸福无常主，何忧身无归？推兹由斯理，负薪⑯又何哀！"先生闻之，笑曰："虽不及大，庶免小矣。"乃歌曰："天地解兮六合开，星辰霣兮日月隤，我腾而上将何怀！衣弗袭而服美，佩弗饰而自章⑰，上下徘徊兮谁识吾常⑱。

"遂去而逞浮，肆云骖⑲，兴气盖⑳，徜徉回翔兮潢瀁㉑之外。建长星以为旗兮，击雷霆之礚磕，开不周而出车兮，步九野之夷泰㉒。坐中州而一顾兮，望崇山而回迈，端馀节而飞旃兮，纵心虑乎荒裔㉓。释前者而弗修㉔兮，驰蒙闲而远迈，弃世务之众为㉕兮，何细事之足赖。虚形体而轻举兮，精微妙而神丰。命夷羿使宽日兮，召忻来㉖使缓风。攀扶桑之长枝兮，登扶摇之隆崇㉗。跃潜飘㉘之冥昧兮，洗光曜之昭明。遗衣裳而弗服兮，服云气而遂行。朝造驾㉙乎汤谷兮，夕息马乎长泉㉚，时崦嵫而易气兮，辉若华㉛以照冥。左朱阳㉜以举麾兮，右玄阴㉝以建旗，变容饰而改度，遂腾窃以修征。

"阴阳更而代迈，四时奔而相道。惟仙化之倏忽兮，心不乐乎久留。惊风奋而遗乐兮，虽云起而忘忧。忽电消而神逌兮，历寥廓而逞游。佩日月以舒光兮，登徜徉而上游。压前进于彼逌兮，将步足乎虚州㉞。扫紫宫而陈席兮，坐帝室而忽会酬，萃众音而奏乐兮，声惊渺而悠悠，五帝舞而再属兮，六神歌而伐周㉟。乐啾啾肃肃，洞心达神，超遥遥茫茫，心往而忘反，虑大而志矜㊱。粤大人微而弗复兮，扬云气而上陈，召六幽之玉女兮㊲，接上王之美人，体云气之逌畅兮，服太清之淑真㊳，合欢情而微授㊴兮，光艳溢其若神，华姿烨以俱发兮，采色焕其并振，倾玄髦而垂鬓兮，曜红颜而自新。

"时暧瞹㊵而将逝兮，风飘而振衣，云气解而雾离兮，霭奔散而永归。心惝恍而遥思兮，眇回目而弗睎。扬清风以为旄兮，翼旋轸而反衍㊶。腾炎阳而出疆兮，命祝融㊷而使遣。驱玄冥㊸以摄坚兮，蓐收秉而先戈㊹，勾芒奉毂，浮惊朝霞。寥廓茫茫而靡都兮,邈无俦而独立。倚瑶厢⑭而一顾兮,哀下土之憔悴。分是非以为行兮,又何足与比类。霓旌飘兮云旗,镭乐游兮出天外。"

大人先生被发飞鬓,衣方离之衣⑭,绕绂阳之带,含奇芝,爵甘华,噏浮雾,飡霄霞,兴朝云,颰春风,奋乎太极之东,游乎昆仑之西,遗辔陨策,流盼乎唐虞之都,惘然而思,怅尔若忘,慨然而叹,曰:"呜乎!时不若岁,岁不若天,天不若道,道不若神。神者,自然之根也。彼勾勾者自以为贵夫世矣⑭;而恶知夫世之贱乎兹哉!故与世争贵,贵不足尊;与世争富,富不足先。必超世而绝群,遗俗而独往,登乎太始之前,览乎汤漠之初,虑周流于无外⑭,志浩荡而遂舒,□飘飘于四运,翻翻翔乎八隅。欲纵而彷佛,洸瀁而靡拘,细行⑭不足以为毁,圣贤不足以为誉,变化移易,与神明扶。廓无外以为宅,周宇宙以为庐,强八维而处安,据制物⑮以永居;夫如是则可谓富贵矣。是故不与尧舜齐德,不与汤武并功;王、许⑮不足以为匹,阳⑮、丘岂能与比踪,天地且不能越其寿,广成子曾何足与并容。激八风⑮以扬声,蹑元吉⑮之高踪;披九天以开除兮,来云气以驭飞龙,专上下以制统兮,殊古今而靡同;夫世之名利胡足以累之哉!故提齐而跛楚,挈赵而蹈秦,不满一朝而天下无人⑮,东西南北莫之与邻。悲夫!子之修饰⑮,以余观之,将焉存乎?"

于兹先生乃去之,纷泱莽,轨汤洋,流衍溢⑮,历度⑮重渊,跨青天,顾而逌览焉。则有逍遥以永年,无存忽⑮合,散而下臻⑯,霍分离荡,瀁瀁洋洋⑯,飙涌云浮,达于摇光⑯,直驰骛乎太初之中,而休息乎无为之宫。太初何如?无后无先,莫究其极,谁识其根。逸渺绵绵,乃反复⑯乎大道之所存,莫畅其究,谁晓其根。辟九灵⑯而求索,曾何足以自隆⑯。登其万天而通观,浴大始⑯之和风。漰逍遥以远游,遵大路之无穷。遗太乙而弗使,陵⑯天地而径行。超鸿濛⑯而远迹,左荡莽⑯而无涯,右幽悠而无方⑰,上遥听而无声,下修视而无章⑰,施无有而宅神⑰,永太清乎敖翔。

崔巍高山勃玄云,朔风横厉白雪纷,积水⑰若凌寒伤人。阴阳失位日月陨,地坼石裂林木摧,火冷阳凝寒伤怀。阳和微弱隆阴竭,海冻不流绵絮折,呼吸不通寒伤裂。气并代动变如神,寒倡热随害伤人,熙与真人怀太清⑭。精神专一用意平,寒暑勿伤莫不惊,忧患靡由素气宁⑮。浮雾凌天恣所经,往来微妙路无倾,好乐非世⑯又何争,人且皆死我独生⑰。

真人游,驾八龙,曜日月,载云旗,徘徊迫,乐所之。真人游,太阶夷⑱,□原辟,天门开,雨濛濛,风飔飔,登黄山,出栖迟,江河清,洛无埃。云气消,真人来。真人来,惟乐哉!时世易,好乐隤,真人去,与天回。反未央⑲,延年寿,独敖世,望我□,何时反。赴⑳漫漫,路日远。

先生从此㉑去矣,天下莫知其所终极,盖陵天地而与浮明遨游无始终,自然之至真也。鹠鸠不逾济,貉不渡汶,世之常人,亦由此矣。曾不通区域㉒,又况四海之表,天地之外哉。若先生者,以天地为卵耳。如小物细人欲论其长短,议其是非,其不哀也哉!

【注释】

①本文名为传记,实为赋体。全文以虚构的人物"大人先生"为理想的化身,强烈地抨击了虚伪的礼法制度,体现了逍遥自得的人格精神。这里节录了文章的第二部分。文中写"君子"投书"大人先生",对他的人生态度提出质问,大人先生便借机对所谓的礼法之士进行了无情地讽刺。 ②神农:神农氏,即炎帝,三皇五帝之一,远古传说中的太阳神。黄帝:中华民族始祖,人文初祖,中国远古时期部落联盟首领。 ③顺和:和顺,缓和;顺随和同。 ④"服有"二句:古代礼制规定,衣服的颜色根据贵贱、吉凶的不同而有所区别;对面部表情也有"合情饰貌"的要求。常,一定的。则,法则。 ⑤"言有"二句:指说话有一定的分寸,行为有一定的法式。度,尺度。式,法式。 ⑥"立则"二句:站立时腰如磬一般弯曲,打拱时像怀里抱着鼓一样。磬,古代打击乐器,状如曲尺,以玉、石制成。 ⑦"动静"二句:一举一动皆合乎节奏,连走路的快慢都应合音乐的节拍。节,节拍。趋步,指走路的快慢。商羽,音乐调名,此指音乐的节奏。 ⑧"进退"二句:指与人交接都遵循一定的规矩。周旋,辗转相从,这里指与人打交道。 ⑨"心若"二句:心里如抱着冰块,惊恐不已。 ⑩束身:约束自己。 ⑪"择地"句:形容谨慎之至。《汉书·冯奉世传》:"宜乡侯参,鞠躬履方,择地而行,可谓淑人君子。" ⑫"周孔":指周公、孔子。 ⑬"叹":赞叹。唐虞:指唐尧、虞舜。 ⑭"唯法"二句:法,礼,指礼法。修,遵循。克,克制,约束。 ⑮"珪(guī)璧":古代王侯朝聘、祭祀用的玉器。璧,圆形,象地;珪,长方形,象天。二者合为一即珪璧。 ⑯"足履"句:走路要循规蹈距。喻行为合乎规范。绳墨,正曲直的工具。此喻规矩、规范。 ⑰"行欲"句:行为要成为当世的榜样。检,法式。 ⑱"无穷则":永远的准则。 ⑲少:小时候。称:赞扬,此指受称赞。乡闾(lú):乡里。 ⑳闻:有名于。邦国:国家。 ㉑上:指最高。图:图谋。三公:周代为太师、太傅、太保;西汉为大司马、大司徒、大司空;东汉为太尉、司徒、司空。这里泛指朝廷的最高官职。 ㉒下:指

最低。九州牧：古代分中国为九州，牧即为一州之长。此泛指地方最高长官。㉓"故挟"二句：形容为官的尊贵。金玉，指珍宝。文组，有花纹的绶带，用以系玉佩、金印等物。㉔取茅土：指封侯。古代天子封五色土（象五方）为社，封诸侯时，各取方土，裹以白茅授之。㉕牧养：管理、养育。㉖退：告退。㉗育长：养活。妻子：指妻子儿女。㉘"卜吉"句：谓通过占卜求吉宅而居。㉙"虑乃"句：考虑的是多禄多福。亿祉（zhǐ），世代福禄。㉚高致：高尚的情趣。㉛被发：披发。巨海：大海。古人认为中国四面环海，故居于巨海即指游离尘世。㉜无由自达：无法使自己被荐于国君。㉝逌（yóu）然：长叹貌。㉞假：借。应：回答。㉟"若之云"句：意谓你的这种论调怎么能说得通呢。若之云，你的说法。㊱造物：指造物者，即创造世界者。㊲"与道"句：与世界的本源"道"同时生成。道，万物之母。《老子》二十五章："有物混成，先天地生。寂兮寥兮，独立不改，周行而不殆，可以为天下母，吾不知其名，字之曰'道'，强为之名曰'大'。"㊳散聚：分散聚合，指生死。《庄子·知北游》："人之生，气之聚也，聚则为生，散则为死。"㊴"不常"句：意谓形体本来就不是固定的。㊵"天地"二句：意谓天地形成内在的精神世界，其外在形式表现为自在明智。制域于内，造成内在境界。浮明，自在明智。开达，表现。㊶"往者"六句：古代儒家往往从天地的角度论证礼制的合法性。如《礼记·乐记》云："天尊地卑，君臣定矣。卑高已陈，贵贱位矣。"阮籍在此申述天地无常，试图从根本上否定封建礼制。度式，指法制规范。常，固定不变。㊷因：依，随。㊸"山陷"句：山陷为河谷，河谷突起为山。㊹震：雷。㊺六合：指天地四方。失理：颠倒紊乱，没有秩序。㊻群气：构成万物的各种原始气态物质。此指万物。㊼死虑：忧虑死亡。㊽"支体"句：肢体不顺心意。支，同"肢"。㊾枝殊：枝叶脱离主干。殊，断离。㊿"李牧"二句：《史记·廉颇蔺相如列传》载，战国时赵国名将李牧，因军功封为武安君，后秦国贿赂赵王宠臣郭开诬其谋反，被杀。《国语·晋语》载，战国时晋大夫伯宗为人忠直而喜进谏，最终却为权臣所害。世绝，没有后代。㉛进：仕进。㊷营：谋求。爵赏：爵位、封赏。㊳祗奉：恭敬侍奉。全：保全。㊴裈（kūn）：裤子。㊵吉宅：安全的住宅。㊶啮（niè）：咬。㊷无穷食：享用不尽的食物。㊸炎丘：指南方的酷热之地。火流：如流火般炎热。㊹区内：人世间。㊺物：指客观万物。穷：穷困潦倒。㊻咎：灾害。㊼明者：通晓事理的明白人。闇者：不明整理的糊涂人。㊽以迫畏：因压迫而害怕。以力尽：因有力而竭尽其力。㊾"无君"两句：没有君主而万物安定，没有臣子而万事治理。㊿纪：指自然法纪。㊻若然：这样，指天地初开时自然生长情形。㊼造音：人为音乐。作色：造作颜色。诡形：使天然形象脆弱。㊽外：表面。内：内里、实质。㊾藏智：隐瞒自己要弄聪明。自神：显得自己仿佛天生神异不凡。㊿瞋：睁大眼睛。㊱驰：驰骋，比喻肆意耍弄伎俩。除：授官。㊲无所归：没有接受恩泽的人。无所仇：没有造成死败的仇敌。㊳易听：改变正常的听赏音乐习尚。㊴改视：改变正常的观赏容色爱好。㊵所至：最高成就。㊶尊贤以相高：借尊重贤良的名义，实际是相互比地位的高低。㊷相尚：互相争上下。㊸赏不供：供给不了重赏所需。罚不行：惩罚不起作用。㊹汤谷：传说中太阳升起的地方。西海：指太阳没落的地方。㊺昭昭者：明明白白的事理。㊻虚：空洞的。伪：人为，杜撰。名：名分。㊼向之：以前的。蔑如：无视。㊽均志：志向一致。同行：操守相同。㊾为俦：作伴。㊿安期：安期生，传说中的仙人。㉘鲍焦：周代处士，非难时世，拾野菜充饥，守节不仕。㉗抗志：高举自己的志节。显高：发扬高尚的情操。㉘好合：爱好投合。齐颜：意谓对事物态度的脸色表情是一样的。㉙太初：太古时代。⑩专气：即专心。⑪发：拨开。西北：指混沌中的西北方向。造制：创造制作万物。门：指天门。⑫被：蒙受。炽：兴旺。⑬忿激：气愤不平。争求：争夺索取。⑭薄：削弱减少。安利：安于实利，意谓应有的实行。要：取得。求名：追求虚名。⑮彼其：他们那样，指世俗罪恶。无诡：没有诡诈的干系。⑯荡目：转眼看了看。⑰神宫：星名。吾泉：即虞渊，是神话传说太阳落山处。⑱阜：土山。⑲是：打柴为生。终：终了一生。⑳怀：指胸怀治理天下的大志。㉑常：同"尝"，何尝。兹：这，指圣人都怀有大志。㉒藏器：隐藏自己的才能。伏：潜伏，指隐居。㉓颠倒：指上述事例中的贤良先遭厄运，是命运遭遇的颠倒。更来：再颠倒过来，指这些贤良又得到重用。㉔婷：爱好。崇：崇尚。㉕南山：秦岭终南山。东海：即今东海。门：看守，守住。㉖万室：千家万户。不绝：不断代。帷恋：指殿堂宫室内部的装饰。㉗骊：指骊山秦始皇陵墓。木：指陵墓的树木。曾：简直。这两句是说秦始皇墓上树木还来不及长大，秦帝国已灭亡，阿房宫已成废墟。㉘存而迭处：存在而交换处所。㉙徒房：犯罪服役的奴隶。⑩华：同"花"。零：凋零。⑪多少：指荣辱得失的多少。营：经营。⑫不周：指不周山。丹渊：传说月亮升起的地方。⑬阳精：指太精。阴光：阴精的光，即月光。⑭亭亭：指高高悬在天空。厌厌：暂时出现的样子。东：日出。⑮代征迈：互相轮换地不断迈步前进。更相推：更加互相推动。⑯负薪：砍木背柴。⑰服美：如同穿了很美的衣服。佩：玉佩之类的仪礼装饰物。自章：自然显得光采。⑱吾常：指人类行为的一定法则规范。⑲云翠：以云为车。⑳兴：兴开。所盖：以雾气为车盖。㉑漭瀁：广大的样子，指天地中间的广大空间。㉒九野：九天的郊野。夷泰：平坦宽广。㉓心虚：思想考虑。荒裔：荒远边区。㉔弗修：不以为美好。㉕众为：众庶的行为。㉖忻来：神名。㉗扶桑：神树名，生长在日出的荡谷。隆崇：指扶摇风最高的顶端。㉘潜飘：指隐藏太阳的暴风。㉙造驾：驾车前往。⑩长泉：指悲泉，是太阳息马的地方。⑪若华：若木的花，即扶桑树花。⑫左：指南方。朱阳：又称朱鸟。⑬右：指北方。玄阴：又称玄武，灵物状龟。⑭虚州：指自然空间。⑮六神：六宗之神。代周：唱了一圈再唱一圈。⑯虑大：思虑自然之道。志矜：坚持自己的志节。⑰大幽：指幽天。玉女：仙女。⑱太清：天空。淑贞：美好贞洁。⑲微授：稍微接触。⑳暧曖：昏暗。㉑旋轸：掉转车头。衍：平地。㉒祝融：神话中的火神。㉓玄冥：神话里的水神。㉔蓐收：神话中的金神。先戈：提前动用干戈。㉕瑶厢：美玉车厢。㉖方离之衣：饰有方形离卦图案的外衣。㉗勾勾：同"拘拘"，屈身拘束的样子。贵夫世：在这个人世上是高贵的。㉘无外：指大自然存在。㉙靡拘：不受拘束。细行：琐碎行为。㉚八维：八方。制物：控制万物。㉛王：仙人王子乔。许：隐士许由。㉜阳：阳货，春秋时鲁国人，与孔子容貌相似。㉝八风：古人以为风从八方吹出。㉞元吉：大吉大利。㉟无人：指无人如齐、楚、赵等国诸侯那样称雄。㊱修饰：文辞的修饰。㊲衍溢：漫衍泛滥，形容天下灾乱。㊳历：一一。度：渡过。㊴存忽：存在和忽视存在。㊵上臻：上达。㊶离荡：散开动荡。洋洋：水流广大。㊷摇光：北斗第七星，此即指北斗。㊸反复：重新回到。㊹辟：征召。九灵：众多神灵。㊺自隆：使自己取得成就。㊻万天：天的最高层。太始：大自然原始时期。 ⑯陵：凌、冲。 ⑱濛鸿：道家天神名。 ⑲荡莽：广大无比的原始草原。 ⑰无方：没有明确的方向。 ⑰无章：没有光采。 ⑰无有：以无为有。宅神：让神住下。 ⑰积水：星名，主水灾。 ⑰代动：替换运行。怀太清：怀抱天空。 ⑰靡由：没有产生原因。素气：指元气。 ⑯非世：不是世俗的爱好和乐趣。 ⑰"人且"句：是说世人生命有限，不免一死，而真人永生，所以唯独他依然存大。 ⑱太阶：星名。夷：平。此句是说政治清明，天下太平。 ⑲反：同"返"。未央：未完。这里是无穷的意思，即谓"大道之所存。" ⑱趄：急速行进。 ⑱此：指草木鸟兽都受地域影响。 ⑱"曾不"句：是说天下各地区曾经互不相通。

【赏析】

阮籍是三国时期魏国人，字嗣宗。陈留尉氏（今属河南）人。"竹林七贤"领袖人物，与嵇康齐名。阮籍善吟诗，嵇康长于文。此篇《大人先生传》即为阮籍流传后世为数不多的文章中的精品。

文章的中心是对老庄这理论的宣扬，大人先生的原型就是阮籍自己，并从原型的基础上进行抽象，产生了一个生于远古，长生不老，四海为家，天地等寿，独求大道的人物。所谓"自好者非之，无识者怪之，"正是阮籍在当时社会的写照。"先生不以世之非怪而易其务也"，正是阮籍不肯与世同流的精神的体现。

文章的开头，阮籍详细的描述了自己的想法和行为，之后开始为自己进行解释和辩护。先是有人遗先生书，阐述儒教经典对立身处世的看法，阮籍在此对儒教进行了激烈地讽刺和批判，并将矛头直接指向统治者。他说儒教"坐制礼法，束缚下民"，批判司马氏政权"假廉而成贪，内险而外仁"，这也是他思想中最可贵之处，也是阮籍被后人尊敬的重要原因。

接下来，阮籍写道："先生既申若言，天下之喜奇者异之，忼慨者高之"，想来是当时社会中下层对他的看法，而文中与宋隐士，与阜薪者的对答，则是阮籍对这两个阶层的回应。

从这篇文章中可以看出阮籍是孤独的，这是一种世间无知己的孤独，他也是晦涩的，因为他不能将自己的真实想法说出来，只能将内心的真实想法倾吐在晦涩的文字里。阮籍也是狷介的、耿直的，所以他不肯投靠司马氏。同时，阮籍又是悲哀的，所以他才"心中多块磊，常借酒浇之"。阮籍笔下的大人先生最终是"从此去，天下莫知所终极"。而阮籍最终逃脱了司马氏的屠刀，在那个时期，也算是最好的结局了。

《大人先生传》虽然很长，但只要理解了当时的历史环境和阮籍的心境，再来读此文就很容易理解其中的内涵了。

【与山巨源①绝交书】

嵇 康

康白：足下昔称吾于颍川②，吾常谓之知言。然经怪此意尚未熟悉于足下，何从便得之也？前年从河东还，显宗、阿都③说足下议以吾自代；事虽不行，知足下故不知之。足下傍通，多可而少怪④；吾直性狭中，多所不堪⑤，偶与足下相知耳。间闻足下迁，惕然⑥不喜，恐足下羞庖人之独割，引尸祝以自助，手荐鸾刀⑦，漫之膻腥。故具为足下陈其可否。

吾昔读书，得并介之人，或谓无之，今乃信其真有⑧耳。性有所不堪，真不可强。今空语同知有达人⑨，无所不堪，外不殊俗，而内不失正，与一世同其波流，而悔吝不生耳。老子、庄周，吾之师也，亲居贱职；柳下惠、东方朔，达人也，安乎卑位⑩。吾岂敢短之哉！又仲尼兼爱，不羞执鞭⑪；子文无欲卿相，而三登令尹⑫。是乃君子思济物之意也。所谓达能兼善而不渝，穷则自得而无闷。以此观之，故尧、舜之君世，许由之岩栖，子房之佐汉，接舆之行歌，其揆一也⑬。仰瞻数君，可谓能遂其志者也。故君子百行，殊途而同致，循性而动，各附所安。故有处朝廷而不出，入山林而不反之论。且延陵⑭高子臧之风，长卿慕相如之节，志气所托，不可夺也。吾每读尚子平、台孝威传，慨然慕之，想其为人。加少孤露，母兄见骄，不涉经学⑮。性复疏懒，筋驽肉缓⑯，头面常一月十五日不洗；不大闷痒，不能沐也。每常小便而忍不起，令胞中略转乃起耳。又纵逸来久，情意傲散，简与礼相背，懒与慢相成，而为侪类⑰见宽，不攻其过。又读庄、老，重增其放⑱。故使荣进之心日颓，任实之情转笃。此由禽鹿，少见训育，则服从教制；长而见羁，则狂顾顿缨⑲，赴蹈汤火；虽饰以金镳⑳，飨以嘉肴，逾思长林而志在丰草也。

阮嗣宗口不论人过，吾每师之，而未能及。至性过人，与物无伤㉑，唯饮酒过差耳。至为礼法之士所绳，疾之如仇，幸赖大将军㉒保持之耳。吾不如嗣宗之资，而有慢弛之阙；又不识人情,闇于机宜㉓;无万石之慎,而有好尽之累,久与事接,疵衅日兴,虽欲无患㉔,其可得乎?又人伦有礼,朝廷有法,自惟至熟㉕,有必不堪者七,甚不可者二:卧喜晚起,而当关呼之不置,一不堪也。抱琴行吟,弋钓草野,而吏卒守之,不得妄动,二不堪也。危坐一时,痹不得摇,性复多虱,把搔无已,而当裹以章服,揖拜上官,三不堪也。素不便书,又不喜作书,而人间多事,堆案盈机,不相酬答,则犯㉖教伤义,欲自勉强,则不能久,四不堪也。不喜吊丧,而人道以此为重,已为未见恕者所怨,至欲见中伤者:虽瞿然自责,然性不可化,欲降心顺俗,则诡故不情㉗,亦终不能获无咎无誉,如此五不堪也。不喜俗人,而当与之共事,或宾客盈坐,鸣声聒耳,嚣尘臭处,千变百伎㉘,在人目前,六不堪也。心不耐烦,而官事鞅掌,机务缠其心,世故繁其虑㉙,七不堪也。又每非汤武而薄周、孔,在人间不止,此事会显,世教所不容,此甚不可一也。刚肠疾恶,轻肆直言,遇事便发,此甚不可二也。以促中小心㉚之性,统此九患,不有外难,当有内病,宁可久处人间邪?又闻道士遗言,饵术黄精㉛,令人久寿,意甚信之。游山泽,观鱼鸟,心甚乐之。一行作吏,此事便废,安能舍其所乐而从其所惧哉!

　　夫人之相知,贵识其天性,因而济之㉜。禹不逼伯成子高,全其节也;仲尼不假盖于子夏,护其短也;近诸葛孔明不逼元直以入蜀,华子鱼不强幼安以卿相。此可谓能相终始,真相知者也。足下见直木必不可以为轮,曲者不可以为桷㉝,盖不欲以枉其天才,令得其所也。故四民有业,各以得志为乐,唯达者为能通之;此足下度内㉞耳。不可自见好章甫,强越人以文冕也;已嗜臭腐㉟,养鹓雏以死鼠也。吾顷学养生之术,方外荣华,去滋味,游心于寂寞㊱,以无为为贵。纵无九患,尚不顾足下所好者。又有心闷疾,顷转增笃,私意自试㊲,不能堪其所不乐。自卜已审㊳,若道尽途穷则已耳。足下无事冤之,令转于沟壑也。吾新失母兄之欢,意常凄切。女年十三,男年八岁,未及成人,况复多病,顾此恨恨,如何可言。今但愿守陋巷,教养子孙;时与亲旧叙离阔,陈说平生。浊酒一杯,弹琴一曲,志愿毕矣。足下若嬲之不置㊴,不过欲为官得人,以益时用耳。足下旧知吾潦倒粗疏,不切事情,自惟㊵亦皆不如今日之贤能也。若以俗人皆喜荣华,独能离之,以此为快;此最近之,可得言耳。然使长才广度,无所不淹,而能不营㊶,乃可贵耳。若吾多病困,欲离事自全,以保馀年,此真所乏耳。岂可见黄门㊷而称贞哉!若趣欲共登王途,期于相致,时为欢益,一旦迫之,必发其狂疾。自非重怨㊸,不至于此也。野人有快炙背而美芹子者,欲献之至尊,虽有区区㊹之意,亦已疏矣。愿足下勿似之。其意如此,既以解足下,并以为别。嵇康白。

【注释】

①山巨源:即山涛,"竹林七贤"之一。 ②颍川:指山涛的族父,曾任颍川太守。 ③显宗:公孙崇,字显宗。阿都:吕安的小名。二人均为嵇康好友。 ④傍通:谓善于应变。多可而少怪:凡事应当多体谅通融,少责怪。 ⑤狭中:心地狭窄。堪:忍受。 ⑥间闻:近来听说。迁:升迁。惕然:忧惧貌。 ⑦庖人:厨师。尸祝:祭祀时读祝辞的人。鸾刀:祭祀时割牺牲用的刀。 ⑧并:兼济天下。介:耿直。信其真有:谓在你身上得知果然实有其人。 ⑨空语:空话。达人:通达之人。 ⑩安乎卑位:指卑贱的差役。 ⑪不羞执鞭:不以执鞭为羞耻。 ⑫"子文"二句:子文没有做卿相的欲望,所以三次受命令尹,三次被免,均无喜忧之色。 ⑬岩栖:隐居山林。子房:张良。其揆一也:谓以上四人虽然行为不同,但顺乎本性的道理都是一致的。 ⑭延陵:春秋时吴国公子季扎。 ⑮露:瘦弱。见骄:受到骄宠。经学:儒家经典。 ⑯驽:原指劣马,此处喻筋骨迟钝。缓:松弛。 ⑰傲散:孤傲散漫。侪类:朋类。 ⑱重增其放:更助长了自己狂放荡不羁。 ⑲禽:同"擒"。驯育:驯服养育。教制:管教约束。顿婴:挣扎摆脱缰绳。婴:丝绳。 ⑳金镳:珍贵的笼头。 ㉑与物无伤:等人接物没有伤害之心。过差:过度。 ㉒绳:纠正。赖:依靠。大将军:指司马昭。 ㉓闇于机宜:不懂事理。好尽:喜欢畅所欲言,不知避讳。累:负累。 ㉔疵:病。衅:过隙。患:危害。 ㉕自惟至熟:自认为考虑的非常成熟。 ㉖不便:不习惯。盈机:堆满几案。犯:触犯。 ㉗瞿然:恐惧貌。诡故:违反本性。不情:不合常情。 ㉘聒:喧闹。嚣尘:声音杂乱、尘埃飞扬。百伪:各种花招。 ㉙鞅掌:形容公务繁忙。烦其虑:费神思虑。 ㉚促中小心:指心胸狭窄。 ㉛饵:食用。术、黄精:皆为药名。 ㉜因而济之:顺应其天性而成全他。因:循。 ㉝直木为轮:用笔直的木料作车轮。曲者为桷:弯曲的木料作椽子。 ㉞四民:指百姓的四种职业。达者:通达之人。通之:了解它。度内:度量范围之内。 ㉟章甫:商代的礼帽。文冕:带有装饰的帽子。臭腐:比喻仕途。 ㊱方:正在。外荣华:摒弃荣华宝贵。游心于寂寞:谓游心于道之境界。 ㊲顷:近来。增笃:加重。自试:自己盘算。 ㊳自卜已审:自己已经考虑清楚并决定。 ㊴觏之不置:缠住不放。觏:相忧、纠缠。 ㊵不切事情:不关心世事。自惟:自己考虑。 ㊶淹:通达。不营:不求。 ㊷黄门:指宦官。 ㊸趣:同"趋",急于。王途:仕途。时为欢益:彼此欢娱而互有所益。自非重怨:如果不是深仇大恨。 ㊹野人:乡下人。炙:烤。区区:微小诚肯之意。

【赏析】

嵇康（223－262），字叔夜，谯郡铚县（今安徽省宿县西南）人。"竹林七贤"之一，曾为中散大夫，故世称嵇中散。他是曹魏宗室的女婿，学问渊博，性格刚直，疾恶如仇。因拒绝与当时掌权的司马氏合作，对他们标榜的虚伪礼法加以讥讽和抨击，直接触犯了打着礼教板幌子的谋夺曹氏政权的司马昭及其党羽，结果遭诬被处死。

文中的内容是多方面的：包含着对朋友的理解与担忧。"野人有快炙背而美芹子者，欲献之至尊，虽有区区之意，亦已疏矣。"他暗示山涛要言行谨慎，自我保重，并希望他做一位保持竹林气节的"并介之人"。述说了自己的志向："今但愿守陋巷，教养子孙，时与亲旧叙离阔。陈说平生，浊酒一杯，弹琴一曲，志愿毕矣。"最重要的还是通过拒绝山涛推荐的职位一事，表达了对司马氏政权假借礼法之名诛杀异己的强烈愤激之情，抒发了作者追求个性自由的志趣和理想，展现出不同流合污的品格。语言尖锐深刻，流畅自然。但是表面半官半隐、逃避世事的嵇康，内心又何尝有一时真的忘却了这俗世人生呢？在他的"刚肠疾恶"背后，是对家人朋友，对理想，对天下人的一片铁骨柔情。

后人也有怀疑此封信并非真正的绝交书，而是嵇康在有意地为山涛摆脱嫌疑。众所周知，嵇康与山涛为挚友，如果说嵇康真的想要绝交，完全不必非如此大的力气写这样长篇的绝交书。所以不难看出，嵇康这是在为山涛脱嫌。司马昭一直视嵇康为眼中钉，山涛推荐他，虽然是为了嵇康着想，但无异于给自己带来麻烦。嵇康为了不让自己的挚友受到牵连，才写下这篇绝交书，真可谓是用心良苦。

【陈情表】①

李 密

臣密言：臣以险衅②，夙遭闵凶③。生孩六月，慈父见背④；行年四岁，舅夺母志⑤。祖母刘，愍⑥臣孤弱，躬亲⑦抚养。臣少多疾病，九岁不行⑧，零丁孤苦，至于成立⑨。既无叔伯，终鲜⑩兄弟。门衰祚⑪薄，晚有儿息⑫。外无期、功强近之亲⑬，内无应门五尺之僮，茕茕⑭孑立，形影相吊。而刘夙婴⑮疾病，常在床蓐，臣侍汤药，未曾废离。

逮奉圣朝，沐浴清化⑯。前太守臣逵察臣孝廉⑰，后刺史臣荣举臣秀才，臣以供养无主，辞不赴命。诏书特下，拜臣郎中，寻⑱蒙国恩，除臣洗马⑲。猥⑳以微贱，当侍东宫㉑，非臣陨首㉒所能上报。臣具以表闻，辞不就职。诏书切峻㉓，责臣逋慢㉔。郡县逼迫，催臣上道；州司临门，急于星火。臣欲奉诏奔驰，则刘病日笃;欲苟顺私情,则告诉不许㉕;臣之进退,实为狼狈。

伏惟圣朝以孝治天下,凡在故老,犹蒙矜育㉖,况臣孤苦,特为尤甚。且臣少事伪朝㉗,历职郎署,本图宦达,不矜㉘名节。今臣亡国贱俘,至微至陋,过蒙拔擢,宠命优渥㉙,岂敢盘桓,有所希冀。但以刘日薄西山,气息奄奄㉚,人命危浅㉛,朝不虑夕㉜。臣无祖母,无以至今日;祖母无臣,无以终馀年;母孙二人,更相为命,是以区区不能废远㉝。

臣密今年四十有四,祖母刘今年九十有六,是臣尽节于陛下之日长,报刘之日短也。乌鸟私情㉞,愿乞终养。臣之辛苦㉟,非独蜀之人士及二州牧伯所见明知,皇天后土实所共鉴。愿陛下矜愍愚诚,听臣微志,庶刘侥幸保卒㊱馀年。臣生当陨首,死当结草㊲。臣不胜犬马怖惧之情,谨拜表以闻。

【注释】

①《陈情事表》:选自《文选》卷三十七,也简称《陈情表》。表,古代章奏的一种,为臣子上书给帝王的一种文书。 ②险衅:此指坎坷多难的命运。 ③夙遭闵凶:夙,早。闵,同"悯",忧愁。凶,此处指不幸之事。 ④见背:犹言"弃我"。见,指代性副词。背,背弃。本句谓慈父弃我而逝。 ⑤舅夺母志:舅父逼母改嫁。志,古时妇女夫死不嫁为"守志"。 ⑥愍:怜悯。 ⑦躬亲:亲身。 ⑧不行:不能行走。 ⑨成立:成人自立。 ⑩鲜:少。 ⑪祚(zuò):福。 ⑫儿息:儿子。息,儿子。 ⑬期功强近之亲:指比较近的亲属。古代以亲属关系的远近制定服丧长短。期,周年,指穿一年丧服。功有大小,大功服丧九个月,小功服丧五个月。强近,比较近。 ⑭茕茕:孤独的样子。 ⑮婴:缠绕。 ⑯沐浴清化:蒙受清明政治教化。沐浴,比喻蒙受,身受。 ⑰察臣孝廉:察,荐举。孝廉,与后文的"秀才"同为汉以后选拔人才的科目之一。 ⑱寻:不久。 ⑲除臣洗马:除,授官。洗马,官名,太子的属官。 ⑳猥:谦辞。指卑微。 ㉑东宫:太子居处,也以代称太子。 ㉒陨首:指杀身。陨,掉落。 ㉓切峻:严厉急切。 ㉔逋慢:逃避命令态度傲慢。逋,迟缓、拖延。 ㉕告诉不许:告诉,指陈诉衷曲。不许,不被许可。 ㉖矜育:哀怜抚育。 ㉗伪朝:指被晋所灭的蜀汉。 ㉘矜:自尊、自夸。 ㉙优渥:优厚。渥,厚。 ㉚气息奄奄:没有生机生气。 ㉛危浅:危弱,不能长久。 ㉜朝不虑夕:早上不能预料晚上的事情,表示危急情形。 ㉝"是以"句:区区,谦辞,感情恳切之状。废远,废止而远离。 ㉞乌鸟私情:乌鸟,乌鸦。传乌雅有反哺之举,故以比喻人的孝道。 ㉟辛苦:这里指处境的困难。 ㊱卒:终。 ㊲结草:春秋时魏武子病时,嘱咐儿子他死后遣妾再嫁,但临终时,又说令妾殉葬。死后,其子魏颗把父妾嫁出去,后在与秦将杜回作战,见一老人结草绊倒杜回,因此捉住杜回。夜间梦老人自言为魏武子妾之父,结草为报答他下令女儿殉葬的恩德。犬马:谦称,表示自己为犬为马,身份低贱。

【赏析】

本文作者李密（224-287），又名虔，字令伯，西晋初年犍为武阳（今四川彭山县东）人。曾任蜀汉，屡次出使东吴。蜀亡后，晋武帝征他为太子洗马，他以祖母年迈多病、无人奉养为由，上《陈情表》辞谢，武帝看后很是感动，遂嘉其孝行。刘氏去世后，李密出任太子洗马，官至汉中太守。后遭谗怀怨，被免官，卒于家中。

本文以奏章的形式向晋武帝"陈情"，详尽地说明屡次辞谢征召的原因，既表达了对晋朝皇帝的感激之情，又申述了终养祖母以尽孝道的决心。文章围绕中心从不同的方面反复陈述，以"忠孝"贯穿始终，行文流畅委婉，感情至真至深。文章叙述融情于事，寓理于情，情理交融。文章赋事、表情的同时又寓理于其中。全文诉情之语又句句是陈理之言，情理相兼、相融、相得，情以动人，理以服人。作者依小至家，大至天下，晓以大义，明以大理。于家，自幼赖祖母抚育方能成人，我不能知恩不报；于天下，圣明晋朝都是以孝来治理天下的，凡年老之人，都受到朝廷的怜恤和照顾，何况我祖孙又是如此孤零困苦呢？依我和祖母的年龄也是尽节效力的日子长而报答奉养的日子短啊！真是句句含情，凡深明大义之人，看后都会为其情所动，为其理所服。

此文语言形象生动，自然精粹。本文虽然用了不少四字句、对偶句，有骈文的整俪之工，但语言却绝不雕琢，而是十分自然真切，仿佛是从肺腑中流出，丝毫不见斧凿痕迹。文章语言十分生动形象，如第一段写孤苦无依之状，第二段写州县催迫之景，第三段写祖母病笃的惨苦之象，都如在目前。此外本文在语言上还十分精练准确，有些词句，如"茕茕孑立、形影相吊"、"日薄西山、气息奄奄"等，都化为成语，被后世广为引用。该文被认定为中国文学史上抒情文的代表作之一，有"读李密《陈情表》不流泪者不孝"的说法。

【思旧赋并序】

向 秀

余与嵇康、吕安居止接近。其人并有不羁之才，然嵇志远而疏，吕心旷而放，其后各以事见法①。嵇博综②技艺，于丝竹特妙。临当就命，顾视日影，索琴而弹之③。余逝将西迈④，经其旧庐。于时日薄虞渊⑤，寒冰凄然。邻人有吹笛者，发声寥亮。追思曩昔游宴⑥之好，感音而叹，故作赋云。

将命适于远京兮，遂旋反而北徂。济黄河以泛舟兮，经山阳之旧居。瞻旷野之萧条兮，息余驾乎城隅⑦。践二子之遗迹兮，历穷巷之空庐。叹《黍离》之愍周兮⑧，悲《麦秀》于殷墟。惟⑨古昔以怀今兮，心徘徊以踌躇。栋宇⑩存而弗毁兮，形神逝其焉如。昔李斯之受罪兮，叹黄犬而长吟⑪。悼嵇生之永辞兮，顾日影而弹琴。托运遇于领会⑫兮，寄余命于寸阴。听鸣笛之慷慨兮，妙声绝而复寻。停驾言其将迈兮⑬，遂援翰⑭而写心。

【注释】

①见法：伏法。指二人被司马昭杀害。　②博综：犹博通。　③"临当"三句：指嵇康临刊前顾影索琴之事。　④逝将：将逝。西迈：西行。　⑤虞渊：或作"虞泉"，传说为日落处。　⑥曩昔：以往，从前。游宴：游乐。　⑦息：停止。余驾：我的马车。隅：角落。　⑧"叹《黍离》"句：作者借以表达睹物思人之情。　⑨惟：思念、思考。　⑩栋宇：谓房屋虽在，而人已去向何处！　⑪"叹黄犬"句：史载李斯临刊前慨叹不能再与儿子牵黄犬出猎。　⑫运遇：犹言命运境遇。领会：指人的命运际遇如衣领般没有开合。　⑬停驾：指车夫。将迈：将要上路。　⑭援翰：执笔。

【赏析】

这篇赋是向秀为怀念故友嵇康和吕安所作。此赋分为"序言"和"正文"两部分，字里行间直陈直叙，表达了对亡友的沉痛悼念之外，也流露出对当时黑暗政治难以明言的悲愤。

"序言"写向秀自己经过旧庐时闻邻人笛音，不禁忆起嵇康之死及其死前弹琴的模样。"临当就命，顾视日影，索琴而弹之"，当时，亡友嵇康看看日影，临刑将到，便索琴弹了一曲只有他自己会弹的《广陵散》。其"远而疏"的从容气度，对临刑前视死如归的英勇气概，对屠杀者极度蔑视的神情，读来让人感叹。作者这样写嵇康惨遭杀害时戏剧性的动人表现，目的是歌颂亡友的德才和风度。

"主文"部分借景抒情，凄楚悲怆，涵咏不尽。"济黄河以泛舟兮，经山阳之旧居。瞻旷野之萧条兮，息余驾乎城隅。践二子之遗迹兮，历穷巷之空庐。"此处用"济"、"经"、"瞻"、"息"、"践"、"历"等一连串动词，既把作者自己举步维艰的处境淋漓尽致地表现出来，又是通过特定时间的特定景物移情抒怀。"叹《黍离》"、"悲《麦秀》"、"栋宇存"而"形神逝"。故居、情景仍然是日落、音声如昔，但自嵇康死后，他的妻儿已迁居他乡，此处只留下了一座空宅。虽然栋宇还没有毁坏，而主人已经形神俱逝。远远望去，犹如荒冢一样凄凉。这些现实与往事，无不勾起向秀的极大伤感。此刻，向秀想起历史上李斯被腰斩的冤案：李斯临刑对儿子说："吾欲与若复牵黄犬，俱出上蔡东门逐狡兔，岂可得乎？"向秀用此隐喻和类比，为嵇康鸣不平，故又忆及"顾日影而弹琴"之事。忽然，远处传来了嘹亮而断续的笛声，原来是陌生的邻人吹起了一首伤感的曲子，在这寒冷的黄昏，更是沁人肺腑的凄凉。于是，"听鸣笛之慷慨兮，妙声绝而复寻"。与开头"序"中描写的嵇康的身影与音乐联系在一起遥相呼应，同时也形成了情景交融的移情手法。文章蕴藉含蓄，情深意浓，悲愤交加，寓情与景，寄意遥深。

【酒德颂】

刘伶

有大人先生，以天地为一朝，万期为须臾①，日月为扃牖②，八荒为庭衢③。行无辙迹，居无室庐，幕天席地，纵意所如。止则操卮执觚④，动则挈榼提壶，唯酒是务，焉知其馀；有贵介公子，搢绅处士，闻吾风声，议其所以。乃奋袂攘襟，怒目切齿，陈说礼法，是非锋起。先生于是方捧罂承槽⑤，衔杯漱醪⑥，奋髯踑踞⑦，枕麹藉糟⑧，无思无虑，其乐陶陶。兀然而醉，豁尔而醒。静听不闻雷霆之声，熟视不睹泰山之形。不觉寒暑之切肌，利欲之感情。俯观万物扰扰，焉如江汉之载浮萍。二豪侍侧，焉如蜾蠃之与螟蛉⑨。

【注释】

①须臾：极短的时间。　②扃：关门。牖：窗户。扃牖：这里指门窗。　③衢：大道。　④卮、觚（gū）：均指古代酒器。　⑤罂：古代大腹小口的酒器。槽：一种长方形或正方形的较大的盛东西的器具。　⑥醪：指酒。　⑦奋髯踑踞：须髯怒张，箕踞而坐。髯：胡子。箕踞：两脚张开，两膝微曲地坐着，形状像箕。这是一种轻慢傲视对方的姿态。　⑧枕麹藉糟：枕着酒曲躺在酒糟上。　⑨蜾蠃、螟蛉：螟蛉是一种绿色小虫，蜾蠃是一种寄生蜂。

【赏析】

刘伶，西晋沛国（治今安徽淮北市濉溪县）人，字伯伦，"竹林七贤"之一，曾为建威参军。晋武帝泰始初，对朝廷策问，强调无为而治，以无能罢免。平生嗜酒，宣扬老庄思想和纵酒放诞之情趣，对传统"礼法"表示蔑视。

刘伶的这首《酒德颂》，充分反映了晋代时期文人的心态，即由于社会动荡不安，长期处于分裂状态，统治者对一些文人的政治迫害，使文人不得不借酒浇愁，或以酒避祸，以酒后狂言发泄对时政的不满。文中塑造了一位狂放不羁的爱酒如命的形象："先生于是方捧罂承槽，衔杯漱醪，奋髯踑踞，枕麹藉糟，无思无虑，其乐陶陶。先生于是方捧罂承槽，衔杯漱醪，奋髯踑踞，枕麹藉糟，无思无虑，其乐陶陶。"这种不守礼法、狂放的人物形象正是对当时虚伪的统治阶级制定的规定的讽刺。

关于刘伶好喝酒有很多记载，如《世说新语·任诞第二十三》《刘伶醉酒》："刘伶病酒，渴甚，从妇求酒。妇捐酒毁器，涕泣谏曰：'君饮太过，非摄生之道，必宜断之。'

伶曰："甚善,我不能自禁,唯当祝鬼神自誓断之耳!便可具酒肉。"妇曰："敬闻命。"供酒肉于神前,请伶祝示。伶跪而祝曰："天生刘伶,以酒为名,一饮一斛,五斗解酲。妇人之言,慎不可听!"便引酒进肉,隗然已醉矣。"

【马钧传】

傅 玄

马先生钧,字德衡,天下之名巧①也。少而游豫②,不自知其为巧也。当此之时,言不及巧③,焉可以言知乎?

为博士④居贫,乃思绫机⑤之变,不言而世人知其巧矣。旧绫机五十综者五十蹑⑥,六十综者六十蹑。先生患其丧功费日,乃皆易以十二蹑。其奇文异变因感⑦而作者,犹自然之成形,阴阳之无穷此轮扁之对⑧,不可以言言者,又焉可以言校⑨也?

先生为给事中⑩,与常侍高堂隆、骁骑将军秦朗争论于朝,言及指南车,二子谓:"古无指南车,记言之虚也⑪。"先生曰:"古有之,未之思耳,夫何远之有?"二子哂之曰:"先生名钧,字德衡。钧者器之模⑫,而衡者所以定物之轻重,轻重无准而莫不模哉!"先生曰:"虚争空言⑬,不如试之易效也。"于是二子遂以白明帝,诏先生作之,而指南车成。此一异也,又不可以言者也。从是天下服其巧矣。

居京师,都城内有地可以为园,患无水以溉。先生乃作翻车⑭,令童儿转之,而灌水自覆⑮,更入更出⑯,其功百倍于常⑰。此二异也。

其后人有上百戏⑱者,能设而不能动⑲也。帝以问先生:"可动否?"对曰:"可动。"帝曰:"其巧可益否?"对曰:"可益。"受诏作之。以大木雕构⑳,使其形若轮,平地施之,潜以水发㉑焉。设为女乐舞象,至令㉒木人击鼓吹箫;作山岳㉓,使木人跳丸㉔掷剑、缘絙㉕倒立,出入自在,百官行署,舂磨斗鸡,变巧百端。此三异也。

先生见诸葛连弩㉖,曰:"巧则巧矣,未尽善也。"言作之可令加五倍。又患发石车,敌人于楼边悬湿牛皮,中之则堕,石不能连属而至。欲作一轮,悬大石数十,以机鼓轮㉗,为常则㉓以断悬石，飞击敌城，使首尾电至。尝试以车轮悬瓴甓㉙数十，飞之数百步矣。

有裴子㉚者，上国之士也，精通见理，闻而哂之。乃难㉛先生，先生口屈㉜不能对。裴子自以为难得其要㉝，言之不已。傅子谓裴子曰："子所长者言也，所短者巧也；马氏所长者巧也，所短者言也。以子所长，击彼所短，则不得不屈；以子所短，难彼所长，则必有所不解者矣。夫巧者天下之微事㉞也，有所不解而难之不已，其相击刺㉟，必已远矣。心乖于内，口屈于外㊱，此马氏所以不对也。"

傅子见安乡侯，言及裴子之论，安乡侯又与裴子同。傅子曰："圣人具体备物㊲，取人不以一揆也㊳。有以神取之者㊴，有以言取之者，有以事取之者。有以神取之者，不言而诚心先达，德行颜渊之伦是也。以言取之者，以变辩是非㊵；言语宰我、子贡是也。以事取之者，若政事冉有、季路，文学子游、子夏。虽圣人之明尽物㊶，如有所用，必有所试。然则试冉、季以政，试游、夏以学矣。游、夏犹然，况自此而降者乎㊷？何者？悬言㊸物理，不可以言尽也；施之于事，言之难尽，而试之易知也。今若马氏所欲作者，国之精器，军之要用也。费十寻㊹之木，劳二人之力，不经时而是非定；难试易验之事，而轻以言抑人异能，此犹以已智任天下之事，不易其道以御难尽之物，此所以多废也。马氏所作，因变而得，是则初所言者不皆是矣。其不皆是，因不用之，是不世之巧无由出也。夫同情者相妒，同事者相害㊺，中人所不能免也。故君子不以人害人，必以考试为衡石，废衡石而不用，此美玉所以见诬为石，荆和所以抱璞㊻而哭之也。

于是安乡侯悟，遂言之武安侯，武安侯忽之，不果试㊼也。此既易试之事，又马氏巧名已定㊽，犹忽而不察，况幽深之才㊾、无名之璞乎？后之君子，其鉴之哉㊿！马先生之巧，虽古公输般、墨翟、王尔、近汉世张平子，不能过也。公输般、墨翟皆见用于时，乃有益于世。平子虽为侍中，马先生虽给事省中，俱不典工官㈤，巧无益于世。用人不当其才，闻贤不试以事，良可恨也。裴子者，裴秀。安乡侯者，曹羲也。武安侯者，曹爽也。

【注释】

①名巧：著名的技术高超的人。 ②游豫：过着玩乐的生活。 ③言不及巧：没有向人谈过什么技巧问题。 ④博士：一种专门顾问性质的官员。 ⑤绫机：丝织品的提花机。 ⑥综：织绫机上经线的分组。蹑：织机上的踏具。 ⑦奇文：织出的各式各样的花纹。因感：随着心意。 ⑧轮扁：春秋时有名的造车工人。对：答应。 ⑨言校：用语言来检验。 ⑩给事中：皇帝左右的一种顾问官。 ⑪记言之虚：记载上靠不住。 ⑫器之模：陶器的模型。 ⑬虚争空言，不如试之易效：用空话争辩，不如实验容易证明。 ⑭翻车：水车。 ⑮自复：自己倾流出来。 ⑯更入更出：再入再出，即循环的进出。 ⑰常：普通。 ⑱百戏：杂技。 ⑲能设而不能动：能摆样子，不能动作。 ⑳雕构：雕刻构造起来。 ㉑潜以水发：暗设机关，借水力发动起来。 ㉒至令：甚至可以赶上。 ㉓山岳：即杂技叠罗汉。 ㉔跳丸：抛球。 ㉕缘絙：一种走绳索的杂技。 ㉖连弩：一种连发的弓箭。 ㉗以机鼓轮：用机械转动轮子。 ㉘常则：一定的规律，这里指每隔一段时间。 ㉙瓴甓：砖头。 ㉚裴子：人名，指裴秀。 ㉛难：反驳、辩论。 ㉜口屈：说不过对方。 ㉝难得其要：击中了对方的要害。 ㉞夫巧者天下之微事：技术是天下最精深微妙的事情。 ㉟击刺：攻击。 ㊱心乖于内，口屈于外：内心不同意，但嘴上又说不过对方。 ㊲具体备物：指在一身之内，样样都具备。 ㊳取人不局一揆：用人不局限于这一点。 ㊴有以神取之者：有从品质上来使用人的。 ㊵以变辩是非：明辨是非，善于随机应变。 ㊶明：明智。尽物：对事物都能普遍认识。 ㊷况自此而降者乎：何况不如他们的人呢。 ㊸悬言：凭空而谈。 ㊹寻：八尺为一寻。 ㊺同事者相害：工作同属一件事，就互相破坏。 ㊻荆和：指春秋时楚国的卞和。璞：中藏美玉的石头。 ㊼果试：果断的采纳、实施。 ㊽已定：已经为大众所公认。 ㊾幽深之才：被埋没的人才。 ㊿其鉴之哉：应当好好作为教训啊。 ㈤俱不典工官：都不是管制造工程的这类官。

【赏析】

《马钧传》，选自裴松之注《三国志·杜夔传》的注文。作者傅玄（217－218），字休奕，泥阳（今山西耀县东南）人，三国魏末到晋初时的思想家。少年时家境贫困，经过个人努力，官至散骑常侍，受封为子爵。此人学问渊博，精通音乐，文章也写得很好，是一个多才多艺的人。曾撰《傅子》一书，现已失传。《马钧传》所记述的马钧是三国时魏国人，字德衡，扶风（今陕西兴平）人，是我国古代科技史上最负盛名的机械发明家之一。

文章主要记述了马钧的生平事迹，马钧年幼时家境贫寒，自己又有口吃的毛病，所以不擅言谈却精于巧思，后来在魏国担任给事中的官职。指南车制成后，他又奉诏制木偶百戏，称"水转百戏"。接着马钧又改造了织绫机，提高工效四五倍。马钧还研制了用于农业灌溉的工具龙骨水车（翻车），此后，马钧还改制了诸葛亮的发展和技术进步做出了贡献。作者以饱含深情的笔触赞扬了马钧在科学技术的探索、革新和创造过程的高尚精神。作为一位科学家，马钧埋头苦干，不说空话，踏踏实实，这种精神是十分值得学习的。同时，作者也批叛了封建贵族们夸夸其谈、浮燥和不重视科学实践的坏作风，这种强烈的对比更让人感觉到马钧精神的可贵。但是就是马钧这样的人才，在当时社会却备受压抑，才华得不到施展，作者对此十分痛惜。

【反金人铭】

孙 楚

晋太庙左阶之前，有石人焉，大张其口，而书其胸曰：

我古之多言人也。无少言，无少事！少言少事，则后生何述焉？我读三坟五典、八索九丘①，赜②冈深而不探，理无奥而不钩。故言满天下，而无口尤③。夫唯言立，名乃长久。胡为块然，生缄其口④。自拘广庭，终身叉手。凡夫贪财，烈士殉名。盗跖⑤为浊，夷柳为清；鲍肆为臭，兰圃为馨⑥。莫贵澄清，莫贱⑦滓秽。二者言异，归于一会。尧悬谏鼓，舜立谤木⑧。听采风谣，惟日不足。道润⑨群生，化隆比屋。末叶陵迟，礼教弥衰。承旨则顺，忤⑩意则违。时好细腰，宫中皆饥⑪。时悦广额，下作细眉。逆龙之鳞，必陷斯机；括囊无咎⑫，乃免诛夷。颠覆厥德，可为伤悲。斯可用戒，无妄之时。假说周庙，于言为蚩。是以君子，追而正之。

【注释】

①三坟五典、八索九丘：先夏时期中国有四部非常著名的著作，它们分别被称为《三坟》、《五典》、《八索》、《九丘》。《左传·昭公十二年》记有楚灵王称赞左史倚相："是良史也，子善视之，是能读《三坟》、《五典》、《八索》、《九丘》。" ②赜：深奥。 ③尤：过失。 ④缄其口：闭口不言。 ⑤盗跖：传说中的大盗。 ⑥鲍：咸鱼。肆：店铺。卖咸鱼的店。比喻坏人成堆的地方。馨：香气。 ⑦贵：以……为贵。贱：以……为贱。 ⑧尧悬谏鼓，舜立谤木：《淮南子》："尧置敢谏之鼓，舜立诽谤之木"，"敢谏之鼓"又叫"谏鼓"，《艺文类聚》，"尧悬谏鼓，舜立谤木"。又因这鼓常悬于路门之外，所以又称"路鼓"，这"谏鼓"、"路鼓"，就是后来的"登闻鼓"。所谓登闻鼓，即安放在皇宫门外的一面为臣民谏议奏事、鸣冤喊屈而设置的鼓。 ⑨润：润泽、感化。 ⑩忤：逆，不顺从。 ⑪时好细腰，宫中皆饥：《战国策》："昔者先君灵王好小要，楚士约食，冯而能立，式而能起。食之可欲，忍而不入；死之可恶，然而不避"。比喻迎合君王的喜好而不惜毁身。 ⑫括囊无咎：这是《周易》第二卦"坤卦"中六四爻的爻辞。原文是"括囊，无咎，无誉"。"括"，意为束紧。"囊"，为口袋。"括囊"，便是束紧口袋。"咎"，是灾害。"誉"，是名誉。"括囊，无咎，无誉"是说，束紧袋口，没有灾害，也没有名誉。在这里，"括囊"引申为闭口不语。

【赏析】

孙楚（约218－293），西晋诗人，字子荆，太原中都（今山西平遥西北）人，史称其"才藻卓绝，爽迈不群"，多所陵傲，故缺乡曲之誉。刘义庆《世说新语》载其轶事一二。《孙楚集》据《隋书·经籍志》载，凡12卷，今佚。明人张溥《汉魏六朝百三家集》中辑有《孙冯翊集》。

孙楚以极鲜明的态度说："我古之多言人也。无少言，无少事，少言少事，后生何述焉。"作者充满了对社会、对人类发展的责任感。他把人类历史看成一条链，前代人有责任、有义务给后代留下成功的经验和失败的教训，要完成这些就要说和作。

孙楚提倡"多言多事"决不意味着鼓励胡言乱语和瞎干蛮作，而是通过读三坟五典和深入研究，这样才能"言满天下而无口尤"。对于当权者，作者认为要有兼收并包的气度，能够认识到正确和错误是相反相成的，只要善于处理，它们也会"归于一会"的。作者向往传说中尧舜盛世的"民主"的社会风气，实际上是原始社会的民主传统给人们留下的记忆，那时不仅能听取不同的意见，而且设有制度，作为保证。如"悬谏鼓"、"立谤木"，而且千方百计地搜求意见，"听采风谣"。这样才促成了人们道德水准的提高，形成良好的社会风气。可是到了"末叶"，看来作者把专制时代看作"末代"，最高统治者的个人意志代替了一切，造成了"承旨则顺，忤意则违"的局面。于是"细腰"、"广额"许多不正常的现象发生了，为了生存谁也不敢逆龙鳞而犯之，于是"括囊无咎"的古训就成了自我安慰的根据。这种万籁俱寂的局面，孙楚是不赞成的。他认为《金人铭》就是"末叶"的产物，这时"斯可用戒，无妄之时"（在这样的时代还用什么戒！人们早已不敢讲话了）。所以他认为：《金人铭》是可笑的，自己有必要纠正这个错误。

【隆 中 对】

陈 寿

亮躬①耕陇亩，好为②《梁父吟》。身长八尺，每自比于管仲、乐毅，时人莫之许③也。惟博陵崔州平、颍川徐庶元直与亮友善，谓为信然④。

时先主屯⑤新野。徐庶见先主，先主器⑥之，谓先主曰："诸葛孔明者，卧龙也，将军岂愿见之乎？"先主曰："君与俱来⑦。"庶曰："此人可就见⑧，不可屈致⑨也。将军宜枉⑩驾顾之。"

由是先主遂诣⑪亮，凡⑫三往，乃见。因屏⑬人曰："汉室倾颓，奸臣窃命⑭，主上蒙尘⑮。孤不度德量力⑯，欲信⑰大义于天下；而智术短浅，遂用猖蹶⑱，至于今日。然志犹⑲未已，君谓计将安出？"

亮答曰："自董卓已来，豪杰并起，跨州连郡者不可胜数。曹操比于袁绍，则名微而众寡。然操遂能克绍，以弱为强者，非惟天时，抑亦⑳人谋也。今操已拥百万之众，挟㉑天子以令诸侯，此诚不可与争锋。孙权据有江东，已历三世，国险而民附㉒，贤能为之用，此可以为援㉓而不可图也。荆州北据汉、沔，利㉔尽南海，东连吴会，西通巴蜀，此用武之国㉕，而其主不能守，此殆㉖天所以资㉗将军，将军岂有意乎？益州险塞，沃野千里，天府之土㉘，高祖因之以成㉙帝业。

刘璋闇弱㉚，张鲁在北，民殷㉛国富而不知存恤，智能之士思得明君。将军既帝室之胄㉜，信义著㉝于四海，总揽㉞英雄，思贤如渴，若跨有荆、益，保其岩阻，西和诸戎㉟，南抚夷越㊱，外结好孙权，内修政理；天下有变，则命一上将将㊲荆州之军以向㊳宛、洛，将军身率益州之众出于秦川，百姓孰敢不箪食壶浆㊴以迎将军者乎？诚如是，则霸业可成，汉室可兴矣。"

先主曰："善！"于是与亮情好日密。

关羽、张飞等不悦，先主解之曰："孤之有孔明，犹㊵鱼之有水也。愿诸君勿复言！"羽、飞乃止。

【注释】

①躬：亲自。 ②为：唱。 ③莫：没有。之：代词，代"诸葛亮自比于管仲、乐毅"这件事。莫之许：就是"莫许之"。许，承认。 ④信然：确实如此。 ⑤屯：驻军防守 ⑥器：器重、重视。 ⑦与俱来：与（之）俱来。俱，一起。 ⑧就见：到那里拜访。就，接近，趋向。 ⑨屈致：委屈（他）召（他上门）来。致，招致，引来。 ⑩枉（wǎng）：委屈。 ⑪诣：去，到。这里是拜访的意思。 ⑫凡：总共。 ⑬屏：这里是命人退避的意思。 ⑭奸臣：指董卓、曹操等。窃命：盗用皇帝的政令。 ⑮蒙尘：暗指皇帝被俘等皇权受到了损害的事，使皇帝蒙受风尘之苦。 ⑯度（duó）德量力：衡量（自己的）德行（能否服人）估计（自己的）力量（能否胜人）。 ⑰信：通"伸"，伸张。 ⑱遂（suì）：终于。猖蹶：这里是失败的意思。 ⑲犹：仍，还。 ⑳非唯……，抑亦：不仅仅……而且也；非唯：不仅抑；而且亦：也。 ㉑挟（xié）：挟持，控制。 ㉒国险而民附：地势险要，民众归附。 ㉓可以为援为：作为。 ㉔利：物资。 ㉕此用武之国：这是用兵之地。 ㉖殆：大概。 ㉗资：资助，给予。 ㉘天府之土：指自然条件优越，物产丰饶，形势险固的地方。 ㉙成：成就，创建。 ㉚暗弱：昏庸懦弱。 ㉛殷：兴旺富裕。 ㉜胄：后代。 ㉝著：布。 ㉞总揽：广泛地罗致。揽，

这里有招致的意思。　㉟戎：古时对我国西部各族的称呼。　㊱夷越：这里泛指我国南部各族。　㊲将：带领。　㊳向：奔向（译为：向……进军）　㊴箪食壶浆：用箪筒盛着粮食，用壶装着美酒。"箪"和"壶"名词活用为动词。箪，用箪筒盛。壶，用水壶盛。箪：古代盛饭的圆形竹器，类似竹篮；食：食物；浆：美酒；迎接军队。形容人民群众热情迎接和款待自己所爱戴的军队。　㊵犹：好像。

【赏析】

本文选自陈寿《三国志·蜀志·诸葛亮传》。陈寿（233－297），字承祚（zuò），西晋巴西安汉（今四川南充）人，史学家。他小时好学，师事同郡学者谯周，在蜀汉时曾任卫将军主簿、东观秘书郎、观阁令史、散骑黄门侍郎等职。当时，宦官黄皓专权，大臣都曲意附从。陈寿因为不肯屈从黄皓，所以屡遭遣黜。入晋以后，历任著作郎、长平太守、治书待御史等职。公元280年，晋灭东吴，结束了分裂局面。陈寿当时四十八岁，开始撰写《三国志》，共六十五卷，记载三国时期（220－280）魏、蜀、吴三国的历史。

《隆中对》提法并非由作者陈寿提出，而是由后人添加。公元207年冬至公元208年春，当时驻军新野的刘备在徐庶的建议下，三次到隆中（今南阳卧龙岗或襄阳古隆中）拜访诸葛亮。前两次都没见到诸葛亮，第三次终于得见。《隆中对》是诸葛亮与刘备初次会面的谈话内容，通过诸葛亮对刘备"问计"所做的回答，深刻的分析了当时的政治、经济、军事等各方面的形势，并对天下形势进行了分析，在总结历史经验的基础上，为刘备制定了一套统一天下的政策和策略，即先取荆州为家，再取益州成鼎足之势，继而图取中原的战略构想。表现了既是政治家又是军事家的诸葛亮的远见卓识和过人才干。三顾茅庐之后，诸葛亮出山成为刘备的军师，刘备集团之后的种种攻略皆基于此。

【剑阁铭】

张　载

岩岩①梁山，积石峨峨②。远属荆③衡，近缀④岷⑤嶓⑥。南通邛僰⑦，北达褒斜⑧。狭过彭碣，高逾嵩华⑨。

惟蜀⑩之门，作固作镇。是曰剑阁，壁立千仞⑪。穷地之险，极路之峻。世浊则逆，道清斯顺。闭由往汉，开自有晋。

秦得百二⑫，并吞诸侯。齐得十二⑬，田生献筹。矧兹狭隘，土之外区。一人荷戟，万夫趑趄⑭。形胜之地，匪亲勿居。

昔在武侯，中流而喜。山河之固，见屈吴起。兴实在德，险亦难恃。洞庭孟门，二国不祀。自古迄今，天命匪易。凭阻作昏，鲜不败绩。公孙⑮既灭，刘氏⑯衔璧。覆车之轨，无或重迹。勒铭山阿，敢告梁益⑰。

【注释】

①岩岩：高大，高耸。 ②峨峨：高貌。 ③荆：春秋时楚国别称。 ④缀：连接。 ⑤岷蟠：岷，山名，在中国四川省北部，绵延于四川、甘肃两省交界的地方。 ⑥蟠：古山名在今中国甘肃省成县东北，也有说在今中国陕西省勉县西南。 ⑦邛僰：汉代临邛、僰道的并称。约当今四川邛崃、宜宾一带。 ⑧褒斜：指褒斜道，南起褒谷口（今汉中市褒城附近），北至斜谷口（今眉县斜峪关口），沿褒斜二水行，贯穿褒斜二谷，故而得名。 ⑨嵩华：指嵩华山，位于现在的江西省吉安市青原区富滩镇古富村东北面。 ⑩蜀：四川的别称。 ⑪仞：古代的计量单位。 ⑫百二：百分之二十。 ⑬十二：十分之二。百二、十二此意为山河险固之地。 ⑭趑趄（zī jū）：徘徊不前的样子。 ⑮公孙：指公孙述（？-36）新莽时，据益州称帝，光武帝建武十二年为汉军所杀。 ⑯刘氏：指刘禅（207-271），三国蜀汉后主，炎兴元年（263）魏军逼成都，代面缚舆榇出降。 ⑰梁益：晋之两州，梁州治南郑，益州治成都。

【赏析】

张载（1020-1078），字子厚，大梁（今河南开封）人，哲学家，理学创始人之一。太康初年，张载的父亲张收，任蜀郡太守。张载前往四川，探望父亲，道经剑阁。剑阁即剑门头，在今四川剑阁县北二十五公里的剑门山。剑门山横亘百余公里，七十二峰绵延起伏，形若利剑，高连霄汉，峭壁中断处，两山相峙如门，故名剑门关，为镇扼秦蜀通道之咽喉，历代兵家必争之地。张载因有感于剑阁地势险要，风光独特，兴致所在，便写了名垂千古的《剑阁铭》。

铭按其撰刻宗旨，可分两大类：一是记功德，使传扬与后世；二是表誓戒，求闻达于当代。《剑阁铭》是表誓戒铭文中的杰作，张载以蜀人特险好乱，因著此铭以作诫，被后人誉为"文章典则"。益州刺史张敏见而奇之表上其文，晋武帝派人镌之于剑阁山，所以张载的《剑阁铭》名重当时，扬声后世。

文章采用整饬谐畅的四言韵语，四十六句分作四段，逐段换韵，笔姿纵横，愈转愈深。

首段以描述剑门山的地形地势。剑门山远连荆山、衡山，近接岷山、蟠冢山，南通邛僰之地，北达褒斜栈道，为四通八达的战略要地；继而将剑门山与彭门、碣石、嵩山、华山反复对照，夸饰其高峻之状。

二段承接上文，点出剑阁为镇守蜀川的门户。"壁立千仞"四字形象鲜明，剑阁拔地而起，陡峭如壁，千仞高耸的雄姿跃然纸上，接着，顾望历史，以蜀汉闭剑阁拒魏，魏钟会攻剑阁克蜀的事例，着重总结剑阁在治世与乱世的不同作用："世浊则逆，道清斯顺。"为下文三重诫言奠定了论述基础。

三段用西汉初年田肯庆贺刘邦智擒韩信的历史典故，指出秦、齐之所以成就霸业，并吞诸侯，实得山河险固之地利，进而强调剑阁之险隘尤过秦、齐——"一人荷戟，万夫趑趄"，从而提出本文的第一重诫言：警告中央政权的执政者，务必注意"形胜之地，匪亲勿居"。此言足见张载锻铸语言之工。晋武帝鉴于曹魏政权单行郡县制而早亡，大肆分封诸子，指望屏藩天下，拱卫中央，针对当时分封制与郡县制并行的现实，张载忠告执政者选择亲信亲近之人镇守巴蜀，还是有见地的。

四段以吴起谏魏武侯之言，说明国家之兴衰存亡，归根到底取决于修政仁德，从而提出第二重诫言："兴实在德，险亦难恃。"最后借助东汉初年公孙述与三国时刘禅败亡的实例，警告梁、益地方政权的当权者，勿蹈割据自灭的覆辙，发出"凭阻作昏，鲜不败绩"的第三重诫言。

此铭意深文省，语温词润，兼具概括性和典丽性。全文围绕三重诫言布局谋篇，行文有高屋建瓴之势，语言有精警隽永之味。明代张溥亦称道："剑阁一铭，文章典则，砮石蜀山，古今荣遇。"(《汉魏六朝百三名家集题辞》)

【秋兴赋并序】

潘岳

晋十有四年，余春秋三十有二，始见二毛①。以太尉掾②兼虎贲中郎将，寓直于散骑之省。高阁连云，阳景罕曜。珥蝉冕③而袭纨绮之士，此焉游处。仆野人④也，偃息不过茅屋茂林之下，谈话不过农夫田父之客；摄⑤官承乏，猥厕朝列，夙兴晏寝，匪遑底宁⑥。譬犹池鱼笼鸟，有江湖山薮之思。于是染翰操纸，慨然而赋。于时秋也，故以"秋兴"命篇⑦。其辞曰：

四时忽其代序兮，万物纷以回薄⑧。览花莳⑨之时育兮，察盛衰之所托。感冬索而春敷兮，嗟⑩夏茂而秋落。虽末士之荣悴兮，伊⑪人情之美恶。善乎宋玉之言曰："悲哉秋之为气也！萧瑟⑫兮草木摇落而变衰，憭栗兮若在远行，登山临水送将归。"

夫送归怀慕徒⑬之恋兮，远行有羁旅之愤。临川感流以叹逝兮，登山怀远而悼近。彼四戚之疲心⑭兮，遭一涂而难忍。嗟秋日之可哀兮，谅无愁而不尽。野有归燕，隰有翔隼，游氛朝兴，槁叶夕陨⑮。于是乃屏⑯轻箑，释纤绤，藉莞蒻，御袷衣。庭树槭以洒落兮，劲风戾而吹帷。蝉嘒嘒⑰以寒吟兮，雁飘飘而南飞。天晃朗⑱以弥高兮，日悠扬而浸微。何微阳之短晷兮，觉凉夜之方永。月朣胧以含光兮，露凄清以凝冷。熠燿⑲粲于阶闼兮，蟋蟀鸣乎轩屏。听离鸿之晨吟兮，望流火之馀景。宵耿介而不寐兮，独辗转于华省。

悟时岁之遒尽⑳兮，慨俯首而自省。斑鬓㉑彭以承弁兮，素发飒以垂领。仰群隽之逸轨兮，攀云汉㉒以游骋。登春台㉓之熙熙兮，珥金貂之炯炯。苟趣舍㉔之殊涂兮，庸讵识其躁静。闻至人之休风兮，齐天地于一指。彼知安而忘危兮，故出生而入死。行投趾于容迹兮，殆不践而获底。阙㉕侧足以及泉兮，虽猴猿而不履。龟祀骨于宗祧兮，思反身于绿水。

且敛衽以归来兮，忽投绂以高厉㉖。耕东皋之沃壤兮，输泰稷之馀税。泉涌湍于石间兮，菊扬芳乎崖澨。澡秋水之涓涓兮，玩游鲦之潎潎。逍遥乎山川之阿，放旷乎人间之世。优哉游哉㉗，聊以卒岁！

【注释】

①二毛：头发花白。　②太尉掾：太尉的属官。　③珥：插戴。蝉冕：本为两种丝绢织物，此指华美的衣服。　④野人：乡村之人，农夫。　⑤摄：代理官职。　⑥匪遑底宁：不退安处。　⑦命篇：命此赋之名。　⑧四时：四季。回薄：动荡迁迫。　⑨莳：栽种。　⑩索：尽。嗟：叹。　⑪末士：微末之事。伊：此，末士。　⑫萧瑟：秋风声。　⑬慕：思慕。徒：指友人。　⑭疚心：伤心。　⑮游氛：浮动的云气。陨：坠落。　⑯屏：撤掉。　⑰嘒嘒：蝉鸣声。　⑱晃朗：晴朗明亮。　⑲熠燿：萤火闪光的样子。　⑳遒尽：将尽。　㉑斑鬓：鬓发黑白相间。　㉒逸轨：高卓的行迹。云汉：即天河。　㉓春台：游观之胜处，此非确指。　㉔趣舍：追求与舍弃。　㉕阙：挖掘。　㉖衽：衣襟。高厉：犹言高蹈，谓弃官而去。　㉗优哉游哉：谓悠游自乐。

【赏析】

潘岳（247—300），字安仁，是西晋文学家，从小受到很好的文学熏陶，被乡里称为"奇童"，长大以后更是高步一时。司马炎建晋后，潘岳被司空荀𫖮召授司空掾。后因作《藉田赋》招致忌恨，滞官不迁达十年之久。据说潘岳样貌十分漂亮，故民间常有"才比子建，貌若潘安"，"才比宋玉，貌似潘安"的说法。潘岳的文学成就很高，与《文赋》作者陆机齐名，史称"潘陆"。梁钟嵘《诗品》将潘岳作品列为上品，并有"潘才如江"的赞语。但是潘岳人品并不像他的文章那么优秀，存在很多瑕疵，因此潘岳也一直是中国文学史上"人文不符"的典型。

悲秋是中国古代文坛长吟不衰的主题，士人常借助悲秋来表现对自身命运的无限感慨和对社会人生的深刻思考。潘岳作《秋兴赋》，同样寄予着自我的情感志向，暗含着自己现时进退失据的彷徨境地。此文的中心主题句是自序中的"江湖山薮之思"，这句话亮明了作者的人生取向：希望归隐田野，远离世俗。在正文中，作者从关注时光流逝开始，写出了比较丰富的情感内容。"悟时岁之遒尽兮，慨俯首而自省"，感叹光阴流逝却功业无成；"仰群隽之逸轨"至"庸讵识其躁静"，说明落落寡合不为世用；"闻至人之秋风兮"

以下，渐渐生出返本之思；结尾处则明白表示田园之想。四层意思娓娓道来，说出了作者的思想状态及其变化过程，也显出了功业不成而失望的现实情感。

潘岳此篇影响深远，何焯评其"不堪当世之想已见乎词""归来亦有秋兴，故实不独渊明"，将江湖与庙堂之趣相较，称"高阁连云，阳景罕耀，视此何如"，赵孟𫖯手书《秋兴赋》，《佩文斋书画谱》评为："开卷之际风神烨然，照耀左右。陆士衡有云：秀色若可餐，殆谓此也。徐而玩之，其波磔转折，取法取态，无一不合度者。而意况萧远，更有寝处山泽间义。"文彦博在《秋夕偶作》中则云："独诵潘郎秋兴赋，闲吟谢守怨情诗。"由此可见此文影响之深。

【闲居赋】

潘　岳

　　岳尝读《汲黯传》至司马安四至九卿，而良史书之，题以巧宦之目，未曾不慨然废书①而叹。曰：嗟呼！巧诚有之，拙亦宜然。顾常以为士之生也，非至圣②无轨微妙玄通者，则必立功立事③，效当年之用。是以资④忠履信以进德，修辞立诚以居业。仆少窃乡曲⑤之誉，忝司空太尉之命，所奉之主，即太宰鲁武公其人也。举秀才为郎。逮事世祖武皇帝，为河阳、怀令，尚书郎，廷尉平。今天子谅闇之际，领太傅主簿。府主诛，除名为民。俄而复官，除⑥长安令。迁博士，未召拜⑦，亲疾，辄去官免。自弱冠涉乎知命之年，八徙官而一进阶，再免，一除名，一不拜职，迁者三而已矣。虽通塞有遇，抑亦拙者之效也。昔通人⑧和长舆之论余也，固谓"拙于用多"。称多，则吾岂敢；言拙，则信而有征。方今俊乂在官，百工惟时，拙者可以绝意⑨乎宠荣之事矣。太夫人在堂，有羸老之疾，尚何能违膝下色养⑩，而屑屑从斗筲之役乎？于是览止足之分⑪，庶浮云之志，筑室种树，逍遥自得。池沼足以渔钓，春税足以代耕。灌园鬻蔬，以供朝夕之膳；牧羊酤酪，以俟伏腊之费。孝乎惟孝，友于兄弟。此亦拙者之为政也。乃作《闲居赋》以歌事⑫遂情焉。其辞曰：

　　遵坟素⑬之长圃，步先哲之高衢。虽吾颜之云厚，犹内愧于宁、蘧。有道吾不仕，无道吾不愚。何巧智⑭之不足，而拙艰之有馀也！于是退而闲居，于洛⑮之涘。身齐逸民，名缀下士。陪京⑯溯伊，面郊后市。浮梁⑰黝以径度，灵台杰其高峙。窥天文之秘奥，睹人事之终始。其西则有元戎禁营，玄幕绿徽，谿子巨黍，异絭同机，炮石雷骇，激矢虻飞，以先启行⑱，耀我皇威。其东则有明堂辟雍，清穆敞闲，环林萦映，圆海回渊，聿追孝以严父，宗文考以配天，祗圣敬以明顺，养更老以崇年。若乃背冬涉春，阴谢阳施⑲，天子有事于柴燎，以郊祖而展义，张钧天之广乐，备千乘之万骑，服振振以齐玄，管啾啾而并吹，煌煌乎，隐隐乎⑳，兹礼容之壮观，而王制之巨丽也。两学齐列，双宇如一，右延国胄㉑，左纳良逸。祁祁生徒，济济儒术，或升之堂，或入之室。教无常师㉒，道在则是。故髦士投绂㉓，名王怀玺，训若风行，应如草靡。此里仁所以为美，孟母所以三徙也。

爰定我居，筑室穿池，长杨映沼，芳枳树篱，游鳞瀺灂㉔，菡萏敷披，竹木蓊蔼，灵果㉕参差。张公大谷之梨，梁侯乌椑之柿，周文弱枝之枣，房陵朱仲之李，靡㉖不毕殖。三桃㉗表樱胡之别，二柰㉘曜丹白之色，石榴蒲桃之珍，磊落蔓衍㉙乎其侧。梅杏郁棣㉚之属，繁荣丽藻之饰，华实照烂㉛，言所不能极也。菜则葱韭蒜芋，青笋紫姜，堇荠㉜甘旨，蓼蕺㉝芬芳，襄荷依阴，时藿向阳，绿葵含露，白薤负霜。

于是凛秋暑退，熙春㉞寒往，微雨新晴，六合清朗。太夫人乃御版舆㉟，升轻轩，远览王畿，近周家园。体以行和，药以劳宣㊱，常膳载㊲加，旧痾有瘳。席长筵，列孙子，柳垂荫，车结轨，陆摘紫房㊳，水挂赪鲤，或宴于林，或禊于汜。昆弟班白，儿童稚齿，称万寿以献觞㊴，咸一惧而一喜。寿觞举，慈颜和，浮杯乐饮，丝竹骈罗㊵，顿足起舞，抗音高歌，人生安乐，孰知其佗。退求己而自省，信用薄而才劣。奉周任㊶之格言，敢陈力而就列，几陋身之不保，而奚拟于明哲，仰众妙㊷而绝思，终优游以养拙。

【注释】

①废书：放下书卷。 ②至圣：最圣明的人。 ③立功立事：建立功名，成就事业。 ④资：依凭。 ⑤乡曲：乡里。 ⑥除：拜官授职。 ⑦召拜：去朝廷敬受官职。 ⑧通人：博学多才者。 ⑨绝意：不再企想。宠荣：恩宠仕宦。 ⑩色养：和颜悦色地侍奉父母。 ⑪止足之分：知止知足不奢求名利。 ⑫歌事：歌咏其心之所感。 ⑬遨：游

历。坟素：指坟五典及素王孔子的著作。　⑭巧智：聪知多方。　⑮洛：洛水。　⑯陪京：背靠洛阳。　⑰浮梁：连船所成之桥。　⑱以先启行：先于后阵而发。　⑲谢：告去。施：展布。　⑳煌煌：光辉貌。隐隐：声隆貌。　㉑国胄：同国子。　㉒教无常师：教育没有固定的老师。　㉓髦士：俊杰之士。投绂：喻弃官。绂：系印之带。　㉔瀺灂：鱼在水中出没的样子。　㉕蓊蔼：茂盛繁密。灵果：犹言名果。　㉖靡：无。　㉗三桃：指侯桃、樱桃、胡桃。　㉘二柰：柰子有白、青、赤三种。　㉙磊落蔓衍：果品繁多纷敷。　㉚郁：李，即山李。棣：棣树，结子如樱桃。　㉛照烂：光彩的样子。　㉜菫荠：二菜名。　㉝蓼荾：二菜名。　㉞熙春：暖春。　㉟版舆：一种轿子。　㊱药以劳宣：有所运动药力方可遍达于周身。　㊲膳：膳食。载：助词。　㊳紫房：果实熟透，呈紫色者。　㊴觞：酒杯。　㊵骈罗：犹言并举。　㊶周任：古代良吏。　㊷众妙：万物之玄理。

【赏析】

《闲居赋》作于元康六年，这一年潘岳因母病去官，时年五十岁，他回顾三十年的宦官生活，仕途沉浮，一时心灰意懒，产生了归隐田园的意念，因而写了这篇《闲居赋》以表现其厌倦官场和希望隐逸的情怀。

魏晋南北朝时期是历史上有名的乱世，在这个时代，文人既要适应战乱，又要适应改朝换代，一人前后属于两个朝代甚至三个朝代的情况很多见。他们在战乱中极其容易感受到人生的短促、生命的脆弱和命运的难卜，因此当时的一批文人靠及时享乐来麻痹自己对这个世界的无奈和恐惧，另一部分则心怀归隐之梦，希望能够避开这个乱世，独善其身。潘岳的《闲居赋》就是表现当时文人渴望归隐的一个典型。

在《序》中作者说："自弱冠涉乎知命之后，八徙官而一进阶，再免，一除名，一不拜职，迁者三而已矣，虽通塞有遇，抑亦拙者之效也。"简单地交代出他对自己仕途的不满意，他认为自己仕宦之不达乃是由于自己的"拙"。赋中作者再次用怨愤、自嘲、反讽的口吻来叙说自己仕途不畅，好像是自责，实乃怨恨仕途之"拙艰之有徐"。接着作者对比描写了自己闲居庄园的悠闲生活，这样就从反面进一步衬托出官场的黑暗。之后，作者又有一段议论，认为"人生安乐，孰知其佗。退求己而自省，信用薄而才劣。奉周任之格言，敢陈力而就列，几陋身之不保，而奚拟于明哲，仰众妙而绝思，终优游以养拙。"似乎十分得意于自己善于"养拙"的情怀，也似乎在表明自己不愿与世俗同流合污的志向。

但是本文历来褒贬不一，因为潘岳在写作此文后就积极攀附当时的权贵贾谧，"每候其出，与（石）崇辄望尘而拜"（《晋书·潘岳传》），其言行不一，言心相背令人发指。

【皇女诔】

潘　岳

厥初在鞠，玉质①华繁。玄发倏曜②，蛾眉连娟。清颜横流③,明眸朗鲜。迎时凤智,望岁④能言。亦既免怀⑤,提携紫庭。聪惠机警,授色应声⑥。亹亹其进,好日之经。辞合容止⑦,闲于幼龄。猗猗春兰,柔条含芳。落英凋矣,从风飘飏。妙妙弱媛,窈窕淑良。孰是人斯,而离斯殃。灵殡既祖,次此暴庐。披览遗物,徘徊旧居。手泽⑧未改,领腻如初。孤魂遐逝,存亡永殊。呜呼哀哉!

【注释】

①在鞠:婴幼时期。玉质:淑美的体性。　②倏曜:美丽闪亮。　③横流:有光泽。④望岁:年至一岁。　⑤免怀:免于怀抱。　⑥授色:以面部表情相示。应声:应答。此言皇女聪敏,善领人意。　⑦辞合容止:言语仪容。　⑧手泽:手之泽迹。

【赏析】

诔是一种古老的文体,从上古到近代一直都绵延不绝,魏晋南北朝时期是诔文发展的一个高峰期,其中尤以西晋为盛。潘岳以创作诔文出名,史书称其"尤善为哀诔之文"。他的诔文创作为诔文的发展注入了新鲜血液,推动了诔文创作进入其鼎盛期。

《皇女诔》是反映潘岳诔文成就的著名篇目,在本篇诔文中他用华丽多彩的语言表述了对死者的哀思之情,用典雅堂皇的词汇来叙述哀情,表情达意,以期达到缠绵悽怆之情。对送葬场面的描写十分详细,再现了当时的悲哀情景,作者还着力于对送葬时的悲哀气氛进行了渲染,读来更加令人动人。在对女子容貌言行的描写方面,潘岳的此篇诔文亦显色彩不凡,"玄发倏曜,蛾眉连娟。清颅横流,明眸朗鲜,"从头发、眉毛、额头、眼睛等角度展开描述,用词准确,为我们展现了一个风华正茂,貌美如花的青年女子形象,谭献认为潘岳这篇"设色不俗",就是说的此。

在艺术手法的运用上,本文也很有特色,他抒发对人物的哀思采取对死者生前之物进行描写的方式,把哀情寄托在寻常物件之上,睹物思人,这样就使感情有所寄托,也更易引起读者的同感。之前也有个别文人采用这种方式来写作,但潘岳采用这种方法是用的非常成功的一个,他对物品的描写更为细腻,更加深情凝聚,比如"灵殡既祖,次此暴庐。披览遗物,徘徊旧居。手泽未改,领腻如初。孤魂遐逝,存亡永殊。呜呼哀哉!"看到她生前所用的遗物、所居住的房屋,她所抚摸过的一切东西,却想到现已天人永隔,真是睹物思人,伤悼之情不言自明。

【白发赋】

左　思

星星①白发,生于鬓垂。虽非青蝇②,秽我光仪③。策名观国,以此见疵。将拔将镊④,好爵是縻⑤。白发将拔,悠然自诉:"禀命⑥不幸,值君年暮。逼迫⑦秋霜,生而皓素⑧。始览明镜,惕然⑨见恶。朝生昼拔,何罪之故?子观橘柚,一暠一晔⑩。贵其素华⑪,匪尚绿叶。愿戢⑫子之手,摄⑬子之镊。"

咨⑭尔白发,观世之途。靡不追荣,贵华贱枯。赫赫阊阖⑮,蔼蔼紫庐⑯。弱冠来仕,童髫⑰献谋。甘罗乘轸,子奇剖符。英英⑱终贾,高论云衢⑲。拔白就黑,此自在吾。

白发临欲拔,瞋目⑳号呼:"何我之冤,何子之误!甘罗自以辩惠见称,不以发黑而名著。贾生自以良才见异,不以乌鬓而后举㉑。闻之先民,国用老成。二老归周,周道肃清。四皓佐汉,汉德光明。何必去我,然后要荣?"

咨尔白发,事各有以,尔之所言,非不有理。曩贵者耆㉒,今薄旧齿㉓。皤皤㉔荣期,皓首田里。虽有二毛㉕,河清难俟㉖。随时之变,见叹孔子。

发乃辞尽,誓以固穷㉗。昔临玉颜,今从飞蓬㉘。发肤至昵,尚不克终。聊㉙用拟辞,比之《国风》。

【注释】

①星星:头发花白的样子。 ②青蝇:苍蝇的一种,又称金蝇。 ③光仪:光彩和仪表。 ④镊:拔除。 ⑤好爵:高官厚爵。縻:束缚。这里是拔取的意思。 ⑥禀命:承命。这里是生下来的意思。 ⑦逼迫:迫近。 ⑧皓素:洁白。 ⑨惕然:忧惧的样子。 ⑩暠:同"皓"。晔:光明。 ⑪素华:白而有纹。 ⑫戢:止息,收藏。 ⑬摄:整理,此处为收起之意。 ⑭咨:此,这。 ⑮赫赫:显著盛大的样子。阊阖:皇宫的正门。 ⑯蔼蔼:众多的样子。紫庐:帝王所居之宫室。 ⑰童髫:指童年。髫,童子下垂之发。 ⑱英英:俊美貌。 ⑲云衢:犹言云路,青云之路,喻宦途。 ⑳瞋目:睁大眼睛。 ㉑举:拔举,指做官。 ㉒耆:年高寿。 ㉓旧齿:指上年纪的人。 ㉔皤皤:头发斑白的样子。 ㉕二毛:人老头发斑白称二毛。此处指老人。 ㉖河清难俟:相传黄河千年一清。比喻时久难待。 ㉗固穷:安守贫穷,不失气节。 ㉘飞蓬:指头发蓬松不整。 ㉙聊:暂且。

【赏析】

左思是西晋著名文学家,其《三都赋》颇被当时称颂,曾经造成历史上著名的"洛阳纸贵"。《白发赋》是左思的另外一篇名赋,以"我"与"白发"对话的形式,表达对年老而不被重用的遭遇的强烈愤慨。人和物对话这种形式,汉代贾谊的《鹏鸟赋》就曾经使用过,但在《鹏鸟赋》中鹏鸟只是听者并没有开口讲话,并不是严格意义上的对话体,左思的《白发赋》则不仅采用对话体,他还像写寓言故事一样让"白发"激昂慷慨,侃侃而谈。这样作品的形象就显得十分鲜明,栩栩如生。

左思在《白发赋》开头说,"我"有才不被重用,是因为年老发白,如果将白发拔除,就能得到"好爵"。看似荒唐的描写,却是作者年老不被重用的真实表白。然后白发极力辩白劝主人切勿动手,它举出历史上的例子来说明古人用人重才不重年龄,头发变白并未阻止贤人取得成就,这其实正是在侧面讽刺当时朝政不学古人重用老人,反而因为年老而加以排斥,从历史的角度说明了社会的不公。接着,作者说"囊贵首重,今薄旧齿。蟠潘荣期,皓首田里。虽有二毛,河清难俟。"揭示出有才之士不被重用的原因,表面上是说由于鬓边生了白发,实际是说在于那种压抑人才的门阀政治,在于制造这种制度的统治者。结末处作者说:"聊用拟辞,比之《国风》。"这就表明了作者的态度,他写作此文是像《诗经·国风》一样,有所寄托的,是在有意识地在揭露、讽刺这种不公正的政治制度的。

《白发赋》在艺术上历来被人称道,作者采用拟人化、对话的形式来结构全篇,安排情节,是对赋体创作传统艺术的继承和发展。左赋在叙事过程中,包含着大量议论,将叙事与说理有机地结合起来,使作者心中郁积的愤怒之情得以尽情宣泄。

【离思赋】

左芬

生蓬户之侧陋兮,不闲习①于文符。不见图画之妙像②兮,不闻先哲之典谟③。既愚陋而寡识兮,谬忝厕于紫庐④。非草苗之所处兮,恒怵惕⑤以忧惧。怀思慕之忉怛⑥兮,兼始终之万虑。嗟隐忧之沈积兮,独郁结而靡诉⑦。意惨愤⑧而无聊兮,思缠绵以增慕。夜耿耿而不寐兮,魂憧憧⑨而至曙。

风骚骚⑩而四起兮,霜皑皑而依庭。日晻曖而无光兮,气懰慄⑪以冽清。怀愁戚之多感兮,患涕泪之自零。昔伯瑜之婉娈⑫兮,每彩衣以娱亲。悼今日之乖隔兮,奄与家为参辰⑬。岂相去之云远兮,曾不盈乎数寻。何宫禁之清切⑭兮,欲瞻睹而莫因⑮。仰行云以歔欷兮,涕流射而沾巾。

惟屈原之哀感兮,嗟悲伤于离别。彼城阙之作诗兮,亦以日而喻月。况骨肉之相于兮,永缅邈⑯而两绝。长含哀而抱戚兮,仰苍天而泣血。

乱⑰曰:骨肉至亲,化为他人,永长辞兮。惨怆愁悲,梦想魂归,见所思兮。惊寤号咷⑱,心不自聊⑲,泣涟洏兮。援笔舒情,涕泪增零⑳,诉斯诗兮。

【注释】

①闲习:熟习。 ②妙像:指麟阁上功臣画像。 ③典谟:典籍,训诰。 ④谬忝厕于紫庐:谬:错误。忝:有愧。厕:置身。紫庐:指宫廷。 ⑤怵惕:惊惧。 ⑥切怛:哀伤。 ⑦靡诉:无处可诉。 ⑧愦:昏乱。 ⑨憧憧:摇曳不定。 ⑩骚骚:风声。 ⑪悯栗:悲怆。 ⑫婉娈:年少美好貌。 ⑬参辰:即参商二星,永不相会。 ⑭宫禁之清切:指接近帝居。 ⑮莫因:没有缘由。 ⑯缅邈:遥远。 ⑰乱:辞赋篇末总结全文要旨的话。 ⑱寤:醒。号咷:大哭。 ⑲自聊:自持。 ⑳增零:泪下增多。

【赏析】

左芬,字兰芝,西晋著名文学家左思之妹,年少好学,工于文词。武帝听说她有文采,纳为妃嫔。左芬极有才华,名气稍逊于其兄左思。她因娴静温厚的品性被选入宫,但却极不适应尔虞我诈、阴谋倾轧的宫廷生活,所以她并没有像其他嫔妃一样为了巩固自己的地位而去不择手段地献媚争宠,相反左芬表现的是一种与世无争的处世态度,她力求保持自我清高独立的人格,不愿与他人争风吃醋,这从她的文学作品中就可见一斑。

这篇《离思赋》是左芬的代表作,叙述的是她在宫中的凄苦生活和百无聊赖,表达了她对自己不幸命运的哀叹。作者在开头说自己出生在寄身"蓬户"的贫穷之家,面目丑陋,被召入宫是出于无奈并且是十分不幸的事。居于深宫之中她居住在这华丽的宫室之中却"恒怵惕以忧惧",胆颤心惊地生活着。"嗟隐忧之沈积兮,独郁结而靡诉。意惨愦而无聊兮,思缠绵以增慕。夜耿耿而不寐兮,魂憧憧而至曙。"正是十分形象地展现出她在宫中生活的凄惨之貌。她在宫中与亲人远隔,夜里因思念亲人而常常夜不能寐,失魂至天亮。起身后,但见乱风白霜,日昏无光,更感孤独寂寞。她感怀愁悲,涕泪自流却没有力量改变自己的命运,而只能"仰行云以歔欷兮,涕流射而沾巾","长含哀而抱戚兮,仰苍天而泣血"。

《离思赋》是中国古代宫怨诗的名篇,钱钟书先生曾说"宫怨诗赋如司马相如《长门赋》,唐玄宗江妃《楼东赋》等,其尤著者,左芬不多写待临望幸之怀而以隔'至亲'为恨,可谓有志。《红楼梦》第十八回贾妃省亲,到家见骨肉而'垂泪呜咽'自言'当日既送我到那不得见人的去处……今虽富贵,骨肉分离终无意趣'……即斯《赋》'恭侧紫庐','相去不远','宫禁清切','骨肉长辞'。所谓辞章中宣达此段情境,莫早于左芬《赋》者。"可见该文的影响之深。

【文　赋】

陆机

余每观才士之所作,窃①有以得其用心。夫放言遣辞,良多变矣。妍蚩②好恶，可得而言。每自属文③，尤见其情。恒患意不称物，文不逮④意，盖非知之难，能之难也。故作《文赋》以述先士之盛藻⑤，因论⑥作文之利害所由，他日殆⑦可谓曲尽其妙。至于操斧伐柯⑧，虽取则⑨不远，若夫随手之变，良难以辞逮⑩。盖所能言者，具于此云。

伫中区以玄览⑪，颐情志于《典》、《坟》⑫。遵四时以叹逝，瞻万物而思纷；悲落叶于劲秋，喜柔条于芳春。心懔懔以怀霜，志眇眇⑬而临云。咏世德之骏烈，诵先人之清芬；游文章之林府，嘉丽藻之彬彬⑭。慨投篇而援笔，聊⑮宣之乎斯文。

其始也，皆收视反听，耽思傍讯，精骛八极，心游万仞。其致也，情曈昽⑯而弥鲜，物昭晰而互进。倾群言之沥液⑰，漱六艺之芳润。浮天渊以安流，濯下泉⑱而潜浸。于是沉辞怫悦⑲，若游鱼衔钩而出重渊之深；浮藻联翩，若翰鸟缨缴⑳而坠曾云之峻。收百世之阙文㉑，采千载之遗韵；谢朝华于已披，启夕秀㉒于未振；观古今于须臾，抚四海于一瞬㉓。

然后选义按部，考辞就班，抱景者咸叩，怀响㉔者毕弹。或因枝以振叶，或沿波而讨源；或本隐以之显，或求易㉕而得难；或虎变而兽扰，或龙见而鸟澜；或妥帖而易施，或岨峿㉖而不安。罄㉗澄心以凝思，眇㉘众虑而为言。笼天地于形内，挫㉙万物于笔端。始踯躅于燥吻，终流离于濡翰㉚。理扶质以立干，文垂条而结繁㉛。信情貌之不差，故每变而在颜；思涉乐其必笑，方言哀而已叹。或操觚以率尔，或含毫而邈然㉜。

伊兹事之可乐，固㉝圣贤之所钦。课虚无以责㉞有，叩寂寞而求音。函绵邈于尺素，吐滂沛乎寸心。言恢㉟之而弥广，思按之而愈深。播芳蕤之馥馥㊱，发青条之森森。粲风飞而飙竖，郁云起乎翰林㊲。

体有万殊，物无一量。纷纭挥霍，形难为状。辞程才以效伎㊳，意司契㊴而为匠。在有无而俛仰，当浅深而不让。虽离方而遁员㊵，期穷形而尽相。故夫夸目者尚奢㊶，惬心者贵当㊷，言穷㊸者无隘，论达者唯旷㊹。诗缘情而绮靡，赋体物而浏亮㊻。碑披文以相质㊼，诔㊽缠绵而凄怆。铭博约㊾而温润，箴㊿顿挫而清壮。颂优游以彬蔚㊼，论精微而朗畅。奏平彻㊼以闲雅，说炜晔而谲诳㊼。虽区分之在兹，亦禁邪而制放㊼。要辞达而理举，故无取乎冗长。

其为物也多姿，其为体也屡迁。其会意也尚巧，其遣言也贵妍㊺。暨音声之迭代㊼，若五色之相宣㊽。虽逝㊾止之无常，固崎锜而难便㊿。苟达变而识次㉑，犹开流以纳泉。如失机而后会，恒操末以续颠㉒。谬玄黄㉓之秩序，故淟涊㉔而不鲜。

或仰逼于先条，或俯侵于后章㉕；或辞害而理比㉖，或言顺而义妨。离之则双美，合之则两伤。考殿最于锱铢㉗，定去留于毫芒。苟铨衡㉘之所裁，固应绳㉙其必当。

或文繁理富，而意不指适㉚。极无两致，尽不可益㉛。立片言而居要，乃一篇之警策㉜。虽众辞之有条，必待兹而效绩㉝。亮功多而累寡，故取足而不易㉞。

或藻思绮合㉟，清丽芊眠㊱。炳若缛绣㊲，凄若繁弦㊳。必㊴所拟之不殊，乃闇合乎曩篇㊵。虽杼轴于予怀㊶，怵他人之我先㊷。苟伤廉而愆义㊸，亦虽爱而必捐㊹。

或苕发颖竖，离众绝致㊺。形不可逐，响难为系㊻。块孤立而特峙，非常音之所纬㊼。心牢落而无偶，意徘徊而不能揥㊽。石韫玉而山辉，水怀珠而川㊾媚。彼榛楛之勿剪，亦蒙荣㊿于集翠。缀《下里》于《白雪》，吾亦济㉑夫所伟。

或托言于短韵，对穷迹而孤兴㉒。俯寂寞而无友，仰寥廓而莫承㉓。譬偏弦之独张，含清唱而靡应㉔。

或寄辞于瘁音，言徒靡㉕而弗华。混妍蚩而成体，累㉖良质而为瑕。象下管之偏疾㉗，故虽应而不和。

或遗理以存异，徒寻虚而逐微㉘。言寡情而鲜爱㉙，辞浮漂而不归。犹弦幺而徽急㊿，故虽和而不悲。

或奔放以谐合，务嘈囋㉑而妖冶。徒悦目而偶俗，故声高而曲下㉒。寤《防露》与《桑间》，又㉓虽悲而不雅。

或清虚以婉约，每除烦而去滥㉔。阙大羹之遗味，同朱弦之清氾。虽一唱而三叹，固既㉕雅而不艳。

若夫丰约之裁，俯仰㉖之形，因宜适变，曲有微情。或言拙而喻巧，或理朴而辞轻；或袭㉗故而弥新，或沿浊而更清；或览之而必察㉘，或研之而后精。譬犹舞者赴节以投袂㉙，歌者应弦而遣声。是盖轮扁㊿所不得言，亦非华说㉑之所能精。

普㉒辞条与文律，良余膺之所服㉓。练世情之常尤㉔，识前修之所淑㉕。虽浚发㉖于巧心，或受欬㉗于拙目。彼琼敷与玉藻㉘，若中原之有菽㉙。同橐籥之罔穷㉚，与天地乎并育。虽纷蔼⑫于此世，嗟不盈于予掬⑫。患挈缾⑫之屡空，病昌言之难属。故踸踔⑭于短韵，放庸音以足曲⑮。恒⑯遗恨以终篇，岂怀盈⑰而自足。惧蒙尘于叩缶⑱，顾取笑乎鸣玉⑲。

若夫应感之会，通塞之纪⑳，来不可遏，去不可止。藏若景灭，行犹响起㉑。方天机之骏利，夫何纷而不理㉒？思风发于胸臆㉓，言泉流于唇齿。纷葳蕤以馺遝，唯毫素㉔之所拟。文徽徽以溢目，音泠泠而盈耳㉕。及其六情底滞，志往神留，兀若枯木，豁㉖若涸流。揽营魂以探赜，顿㉗精爽而自求。理翳翳而愈伏，思轧轧㉘其若抽。是以或竭情而多悔，或率意而寡尤㉙。虽兹物之在我，非余力之所戮㉚；故时抚空怀而自惋，吾未识夫开塞之所由㉛。

伊兹文之为用，固众理之所因㉜。恢万里而无阂㉝，通亿载而为津㉞。俯贻则于来叶㉟，仰观象㊱乎古人。济文武㊲于将坠，宣风声㊳于不泯。涂无远而不弥㊴，理无微而弗纶㊵。配沾润㊶于云雨，象变化乎鬼神。被㊷金石而德广，流管弦㊸而日新。

【注释】

①窃：谦称自己。 ②妍蚩：美丑。 ③属文：做文章。 ④恒：常。逮：达。 ⑤盛藻：褒义，华美的辞藻。 ⑥因论：凭借此而议论。 ⑦殆：近于。 ⑧伐柯：制做斧柄。 ⑨则：标准。 ⑩随手之变：随机的巧妙变化。辞逮：谓言辞达意。逮：达。 ⑪中区：人世间。玄览：深察。 ⑫颐：养。典坟：三坟五典的省称。 ⑬懔懔：戒慎貌。（《易·坤》：履霜坚冰至）。眇眇：高远貌。 ⑭丽藻：华美的词藻。彬彬：文质间半之貌（语出文质彬彬） ⑮援笔：握笔。聊：且。 ⑯曈昽：犹蒙胧。 ⑰群言：众好书。沥液：李周翰注："沥液，涓滴也。" ⑱天渊：星宿，《宋史·天文志三》："天渊十星，一曰天池，一曰天泉……主灌溉。下泉：《诗经·下泉》：冽彼下泉，浸彼苞稂。喻下民浸苦而思治。 ⑲沉辞：深沉之辞。怫悦：犹怫郁。本句形容吐辞艰涩。 ⑳藻：辞藻。缨缴：箭带之长丝。喻中箭。 ㉑阙文：犹佚文。 ㉒谢：避辞。朝华：晨之花。披：开。夕秀：晚花。 ㉓须臾、一瞬：谓时间短。 ㉔抱景：有光彩的形象。怀响：有美声的乐器。 ㉕本隐：本着含蓄。以之：使其。求易：从浅易处问。 ㉖岨峿：本指山交错不平貌。引申为抵触，不合。 ㉗罄：空。 ㉘眇：尽也。 ㉙笼：包举，装。挫：收缩。 ㉚踯躅：徘徊。燥吻：口干。濡翰：湿润之笔。 ㉛扶质：扶持本根。垂条：枝条垂多。结繁：果叶丰富。 ㉜觚：方简，喻写作。率尔、邈然：喻速成、迟成。 ㉝固：当然。 ㉞课：议也。责：求也。 ㉟绵邈：深远。尺素：尺长白绢，借指短书信。滂沛：雨大貌。恢，大也。 ㊱芳蕤：盛开而下垂的花。馥馥：香气很浓。 ㊲粲：鲜也。森竖：风旋而上。郁：文采美盛。翰林：文坛。 ㊳程才：程通呈，指呈现才能。效伎：犹献技。 ㊴司契：词达意。 ㊵虽：纵使。遹：遁。员：圆。 ㊶奢：张也。 ㊷惬

心：满足于自心要求。当：相称。 ㊸穷：寻根究源，极也。 ㊹旷：明也。 ㊺绮靡：华丽。 ㊻体物：描述事物。浏亮：李善注："浏亮，清明之称。" ㊼披文、相质：文与质相称。 ㊽诔：悼文。 ㊿博约：内容广博，言简意明。 (51)箴：文体的一种，以规戒为表达的主题。 (52)优游：从容洒脱。彬蔚：文采美盛貌。 (53)平彻：谓词气平和而说理透彻。 (54)说：文体，以议论或记事来明理。炜晔：谓文辞明丽晓畅。谲诳：诡奇虚妄。 (55)禁邪：克制歪风。制放：约束放纵。放，妄也。 (56)遣言：用词。妍：美，巧。 (57)代：替。 (58)宣：宣明。 (59)虽：每有。逝：行也，去也。 (60)崎锜：不安貌。便：顺利。 (61)苟：如果。达：知道。次：次序。 (62)恒：常常。末、颠：末梢，本初。本末谓颠末。 (63)玄黄：玄为天色，黄为地色，借指天地。 (64)涊：污浊。 (65)俯、仰：指前后（来自于"前俯后仰"的引申）。 (66)害：差。比：合。 (67)殿：排次末位。最：排次第一。锱铢：锱为一两的四分之一，铢为一两的二十四分之一。比喻极其微小的数量。 (68)铨衡：衡量。 (69)绳：法度。 (70)繁：复杂。富：备也。指適：合乎主旨。 (71)极：至高。致：到达。尽：至远。益：复加。 (72)要：重要处。警策：以鞭策马，喻精炼扼要而含义深切之语可为全篇之警策。 (73)效绩：显示功效。 (74)亮功：明显之功。累寡：拖累少。取足：充分取用。易：改。 (75)藻思：才思。绮合：各色锦绮会合在一起。比喻文采灿烂。 (76)芊眠：草色盛貌。亦喻文采华美。 (77)炳：亮。缛绣：绚丽的锦绣，喻文采。 (78)繁弦：弦声杂。 (79)必：倘若、假如。 (80)曩篇：前人的佳作。 (81)杼轴：织布机部件。比喻诗文的组织、构思。予怀：我意。 (82)我先：先于我。 (83)伤廉：有伤廉名。愆义：违反道义。 (84)捐：弃也。 (85)苕：草名，苕苕又喻高貌。颖：芒，喻出众。绝致：极为精致。 (86)逐：追上。系：结、继。 (87)块：形块。峙：立。常音：一般的语言。纬：织造。 (88)心牢落而无偶，意徘徊而不能揥（tì）。牢落：寥落、孤寂。揥：去除。 (89)韫：包含。川：河。 (90)榛楛：树名，喻平常物。翦：剪。荣：茂盛。 (91)缀，连也。下里、白雪：曲名。济：众多貌。 (92)穷、孤：皆喻小、少。 (93)俯、仰：动作连指环顾。寥廓：空虚。 (94)譬：通"辟"，开。偏弦：非正曲。靡，无也。 (95)寄辞：用词。瘁音：李善注："谓恶辞也。"靡：费。 (96)妍媸：美丑。累：连累。 (97)疾：恶也。 (98)遗理：遗弃正理。异：异说。微：小处。 (99)寡情：少情感。鲜爱：少爱。 (100)么：幺的俗写。此指六幺，曲名，悲调。徽：琴音节记处曰徽，引申为节奏。 (101)奔放：纵肆。谐合：和合，此指合于风尚。嘈囋：喧闹。 (102)偶俗：与俗为偶友。曲下：格调低。 (103)寤：悟。防露：诗歌名。桑间："桑间濮上"之简说，指淫靡之咏。虽：纵使。又：再。 (104)清虚：清洁、虚空。烦、滥：皆指多余。 (105)既：已经。 (106)若夫：至于。约：简约。俯仰：前后，自"前俯后仰"引申来。 (107)袭：承袭。 (108)察：知晓。 (109)赴节：踏节奏。投袂：挥袖，喻起舞。 (110)是：这。轮扁：造车名工匠。《庄子·天道》："桓公读书於堂上。轮扁斲轮於堂下。" (111)华说：难实行之巧言。 (112)普：普及。 (113)良：《博雅》良，长也。余：我。膺：心间。服：思。 (114)练：熟知。常尤：通常的过错。 (115)前修：前贤。淑：善。 (116)浚发：深发。 (117)欰：受蚩，笑也。 (118)琼敷、玉藻：美珠饰物，皆喻文章佳句。 (119)中原：原野中。菽：豆类。 (120)橐：囊，又指鼓风之囊。籥：管乐（笛子等）。《老子》曰：天地之间，其犹橐籥乎？虚而不屈，动而愈出。河上公曰：橐籥中空虚，故能育声气也。罔穷：无穷。 (121)纷蔼：繁多。 (122)嗟：叹。盈：满。掬：双手一捧。 (123)患：苦。挈缾：汲水小器。 (124)病：忧。昌言：直言、正当之言。属：缀辑（结成文）。蹢躅：滞留、拘泥。 ⑫放：散也。庸音：平常音。足曲：凑成全曲。 ⑫恒：常。 ⑫盈：满。 ⑫蒙尘：蒙尘土，喻挡住本色。叩缶：击缶为粗鄙乐事，喻粗俗。 ⑫顾：反。鸣玉：身上佩玉，相碰有声，谓之鸣玉。 ⑬应感：响应灵感。通塞：打通阻塞。纪：绪也。 ⑬景灭、响起：消声灭迹，或者相反。 ⑬天机：灵性，天赋灵机。骏利：快而利索。理：条理清楚。 ⑬胸臆：内心。 ⑬葳蕤：美盛貌。驭遝：多貌。毫素：笔纸。 ⑬徽徽：象声词，灿烂貌。泠泠：象声词，清越貌。 ⑬兀：不动貌。豁：空。 ⑬营魂、精爽：指魂魄。探赜：探索奥秘。顿：停顿。 ⑬翳：盖。叠声则有暗的意思。轧轧：象声词，新芽生长音。 ⑬竭情：用尽情才。寡尤：少有错。 ⑭余：我。戮：同"勠"，并力也。 ⑭开塞：开茅塞（起悟）。由：路径。 ⑭固：久也。因：由。 ⑭恢：大。阂：碍也。 ⑭载：年。津：渡口。 ⑭俯：前，喻前人。贻：赠。则：尊则、标准。来叶：后世。 ⑭仰：后，喻后人。象：法。 ⑭济：补益。文武：周文王、武王，喻德政。 ⑭风声：教化。《书·毕命》："彰善瘅恶，树之风声。" ⑭涂：途。弥：遍。 ⑮纶：知也。 ⑮沾润：浸润，恩泽。 ⑮被：披。 ⑮流：流传于。管弦：乐曲，喻传唱。

【赏析】

《文赋》是中国最早系统地探讨文学创作问题的论著，陆机根据自己的创作体会，在《文赋》中生动地描述和分析了创作的心理特征和过程，表达了他的美学美育思想，首次把创作过程、写作方法、修辞技巧等问题提上文学批评的议程。

在序言中，作者论述了自己的创作动机和目的，即借阐述先前贤士的文章之华美，期待他日自己的作文也可近于所谓完美。在正文中，作者主要从以下几个方面阐述作文之道：

（一）认真构思，发挥艺术想象的作用。陆机认为在构思阶段，"收视反听，耽思傍讯，情骛八极，公游成仞"，"观古今于须臾，抚四海于一瞬"，"笼天地于形内，挫万物于笔端"，也就是要在创作过程中完全沉入艺术想象过程之中。

（二）安排结构、选择用词。在情绪与思路激发之后，要讲究文笔、音韵、修辞等，持论应抓本质（而不是虚妄）作为成理的主干，文章要条理清晰并且枝繁叶茂。言情与写貌要令其真实可信，这样才能让读者的情感随之而动。

（三）强调灵感在文学创作中的作用。陆机指出艺术创作成就的取得同"应感之会，通塞之纪。即灵感问题有密切关系，认为灵感具有"来不可遏，去不可止"，"或竭情而多悔，或率意而寡尤"的特征。

（四）在艺术风格上崇尚华丽之美，强调"丽辞"。主张"其会意也尚巧，其遣言也贵妍"。这反映了六朝时期讲求形式美的新时尚。

（五）《文赋》将文体区分为十种，简明概述了各体的特征。可以说，《文赋》在一定程度上概括了整个艺术创作思维的规律。

《文赋》是我国古代研究文学创作特点的最早的一篇专论，在美学史上有重要的意义和价值。

【《吊魏武帝文》序】

陆 机

元康①八年，机始以台郎出补著作，游乎秘阁②，而见《魏武帝遗令》，忾然③叹息，伤怀者久之。

客④曰："夫始终者⑤，万物之大归；死生者，性命之区域。是以临丧殡而后悲，睹陈根⑥而绝哭。今乃伤心百年之际⑦，兴哀无情之地⑧，意者⑨无乃⑩知哀之可有而未识情之可无乎？"

机答之曰："夫日食由乎交分⑪，山崩起于朽壤，亦云数⑫而已矣。然百姓怪焉者，岂不以资⑬高明⑭之质，而不免卑浊⑮之累；居常安之势，而终婴⑯倾离⑰之患故乎？夫以回天⑱倒日⑲之力，而不能振形骸之内⑳；济㉑世夷㉒难之智，而受困魏阙㉓之下。已而格㉔乎上下㉕者，藏于区区㉖之木㉗；光于四表㉘者，翳㉙乎蕞尔㉚之土㉛。雄心摧于弱情㉜，壮图终于哀志㉝；长算㉞屈于短日㉟，远迹㊱顿于促路㊲。呜呼，岂特㊳瞽史㊴之异㊵阙景㊶，黔黎㊷之怪㊸颓㊹岸乎？"

观其㊺顾命㊻冢嗣㊼，贻㊽谋四子㊾，经国之略㊿既远，隆㉛家之训㉜亦弘㉝。又云："吾在军中，持㉞法是也。至小忿怒、大过失，不当效也。"善乎，达人之诳言矣。持姬女而指季豹㉟以示四子曰："以累汝。"因泣下。伤哉，曩以天下自任㊱，今以爱子托人。同乎尽者无余㊲，而得乎亡者无存㊳。然而婉娈房闼之内㊴，绸缪家人之务㊵，则几㊶乎密与！又曰："吾婕好㊷妓人，皆著㊸铜爵台㊹。于台堂上施㊺八尺床，䌷帐㊻，朝晡上脯糒之属㊼。月朝十五，辄向帐作妓。汝等时时登铜爵台，望吾西陵墓田。"又云："余香可分与诸夫人，诸舍中无所为㊽，学作履组㊾卖也。吾历官所得绶，皆着藏中㊿。吾余衣裘，可别为一藏。不能者，兄弟可共分之。"既而竟分焉。亡者可以勿求，存者可以勿违㉛。求与违，不其两伤㉜乎？悲夫！爱有大而必失，恶㉝有甚而必得。智惠不能去其恶，威力不能全其爱，故前识㉞所不用心，而圣人罕㉟言焉。若乃系情累㊱于外物，留曲念⑦于闺房，亦贤俊之所宜废乎？于是遂愤懑而献吊云尔。

【注释】

①元康：西晋惠帝年号。 ②秘阁：朝廷收藏文献的地方。 ③忾然：叹息的样子。 ④客：虚拟的人物。 ⑤夫：语词。始终：人生为始，人死为终。 ⑥陈根：一年以上的草。因为多生于墓地，故用以代指故墓。 ⑦百年之际：魏武帝的死距陆机写此文时，刚好百年。 ⑧无情之地：指旧墓。因不能令人生哀伤之情，故云。 ⑨意者：估计；大概。 ⑩无乃：恐怕是。 ⑪交分：日与月交会分离。交，指日与月相交会。分，指日月分离。 ⑫数：气数；命运。 ⑬资：禀受。 ⑭高明：指日所禀受的物琪既高且明。 ⑮卑浊：指日蚀。 ⑯婴：遭遇。 ⑰倾离：指崩坏。 ⑱回天：使天回转。 ⑲倒日：使日倒行。 ⑳形骸之内：指生命。 ㉑济：救助。 ㉒夷：平息。 ㉓魏阙：天子之宫阙。 ㉔格：至；达。 ㉕上下：指天地。 ㉖区区：小的意思。 ㉗木：指棺。 ㉘四表：四方之外。 ㉙翳：掩蔽。 ㉚蓁尔：小貌。 ㉛土：墓。 ㉜弱情：病中之情。 ㉝哀志：将死之志。 ㉞长算：长远的谋划。 ㉟短日：生命将尽。 ㊱远迹：远大的功业。 ㊲促路：短促的人生之路。 ㊳岂特：岂只。 ㊴瞽史：此指掌日蚀之史官。 ㊵异：感到奇异。 ㊶阙景：失缺日光。 ㊷黔黎：百姓。 ㊸怪：感到奇怪。 ㊹颓：塌坏。 ㊺其：指魏武帝。 ㊻顾命：顾托遗命。 ㊼冢嗣：指长子文帝曹丕。 ㊽贻：遗留。 ㊾四子：指曹丕、曹植、曹彪、曹彰。 ㊿略：谋略。 51隆：兴隆。 52训：训戒。 53弘：大。 54持：抱持。 55姬女：姬妾所生的小女。季：古以排行小为季。豹：武帝小儿名。帝临崩时，年才五岁，故曰季豹。 56曩：过去；从前。以天下自任：以拯救天下为己任。 57尽：指死亡。无馀：指精神不存。 58无存：指威势消失。 59婉娈：柔顺的样子。房闼：指内室。闼，指门。 60绸缪：相亲的样子。务：家事。 61几：近。 62婕妤：嫔妃的称号。 63着：安置。 64铜爵台：台名。即铜雀台。 65施：置放。 66缌：细而疏的麻布。帐：灵帐。 67晡：日晚之时。约当下午三时至五时。脯：乾肉。糒：乾饭。属：类。 68诸舍中无所为：指众妾各在自己的屋里无所事事地活着。 69履：鞋。组：丝带。 70藏中：藏器之中。 71勿求：指不必求将衣裘别为一藏。勿违：指不违命令而分之。 72两伤：武帝求别为一藏是一伤，四子竟违令而分之是两伤。 73爱：指爱生。恶：指恶死。 74前识：前代之达人。 75罕：少。 76情累：感情的牵累。 77曲念：情思缠绵的思念。

【赏析】

西晋的大文学家陆机，其祖父、父亲都是吴国名将。吴国灭亡后，他出仕于敌国的晋朝，郁郁不得志。他十分敬佩曹操，在晋惠帝元康八年（298），也就是曹操死后七十八年，陆机从朝廷的秘阁中发现了曹操的遗令，读后不胜伤怀叹息，因此作《吊魏武帝文》。本文由序文和吊文两部分组成，本书所选的是其序文。序文主要叙述哀吊的缘起、遗令的内容和引发的感慨，提纲挈领地概括出文章主题，表达了对曹操的不胜爱戴和惋惜之情。

整篇序文分为两大部分。第一部分简述吊文的起因和客人的诘问，作为引子，铺垫下文。第二部分是陆机的答词、叙述和议论，构成序文的主体。他首先借日食山崩为喻，以

"岂不……乎"的句式反诘,作为下一层反诘的铺垫。然后着力描写曹操生前英雄盖世和临终英雄末路的不同侧面,再用"呜呼!岂特瞽史之异阙景,黔黎之怪颓岸乎"的强烈反问,证明自己兴哀是情理中事,既与上一反诘遥相照应,又否定了客人的指责,完成了答客问。在其后正面述评《遗令》时,作者又用了两个语气较为和缓的反问句,婉转而明确地表达自己的取向。

在本文中,陆机不但表达了对曹操的敬仰,也寄托了对自己的感慨:自己一生功业无成,"志匡世难"难以实现。在他看来,一个杰出人物,生前应该象曹操那样志匡天下,建立一番功业,实现自己的价值,而自己现在的处境却是国破山河在,无以为报,看到曹操这样一个盖世人物,自己更加羞愧难当。

序文在艺术手法上也极其精彩,采用骈散相间的句式,散句居多,清通流畅,《文心雕龙·哀吊》以为这篇文章"序巧而文繁",即序文比吊文更精彩。

【答卢谌书】

刘琨

琨顿首。损书①及诗,备辛酸之苦言,畅经通之远旨。执玩反覆,不能释手。慨然以悲,欢然以喜。昔在少壮,未尝检括。远慕老庄②之齐物,近嘉阮生③之放旷。怪厚薄何从而生,哀乐何由而至。自顷辀张④,困于逆乱,国破家亡,亲友凋残。负杖行吟,则百忧俱至;块然独坐,则哀愤两集。时复相与举觞对膝,破涕为笑,排终身之积惨,求数刻之暂欢。譬由积疢弥年,而欲一丸销之,其可得乎!夫才生于世,世实须才。和氏之璧,焉得独曜于郢握?夜光之珠,何得专玩于随掌?天下之宝,当与天下共之。但分析之日,不能不怅恨耳!然后知聃、周之为虚诞,嗣宗之为妄作也。昔骙骥⑤倚辀于吴坂,长鸣于良、乐,知与不知也;百里奚⑥愚于虞而智于秦,遇与不遇也。今君遇之矣,勖之而已。不复属意于文二十馀年矣。久废则无次,想必欲其一反,故称指送一篇。适足以彰来诗之益美耳。琨顿首顿首。

【注释】

①损书:意近"辱书",对别人书信的尊称。意思是不惜损害自己名誉给我写信。 ②老庄:老子和庄子,二人同为道家创始人。齐物:《庄子·齐物论》主张万物齐一,泯灭主客、是非的界限。 ③阮生:阮籍,字嗣宗。 ④辀张:惊惧的样子。辀,读作

"舟"。　⑤骎骥：骏马名。吴阪：古地名，在今江苏吴县境内。良、乐：王良和伯乐，古代两位善御马和善相马者。骎，读作"录"。　⑥百里奚：字井伯，春秋时楚国人。少贫，四处流浪，后事虞公为大夫，晋灭虞后当了俘虏，后来成了秦国的宰相。

【赏析】

刘琨，字越石，是西晋诗人。他年轻时就有"隽朗"之誉，以雄豪著名。《晋书·祖逖传》曾记载过他和祖逖共被同寝，夜间闻鸡起舞的故事。他的早期生活、思想很有虚浮、放诞的一面，好老庄，也参与"二十四友"之游。直到后来他经历了"国破家亡，亲友凋残"的痛苦，思想才起了剧烈的变化，在艰危困顿中志存社稷，屡经挫败，却锲而不舍，奋斗不遗余力，受到后人的赞赏。李清照《失题》诗云："南渡衣冠少王导，北来消息欠刘琨。"陆游《夜归偶怀故人独孤景略》云："刘琨死后无奇士，独听荒鸡泪满衣。"都是借咏刘琨事迹对南宋统治者苟且偷安、不图收复失地进行批评。

卢谌与刘琨二人有很深的交往，刘琨做并州刺史时，卢谌为从事中郎，后来卢谌谋职幽州刺史别驾，写了一封信和一首诗寄予刘琨，刘琨即作此文并一首诗回复。在此信中刘琨拿自己年轻时的经历激励卢谌，说自己"昔在少壮，未尝检括。远慕老庄之齐物，近嘉阮生之放旷"，寥寥几句概括出了自己浮夸的青年生活，也展现了当时魏晋人士的生活、精神状态。后来国破家亡，刘琨从一个率性放荡的青年成长为一个坚毅忧愤的壮士，"负杖行吟，则百忧俱至；块然独坐，则哀愤两集"，青年时的狂放不羁被满目疮痍的忧愁所代替，刘琨再也无法拿杯酒浇去心中块垒，回到以前的生活。刘琨用自己的经历鼓励卢谌积极入世，为国效力，他说"才生于世，世实须才"，这一方面是期待卢谌将来有所作为，另一方面也是对自己的勉励。谭献评价此文"诵之洒然，佳在骨坚，沉痛契洞，反言若正"，可谓是一语中的，说出了刘琨的拳拳爱国之心和自强不息的精神品质。

【钱神论】

鲁褒

有司空公子，富贵不齿①，盛服而游京邑，驻驾②平市里。顾见綦母先生，班白而徒行③。公子曰："嘻！子年已长矣，徒行空手，将何之乎？"先生曰："欲之贵人。"公子曰："学《诗》乎？"曰："学矣。""学《礼》乎？"曰："学矣。""学《易》乎？"曰："学矣。"公子曰："《诗》不云乎：'币帛筐篚④，以将其厚意，然后忠臣嘉宾，得尽其心。'《礼》不云乎：'男贽玉帛禽鸟，女贽⑤榛栗枣脩'。《易》不云乎：'随时之义⑥大矣哉！'吾视子所以，观子所由，岂随世哉！虽曰已学，吾必谓之未也。"先生曰："吾将以清谈⑦为筐篚，以机神⑧为币帛。所谓'礼云礼云，玉帛云乎哉'者已。"

公子拊髀⑨大笑曰："固⑩哉，子之云也！既不知古，又不知今。当今之急，何用清谈！时易世变，古今易俗，富者荣贵，贫者贱辱。而子尚质，而子守实，无异于遗剑刻船⑪，胶柱调瑟⑫。贫不离于身名，誉不出乎家室，固其宜也！

"昔神农氏没，黄帝、尧、舜，教民农桑，以币帛为本。上智先觉⑬变通之，乃掘铜山，俯视仰观，铸而为钱。故使内方象地，外圆象天。大矣哉！

"钱之为体⑭，有乾有坤⑮。内则其方，外则其圆。其积如山，其流如川。动静⑯有时，行藏有节⑰。市井便易⑱，不患耗折⑲。难朽象寿⑳，不匮象道㉑。故能长久，为世神宝。亲爱如兄，字曰孔方㉒。失之则贫弱，得之则富强。无翼而飞，无足而走。解㉓严毅之颜㉔，开难发之口。钱多者处前，钱少者居后。处前者为君长，在后者为臣仆。君长者丰衍㉕而有余，臣仆者穷竭㉖而不足。《诗》云：'哿矣富人，哀此茕独㉗。'岂是之谓乎！

"钱之为言泉㉘也，百姓日用，其源不匮，无远不往，无深不至。京邑衣冠㉙，疲劳讲肆㉚，厌闻清谈㉛，对之睡寐。见我家兄，莫不惊视。钱之所祐，吉无不利㉜。何必读书，然后富贵！昔吕公欣悦于空版，汉祖克之以赢二㉝。文君解布裳而被锦绣，相如乘高盖而解犊鼻㉞。官尊名显，皆钱所致。空版至虚，而况有实！赢二虽少，以致亲密。由是论之，可谓神物。无位而尊，无势而热，排朱门，入紫闼㉟。钱之所在，危可使安，死可使活。钱之所去，贵可使贱，生可使杀。是故忿争辩讼，非钱不胜；孤弱幽滞㊱，非钱不拔；怨仇嫌恨，非钱不解；令问笑谈，非钱不发㊲。

"洛中朱衣，当涂之士㊳，爱我家兄，皆无已已㊴。执我之手，抱我终始，不计优劣，不论年纪。宾客辐辏㊵，门常如市。谚云：'钱无耳，可闇使㊶。'岂虚也哉？又曰：'有钱可使鬼。'而况于人乎？子夏云：'死生有命，富贵在天。'吾以死生无命，富贵在钱。何以明之？钱能转祸为福，因败为成，危者得安，死者得生。性命长短，相禄贵贱，皆在乎钱，天何与焉？天有所短，钱有所长。四时行焉，百物生焉，钱不如天；

达穷开塞，赈贫济乏，天不如钱。若臧武仲之智，卞庄子之勇，冉求之艺，文㊷之以礼乐，可以为成人㊸矣。今之成人者何必然？唯孔方而已。

"夫钱，穷者能使通达，富者能使温暖，贫者能使勇悍。故曰：君无财，则士不来；君无赏，则士不往。谚曰：'官无中人㊹，不如归田。'虽有中人，而无家兄，何异无足而欲行，无翼而欲翔？使才如颜子，容如子张。空手掉臂，何所希望？不如早归，广修农商。舟车上下㊺，役使孔方。凡百君子，同尘和光㊻，上交下结，名誉益彰。"

黄铜中方㊼，叩头对曰："仆自西方庚辛，分王㊽诸国，处处皆有，长沙越巂，仆之所守。黄金为父，白银为母，铅为长男，锡为適妇。伊我初生，周末时也，景王尹世，大铸兹㊾也。贪人见我，如病得医，饥飨㊿太牢，未之逾㊶也。"

【注释】

①不齿：不屑，看不起。 ②驻驾：停车。 ③徒行：步行。 ④筐篚：方形和圆形竹器。 ⑤贽：古代初求见时所送之礼。 ⑥随时之义：随时势而变通的意义。 ⑦清谈：不切实际的议论。 ⑧机神：玄妙难测的道理。 ⑨拊髀：拍大腿。 ⑩固：迂腐拘泥。 ⑪遗剑刻船：即刻舟求剑。 ⑫胶柱调瑟：用胶粘住瑟柱，使弦无法调节出声。 ⑬上智先觉：有突出才智能先知先觉者。 ⑭体：形体。 ⑮乾、坤：指天、地。 ⑯动静：指金钱的流通和储蓄。 ⑰行藏：与"动静"同义。节：规则。 ⑱便易：便于交易。 ⑲"不患"句：不用担心有所损耗。 ⑳象寿：象征生命长久。 ㉑"不匮(kuì)"句：意谓金钱的不匮乏象征"道"的运行不息。 ㉒孔方：古钱币外圆内方，故称。 ㉓解：开，指使之露出笑容。 ㉔严毅之颜：严肃刚毅的面容。 ㉕丰衍：富裕盈足。 ㉖穷竭：贫困。 ㉗"哿(gě)矣"二句：语出《诗经·小雅·正月》。意谓乐了富人，苦了孤独无依者。哿，乐。 ㉘泉：即古"钱"字。 ㉙衣冠：此指势族。 ㉚讲肆：讲学的地方。 ㉛清谈：即玄谈，指崇尚老、庄，空谈玄理的言论。 ㉜"钱之"二句：自《易经·系辞上》"自天祐之，吉无不利"句脱化而来。此以钱比天，谓有钱可万事顺利。 ㉝"昔吕公"二句：《史记·高祖本纪》载，吕公与沛县令友善，移家沛县，沛中豪杰闻之，皆往贺。"萧何为主吏。主进，令诸大夫曰：进不满千钱，坐之堂下。高祖为亭长，素易诸吏，乃绐为谒曰：贺钱万。实不持一钱。"就在这次宴会上吕公看中了刘邦，后来将女儿吕雉嫁给了他。又，《史记·萧相国世家》："高祖以吏繇咸阳，吏皆送奉钱三，何独以五。"版，指名片。赢二，多送二百文。 ㉞"文君"二句：《史记·司马相如列传》载，汉代卓王孙之女卓文君夜奔司马相如，生涯惨淡，文君当垆卖酒，相如著犊鼻裈洗涤酒器。卓王孙闻之，引以为耻，分给他们"钱百万"，夫妻俩因此得以"为富人"。高盖，很高的车盖，此代大车。犊鼻，即犊鼻裈，古代杂役所穿的围裙，状如犊鼻，故称。 ㉟金门、紫阁：指皇宫。 ㊱幽滞：指隐沦而未被擢用之士。

拔：提拔。　㊲令问：即令闻，好名声。发：传扬。　㊳"洛中"二句：洛中，指洛阳。朱衣，代指贵人。当途之士，指居要职、掌大权的人。　㊴已已：休止。　㊵辐辏（fúcòu）：聚集。辐，车轮中凑集于中心毂上的直木。辏，车轮的辐条内端聚集于毂上。　㊶"钱无耳"二句：谓钱虽无知，可役鬼神。无耳，指没有听觉。　㊷文：修饰。　㊸成人：品格完美的人。　㊹中人：指朝廷中有权势的近臣。　㊺上下：指往来。　㊻同尘和光：即和光同尘，对光荣和尘浊同等对待。　㊼黄铜中方：即钱，此指钱神。　㊽分王：分别为王。　㊾大铸兹：铸制大钱。　㊿饥飡：饥汉食用。　51逾：过分。

【赏析】

鲁褒，字元道，南阳人，生卒年不详，大约活动在西晋惠帝元康年间。《晋书·隐逸传》说他"好学多闻，以贫素自立。元康之后，纲纪大坏，褒伤时之贪鄙，乃隐姓名而著《钱神论》以刺之。……褒不仕，莫知其所终。"留下的作品只有《钱神论》这一篇，而且还不完整，但在当时和后世却有深远的影响。

《钱神论》虽然以论名篇，却是一篇赋作。作品通过虚构的情节，刻画了司空公子和綦母先生两个假设的人物形象，以二人在京城邂逅为纽带，以其问答诘难的框架结构成篇，论述了金钱的利与弊。作者认为，由于社会的发展进步，上智先觉者创造出了钱币，"黄帝尧舜，教民农桑，以币帛为本。上智先觉变通之，乃掘铜山，俯视仰观，铸而为钱。故使内方像地，外圆像天。"然而，钱币一方面方便了人们的生活，促进社会发展，另一方面却会造成以它为价值标准的贫富两极分化的社会状态，造成社会不公，人情冷漠。作者在文中用富人欢乐穷人愁作比，深刻揭示了金钱的弊端。接着作者进一步谈到钱币渗入各社会领域，对封建政治统治的腐蚀与破坏，作者举了很多例子来说明金钱的腐蚀作用，从当代衣冠士族的厌闻清谈，见钱惊视，到虚拟人物的亲身经历，无一不显示了金钱对社会的麻痹。最后作者又写了钱币对精神领域传统观念的冲突与拜金主义的歪风，给社会人心造成的灾难性戕害，描绘了一幅人类精神世界里是非善恶颠倒的风情画，使文章的批判更进一层，揭示出当时社会上存在的一种时代悲剧。从今天的视角来重新审视这篇反对拜金主义的作品，无疑仍有重要意义。

【海 赋】

木 华

昔在帝妫臣唐之代，天纲①浡潏②，为涸为瀜③；洪涛澜汗④，万里无际；长波涾滩⑤，迤涎八裔⑥。于是乎禹也，乃铲临崖之阜陆，决⑦陂潢而相沃。启⑧龙门之峍崿⑨，垦陵峦而堑凿。群山既略⑩，百川潜渫⑪。泱漭⑫澹泞，腾波赴势。江河既导，万穴俱流，掎拔⑬五岳，竭涸⑭九州。沥滴渗淫⑮，荟蔚⑯

云雾，涓流泱瀼，莫不来注。於廓⑰灵海，长为委⑱输。其为广也，其为怪也，宜其为大也。

尔其⑲为状也，则乃浟湙⑳潋滟㉑，浮天无岸；沖瀜沉瀁㉒，渺瀰澹漫；波如连山，乍㉓合乍散。嘘噏㉔百川，洗涤淮汉；襄陵广舄，瀎㴖浩汗㉕。若乃大明㉖摝辔于金枢之穴，翔阳逸骇㉗于扶桑之津。影㉘沙岩石，荡飏岛滨。于是鼓㉙怒，溢浪扬浮㉚，更相触搏，飞沫起涛。状如天轮，胶戾㉛而激转；又似地轴，挺拔而争回㉜。岑岭飞腾而反覆，五岳鼓舞而相磓。㵪濆沦而滀漯㉝，郁㉞泡迭而隆頯。盘涱激㉟而成窟，䃮䃮磙而为魁。泂泊柏而迆颭，磊匌匌而相豗。惊浪雷奔，骇水迸集；开合解会，瀼瀼湿湿㊱；葩华㊲踧沑，湏汀㊳漅潜㊴。若乃霾曀㊵潜销㊶，莫振莫竦；轻尘不飞，纤萝不动；犹尚呀呷㊷，馀波独涌；澎濞㊸灪礧，碨磊㊹山垄。

尔其枝岐潭沦㊺，渤㊻荡成汜。乖㊼蛮隔夷，回互㊽万里。若乃偏荒㊾速告，王命㊿急宣，飞骏鼓楫㉑，泛海凌山。于是候劲风，揭㊺百尺，维㊻长绡，挂帆席，望涛远决，冏然乌逝，鹬㊼如惊凫之失侣，倏如六龙之所掣㊽。一越三千，不终朝而济所届㊾。

若其负秽㊿临深，虚誓愆㊿祈，则有海童邀路，马衔㊿当蹊。天吴乍见而仿佛，蜩像暂晓而闪尸。群妖遘迕㊿，眇瞗冶夷㊿。决帆摧㊿樯，戕风㊿起恶。廓如灵变，惚怳㊿幽暮。气似天霄㊿，瀓㵳云布。倏昱㊿绝电，百色妖露。呵嗽掩郁㊿，曈曚㊿无度。飞涝相磕㊿，激势相沏。崩云屑雨㊿，滚滚泊泊。跌踹湛藻，沸溃㊿渝溢。灌汫濩溃㊿，荡云沃日。于是舟人渔子，徂南极㊿东，或屑没于鼋鼍之穴，或挂胃㊿于岑嶅㊿之峰。或掣掣泄泄㊿于裸人之国，或泛泛悠悠㊿于黑齿之邦。或乃萍流㊿而浮转，或因归风以自反。徒识观怪之多骇，乃不悟所历之近远㊿。

尔其为大量也，则南渰朱崖㊿，北洒㊿天墟，东演析木，西薄㊿青徐。经途瀴溟，万万有馀。吐云霓，含龙鱼，隐鲲鳞㊿，潜灵居㊿。岂徒积太颠之宝贝，与随侯之明珠。将世之所收者常闻，所未名者若无。且希世之所闻，恶审其名㊿？故可仿像其色，瞹𰵊其形。尔其水府之内，极深之庭，则有崇岛巨鳌，垤𡸦孤亭。擎洪波，指太清㊿。竭㊿磐石，栖百灵。飑凯风㊿而南逝，广莫㊿至而北征。其垠则有天琛水怪，鲛人㊿之室。瑕石诡晖[91]，鳞甲异质。若乃云锦散文于沙汭[92]之际，绫罗被[93]光于螺蚌之节。繁采扬华，万色隐鲜。阳冰不冶，阴火潜然。熺炭[94]重燔，吹炯[95]九泉。朱焰绿烟，腰眇蝉娟[96]。鱼则横海之鲸，突扤孤游，戛岩嶅[97]，偃高涛，茹鳞甲，吞龙舟。噏波则洪涟踧蹜[98]，吹涝则百川倒流。或乃蹭蹬[99]穷波，陆死盐田，巨鳞插云，鬐鬣刺天，颅骨成岳，流膏[100]为渊。

若乃岩坻[101]之隈，沙石之嵌，毛翼[102]产鷇，剖卵成禽。凫雏离褷，鹤子淋渗。群飞侣浴，戏广浮深。翔雾连轩[103]，泄泄淫淫[104]。翻动成雷，扰翰为林。更相[105]叫啸，诡色殊音。

若乃三光[106]既清，天地融朗[107]。不泛阳侯，乘蹻绝[108]往。觌[109]安期于蓬莱，见乔山之帝像。群仙缥眇，餐玉清涯。履阜乡之留舄，被羽翮[110]之襂纚。翔天沼，戏穷溟，甄有形于无欲，永悠悠以长生。且其为器也，包乾之奥，括坤之区。惟神是宅，亦祇是庐[111]。何奇不有，何怪不储？芒芒积流，含形内虚。旷哉坎德[112]，卑以自居。弘往纳来，以宗以都。品物[113]类生，何有何无！

【注释】

①天纲：天的纲领。这里指天时。 ②浡潏：水大沸腾。指洪水泛滥。 ③凋：损伤，即将枯朽的样子。瘵：病。 ④澜汗：波涛广大。 ⑤涾沲：水波重叠。 ⑥八裔：八方。裔，边远的地方。 ⑦决：决口，放水。 ⑧启：开启、凿通。 ⑨崭：通垦，开垦，此处为整治之意。 ⑩略：用功少称略。 ⑪潜：深藏。渫：疏通。 ⑫泱漭：水面广大无边。 ⑬掎拔：拔出。 ⑭竭涸：干涸。 ⑮沥滴：微小稀疏的水滴。渗淫：点滴渗透出的水液。 ⑯荟蔚：形容云雾弥漫的样子。 ⑰廓：大。 ⑱委：水流聚的地方，乃针对水源而言。 ⑲尔其：句首语气词。 ⑳滶湙：水流的样子。 ㉑潋滟：水波相连。 ㉒冲瀜、沆瀁：均为形容水深广的样子。 ㉓乍：忽然。 ㉔嘘噏：吞吐。噏，同“吸”。 ㉕潒瀁浩汗：水势大的样子。 ㉖大明：指月亮。 ㉗翔阳：指太阳。逸骇：形容太阳迅疾的样子。 ㉘影：通“飘”。 ㉙鼓：发动。 ㉚溢浪：沸涌的巨浪。 ㉛胶戾：水流回旋的样子。 ㉜回：转动。 ㉝湁潗：波涛奔赴的样子。 ㉞郁：盛多的样子。 ㉟激：水流激急。 ㊱瀼瀼湿湿：水光开合的样子。 ㊲葩华：水纹分散的样子。 ㊳溭泞：水流沸腾的样子。 ㊴潗漘：水流腾涌的样子。 ㊵曀：天色阴沉。 ㊶潜销：忽然消散。 ㊷呀呷：水波相吞吐的样子。 ㊸澎濞：同“澎湃”，波涛冲击的声音。 ㊹碨磊：高低不平的样子。 ㊺枝、岐：均指河的支流。岐，通歧。潭瀹：水动摇的样子。 ㊻渤：滨海的港湾。 ㊼乖：背离。 ㊽回互：路途回环相隔。 ㊾偏荒：偏远地区。 ㊿王命：皇帝的命令。 (51)鼓楫：奋力划动船桨。 (52)揭：举。 (53)维：系，连结。 (54)鹬：疾飞的样子。 (55)倏：疾速。掣：操纵。 (56)终朝：整个早上。济：渡，

达到。届：目的地。 (57)负秽：负罪。 (58)愆：过失。 (59)马衔：传说海中的怪物。 (60)遘迕：遭遇，相遇。 (61)冶夷：妖媚的样子。 (62)摧：拆。 (63)戕风：恶风，暴风。 (64)惚恍：恍惚，隐隐约约模糊不清。 (65)天霄：空中的云气。 (66)倏昱：迅速闪过的样子。 (67)呵（唊欠）、掩郁：均为昏昧不明的样子。 (68)矆睒：一闪即过的样子。 (69)涝：大波。相礴：相互冲撞。 (70)屑雨：形容细雨飞洒的样子。 (71)溃：乱流的样子。 (72)濯涝濩渭：均为形容水花四溅旁落的声音。 (73)徂：往。极：至。 (74)挂罥：牵挂、缠绕。 (75)嶅：多小石的海中小山。 (76)掣掣泄泄：任风飘泊的样子。 (77)泛泛悠悠：随流漂泊。 (78)萍流：像浮萍一样漂流。 (79)徒识观怪之多骇，乃不悟所历之近远：意思是只记得许多值得惊骇的怪异情景，竟然不明白所经历路途的远近。 (80)朱崖：极南之地。 (81)洒：指水的散落。 (82)薄：迫近。 (83)鲲：一种大鱼。鳞：泛指鱼类。 (84)灵居：仙人居住的地方。 (85)“将世之所收者”四句：意思是说世间所收藏的宝珠是经常能听到它们的名称的，也有从来没有听到它的名称的，本来就不知道它曾经存在过似的，况且世间稀少的珍宝，谁又能一一弄清它的名称呢？ (86)擘：破裂。太清：指青天。 (87)竭：载。 (88)凯风：南风。 (89)广莫：北风。 (90)鲛人：传说中的人鱼，居住在水底。 (91)诡晖：变化不定的光色。 (92)沙汭：岸边的沙滩。 (93)被：披。 (94)熺炭：炽热有光的炭。 (95)吹炯：照耀。 (96)蝉蜎：烟焰飞腾的样子。 (97)岩嶅：有岩石的山。 (98)洪涟：大浪。踧蹜：水流不进的样子。 (99)蹭蹬：失势难进的样子。 (100)膏：油。 (101)坻：岸 (102)毛翼：指禽类。 (103)连轩：接连高飞。 (104)泄泄淫淫：飞翔的样子。 (105)更相：互相变幻。 (106)三光：日月星的光。 (107)融郎：天气融合晴朗。 (108)绝：横渡。 (109)觌：相见。 (110)羽翮：羽毛。 (111)庐：房屋。 (112)坎德：水德。水的性质是往低处流，所以说“卑以自居”。 (113)品物：万物。

【赏析】

木华，字玄虚，西晋辞赋家，生卒年不详，曾为太傅杨骏府主簿。今存《海赋》一篇，被梁代萧统《文选》选录。

这篇赋描写大海物产丰富，气势磅礴，并且多神怪精灵，写得壮丽开阔。作者从“禹启龙门”的神话传说写起，对大海的形成作了描述：早在尧舜时代，洪水泛滥，长波万里，乃命禹疏九河，启龙门之隘，斩陵峦之高，“万穴俱流”，“莫不来注”，汇合成为大海。从“尔其为状也”始，写大海风貌，先着力形容波涛汹涌之状，特别是月落日出之时：“于是鼓怒，溢浪扬浮，更相触搏，飞沫起涛，状如天轮，胶戾而激转；又似地轴，挺拔而争回。”待到风力稍静，犹自余波吞吐，在高峻不平的岩石中澎湃有声。一些入海岔流，出而复入，动摇不已，呀呷独涌。接着作者以泛舟海上的不同情景，显示大海风云变幻威力无穷的特征。笔势流动跌宕，一幅茫茫海上扬帆迅航的图画栩栩如生地跃然纸上。以下笔锋一转，写海上风云骤变之险恶，融神话传说与拟人手法于一体，突出大海不容恶秽、虚伪的品格。对“负秽临深，虚誓愆祈”者，则有“海童邀路，马衔当蹊”，并施之以“决帆摧橦”的惩罚。清人何义门评点说：“此言人所历，一安一危，两两相较，然着意在危一边，以著其多怪也。”从“尔其为大也”开始铺陈海中珍宝之奇，物产之富。作者借鉴传统大赋的写作手法，详细描摹海底、海边、海中、岛屿之物，次序井然。接下来表达对海上神仙的向往和感慨：“昔乃三光既清，天地融朗”，“觌安期于蓬莱，见乔山之帝像，群仙缥眇，餮玉清涯。"希望和神仙一起生活："甄有形于无欲，永悠悠以长生。"文章末尾从大海无所不包联系人生处世。"且其为器也，包乾之奥，括坤之区。惟神是宅，亦祇是庐。何奇不有，何怪不储？茫茫积流，含形内虚。旷哉坎德，卑以自居。宏往纳来，以宗以都。品物类生，何有何无"？这些富于哲理的语言，主旨是希望人们像大海那样宽宏大量，能够接纳万物，谦虚卑下，永远富足无穷。此乃作者自励，言简意赅，耐人寻味。

【《兰亭集》序】

王羲之

　　永和九年，岁在癸丑①，暮春之初，会于会稽山阴之兰亭。修禊事也②。群贤毕至，少长咸集③。此地有崇山峻岭，茂林修竹，又有清流激湍，映带左右，引以为流觞曲水④，列坐其次，虽无丝竹管弦之盛，一觞一咏，亦足以畅叙幽情⑤。是日也，天朗气清，惠风和畅⑥。仰观宇宙之大，俯察品类之盛⑦，所以游目骋怀，足以极视听之娱，信可乐也⑧。

　　夫人之相与，俯仰一世⑨，或取诸怀抱，悟言一室之内⑩；或因寄所托，放浪形骸之外⑪，虽取舍万殊，静躁不同，当其欣于所遇⑫，暂得于己，快然自足，曾不知老之将至。及其所之既倦，情随事迁，感慨系之矣！⑬向之所欣，俯仰之间，已为陈迹，犹不能不以之兴怀，况修短随化，终期于尽！⑭古人云："死生亦大矣"⑮，岂不痛哉！每览昔人兴感之由，若合一契，未尝不临文嗟悼，不能喻之于怀⑯。固知"一死生"为虚诞，"齐彭殇"为妄作⑰。后之视今，亦犹今之视昔，悲夫！故列叙时人，录其所述。虽世殊事异，所以兴怀，其致一也⑱。后之览者，亦将有感于斯文。

【注释】

　　①"永和"二句：永和九年，公元353年，永和为晋穆帝年号。癸丑：古人以天干地支纪年，永和九年属癸丑年。　②"暮春"三句：暮春，晚春、春季的第三个月。会稽（kuài jī）：郡名，治所在今浙江省绍兴市。山阴：县名，治所在今浙江省绍兴市。兰亭：在绍兴西南，其地名兰渚，其上有亭名兰亭。修禊（xì）：即祓禊。古代风俗，人们到水边嬉游洗濯，以消除不祥，因为是在春天，故也叫春禊。日子定在三月上旬的巳日，曹魏

以后定为三月三日。 ③"群贤"二句：群贤，指当时参与兰亭之会的名人孙绰、谢安等四十一人。毕、咸：都，全部。 ④"引以为"句：流觞曲水，修禊时的一种活动。有耳杯盛酒放在环曲的溪水上，任其顺流飘浮，停在谁面前，谁就取饮。 ⑤"列坐"四句：次，处所，此指水边。丝竹管弦：泛指音乐。畅叙幽情：畅快的抒发内心的深情。 ⑥惠风和畅：惠风，和风。和畅：舒适快意。 ⑦品类之盛：品类，物类，指万物。盛：繁盛。 ⑧"所以"三句：游目骋怀，放眼远望，舒展怀抱。视听之娱：耳目的观娱。信：确实，实在。 ⑨"夫人"二句：相与：相互交往。俯仰一世：一低头一抬头之间一生就过去了，比喻时间非常短暂。 ⑩"或取诸"二句：取诸怀抱：敞开胸怀，畅所欲言。晤言一室：在一室之中当面交谈。 ⑪"或因寄"二句：因寄所托：寄托自己遨游美景，抒发胸臆的愿望。放浪形骸之外：放纵形体，摆脱身外礼法的束缚。放浪，放纵；形骸，形体。 ⑫欣于所遇：对自己遇到的事情感到愉快。曾：简直。 ⑬"及其"三句：之，到，引申为"经历"之意。倦：厌倦。系：随着。 ⑭"况修短"二句：修短随化，人的生命长短随自然造化。化：造化，指自然规律。终期于尽：终归有死亡的时候。期，期限。 ⑮"古人云"二句：死生亦大，意为死生也是人生的大事。出自《庄子·德充符》篇中引孔子的话。 ⑯"每览"四句：兴感之由，指发生感慨的原因。若合一契：意为都很一致。古代的契有左右两半，各执其一，相合为信。嗟悼：感叹悲伤。喻之于怀：自己心里通晓明白。 ⑰"固知"二句：一死生，《庄子·齐物论》中有"方生方死，方死方生"的说法，认为生死同时存在于一体，生死没有区别。一，用如动词。齐彭殇：《庄子·齐物论》中有"莫寿于殇子，而彭祖为夭"的说法，认为长寿与短命没有区别。齐：等同。彭：彭祖，传说中长寿者，活到八百岁。殇：短命而死的人。虚诞：荒谬。妄作：虚妄。 ⑱"虽世殊"三句：世殊事异，意为所处的时代不同，所见的事物各异。致：情趣。

【赏析】

东晋穆帝永和九年（353）三月三日，王羲之与当时名士谢安、孙绰以及本家子侄凝之、献之等四十余人在山阴（今浙江绍兴）兰亭"修禊"，饮酒赋诗，各抒怀抱。羲之除赋诗二首外，又为诗集写了这篇序，序中记叙了兰亭周围山水之美和聚会的欢乐之情，抒发了盛事不常、人生短暂的感慨。

在文章的第一段作者较具体地写了兰亭集会的盛况，包括集会的时间、地点、目的、与会人物，兰亭优美的风景，以及盛会上人们的活动情况，最后则抒发了感慨，突出了由于兰亭集会而感受到的生之"乐"，表现出一种旷达的心境。文章的第二段写了两种人，一种是喜欢"静"的人，"取诸怀抱，悟言一室之内"，一种是喜欢"躁"的人，"因寄所托，放浪形骸之外"。两种人虽然性格行为上有很大不同，但是"当其欣于所遇，暂得于己，快然自足，曾不知老之将至；及其所之既倦，情随事迁，感慨系之矣。"也就是在快乐的时候，都会得意忘形，但等对高兴的事物感到了厌倦，感慨就自然而然地产生了，或者会感到"向之所欣，俯仰之间，已为陈述"，或者会感到"修短随化，终期于尽"。也就是感到生命有生有灭，有乐有悲，倏忽之间，生命却将不存。正因为如此作者才引用古训"死生亦大矣"，并且慨叹"岂不痛哉！"由生之乐作者想到了死之痛，表明了他对生死问题的看重，也说明了他要把这次集会的诗歌收集起来的原因：使"后之览者，亦将有感于斯文"。生命是有限的，后人看今人就如同今人看前人一样。生命会随着时间流逝，但很多年后，后人读到今人的诗篇，却将会和今人一样感受到生命的快乐和死亡的痛苦，这样，作品的生命将世代流传下去。

【誓墓文】

王羲之

  维永和十一年三月癸卯朔，九日辛亥，小子①羲之敢告二尊之灵。羲之不天，夙遭闵凶②，不蒙过庭之训。母兄鞠育③，得渐庶几，遂因人乏，蒙国宠荣。进无忠孝之节，退违推贤之义。每仰咏老氏、周任之诫④，常恐死亡无日，忧及宗祀，岂在微身而已！是用寤寐⑤永叹，若坠深谷。止足之分，定之于今。谨以今月吉辰肆筵设席，稽颡⑥归诚，告誓先灵。自今之后，敢渝⑦此心，贪冒苟进，是有无尊之心而不子也。子而不子，天地所不覆载，名教所不得容。信誓之诚，有如皦日！

【注释】

①小子：指儿子。 ②夙遭闵凶：夙：早，指年幼时。闵：忧虑；凶：不幸。 ③鞠育：养育，抚养。 ④老氏、周任之诫：老氏：指老子，它主张知足不辱。周任：周时大夫。一说为古之良吏。 ⑤寤寐：醒和睡，指日夜。 ⑥稽颡：一种跪拜礼，居丧答礼宾客时行之。 ⑦渝：改变，违背。

【赏析】

  本文是王羲之为祭祀自己的父母所写的一篇祭文，语气亲切，充满对父母的敬重之意，显示了他对父母的一片孝心。

  祭文开头首先点明祭祀的时间和祭祀的对象，然后表达自己对父母的感激之情。作者用平实的语言叙写自己幼年的事情：父亲过早去世，多赖母亲和兄长对其教诲，抚养其长大，在简单的叙述中，作者寄托了对父母兄长的抚育之情的感激。王羲之作为一代书法大家，取得了很高的成就，但他认为，对于父母来说，自己还不算做的最好的，他自谦地说自己"进无忠孝之节，退违推贤之义"，两句话表达出王羲之良好的修养和真诚的情感。王羲之生活于魏晋南北朝时期，当时佛老之风盛行，王羲之受其影响，经常思索人生生死的真谛，这在《兰亭集序》中我们已经领略。在本篇祭文中，作者再次写出自己的思索，他说"每仰咏老氏、周任之诫，常恐死亡无日，忧及宗祀，岂在微身而已！是用寤寐永叹，若坠深谷"，人生的短暂使他认识到生之可贵，他不害怕死亡，就怕自己死后父母无人祭祀，因此每当考虑到这个问题，便辗转不能入睡，由此我们可见王羲之的孝心之深。在文章的结尾，作者坚定地表达了他对孝悌的认识："子而不子，天地所不覆载，名教所不得容"，正是由于作者秉持着这种孝心，才使得他对父母能做到毕恭毕敬，感动天人。

【游天台山赋并序】

孙绰

天台山①者，盖山岳之神秀者也。涉海则有方丈、蓬莱②，登陆则有四明、天台，皆玄圣③之所游化，灵仙之所窟宅④。夫其峻极之状，嘉祥之美，穷山海之瑰富，尽人神之壮丽矣。所以不列于五岳，阙载于常典⑤者，岂不以所立冥⑥奥，其路幽迥。或倒景于重溟⑦，或匿⑧峰于千岭；始经魑魅⑨之途，卒践无人之境。举世罕能登陟⑩，王者莫由禋祀⑪，故事绝于常篇，名标于奇纪。然图像之兴，岂虚也哉！非夫遗世玩道⑫，绝粒⑬茹芝者，乌能轻举⑭而宅之？非夫远寄⑮冥搜，笃信通神者，何肯遥想而存之？余所以驰神⑯运思，昼咏宵兴⑰，俯仰之间，若已再升者也。方解缨络⑱，永托兹岭。不任⑲吟想之至，聊奋藻⑳以散怀。

太虚㉑辽廓而无阂㉒，运自然之妙有，融而为川渎㉓，结而为山阜㉔。嗟台岳之所奇挺㉕，实神明之所扶持。荫牛宿以曜峰，托灵越以正基㉖。结根弥㉗于华岱，直指高于九疑。应配㉘天于唐典，齐㉙峻极于周诗。

邈彼绝域㉚，幽邃窈窕㉛，近智以守见而不之㉜，之者以路绝㉝而莫晓。哂㉞夏虫之疑冰，整轻翮而思矫㉟。理无隐而不彰，启二奇以示兆㊱；赤城㊲霞起以建标，瀑布飞流以界道㊳。

睹灵验㊴而遂徂，忽乎㊵吾之将行。仍羽人于丹丘，寻不死之福庭㊶。苟台岭之可攀，亦何羡于层城㊷？释域中㊸之常恋，畅超然㊹之高情。被毛褐之森森，振金策之铃铃㊺。披荒榛之蒙茏，陟峭崿㊻之峥嵘。济楢溪而直进，落㊼五界而迅征。跨穹隆㊽之悬磴，临万丈之绝冥㊾。践莓苔之滑石，搏壁立之翠屏。揽樛木之长萝㊿，援葛藟㊿之飞茎。虽一冒于垂堂㊿，乃永存乎长生。必契诚于幽昧㊿，履重崄而逾平。既克跻于九折，路威夷⁵⁴而修通。恣心目之寥朗⁵⁵，任缓步之从容。藉⁵⁶萋萋之纤草，荫落落之长松。觌翔鸾之裔裔⁵⁷，听鸣凤之嗈嗈。过灵溪而一濯，疏烦想⁵⁸于心胸。荡遗尘于旋流，发五盖之游蒙。追羲农之绝轨，蹑二老⁵⁹之玄踪。陟降信宿⁶⁰，迄于仙都。双阙云竦以夹路，琼台⁶¹中天而悬居。朱阁玲珑于林间，玉堂阴映⁶²于高隅。彤云斐亹⁶³以翼櫺，皦日炯晃于绮疏。八桂森挺以凌霜⁶⁴，五芝含秀而晨敷。惠风伫芳于阳林⁶⁵，醴泉涌溜于阴渠⁶⁶。建木灭景于千寻，琪树璀璨而垂珠。王乔控鹤以冲天，应真⁶⁷飞锡以蹑虚。骋神变之挥霍，忽出有而入无。

于是游览既周⁶⁸，体静心闲⁶⁹。害马已去，世事都捐⁷⁰。投刃皆虚，目牛无全。凝思⁷¹幽岩，朗咏长川。尔乃羲和亭午⁷²，游气高褰⁷³。法鼓琅以振响，众香⁷⁴馥以扬烟。肆觐天宗，爰集通仙⁷⁵。挹⁷⁶以玄玉之膏，嗽以华池⁷⁷之泉，散以象外之说⁷⁸，畅以无生之篇。悟遣有⁷⁹之不尽，觉涉无之有间⁸⁰。泯色空以合迹，忽即有而得玄。释二名之同出，消一无于三幡⁸¹。恣语⁸²乐以终日，等寂默于不言。浑万象以冥观⁸³，兀同体⁸⁴于自然。

【注释】

①天台山：在今浙江天台、临海两县境内。因地处偏僻而鲜位人知，东晋后始发现，渐成名胜。　②方丈、蓬莱：古代传说中海上的仙山。　③玄圣：道家理想的神仙。　④窟宅：洞府。　⑤常典：一般典籍。　⑥冥：幽暗。　⑦景：即"影"。重溟：大海。　⑧匿：遮蔽。　⑨魑魅：古代传说中的鬼怪。　⑩陟：攀登。　⑪禋祀：虔诚祭祀。　⑫遗世：放弃世俗的事务。玩道：追求道术。　⑬绝粒：不吃饭。　⑭轻举：飞升成仙。　⑮远寄：将心思远远寄托在远处。此处指成仙。　⑯驰神：精神飞越别处。　⑰昼咏宵兴：白天歌咏，夜里也睡不着。　⑱缨络：比喻世事缠身。　⑲不任：经不起。　⑳奋藻：用文辞来发挥。此处指拿起笔来写作。　㉑太虚：指宇宙。　㉒阂：阻碍。　㉓渎：河流。　㉔阜：丘陵。　㉕奇挺：突出。　㉖正基：指位置。　㉗弥：超过。　㉘配：对。　㉙齐：对比。　㉚绝域：极远的地方。　㉛邃：深奥。窈窕：幽深之貌。　㉜近智：智力短浅，没有远见的人。守见：守着自己狭隘的见闻。之：到。　㉝路绝：路难以通行。　㉞哂：耻笑。　㉟翮：翅膀。矫：飞。　㊱二奇：即下文的赤诚和瀑布。兆：迹象。　㊲赤城：天台山的入口处，山壁好像一座红色的城墙，因而得名。　㊳界道：画出界限。　㊴灵验：指上文的"二奇"。　㊵忽乎：飘然。　㊶福庭：做神仙享福的所在。　㊷层城：古代传说中昆仑山上的神仙居所。　㊸释：脱离。域中：尘世。　㊹超然：脱俗超世。　㊺金策：装有金属品的手杖。铃铃：手杖触地声。　㊻峭崿：高峻而危险的山峰。　㊼落：斜行。　㊽穹隆：长而曲的样子。　㊾绝冥：极端幽深，即万丈深渊。　㊿樛木：弯曲的数目。萝：缠在树身上的藤。　㉛葛藟：粗藤。　㉜垂堂：堂屋檐下。　㉝

契：合。幽昧：指深奥的道理。　�{54}逶夷：漫长而舒缓的样子。　�{55}寥朗：心舒目光的样子。　�{56}藉：当作席子垫着。　�{57}觌：遇见。翛翛：鸟飞翔的样子。　�{58}烦想：凡俗的想法。　�{59}二老：指老子和老莱子，他们都是古代有道的人。　�{60}陟降信宿：是说登高爬低走了一两夜。　�{61}琼台：指楼台华美，好像是美玉所装饰成。　�{62}阴映：冷森森地闪光。　�{63}斐亹：形容花纹复杂。　�{64}凌霜：遭遇霜也不凋落。　�{65}阳林：山南的森林。　�{66}阴渠：山北的沟渠。　�{67}应真：即佛家所说的罗汉。　�{68}周：周遍，一遍。　�{69}闲：安宁。　�{70}捐：抛弃。　�{71}凝思：集中思想。　�{72}羲和：神话中太阳的御者。亭午：正午。　�{73}游气：浮动在空中的大气。高褰：高高地敞开。　�{74}众香：各种名贵的香。　�{75}爰：于是。通仙：群仙。　�{76}挹：用勺舀取。　�{77}华池：传说中的昆仑山上的仙池。　�{78}象外之说：超出物象的话，指道家学说。　�{79}有：指尘世，虚假的幻象。　�{80}无：指无为，神仙的境界。间：疏漏。　�{81}三幡：佛经语，指色、空、观。　�{82}恣语：纵情谈论。　�{83}冥观：深深的观察。　�{84}兀：浑然无知的样子。同体：一体。

【赏析】

孙绰（314—371），字兴公，东晋文学家，太原中都（今山西平遥）人，家住会稽。他放情山水，曾历游名山大川十余年，且博学善文，工于写作，故名重一时。他的诗赋言辞华美绝伦，描景入情，清丽俊秀，颇见道家仙骨之气，读来如浮云悬空，飘飘似飞空而起，且摹描之中尤可见其工于细微之处，有的放矢。他最值得称赞的作品就是《游天台山赋》，该赋词旨清新、意境开阔，饱含了作者对名山胜景的向往、赞美之情，在晋赋中很有名气。

作者在序中给予天台山非常高的评价，说它"穷山海之瑰富，尽人神之壮丽"，是大自然特别偏爱的骄子，宇宙的神秀都集中在这里，使得她分外壮观奇丽。接着作者详细描摹了天台山的景色，细致生动。如："赤城霞起而建标，瀑布飞流以界道"，形象而简洁地勾勒出了的两大奇景：赤城如红霞，高耸入云；瀑布如银河，飞流直下。"双阙云竦以夹路，琼台中天而悬居。朱阙玲珑于林间，玉堂阴映于高隅"，山峰气势雄伟，有的似双阙，夹道耸峙，有的像琼台，高悬空中。景色描写和感情抒发浑然一体，文辞工整秀丽，颇有情韵，令人仿佛置身于声色俱佳的神话世界，感到心旷神怡。

南朝宋刘义庆《世说新语·文学》中记载孙绰视此赋为平生得意之作，做成后对友人范荣期说："卿试掷地，当作金石声。"范起初并不相信，讥讽道："恐子之金石，非宫商中声。"然而，读着读着，范荣期人情不自禁地击节赞赏，云："应是我辈语。"于是，这篇堪称字字金石、句句中声的《天台山赋》，便不胫而走，传诵千古。

【桃花源记】

陶渊明

晋太元①中，武陵②人捕鱼为业；缘③溪行，忘路之远近。

忽逢桃花林。夹岸数百步，中无杂树，芳草鲜美，落英缤纷。渔人甚异之，复前行，欲穷其林。

林尽水源④，便得一山。山有小口，仿佛若有光。便舍船从口入。初极狭，才通人。复行数十步，豁然开朗。土地平旷，屋舍俨然⑤，有良田、美池、桑竹之属，阡陌交通⑥，鸡犬相闻。其中往来种作，男女衣著，悉如外人。黄发垂髫⑦，并怡然自乐。见渔人，乃大惊，问所从来，具答之。便要⑧还家，设酒杀鸡作食。村中闻有此人，咸来问讯。自云先世避秦时乱，率妻子邑人，来此绝境⑨，不复出焉，遂与外人间隔。问今是何世，乃不知有汉，无论⑩魏、晋。此人一一为具言所闻，皆叹惋。余人各复延⑪至其家，皆出酒食。停数日，辞去。此中人语云："不足为外人道也。"

既出，得其船，便扶向路⑫，处处志之。及郡下，诣太守，说如此。太守即遣人随其往，寻向所志⑬，遂迷，不复得路。南阳⑭刘子骥，高尚士也，闻之，欣然规往⑮，未果，寻病终。后遂无问津⑯者。

【注释】

①太元：晋孝武帝年号。　②武陵：郡名，在今湖南常德。　③缘：沿着。　④水源：溪水的源头。　⑤俨然：整齐的样子。　⑥阡陌交通：田间小路，其中南北叫"阡"，东西叫"陌"。交通：互相通达。　⑦黄发垂髫：老人孩童。黄发，指老人、老人的头发由黑变白，又会由白转黄。垂髫，儿童头上垂的短发，这里指儿童。　⑧要：同"邀"，邀请。　⑨绝境：与外界隔绝的地方。　⑩无论：更不用说。　⑪延：邀请。　⑫便扶向路：扶，沿着。向路，先前来时的水路。　⑬志：标记。　⑭南阳：郡名，在今河南一带。　⑮规往：计划前往。　⑯问津：这里是询问，访求的意思。津，渡口。

【赏析】

本篇文章是陶渊明《桃花源诗并记》中的序言，本附属于诗，却因结构完整、形式完美而独立成篇，历来被人称道。作者陶渊明，字元亮，号五柳先生，东晋浔阳柴桑（今江西省九江市）人。其曾祖父陶侃，是东晋开国元勋，军功显著，官至大司马，都督八州军事，荆、江二州刺史、封长沙郡公。祖父陶茂、父亲陶逸都做过太守。但到了陶渊明一代，他的家道已经中落，他仅做过几年小官，后就辞官回家，从此隐居，他喜好写诗作文，擅长描写田园生活，是我国第一位田园诗人。

在本文中，作者用优美的文笔勾勒了一个没有压迫、没有战争、与世隔绝的乌托邦，表达了他对美好生活的向往憧憬和对现实社会的批判。文章虚构了一个迷路的武陵渔人，他先来到一个"芳草鲜美，落英缤纷"的桃花林，接着行到水穷处发现一个从未见过的世界，在这儿没有战乱，没有沽名钓誉，没有勾心斗角，人们自食其力，自给自足，和平恬静，生活的自得其乐。渔人在这生活了几天，才知道这个地方的人民原来是为了躲避秦末战乱，"率妻子邑人，来此绝境，不复出焉，遂与外人间隔。问今是何世，乃不知有汉，无论魏晋。"由于没有残酷的战争压迫，所以这个地方的人才能生活的这么安详快乐，作者至此点名了他通过乌托邦似的桃花源所批判的对象：军阀混战、民不聊生的晋宋黑暗统治。陶渊明一生向往自由和平的生活，"不为五斗米折腰"，十分具有君子气节，他痛恨当时的黑暗政治，对老百姓的穷苦生活深表同情。因此，他写作此文，一是为了表白自己的心声，表现他对桃花源世界的向往，另一方面则是大胆讽刺当时社会的黑暗腐朽，极具批判性。

【五柳先生传】

陶渊明

先生不知何许人也，亦不详其姓字。宅边有五柳树，因以为号焉。闲静少言，不慕荣利。好读书，不求甚解①；每有会意，便欣然忘食。性嗜酒，家贫不能常得。亲旧知其如此，或置酒而招之。造②饮辄尽，期③在必醉；既醉而退，曾不吝情去留。环堵④萧然⑤，不蔽风日，短褐穿结⑥，箪瓢⑦屡空，晏如⑧也。常著文章自娱，颇示己志。忘怀得失，以此自终。

赞⑨曰：黔娄⑩之妻有言："不戚戚⑪于贫贱，不汲汲⑫于富贵。"其言兹若人之俦⑬乎？衔觞赋诗，以乐其志，无怀氏⑭之民欤？葛天氏⑮之民欤？

【注释】

①不求甚解：谓读书只求领会要旨，不刻意在字句上花工夫。　②造：到，去。　③期：希望。　④环堵：房屋的四壁。　⑤萧然：空空的样子。　⑥短褐：粗布短衣。穿：破损。结：打结。　⑦箪瓢：指食器和饮器。　⑧晏如：安然自得。　⑨赞：纪传体史书在人物传记末尾所附的评论文字。　⑩黔娄：春秋时鲁国的一个清高名士。　⑪戚戚：忧伤悲戚的样子。　⑫汲汲：竭力求取。　⑬俦：类。　⑭无怀氏：传说中古代的氏族首领。　⑮葛天氏：传说中古代的氏族首领。

【赏析】

本文名为《五柳先生传》，实际上是陶渊明的自传。作者借助对五柳先生的描绘，突出了自己与世俗的格格不入及高洁志趣和人格的坚持。

本文内容简洁，全文也就一百七八十字，但一个极具有人格魅力的君子形象却被刻画得栩栩如生。文章在第一段描写了五柳先生的性格是"不慕名利，率真自然，安贫乐道"；生活上"环堵萧然，不避风日；短褐穿结，箪瓢屡空"；志趣上"好读书，不求甚解，每有会意，便欣然忘食；性嗜酒；常著文章自娱。"通过这三方面的展示，我们很清楚地看到五柳先生是一个率真自然，不慕荣利，安贫乐道，独立于世俗之外的隐士，而这其实也正是陶渊明自己的形象。文末的赞中作者称五柳先生好像是上古的无怀氏、葛天氏之民，这是对他高洁人格的再度赞扬。

本文在写作上最大的特点是多用否定句，钱钟书说："'不'字为一篇眼目"，比如"先生不知何许人也，亦不详其姓氏"一句，钱先生认为："岂作自传而并不晓己之姓名籍贯哉？正激于世之卖声名、夸门第者而破除之尔。"下文的"不慕荣利"，"不求甚解"，"家贫不能常得"，"曾不吝情去留"，"不蔽风日"，"不戚戚于贫贱，不汲汲于富贵"等。王夫之在《思问录》中评论说："言无者，激于言有者而破除之也。"正是因为世人有种种追名逐利、矫糅造作之事，作者言"不"，正是要突出自己对世俗的不满和抗争，表明自己安贫乐道的情趣，对超凡脱俗的高尚精神境界的坚守。这样一种不与世俗同流合污的坚持和不慕名利的精神境界令今人也油然而生敬佩之情。

【归去来兮辞并序】

陶渊明

余家贫，耕植不足以自给。幼稚①盈室，缾②无储粟，生生③所资，未见其术④。亲故多劝余为长吏⑤，脱然⑥有怀⑦，求之靡途⑧。会有四方之事⑨，诸侯⑩以惠爱为德，家叔⑪以⑫余贫苦，遂见用于小邑。于时风波⑬未静，心惮远役，彭泽⑭去家百里，公田之利，足以为酒，故便求之。及少日，眷然⑮有归欤之情⑯。何则？质性⑰自然，非矫厉所得，饥冻虽切，违己⑱交病⑲。尝从人事⑳，皆口腹自役㉑。于是怅然慷慨，深愧平生之志。犹望一稔㉒，当敛裳㉓宵逝。寻㉔程氏妹㉕丧于武昌㉖，情在骏奔㉗，自免去职。仲秋㉘至冬，在官八十馀日。因事顺心，命篇曰《归去来兮》。乙巳岁㉙十一月也。

归去来㉚兮，田园将芜胡不归？既自以心为形役㉛，奚惆怅而独悲！悟已往之不谏㉜，知来者之可追。实迷途其未远，觉今是而昨非。舟遥遥以轻飏㉝，风飘飘而吹衣。问征夫以前路，恨晨光之熹微㉞。

乃瞻衡宇㉟,载欣载奔㊱。僮仆欢迎,稚子候门。三径㊲就荒,松菊犹存。携幼入室,有酒盈樽。引壶觞以自酌,眄庭柯㊳以怡颜。倚南窗以寄傲,审容膝㊴之易安。园日涉以成趣,门虽设而常关。策扶老以流憩㊵,时矫首而遐观㊶。云无心以出岫㊷,鸟倦飞而知还。景翳翳㊸以将入,抚孤松而盘桓㊹。

归去来兮,请息交以绝游!世与我而相违㊺,复驾言兮焉求㊻?悦亲戚之情话,乐琴书以消忧。农人告余以春及,将有事于西畴㊼。或命巾车㊽,或棹㊾孤舟。既窈窕以寻壑㊿,亦崎岖而经丘。木欣欣以向荣,泉涓涓而始流。善万物之得时,感吾生之行休。

已矣乎,寓形宇内复几时!曷不委心任去留,胡为乎遑遑兮欲何之?富贵非吾愿,帝乡㉛不可期。怀良辰以孤往,或植杖而耘耔㉜。登东皋㉝以舒啸,临清流而赋诗。聊乘化以归尽,乐乎天命复奚疑!

【注释】

①幼稚:指孩童。 ②缾:指盛米用的陶制容器、如瓮、瓯之类。 ③生生:犹言维持生计。前一"生"字为动词,后一"生"字为名词。 ④术:这里指经营生计的本领。 ⑤长吏:较高职位的县吏。指小官。 ⑥脱然:轻快的样子。 ⑦有怀:有所思念。 ⑧靡途:没有门路。 ⑨四方之事:指他接受建威将军江州刺史刘敬宣的任命出使的事情。 ⑩诸侯:指州郡长官。 ⑪家叔:指陶夔,当时任太常卿。 ⑫以:因为。 ⑬风波:指军阀混战。 ⑭彭泽:县名。在今江西省湖口县东。 ⑮眷然:依恋的样子。 ⑯归欤之情:回去的心情。 ⑰质性:本性。 ⑱违己:违反自己本心。 ⑲交病:指思想上遭受痛苦。 ⑳从人事:从事于仕途中的人事交往。指做官。 ㉑口腹自役:为了满足口腹的需要而驱使自己。 ㉒一稔(rěn):公田收获一次。稔,谷物成熟。 ㉓敛裳:收拾行装。 ㉔寻:不久。 ㉕程氏妹:嫁给程家的妹妹。 ㉖武昌:今湖北省鄂城县。 ㉗骏奔:急着前去奔丧。 ㉘仲秋:农历八月。 ㉙乙巳岁:晋安帝义熙元年。 ㉚去来:偏义复词,即去。 ㉛心为形役:心灵受形体的奴役。指违背自己的心愿去做官。形,形体。 ㉜谏:规劝,挽救。 ㉝轻飏(yáng):形容船在水面上很轻快地前进。飏,"扬"的异体字。 ㉞熹(xī)微:光线微弱,熹,通"熙",光明。 ㉟衡宇:横木为门的简陋房屋。衡,横。 ㊱载:又,且,语助词。 ㊲三径:庭院里的小路。西汉末年,王莽篡夺政权,蒋诩(xǔ许)免官回家,在院子里的竹林下开了三条小路,只同几个高雅的人往来。 ㊳眄(miǎn):斜视。柯(kē):树枝。 ㊴容膝:形容屋子狭小,仅能容纳两膝。 ㊵策:拄着。扶老:拐杖。流憩(qì气):随时随地休息。 ㊶矫首:举首,抬头。遐观:远望。 ㊷岫(xiù):山峰。 ㊸景:日光。翳(yì)翳:昏暗的样子。 ㊹盘桓:徘徊,流动。 ㊺相违:相弃。形容自己不合世俗。 ㊻驾:驾车。言:语助词。焉求:何求,追求什么。 ㊼畴(chóu):田地。 ㊽巾车:有帷幕的车子。

㊾棹（zhào）：船桨。这里用作动词。　㊿窈窕（yǎo tiǎo）：幽暗的样子。壑（hè）：山谷。　㊉帝乡：天帝所住的地方，即仙境。　㊊植杖：把杖直插在田边。耘：除草。耔：培土。　㊋皋（gāo）：水边高地；山岗。

【赏析】

《归去来兮辞》是陶渊明的一篇散文，是晋安帝义熙元年（405）作者辞去彭泽令回家时所作。陶渊明为彭泽县令时，上级派督邮（督察属县政绩的官吏）来县，县吏说应当冠带整齐，前往迎见，陶渊明叹气说："我不能为五斗米折腰向乡里小儿"，就辞官归隐。他在回家时，写下这篇文章表明意志。归去，即回去的意思。来，起舒缓语气的作用。本文分"序"和"辞"两节，"序"说明了自己所以出仕和自免去职的原因，"辞"则抒写了归田的决心、归田时的愉快心情和归田后的乐趣。该作代表了山水田园诗派的最高成就。

作者在该文中首先表示了辞官归田的决心，他说"田园将芜"，故应归家，但"心为形役"，一直未能完成回家的愿望，饱含自责之意。而后作者"悟已往之不谏，知来者之可追。实迷途其未远，觉今是而昨非。"即已知过去求官为非，今日弃官为是，好比是入了迷途不远，还来得及回到正道上来，因而深感欣慰。这两层点明了全文主旨，表达了诗人鄙弃官场、向往田园的感情。接着作者写回到田园后的愉快生活，描摹十分详细，既写乘舟返家途中渴望抵家的心情，又写望见家门时欣喜若狂的心情，这跟在官时"惆怅而独悲"的心情形成了鲜明的对比。作者详写了回家后的日常生活，他在家中饮酒自遣，涉园观景，跟乡里故人交往，在大自然中出游等等，这些都表现了作者归隐后所感受到的隐者之乐，对田园生活的满意和欣喜。在最后一部分作者抒发了"乐天安命"的情怀，将隐居生活上升到哲理的高度，卒章显志，令人回味无穷。

【闲情赋并序】

陶渊明

初，张衡①作《定情赋》，蔡邕②作《静情赋》，检逸辞③而宗澹泊，始则荡以思虑，而终归闲正④。将以抑流宕之邪心，谅⑤有助于讽谏。缀文⑥之士，奕代⑦继作；并因触类，广其辞义。余园闾多暇，复染翰⑧为之；虽文妙不足，庶不谬⑨作者之意乎！

夫何瓌逸之令姿⑩，独旷世⑪以秀群；表⑫倾城之艳色，期有德于传闻。佩鸣玉以比洁，齐⑬幽兰以争芬；淡柔情于俗内⑭，负⑮雅志于高云。悲晨曦之易夕，感人生之长勤；同一尽于百年,何欢寡而愁殷⑯!褰⑰朱帷而正坐,泛⑱清瑟以自欣。送纤指之馀好⑲,攘⑳皓袖之缤纷;瞬㉑美目以流眄,含言笑而不分。曲调将半,景㉒落西轩;悲商叩林,白云依山。仰睇天路㉓,俯促鸣弦;神仪妩媚,举止详妍㉔。

　　激㉕清音以感余,愿接膝㉖以交言。欲自往以结誓,惧冒礼之为愆㉗;待凤鸟以致辞,恐他人之我先。意惶惑而靡㉘宁,魂须臾而九迁。愿在衣而为领,承华首㉙之馀芳;悲罗襟之宵离,怨秋夜之未央。愿在裳而为带,束窈窕之纤身;嗟温凉之异气,或脱故而服新。愿在发而为泽㉚,刷玄鬓于颓肩㉛;悲佳人之屡沐,从白水以枯煎。愿在眉而为黛㉜,随瞻视以闲扬;悲脂粉之尚鲜㉝,或取毁于华妆。愿在莞而为席,安弱体于三秋㉞;悲文茵㉟之代御,方经年而见㊱求。愿在丝而为履,附素足以周旋;悲行止之有节,空委弃㊲于床前。愿在昼而为影,常依形而西东;悲高树之多荫,慨有时而不同㊳。愿在夜而为烛,照玉容于两楹;悲扶桑㊴之舒光,奄灭景而藏明。愿在竹而为扇,含凄飙于柔握;悲白露之晨零,顾襟袖以缅邈。愿在木而为桐,作膝上之鸣琴;悲乐极以哀来,终推我而辍音㊵。

　　考所愿而必违,徒㊶契契以苦心。拥劳情而罔诉㊷,步容与㊸于南林。栖木兰之遗露,翳㊹青松之馀阴;傥行行㊺之有觌㊻,交欣惧于中襟㊼。竟寂寞而无见,独悁想以空寻。敛轻裾以复路,瞻夕阳而流叹㊽;步徙倚以忘趣,色惨凄而矜颜㊾。叶燮燮以去条㊿,气凄凄而就㉛寒;日负影以偕没㊽,月媚景㊾于云端。鸟凄声以孤归,兽索㊹偶而不还;悼当年㊺之晚暮,恨兹岁之欲殚㊻。思宵梦以从之,神飘飘而不安;若凭舟㊼之失棹,譬缘崖而无攀。于时毕昴盈轩,北风凄凄;恫恫不寐,众念徘徊㊽。起摄带以伺晨㊾,繁霜粲于素阶㊿。鸡敛翅而未鸣,笛流远以清哀;始妙密㉛以闲和,终寥亮而藏摧。意夫人之在兹,托行云以送怀㊽;行云逝而无语,时奄冉㊾而就过。徒勤思㊿以自悲,终阻山而滞河;迎清风以祛累㊽,寄弱志于归波。尤㊾《蔓草》之为会,诵《邵南》之馀歌。坦万虑以存诚㊿,憩遥情于八遐。

【注释】

①张衡:东汉著名科学家、文学家。　②蔡邕:东汉著名的文学家、书法家。所作

《静情赋》已佚。 ③检：收敛，约束。逸辞：放荡的言辞。 ④闲正：约束纠正。 ⑤谅：想必，确实。 ⑥缀文：作文。 ⑦奕代：累代，一代接一代。 ⑧染翰：用笔蘸墨，指写作。 ⑨庶：至少可以做到。谬：违背。 ⑩逸：不平凡。令姿：美好的姿容。 ⑪旷世：许多年代不能产生。 ⑫表：特殊独立。 ⑬齐：列，也是佩戴的意思。 ⑭俗内：指世俗的内心生活。 ⑮负：怀抱。 ⑯殷：多。 ⑰褰：同搴，揭起。 ⑱泛：此处指自由弹奏。 ⑲徐好：美好，指奏瑟的动作优美多姿。 ⑳攘：撩起。 ㉑瞬：看视。 ㉒景：同"影"，指日影。 ㉓仰睇：仰视。天路：天边的景物。 ㉔详妍：安详而妩媚。 ㉕激：发。 ㉖接膝：古人跪席而坐，以膝相接，亲近之意。 ㉗愆：过错。 ㉘靡：不。 ㉙华首：指头部。 ㉚泽：润发用的脂膏。 ㉛颓肩：削肩，古代女子以削肩为美。 ㉜黛：青黑色的颜料。古代女子用来画眉。 ㉝鲜：美艳。 ㉞三秋：秋季。 ㉟文茵：华丽的被褥。 ㊱见：被。 ㊲委弃：抛弃，舍弃。 ㊳不同：不能同行，不能形影不离。 ㊴扶桑：神话传说的树木名，据说太阳从这里出来。这里指太阳。舒光：指放出光芒。 ㊵辍乐：乐音停止。 ㊶徒：枉然。契契：愁苦的样子。 ㊷罔诉：无处诉说。 ㊸容与：徘徊不进的样子。 ㊹翳：遮盖。 ㊺傥：也许。行行：徘徊不进的样子。 ㊻觏：见，相见。 ㊼中襟：中怀，心中。 ㊽流叹：兴叹。 ㊾矜颜：面色沮丧。 ㊿蘷蘷：落叶声。去条：离开枝条。 51就：接近。 52偕没：共同隐没，指夕阳西沉。 53月媚景：月亮显现出明媚的景象。 54索：寻求。 55当年：今年。 56兹岁：同当年。殚：尽，指岁暮年终。 57凭舟：驾舟。 58众念徘徊：思绪杂乱，纷扰不已。 59伺晨：迎接天明。 60素阶：白色的石阶。 61妙密：轻微安静。 62怀：相思。 63奄冉：时光逐渐推移。 64勤思：苦想。 65祛累：清除累赘，指消除思念美人的烦恼。 66尤：指责，此处指不赞成。 67坦：平息。存诚：保持庄敬清明的精神状态。

【赏析】

《闲情赋》是陶渊明创作的辞赋作品中内容很独特的一篇，关于其主旨，历来都有两种说法：

一种认为这篇作品的主题是求爱，作者通过对心仪美人的容貌、情态的描摹，诉说了自己对美人的爱慕之意。持此说的人认为这篇作品填补了陶集中没有爱情描写的空白，丰富了陶诗的内容，是中国古代文学中不可多得的描写爱情的佳篇。《闲情赋》对男女爱情大胆泼辣、生动细腻的描写，的确对后世写男女之情的作品产生了深刻影响，提供了丰富经验。杨升庵就曾说："陶渊明《闲情赋》'瞬美目以流盼，含言笑而不分'，曲尽丽情，深入冶态。裴铏《传奇》、元氏《会真》，又瞠乎其后矣。"

另一种说法认为陶渊明写作此文实际上是有所寄托，他借鉴楚骚"香草美人"的传统，在对美人的无限敬仰中表达自己的高尚人格和追求。首先提出这种说法的是苏轼，他说"渊明《闲情赋》，正所谓《国风》'好色而不淫'，正使不及《周南》，与屈宋所陈何异？而统乃讥之，此乃小儿强作解事者。"认为这篇作品并非简单的描写爱情，相反，陶渊明在这篇作品中寄予深意。但既然有所寄托，寄托的是什么，历来又争论不清，有的说是寄托着深刻的政治寓意，宗国覆灭，眷恋故主；有的说是希望得一人生知己；有的说是自悲身世，期圣帝明王；有的说是追求人生的理想……

从陶渊明的生平与志趣角度来看，第二种说法更有道理，《闲情赋》虽然淋漓尽致地描写了对美人的追求，抒发了追求者面对美人时的欲望和情感，但作者的本意是使流宕的情欲复归于正，同时借助对美人的爱慕张扬自己的理想。

【自祭文】

陶渊明

岁惟丁卯①，律中无射②。天寒夜长，风气萧索③。鸿雁于征④，草木黄落。陶子将辞逆旅之馆⑤，永归于本宅⑥。故人凄其相⑦悲，同祖行⑧于今夕。羞⑨以嘉蔬，荐以清酌⑩。候颜已冥⑪，聆音愈漠⑫。呜呼哀哉！

茫茫大块⑬，悠悠高旻，是⑭生万物，余得为人。自余为人，逢运⑮之贫，箪瓢屡罄⑯，绨绤⑰冬陈⑱。含欢谷汲⑲，行歌负薪⑳，翳翳柴门㉑，事我宵晨㉒。春秋代谢㉓，有务中园㉔，载耘载耔㉕，乃育乃繁㉖。欣以素牍㉗，和以七弦㉘。冬曝㉙其日，夏濯㉚其泉。勤靡馀劳㉛，心有常闲㉜。乐天委分㉝，以至百年㉞。

惟㉟此百年，夫人㊱爱之。惧彼无成㊲，愒㊳日惜时。存为世珍㊴，殁亦见思㊵。嗟我独迈㊶，曾是异兹㊷。宠非己荣㊸，涅岂吾缁㊹？捽兀㊺穷庐，酣饮赋诗。识运知命，畴能罔眷㊻。余今斯化㊼，可以无恨。寿涉百龄㊽，身慕肥遁㊾。从老得终㊿，奚[51]所复恋！寒暑逾迈[52]，亡既异存[53]。外姻[54]晨来，良友宵奔[55]。葬之中野[56]，以安其魂。

窅窅[57]我行，萧萧[58]墓门。奢耻宋臣[59]，俭笑王孙[60]。廓兮已灭[61]，慨焉已遐[62]。不封不树[63]，日月遂过。匪贵前誉[64]，孰重后歌[65]？人生实难，死如之何[66]？呜呼哀哉！

【注释】

①惟：为，是。丁卯：指宋文帝元嘉四年（427）。 ②律中（zhòng）无射（yì）：指农历九月。律：乐律。古时把标志音高的十二律同十二个月份相配，用十二律的名称代表月份。无射：为十二律之一，指农历九月。 ③萧索：萧条，冷落。 ④鸿雁：大雁。于：语助词，无意义。征：行，这里指飞过。 ⑤逆旅之馆：迎宾的客舍，比喻人生如寄。 ⑥本宅：犹老家，指坟墓。 ⑦故人：指亲友。其：语助词，无意义。相：交相。

⑧祖行：指出殡前夕祭奠亡灵。 ⑨羞：进献食品，这里指供祭。 ⑩荐：进，供。《周礼·天官·庖人》："共王之膳与其荐羞之物。"郑玄注："荐，亦进也；备品物曰荐，致滋味乃为羞。"清酌：指祭奠时所用的酒。 ⑪候：伺望。冥：昏暗，模糊不清。 ⑫聆：听。漠：通"寞"，寂静无声。 ⑬大块：指大地。《庄子·大宗师》："夫大块载我以形，劳我以生，扶我以老，息我以死。" ⑭是：此。指天地，大自然。 ⑮运：指家运。 ⑯罄（qìng）：空。 ⑰绨绤（chī xì）：夏天穿的葛布衣，绨是细葛布，绤是粗葛布。 ⑱陈：设、列，这里指穿。 ⑲谷汲：在山谷中取水。 ⑳行歌：边走边唱。负薪：背着柴禾。 ㉑翳翳：昏暗的样子。柴门：用树条编扎的门，指屋舍简陋。 ㉒事我宵晨：谓料理日常生活。事：做。宵晨：早晚。 ㉓代谢：相互更替。 ㉔务：指从事农活。中园：园中，指田园。 ㉕载：又，且。耘：除草。籽（zǐ）：在苗根培土。 ㉖乃育乃繁：谓作物不断滋生繁衍。乃：就。 ㉗素牍（dú）：指书籍。牍是古代写字用的木简。 ㉘和：和谐。七弦：指七弦琴。 ㉙曝（pù）：晒。 ㉚濯（zhuó）：洗涤。 ㉛勤靡余劳：辛勤耕作，不遗余力。靡：无。 ㉜常：恒久。闲：悠闲自在。 ㉝乐天：乐从天道的安排。委分（fèn）：犹"委命"，听任命运的支配。分：本分，天分。 ㉞百年：一生，终身。 ㉟惟：句首助词。 ㊱夫（fú）：句首助词。人：犹"人人"。 ㊲彼：指人生一世。无成：无所成就。 ㊳愒（kài）：贪。 ㊴存为世珍：生前被世人所尊重。存：指在世之时。 ㊵殁：死。见思：被思念。 ㊶嗟我独迈：感叹自己独行其是。迈：行。 ㊷曾：乃，竟。兹：这，指众人的处世态度。 ㊸宠非己荣：不以受到宠爱为荣耀。 ㊹涅（niè）岂吾缁（zī）：污浊的社会岂能把我染黑。涅：黑色染料。缁：黑色，这里用作动词，变黑。《论语·阳货》："不曰白乎，涅而不缁。" ㊺捽（zuó）兀：挺拔突出的样子，这里形容意气高傲的样子。 ㊻畴：语助词，无意义。罔：无。眷：眷念，留恋，指人世。 ㊼斯：此，这样。化：物化，指死去。 ㊽涉：及，到。百龄：百岁，这里指老年。 ㊾肥遁：指退隐。《周易·遁卦》："上九，肥遁，无不利。"肥：宽裕自得。遁：退避。 ㊿从老得终：谓以年老而得善终。 ㈤奚：何。 ㈥逾迈：进行。 ㈦亡：死。异：不同于。存：生，活着。 ㈧外姻：指母族或妻族的亲戚。这里泛指亲戚。 ㈨奔：指前来奔丧。 ㈩之：作者自指。中野：荒野之中。 ㊼窅窅（yǎo）：隐晦的样子。 ㊼萧萧：风声。 ㊼奢耻宋臣：以宋国桓魋（tuí）那样奢侈的墓葬而感到羞耻。宋臣：《孔子家语》说，孔子在宋国时，宋国的司马（官职）桓魋为自己造石椁，三年不成，工匠皆病，孔子以为过于奢侈了。 ㊼俭笑王孙：以汉代的杨王孙过于简陋的墓葬而感到可笑。《汉书·杨王孙传》载：杨王孙临死前嘱咐子女："死则布囊盛尸，入地七尺，既下，从足引脱其囊，以身亲土。" ㊼廓：空阔，指墓地。火：消灭，指人已死去。 ㊼邈：远，指死者远逝。 ㊼不封：不垒高坟。不树：不在墓边植树。《礼记·王制》："庶人县封，葬不为雨止，不封不树。"作者自视为庶人。 ㊼匪：同"非"。前誉：生前的美誉。 ㊼孰：谁。后歌：死后的歌颂。 ㊼如之何：如何，怎样。之：语助词，无意义。

【赏析】

　　此文写于宋文帝元嘉四年（427）九月，陶渊明六十三岁。祭文，向来都是生人写哭凭吊死者的，但众所周知，魏晋南北朝时期士人思想狂放不羁，其中一个重要表现就是给自己做祭文和挽歌，以此表示自己勘破生死的旷达清通。比如曾被梁武帝评云："如深山道士，见人便欲退缩"的东晋文学家袁山松，每次出游，都命左右随游者作挽歌，边游边唱，被时人称赞。陶渊明在作这篇《自祭文》外也作有《拟挽歌辞》。陶渊明做完此文后约两个月就去世，因此这篇祭文也可看做是对其一生的总结。

在给自己写的这篇祭文中，作者表达了自己通过一生的实践和感悟认识到的人生哲理。在作者看来，人要常有欢乐，必须顺应自然，这样才能做到赏不为喜、罚不为忧，享清明之心境而无物欲之牵累。正是有了对生命这种通达的认识，陶渊明才能不骛外求，敛情抑性，专意于自然，享受生活朴实自然的乐趣，完成生命完美的历程。也正是有了这种达观，陶渊明才能看破红尘，看透生死，绝去世人常有的叹老嗟卑，现实地看待生命，以欣悦而又安详的心境，回归自然。

本文在写法上也很具特点，文字简洁但文笔流畅，意蕴丰富。通篇采用简短的四字句式，偶尔杂以五字、六字、八字句，颇具古风，使文章的意境更加悠远深长。在本篇祭文中，作者抒发了强烈真挚的感情，令人动容。陶渊明被称为"田园诗人"，擅长描写田园风光，在对大自然的讴歌中寄托真情，较少直抒胸臆。但本文一方面描写大自然真实贴切，另一方面情感抒发率性浓烈，具有很强的感染力，读后的确令人"每观其文、想其人德"。

【陶征士诔并序】

颜延之

夫璿玉致美，不为池隍①之宝；桂椒信②芳，而非园林之实；岂其深而好远哉，盖云殊性而已。故无足而至者，物之藉也③；随踵而立者，人之薄④也。若乃巢、高⑤之抗行，夷、皓⑥之峻节，故已父老尧、禹⑦，锱铢⑧周、汉，而绵世浸远，光灵不属，至使菁华隐没，芳流歇绝，不其惜乎！虽今之作者，人自为量，而首路同尘，辍途殊轨者多矣⑨，岂所以昭末景⑩，泛馀波？

有晋征士寻阳陶渊明，南岳⑪之幽居者也。弱不好弄，长实素心⑫；学非称师，文取指⑬达。在众不失其寡，处言每见其默。少而贫苦，居无仆妾。井臼弗任，藜菽⑭不给。母老子幼，就养勤匮⑮。远惟田生致亲之议，追悟毛子捧檄之怀⑯。初辞州府三命，后为彭泽令。道不偶物，弃官从好⑰。遂乃解体世纷，结志区外，定迹深栖，于是乎远。灌畦鬻蔬，为供鱼菽之祭⑱；织絇纬萧⑲，以充粮粒之费。心好异书⑳，性乐酒德㉑，简弃烦促，就成省旷，殆所谓国爵屏贵、家人忘贫者与？[22]有诏征为著作郎，称疾不到。春秋若干，元嘉四年月日卒于寻阳县之某里。近识悲悼，远士伤情，冥默福应，呜呼淑贞！

夫实以诔华，名由谥高，苟允德义，贵贱何算[23]焉。若其宽乐令终之美，好廉克己之操，有合谥典，无愆前志。故询诸友好，宜谥曰“靖节征士”。其辞曰：

物尚孤生，人固介立[24]。岂伊时遘，曷[25]云世及。嗟乎若[26]士，望古遥集。韬此洪族，蔑彼名级[27]。睦亲之行，至自非敦[28]。然诺之信，重于布言[29]。廉深简洁，贞夷粹温[30]。和而能峻，博而不繁。依世尚同，诡时则异。有一于此，两非默置[31]。岂若夫子，因心[32]违事。畏荣好古，薄身厚志。世霸虚礼[33]，州壤推风[34]。孝惟义养，道必怀邦[35]。人之秉彝，不隘不恭[36]。爵同下士，禄等上农[37]。度量难钧[38]，进退可限。长卿弃官[39]，稚宾自免[40]。子之悟之，何悟之辨。赋辞归来，高蹈独善。亦既超旷，无适[41]非心。汲流旧巘，葺[42]宇家林。晨烟暮霭，春煦秋阴。陈书辍卷，置酒弦琴。居备勤俭，躬兼贫病。人否其忧，子然其命[43]。隐约就闲，迁延辞聘[44]。非直也明，是惟道性[45]。纠缠斡流[46]，冥漠报施。孰云与仁？实疑明智[47]！谓天盖高，胡諐斯义。履信曷凭，思顺何置。年在中身[48]，疢维痁疾[49]。视死如归，临凶若吉。药剂弗尝，祷祀非恤[50]。傃幽告终，怀和长毕[51]。呜呼哀哉！

敬述清节，式遵遗占[52]。存不愿丰，没无求赡[53]。省讣却赙，轻哀薄敛[54]。遭壤以穿，旋葬而窆[55]。呜呼哀哉！

深心追往，远情逐化。自尔介居，及我多暇。伊好之洽，接阎[56]邻舍。宵盘昼憩，非舟非驾。念昔宴私，举觞相诲。独正者危，至方则阂。哲人卷舒[57]，布[58]在前载。取鉴不远，吾规子佩。尔实愀然，中言[59]而发。违众速尤，迕风先蹶[60]。身才非实，荣声有歇[61]。睿音永矣，谁箴余阙[62]？呜呼哀哉！

仁焉而终，智焉而毙[63]。黔娄既没，展禽亦逝。其在先生，同尘往世。旌此靖节，加[64]彼康、惠。呜呼哀哉！

【注释】

①璇（xuán）玉：美玉。池隍：护城河。 ②信：确实。 ③故无足二句：《韩诗外传》卷六记：晋平公游於河而乐，曰“安得贤士与之乐此也？”船人盍胥跪而对曰：“主

君亦不好士耳。夫珠出於江海，玉出於昆山，无足而至者，由主君之好也。士有足而不至者，盖主君无好士之意耳。何患於无士乎？" ④薄：鄙薄，轻贱。 ⑤巢、高：巢父，传说中尧时的隐士。伯成子高，传说中禹时的隐者。 ⑥夷、皓：伯夷，曾谏阻周武王伐商纣而不从，商灭，遂隐于首阳山，采薇而食。四皓：汉初隐居在商山的四个隐士，不应高祖刘邦的征召，因四人鬚眉皆白，人称商山四皓。 ⑦父老舜、禹：不以舜、禹为王，而视为父老百姓。语出《后汉书》卷二九：郅恽谓友人曰："鸟兽不可与同羣，子以我为伊、吕乎？将为巢、许，而父老尧，舜乎？" ⑧锱铢：两者皆为古代重量单位，具体说法不一。此处表示极其轻微，用作动词。 ⑨首路二句：谓初行时同道而中涂易辙者很多。同尘，语出《老子》："和其光，同其尘。" ⑩岂所以句：这难道可以发扬前贤的余光流影吗？ ⑪南岳：这里指庐山，在今江西九江市东。 ⑫弱：指幼年。弄：嬉戏。素心：不加掩饰的诚实之心。 ⑬指：同"旨"。 ⑭井：指汲水。臼：指舂米。藜：一种野菜。菽：豆类。 ⑮就养：侍奉父母。《礼记·檀弓上》："事亲有隐而无犯，左右就养无方。"匮，缺乏 ⑯毛子：庐江毛义，家贫，以孝称。官府征为守令，捧檄而喜；及母死，去官归家，屡辞征召。张奉叹曰："贤者固不可测，往日之喜，为亲屈也。"檄：官府征召的文书。事见《后汉书》卷三九。 ⑰偶物：与世相合。从好：《论语·述而》"子曰：'富而可求也，虽执鞭之士，吾亦为之，如不可求，从吾所好。'" ⑱鬻：卖。鱼菽之祭：菲薄简陋的祭祀之物。 ⑲织绚《穀梁传·襄公二十七年》："宁喜出奔晋，织绚邯郸，终身不言卫。"宁喜，卫大夫。绚，网罟的别名。纬萧：编织蒿草为席箔。《庄子·列御寇》："河上有家贫恃纬萧而食者。" ⑳异书：指《穆天子传》、《山海经》等志怪之书。陶渊明《读山海经》诗："泛览周王传，流观山海图。" ㉑酒德：指酒。西晋刘伶爱酒而作有《酒德颂》。 ㉒殆所谓二句：谓屏除名利之心乃至於感染家人都忘却了贫寒。语出《庄子·天运》："夫孝悌仁义，忠信贞廉，此皆自勉以役其德者也，不足多也。故曰，至贵，国爵屏焉。"又，《庄子·则阳》："故圣人其穷也，使家人忘其贫。"与：同欤。 ㉓算：计较。 ㉔介立：特立独行。 ㉕时：随时。遘：遇见。曷，何。 ㉖若：这。 ㉗韬：藏；洪族：大族。陶渊明的曾祖陶侃为东晋大司马，封长沙郡公。名级：仕宦等级。 ㉘至自非敦：出於自然而非勉力之为。 ㉙然诺二句：汉代季布信守诺言，当时谚语曰："得黄金百斤，不如得季布一诺。" ㉚贞夷粹温：坚贞纯粹而平和。 ㉛依世四句：谓依俗而行则为同流合污，违世而行则为标新立异，这两种行为，身有其一，必受人非议，皆不得默然置之。 ㉜因心：顺应一己之心。 ㉝世霸：指当世英雄。虚礼：虚心地以礼相待。 ㉞州壤：谓州县长官。推风：推重其风操。 ㉟义养：出于真诚的侍养。怀邦：怀念乡国。 ㊱秉彝：秉性。语出《诗经·大雅·烝民》："民之秉彝，好是懿德。"不隘不恭：不拘忌，不轻慢。语出《孟子·公孙丑上》："伯夷隘，柳下惠不恭，隘与不恭，君子不由也。"柳下惠，鲁国大夫展禽，封邑柳下，谥惠，又称柳下惠，是古代著名的贤人，与伯夷并以高洁著称。孟子认为，伯夷非其君不事，非其友不友，为人过於拘忌；展禽不羞污君，不卑小官，虽然自洁不可玷污，但处世过於随便。 ㊲爵同二句：《礼记·王制》："诸侯之下士，视上农夫，禄足以代其耕。" ㊳钧：古代重量单位，一钧三十斤。此处用为动词。 ㊴长卿弃官：司马相如，字长卿，汉武帝时召为郎。其仕宦，未尝肯参与公卿国家之事，称病闲居，不慕官爵。 ㊵稚宾自免：郇相，字稚宾，太原人，屡次因病辞官。 ㊶适，往。 ㊷巘（yǎn）：山巖。葺：修盖。 ㊸人否二句：谓人不堪其忧，渊明安之如命。语出《论语·雍也》："贤哉，回也！一箪食，一瓢饮，在陋巷。人不堪其忧，回也不改其乐。"回，孔子的弟子颜渊。 ㊹隐约：潜藏。《庄子·山木》："夫丰狐文豹……虽饥渴隐约，犹旦胥疏於江湖之上而求食焉。"迁延：退却。 ㊺道性：无欲之性。语出《淮南子·俶真训》高诱注："能虚其心，以生於道，道性无欲。" ㊻纠缦（mò）：谓祸福倚伏，变化流转。贾谊《鵩鸟赋》："斡流而迁兮，或推而还……夫祸之与福兮，何异纠缦。"纠缦，三股线捻成的绳索，以喻纠结缠绕。 ㊼"孰云"二句：《老子》曰："天道无亲，常与善人。"司马迁《史记·伯夷列传》引老子此言而发议论说：伯夷洁行而饿死，颜渊好学而早夭，"天之报施善人，其如何哉？""余甚惑焉，傥所谓天道，是邪非邪？"此即用司马迁意。 ㊽中身：五十岁左右。《尚书·无逸》："文王受命唯中身，厥享国五十年。" ㊾疢（chèn）：病。痁（shān）疾：疟疾。 ㊿恤：关心。 ○51傃、毕：皆指死亡。 ○52式：发语词，无意义。尊：同"遵"。遗占：临终的口嘱。 ○53赗（fù）：赠赠。 ○54敛：为死者穿衣入棺。 ○55旋：随即，很快。窆（biǎn）：棺木入土。 ○56闾：里巷。 ○57卷舒：隐与仕。《论语·卫灵公》："邦有道则仕，邦无道则可卷而怀之。" ○58布：示。 ○59愬然：面容忧伤。中言：心中之言。 ○60速尤：招致谴责。迕：逆。蹶：跌倒。 ○61身才非实：谓身体、才华皆不足为实在。歇：停止。 ○62永：远。箴：谏劝。阙：不足。 ○63仁焉二句：应劭《风俗通·正失》："五帝圣焉死，三王仁焉死，五伯智焉死。"谓人终有一死。 ○64旌：表彰。加：胜於。

【赏析】

颜延之（384～456），字延年，南朝宋文学家，年少孤贫，居陋室，好读书，无所不览，文章之美，冠绝当时，与谢灵运并称"颜谢"。但实际上，他的文学成就不如谢灵运，他的诗凝炼规整，喜用典故，堆砌辞藻，往往缺乏生动的情致。汤惠休说他的诗"如错采镂金"，钟嵘也说他"喜用古事，弥见拘束"。

颜延之和陶渊明私交甚笃，东晋末，颜延之在江州任后军功曹时，二人过从甚密；后来颜延之赴任始安郡（今广西桂林），路经浔阳，又与陶渊明在一起通宵饮酒，临行并以两万钱相赠。宋元嘉四年陶渊明去世后，颜延之作此文哀悼。文章由两部分构成，前一部分是序，后一部分是诔。在序中，作者叙写了陶渊明生平的一些重要事迹，包括他弃官隐居、拒不接受聘请等。陶渊明性格恬静，毫无贪侈之心，"在众不失其寡，处言每见其默。少而贫苦，居无仆妾。井臼弗任，藜菽不给。母老子幼，就养勤匮。"他勤勤恳恳地通过自己的劳动吃饭，与当时官场中用心钻营的蝇营狗苟之辈形成鲜明对比。陶渊明弃官幽居，作者说他"解体世纷，结志区外，定迹深栖，于是乎远"，语气恳切，充满钦敬之情，是对陶渊明高峻风格的由衷赞美。陶渊明归隐生活怡然自得，"灌畦鬻蔬，为供鱼菽之祭；织䌷纬萧，以充粮粒之费。心好异书，性乐酒德，简弃烦促，就成省旷"，真乃宁静淡远，遗世独立。后来有人征召陶渊明再次出仕，陶称病推辞，这再次证明了他归隐的坚定决心。诔文采用四言韵语的形式写成，伤悼之情发自肺腑，表露了作者对陶渊明这样一位志趣高洁者的去世的深深悲哀。正如许槤所说："追念往昔，知己情深，而一种幽闲贞静之致，宣露行间，尤堪风咏。"

【祭屈原文】

颜延之

　　惟有宋五年①月日，湘州刺史吴郡张邵，恭承帝命，建旂旧楚。访怀沙之渊②，得捐珮之浦。弭节罗潭，舣舟汨渚。乃遣户曹掾某，敬祭故楚三闾大夫屈君之灵：

　　兰薰而摧，玉缜则折。物忌坚芳，人讳明洁。曰若先生，逢辰之缺。温风急时，飞霜急节。

　　嬴、芈③遘纷，昭、怀不端④。谋折仪、尚，贞蔑椒、兰。身绝郢阙，迹遍湘干。比物荃荪，连类龙鸾⑤。

　　声溢金石，志华日月。如彼树芳，实颖实发⑥。望汨心欷，瞻罗思越。藉⑦用可尘，昭忠难阙。

【注释】

①有宋五年：即宋少帝景平二年（424）。　②访怀沙之渊：《史记屈原列传》："乃作《怀沙》之赋，于是怀石，遂自沉汨罗而死。"　③嬴、芈：秦国之群姓"嬴"。芈，春秋楚国的祖姓。　④昭：秦昭王。怀：楚怀王。端：直，正。　⑤"比物"二句：王逸《楚辞序》："《离骚》之文，以《诗》取兴，引类譬喻，故善鸟香草，以配忠贞……以托君子。"　⑥实颖实发：实，副词，是也。颖：带芒的谷穗一类，此指芳草叶尖的挺拔生长。　⑦藉：祭祀时所致食物的垫底。一般用白茅为藉。虽然微薄，却是昭示忠信之物。

【赏析】

　　屈原是战国时期楚国的著名文人，具有极强的爱国情操，一生忧国忧民。因楚王听信谗言，重用小人，屈原被放逐在外，楚国也很快被秦所灭。屈原在夏历五月五日自沉汨罗江，但其人其文却被世代怀念。颜延之的《祭屈原文》，为元嘉元年赴始安太守任途中所作。《宋书》和《南史》本传都这样记载："延之之郡，道经汨潭，为湘州刺史张邵《祭屈原文》以致其意。"

　　这篇祭文言简意赅，却文约意广。从开头到"敬祭故楚三闾大夫屈君之灵"，作者简单点明了祭文创作的时间、人物、地点、对象等，交待了写作原因和背景。接着作者开始祭文的正式内容。首先用四句类似比兴的手法，概了屈原高洁的一生：他怀揣为国为民的强烈信念，却因众人皆醉我独醒而不容于世，最终遭受迫害被迫自投汨罗河中，可叹可泣、令人惋惜，作者不由地叹道屈原的"逢辰之缺"。接下来作者记叙了当时屈原"逢辰之缺"的一些真实人物、事件和活动，强化了对屈原时代背景的认识。最后，作者再次追思和感怀屈原的投身汨罗，对他忠贞的一生的进行了赞誉，同时把写作视角转回到现实场景，从对屈原的赞美和崇敬转而写到自己，表明自我"藉用可尘，昭忠难阙"的心志理想。

文章采用骈文的文体形式，句子对仗工整，句式整齐，字数均为四言，如同一首优美的四言古诗。韵律节奏和谐优美，读起来琅琅上口。此外，这篇吊文注重用词炼字，继承了《离骚》的一些遗风，比如作者像屈原一样喜爱使用"兰薰、玉缜、荃荪、金石、树芳……"等词，并且文章也有很多地方引用《离骚》中的典故，这些都可看作是作者通过对屈原文章的刻意模仿，更深一步表达对屈原的敬慕之情。

【雪　赋】

谢惠连

岁将暮，时既昏①，寒风积②，愁云③繁。梁王不悦，游于兔园。乃置旨酒④，命宾友，召邹生，延枚叟，相如⑤末至，居客之右⑥。俄而⑦微霰零，密雪下，王乃歌《北风》于卫诗，咏《南山》于周雅，授简于司马大夫曰："抽⑧子秘思，骋子妍辞，侔色揣称⑨，为寡人赋之！"

相如于是避席⑩而起，逡巡而揖，曰："臣闻雪宫建于东国，雪山峙于西域，岐昌发咏于来思，姬满申歌于《黄竹》。《曹风》以麻衣比色，楚谣以幽兰俪曲。盈尺则呈瑞于丰年，袤丈⑪则表沴以阴德。雪之时义远矣哉！

"请言其始，若乃玄律穷⑫，严气⑬升，焦溪涸，汤谷凝，火井灭，温泉冰⑭，沸潭无涌，炎风不兴，北户墐扉⑮，裸壤垂缯。于是河海生云，朔漠飞沙，连氛累霭，掩日韬霞，霰淅沥而先集，雪纷糅而遂多。

"其为状也，散漫交错，氛⑯氲萧索，蔼蔼浮浮⑰，瀼瀼奕奕，联翩飞洒，徘徊委积⑱。始缘甍而冒栋，终开帘而入隙。初便娟⑲于墀庑，末萦盈于帷席。既因方而为珪，亦遇圆而成璧。眄⑳睐则万顷同缟，瞻㉑山则千岩俱白。于是台如重璧，逵似连璐㉒，庭列瑶阶，林挺琼树，皓鹤夺鲜，白鹇失素，纨袖惭冶㉓，玉颜掩嫮。若乃积素未亏㉔，白日朝鲜㉕，烂兮若烛龙，衔耀照昆山。尔其流滴垂冰，缘㉖霤承隅，粲兮若冯夷，剖蚌列明珠。

"至夫缤纷繁骛之貌，皓旰㉗瞭絜之仪；回散萦积之势，飞聚凝曜之奇㉘。固展转而无穷，嗟难得而备知㉙。若乃申娱玩之无已，夜幽静而多怀，风触楹而转响，月承㉚幌而通晖，酌湘吴之醇酎，御狐貉之兼衣，对庭鹍之双舞，瞻云雁之孤飞，践㉛霜雪之交积，怜枝叶之相违㉜，驰遥思于千里，愿接手而同归。"

邹阳闻之，懑然㉝心服，有怀妍唱㉞，敬接末曲㉟。于是乃作而赋《积雪之歌》。歌曰："携佳人兮披重幄，援绮衾兮坐芳缛㊱。燎薰炉兮炳明烛，酌桂酒兮扬清曲。"又续而为《白雪之歌》，歌曰："曲既扬兮酒既陈，朱颜酡兮思自亲。愿低帷以昵枕，念解佩而褫绅㊲。怨年岁之易暮，伤后会之无因。君宁见阶上之白雪，岂鲜耀于阳春。"

歌卒，王乃寻绎㊳吟玩，抚览㊴扼腕，顾谓枚叔，起而为乱乱曰："白羽虽白，质以轻兮；白玉虽白，空㊵守贞兮。未若㊶兹雪，因时兴灭㊷，玄阴凝不昧其洁，太阳曜不固其节㊸。节岂我名，洁岂我贞，凭云升降，从风飘零。值物赋象，任地班形。素因遇立，污随染成。纵心皓然，何虑何营㊹。"

【注释】

①既昏：黄昏以后。　②积：郁积。　③愁云：阴云浓郁不散，使人心情惆怅，故谓之"愁云"。　④旨酒：美酒。　⑤相如：司马相如，汉代著名辞赋家。　⑥右：上位。　⑦俄而：一会儿。　⑧抽：抽出，此处为运用、发挥之意。　⑨侔：齐，相等。称：相等，相当。　⑩避席：古人席地而坐，为表示对对方的畏惧，则离席而起，成为避席。　⑪袤丈：雪深一丈。袤：长度。　⑫玄律穷：到了严冬季节。　⑬严气：肃杀之气，指寒气。　⑭冰：结冰。　⑮北户：北开的窗户。墐扉：用泥土涂塞的窗隙缝。　⑯氛：气。　⑰蔼蔼浮浮：雪多的样子。　⑱委积：积聚。　⑲便娟：轻盈回旋的样子。　⑳眄：斜望。　㉑瞻：仰视。　㉒逵：大路。璐：美玉。　㉓纨：生细绢，白色。冶：冶艳，飘逸。　㉔积素未亏：积雪未化。　㉕白日朝鲜：雪在阳光照耀下呈现一篇鲜艳。　㉖缘：沿着。　㉗皓旰：明亮的样子。　㉘飞聚凝曜之奇：风吹积雪，在阳光下呈忽散忽聚的奇景。　㉙备知：一一都知道。　㉚承：上。　㉛践：踏着。　㉜枝叶之相违：树叶离开了树枝。　㉝懑然：惭愧的样子。　㉞有怀：深为感动。妍唱：美丽的歌曲。　㉟末曲：对自己歌曲的谦称。　㊱援：靠。衾：大被。　㊲褫：解衣。绅：大带。　㊳寻绎：反复体会。　㊴抚览：把看。　㊵空：徒然的。　㊶未若：不如。　㊷因时兴灭：随着一定的时间而产生消失。　㊸不固其节：不顽固地要求保存自己，指雪被阳光照耀而融化。　㊹何虑何营：还有什么事物值得忧虑和追求呢？

【赏析】

　　谢惠连（407－433）是南朝宋代文学家，是谢灵运的族弟，传说10岁就能作文，深得谢灵运的赏识，据说谢灵运《登池上楼》中的名句"池塘生春草"，就是在梦中见到谢惠连而写出来的。《雪赋》是谢惠连的名篇，属于抒情小赋，但它沿用了汉赋中假设主客的形式，存在大赋的影子。但是从内容上看，此赋摆脱了汉赋劝百讽一的特点，注重描写从酝酿降雪到雪霁天晴的画面，写的轻灵自然，是魏晋南北朝时期小赋的代表作品。

　　赋由写梁孝王于兔园赏雪开始，其时，"微霰零，密雪下"，点出了当时的自然环境。接着作者虚构了几个历史人物的聚会，写的栩栩如生，如"相如末至，居客之右"，仿佛真在记述实事一样，很富有生活情趣。接下来作者浓墨重彩地描写了美丽的雪景，把当时一片银装素裹的天地渲染的摇曳生姿。在纷纷扬扬的大雪到来之前"霰淅沥而先集，雪纷糅而遂多"，"俄而微霰零，密雪下"，雪不停地下着，最后整个世界在白雪的面前都黯然失色："皓鹤夺鲜，白鹇失素，纵袖惭冶，玉颜掩嫮"。大雪过后，在阳光的照耀下"积素未亏，白日朝鲜，烂兮若烛龙衔耀照昆山"，雪融化后"尔其流滴垂冰，缘霤承隅，集兮若冯夷剖蚌列明珠"，而在幽静的雪夜，"月承幌而通晖"。从雪未降到下完雪后的寒夜，作者不吝笔墨娓娓道来，为我们展现了一个完整的雪景图。为了展现雪的壮阔和绚烂，作者既从大处勾勒轮廓，又从细处微观描写细节，在他的笔下，雪仿佛成了有生命的精灵，整个世界都为之神魂颠倒，我们往日熟悉的世界仿佛变成了人间仙境，与往日截然不同。

【董宣传】

范　晔

　　董宣字少平，陈留圉人①也。初为司徒侯霸所辟②，举高第，累迁③北海相。到官，以大姓公孙丹④为五官掾。丹新造居宅，而卜工以为当有死者，丹乃令其子杀道行人，置尸舍内，以塞其咎。宣知，即收丹父子杀之。丹宗族亲党三十余人，操兵诣府⑤，称冤叫号。宣以丹前附王莽，虑交通⑥海贼，乃悉收系剧狱，使门下书佐水丘岑尽杀之。青州以其多滥，奏宣考岑，宣坐征诣廷尉。在狱，晨夜讽诵，无忧色。及当出刑，官属具馔⑦送之，宣乃厉色曰："董宣生平未曾食人之食，况死乎！"升车而去。时同刑九人，次应及宣，光武驰使驺骑特原宣刑，且令还狱。遣使者诘宣多杀无辜，宣具以状对，言水丘岑受臣旨意，罪不由之，愿杀臣活岑。使者以闻，有诏左转宣怀令，令青州勿案岑罪。岑官至司隶校尉。

后江夏有剧贼夏喜等寇乱郡境，以宣为江夏太守。到界，移书曰："朝廷以太守能擒奸贼，故辱斯任。今勒兵界首，檄到，幸思自安之宜。"喜等闻，惧，即时降散。外戚阴氏为郡都尉，宣轻慢之，坐免。

后特征为⑧洛阳令。时湖阳公主苍头⑨白日杀人，因⑩匿主家，吏不能得。及主出行，而以奴骖乘，宣于夏门亭候之，乃驻车扣马，以刀画地，大言数⑪主之失，叱奴下车，因格杀之。主即还宫诉帝，帝大怒，召宣，欲箠杀之。宣叩头曰："愿乞一言而死。"帝曰："欲何言？"宣曰："陛下圣德中兴，而纵奴杀良人，将何以理天下乎⑫？臣不须箠，请得自杀。"即以头击楹，流血被面⑬。帝令小黄门⑭持之，使宣叩头谢主⑮，宣不从，强使顿之，宣两手据地，终不肯俯。主曰："文叔⑯为白衣时，藏亡匿死，吏不敢至门。今为天子，威不能行一令乎？"帝笑曰："天子不与白衣同。"因敕强项令⑰出。赐钱三十万，宣悉以班⑱诸吏。由是搏击豪强，莫不震栗，京师号为"卧虎"。歌之曰："枹鼓不鸣董少平"。

在县五年。年七十四，卒于官。诏遣使者临视，唯见布被覆尸，妻子对哭，有大麦数斛、敝车一乘。帝伤之，曰："董宣廉洁，死乃知之！"以宣尝为二千石，赐艾绶，葬以大夫礼。拜子并为郎中，后官至齐相。

【注释】

①陈留圉人：今河南杞县南人。　②辟（bì）：征召。　③迁：平调或升迁。　④公孙丹：当地大姓豪族。　⑤操兵：带着兵器。诣：来到。　⑥交通：结交。　⑦馔：美食。　⑧为：动词，做、担任。　⑨湖阳公主：文中东汉光武帝的姐姐。苍头：家奴。　⑩因：因为，连词。　⑪数：列举。　⑫"纵奴杀人"二句：放纵奴仆残害良民，这靠什么治理国家呢？　⑬"即以头击楹"二句：便（随即）用头撞柱子，流血满面。　⑭小黄门：汉代低于黄门侍郎一级的宦官。后泛指宦官。　⑮谢主：向公主认错、道歉。　⑯文叔：汉光武帝刘秀的字。　⑰强项令：硬脖子县令，指董宣。强：硬；项：脖子。　⑱班：通"颁"，分发。

【赏析】

董宣是东汉（25－220）有名的"酷吏"，以执法严格不畏权贵著称，被刘秀封为"强项令"，意思是脖子刚强、不肯低头的县令。

本文是范晔为董宣所作的传，主要记载了他一生执法的三件事情。第一件是董宣就任北海相后，郡中武官公孙丹纵使儿子杀死他人以辟邪，董宣得知后把公孙丹父子收捕斩杀。公孙氏家族带领兵丁拿着兵器到府衙闹事，董宣便以公孙丹从前曾依附过篡位的王莽的罪名，把公孙家族30余人一网打尽，并指使门下书佐水丘岑尽数杀戮。后青州知府弹奏董宣滥杀无辜，把董宣和水丘岑一并拿下判处死刑。不料董宣在狱中日夜吟诗唱歌，一点也不忧愁。临死不食狱监送来的食物。行刑前，汉光武帝派来的特使快马驰至，特赦董宣缓刑，押回大牢。事情水落石出，董宣被贬为怀县县令。第二件事记叙的比较简单，是他当江夏太守时，地方贼寇听说他来便纷纷散伙，缴械降顺。他在此地不巴结权贵，很快被弹劾。第三件事是董宣做洛阳令，当时湖阳公主家的奴仆杀人藏在公主家里，官吏不能抓捕到。董宣在夏门亭等候公主出行，当街拦住车马，大声数落公主的过失，呵斥家奴，并就地杀之。公主告状，董宣不卑不亢，始终不愿向公主磕头认错。在对皇帝申明大义后，他以头撞墙。皇帝被他的气魄所折服，不但免了他的罪，还赐他银钱三十万，而董宣却把这些钱全部分给下属。

文章字数不多，却把一个不畏权贵、秉公执法、一心为民的官吏形象刻画的栩栩如生。像董宣这样保持自己办事理念，不向任何权贵屈服的官员，在中国古代封建社会中可谓是寥寥无几。

【严光传】

范 晔

严光字子陵，一名遵，会稽余姚①人也。少有高名，与光武同游学。及光武即位，乃变名姓，隐身不见。帝思其贤，乃令以物色②访之。后齐国③上言："有一男子，披羊裘钓泽中。"帝疑其光，乃备安车④玄纁，遣使聘之。三反而后至。舍于北军⑤，给床褥，太官⑥朝夕进膳。

司徒侯霸与光素旧，遣使奉书。使人因谓光曰："公闻先生至，区区⑦欲即诣造，迫于典司⑧，是以不获。愿因日暮，自屈语言。"光不答，乃投札与之，口授曰："君房⑨足下：位至鼎足⑩，甚善。怀仁辅义天下悦，阿谀顺旨要领⑪绝。"霸得书，封奏之。帝笑曰："狂奴故态也。"车驾即日幸其馆。光卧不起，帝即其卧所，抚光腹曰："咄咄子陵，不可相助为理邪？"光又眠不应，良久，乃张目熟视，曰："昔唐尧著德，巢父洗耳⑫。士故有志，何至相迫乎！"帝曰："子陵，我竟不能下汝邪？"于是升舆叹息而去。

复引光入,论道旧故,相对累日。帝从容问光曰:"朕何如昔时?"对曰:"陛下差增于往。"因共偃卧,光以足加帝腹上。明日,太史奏客星犯御坐甚急。帝笑曰:"朕故人严子陵共卧耳。"

除⑬为谏议大夫,不屈,乃耕于富春山⑭,后人名其钓处为严陵濑焉。建武十七年⑮,复特征⑯,不至。年八十,终于家。帝伤惜之,诏下郡县赐钱百万,谷千斛。

【注释】

①余姚:今属浙江。 ②物色:形体相貌。 ③齐国:治为山东淄博。这里指当地官府。 ④安车:用一匹马拉的可以坐乘的小车。 ⑤北军:这里指汉代警卫京城部队在城北的驻地。 ⑥太官:掌管皇帝饮食的官员。 ⑦区区:自称的谦词。 ⑧典司:掌管的公事。 ⑨君房:侯霸字君房。 ⑩鼎足:东汉以太尉、司空、司徒为三公,如一鼎三足。侯霸为大司徒,故称鼎足。 ⑪要领:腰与颈。 ⑫巢父洗耳:传说唐尧让天下于巢父,巢父不受,并认为这句利禄之言弄脏了他的耳朵,特地到颍水边洗耳。 ⑬除:任命,谏议大夫,秩六百石。 ⑭富春山:在今浙江富阳。 ⑮建武十七年:即公元41年。 ⑯特征:区别于平常选举的特别征召。

【赏析】

严光,字子陵,本姓庄,因避汉明帝刘庄之讳改姓严,是东汉著名隐士。他出生于西汉平帝末年,幼时曾和东汉光武帝刘秀一同游学各地。后因王莽篡政,天下起兵,便攻习医学,并博览群书。他精通歧黄,医术精湛,又通晓天文地理,但不愿做官,于是,周游名山秀水,拜师法门学道,广交文人豪杰。后刘秀招他入仕,他不得已到了洛阳,但仍然洒脱无为,后终于再度归隐。后人称赞严光"高风亮节",北宋范仲淹《严先生祠堂记》云:"云山苍苍,江水泱泱,先生之风,山高水长。"桐庐县有严子陵钓台,余姚有严子陵祠、客星山、客星桥、客星庵、高风亭、"高风千古"石牌坊、故里碑亭、子陵亭等遗迹、纪念物,可见人们对严光的尊敬怀念之情。

本文是范晔为严光所作的传记,文章从大的方面勾勒了严光高洁洒脱的一生,再现了一个遗世独立的隐士形象。文章同时注重细节描写,通过语言和动作来生动表现人物的性格特点。比如,光武帝来看严光,结果"光卧不起,帝即其卧所,抚光腹",光武帝看到严光在床上躺着,就过去摸他的腹部,由此可见二人关系之密切,同时也展现了严光的率性自然,不巴结奉迎权贵,我行我素;再比如,光武帝和严光共寝,严光睡觉时"以足加帝腹上",也就是把脚翘在了皇帝的腹上。这个细节描写和前面一个作用类似,再次从小处入手,生动形象地展现了严光坦率的真性情,同时也说明了他把刘秀看作是自己的真朋友,而不是国家的统治者,二人是真心相待,没有任何的世俗功利来亵渎他们的友谊。

【中兴二十八将传论】

范晔

中兴二十八将,前世以为上应二十八宿,未之详也。然咸能感会风云,奋其智勇,称为佐命①,亦各志能之士也。议者多非光武不以功臣任职,至使英姿茂绩,委而勿用。然原夫深图远算,固将有以焉尔。若乃王道既衰,降及霸德②,犹能授受惟庸③,勋贤皆序,如管、隰之迭升桓世,先、赵④之同列文朝,可谓兼通矣。降自秦、汉,世资⑤战力,至于翼扶王运,皆武人屈起⑥。亦有鬻缯屠狗轻猾之徒,或崇以连城之赏,或任以阿衡⑦之地,故势疑则隙生,力侔则乱起。萧、樊⑧且犹缧绁,信、越⑨终见菹戮,不其然乎!自兹以降,迄于孝武,宰辅五世,莫非公侯。遂使缙绅道塞,贤能蔽壅,朝有世及⑩之私,下多抱关之怨⑪。其怀道无闻,委身草莽者,亦何可胜言。故光武鉴前事之违,存矫枉之志,虽寇、邓⑫之高勋,耿、贾之鸿烈,分土不过大县数四,所加特进、朝请⑬而已。观其治平临政,课职责咎,将所谓"导之以政,齐之以刑"⑭者乎!若格之功臣,其伤已甚。何者?直绳则亏丧恩旧,挠情则违废禁典,选德则功不必厚,举劳则人或未贤,参任⑮则群心难塞,并列⑯则其弊未远。不得不校其胜否,即以事相权⑰。故高秩厚礼,允答元功,峻文深宪,责成吏职。建武⑱之世,侯者百馀,若夫数公者,则与参国议,分均休咎,其馀并优以宽科,完其封禄,莫不终以功名,延庆于后。昔留侯⑲以为高祖悉用萧、曹故人,而郭伋亦讥南阳多显,郑兴又戒功臣专任。夫崇恩偏授,易起私溺之失,至公均被,必广招贤之路,意者不其然乎!

【注释】

①佐命:古代帝王建立王朝,自称承天受命,故以佐命称辅佐之臣。 ②霸德:指晋文公、齐桓公等称霸天下。 ③庸:用,根据需要而任用。 ④先、赵:先轸和赵衰,同任职于晋文公时。 ⑤资:依靠、凭借。 ⑥屈起:崛起。 ⑦阿衡:旧说为伊尹之名,商汤依靠伊尹治理国家,后来把"阿衡"引申为辅导帝王,主持国政。 ⑧萧、樊:萧

何、樊哙。　⑨信、越：韩信、彭越。　⑩世及：父子相继。　⑪抱官之怨：意为屈居卑微之位，内心怨愤。抱关：守门卒。　⑫寇、邓：寇恂，封雍奴侯。邓禹，封高密侯。　⑬特进、朝请：均为赐给功臣的名位。特进位在三公之下。朝请是朝见皇帝的特权。　⑭导之以政，齐之以邢：意为用政法作引导，用刑罚作整顿。　⑮参任：参杂并用功臣与贤才。　⑯并列：指并用功臣。　⑰权：权衡轻重。　⑱建武：汉光武帝刘秀年号。　⑲留侯：指张良。

【赏析】

邓禹、马戎、吴汉、贾复、朱祐等在西汉沦亡后，追随汉光武帝刘秀，为复兴王业、建立东汉政权立下了汗马功劳。东汉明帝永平三年（公元60年），为"追感前世功臣，乃图画二十八将于南宫云台"，于是邓禹、马戎、吴汉、贾复等被称为中兴二十八将。二十八将在《后汉书》中均有传，范晔在对朱祐、景丹、马武等人作了一篇合传之后，又作了评论，后人名之为《中兴二十八将传论》。

范晔在文中首先肯定了二十八将的功勋和才干，认为他们"能感会风云，奋其智勇"，是"佐命"之臣。在西汉末年举国动乱中，他们认清形势，紧随刘秀，"云从龙，风从虎"，在风云际会中显示出他们杰出的见识。他们为刘秀出谋划策，东征西讨，统一了全国，是整个东汉的开国功臣。但文章的中心并不是评价二十八将的勋绩，而是评价汉光武帝对待这些功臣的政策。汉光武帝"不以功臣任职"的政策，后世曾有非议，而范晔则认为这是完全正确的。首先，从历史发展渊源来看，任用功臣的结果往往是君臣猜疑，引发乱事，导致功臣被杀；其次，从汉光武帝的治国方略来看，他对官吏"导之以政，齐之以邢"，用政法引导他们，用刑罚整顿他们，如果据此严格要求功臣，则"亏丧恩旧"。因此，对功臣，以尊贵的封爵与丰厚的俸禄作为酬答，有利于国家的长治久安。范晔用驳论的方式，增强了文章的气势和说服力，他作为史学家，能从历史的发展、东汉的实际肯定汉光武帝对待功臣的正确策略。他既能辨明史实，又能作出判断，可谓学与识兼而有之。

【床头捉刀人】

刘义庆

魏武①将见匈奴使②，自以形陋③，不足以雄④远国，使崔季珪代，帝自捉刀立床⑤头。既毕，令间谍问曰："魏王何如⑥？"。匈奴使答曰："魏王雅望⑦非常。然床头捉刀人⑧，此乃英雄也。"魏武闻之，追杀此使。

【注释】

①魏武：指曹操。　②使：使者。　③形陋：指形不高大，貌不威猛。　④雄：称

雄，威慑。　⑤床：古时一种坐具，不是卧具。　⑥何如：怎么样。　⑦雅望：高雅的风采。　⑧捉刀人：指执刀的卫士。站在坐榻边的卫士。后来成为固定用语，比喻替别人代笔作文的人。

【赏析】

《世说新语》由南朝刘宋宗室临川王刘义庆（403－444）组织一批文人编写而成，记录了汉魏至东晋时期的一些传闻轶事。全书分"德行"、"言语"、"政事"、"文学"等三十六门（类），每门多则数十条，少则数条，所记虽然未必尽合史实，但也较为广泛地反映了魏晋时期士族阶级的生活方式和精神面貌。《床头捉刀人》选自"容止"门，容止的意思是指人的形貌举动。这个小故事写了曹操因自己外貌丑陋，派人代替自己接见匈奴使者，而自己则扮作捉刀人立于代替者之侧。因使者眼光独到，看破自己的把戏，曹操最后追杀使者，表现了政治家曹操性格中奸诈的一面。

本文内容短小，但记人记事十分生动，意蕴丰富。曹操作为一代枭雄，在战场上叱咤风云，指挥千军万马，但在形体上却自觉羞愧，甚至觉得有损国体，这使我们看到了曹操性格中非常自卑的一面，补充了我们对曹操的认识了解。他派人代替自己接见使者，自己站立左右，但虽然相貌不堪，却气度非凡，英雄的霸气和锐气无可抵挡，因此令使者看出了破绽。这个情节其实应该是对曹操的溢美之词，表现了他作为英雄的无可替代性，也再现了他的英武气概。随后，曹操得知使者的评价，便派人追杀使者，这时他性格中残暴的一面又流露出来，关于其追杀使者的原因是虚荣心作祟还是忌讳使者的聪明，我们不得而知，但我们却能看到他性格中残酷和奸诈的一面。至此，我们看到了曹操身上的三种性格：自卑、英勇、残暴。这三种性格集中表现在他接见使者这一小故事中，故事虽短，却足可以小见大。

【王子猷雪夜访戴】

刘义庆

王子猷居山阴①，夜大雪，眠觉②，开室，命酌酒，四望皎然③。因起彷徨，咏左思④《招隐诗》⑤，忽忆戴安道⑥。时戴在剡⑦，即便夜乘小船就之。经宿方至⑧，造门不前而返⑨。人问其故⑩，王曰："吾本乘兴而行，兴尽而返，何必见戴？"

【注释】

①山阴：今浙江绍兴市。　②眠觉：睡醒了。　③皎然：洁白光明的样子。　④左思：字太冲，西晋文学家。　⑤招隐：一首田园诗。旨在歌咏隐士清高的生活。　⑥戴安道：即戴逵，安道是他的字。谯国（今安徽省北部）人。学问广博，隐居不仕。　⑦剡

(shàn)：指剡县，古县名，治所在今浙江嵊（shèng）县。　⑧经宿方至：经过一宿的功夫才到达。　⑨造门不前而返：到了门前不进去就返回了。造：到、至。　⑩故：原因。

【赏析】

王子猷，字徽之，是东晋名士王羲之的儿子，郭孝标为《世说新语》作注引用《中兴书》说："徽之任性放达，弃官东归，居山阴也。"本篇记载的是王子猷雪夜访戴安道的故事。当时王子猷居住在山阴，夜下大雪，他从睡眠中醒来，打开窗户，命仆人斟上酒。四处望去，一片洁白银亮，于是起身慢步徘徊，吟诵着左思的《招隐诗》。忽然间想到了戴逵，当时戴逵远在曹娥江上游的剡县，即刻连夜乘小船前往。经过一夜才到，到了戴逵家门前却又转身返回。有人问他为何这样，王子猷说："我本来是乘着兴致前往，兴致已尽，自然返回，为何一定要见戴逵呢？"

王子猷这种不计实际效果，不追求最终目的，但求兴之所至的行为，十分鲜明地体现出当时士人所崇尚的"魏晋风度"，即任诞放浪、不拘形迹，追求自我情性。漫天大雪中想要拜访远方好友，路途实属不易，但王子猷根本不在乎这种现实麻烦，既然心血来潮那就任兴而为。千辛万苦坐了一夜小舟终于到达好友住所，目的算是达到了，而王子猷居然门都没进，转身而返，这在今人看来更是匪夷所思的事情。但对于王子猷来说，戴安道只不过是一个方向上的概念，他的兴致在于雪夜访戴的过程，而不在于访问的对象和结果。在访问过程中的所见所闻所思所感就是目的，这一切都与戴安道无关。他追求的是体验情兴的过程，而非某个实际结果，它不需要任何理性判断，只需尽兴而来，尽兴而归，如此而已。

【刘伶病酒】

刘义庆

　　刘伶病酒，渴甚，从妇求酒。妇捐①酒毁器，涕泣谏曰："君饮太过，非摄生②之道，必宜断之。"伶曰："甚善！我不能自禁，唯当祝③鬼神自誓断之耳。便可具酒肉。"妇曰："敬闻命。"供酒肉于神前，请伶祝誓。伶跪而祝曰："天生刘伶，以酒为名。一饮一斛④，五斗解酲⑤。妇人之言，慎不可听！"便引酒进肉，隗然⑥已醉矣。

【注释】

①捐：倒掉。　②摄生：养生。　③祝：祷告。　④斛：音（hú），量器名，一斛为十斗。　⑤酲：因饮酒过量而导致疾病。　⑥隗然：隗通"颓"，醉倒的样子。

【赏析】

　　刘伶，字伯伦，西晋沛国（治今安徽淮北市濉溪县）人，"竹林七贤"之一。他平生嗜酒，曾作《酒德颂》，宣扬老庄思想和纵酒放诞之情趣，对传统"礼法"表示蔑视。《世说新语》中记载了很多他的轶事。比如，他常乘鹿车，携一壶酒，使人荷锸而随之，谓曰："死便埋我。"再比如，他"纵酒放达，或脱衣裸形在屋中。人见讥之，伶曰：'我以天地为栋宇，屋室为裈衣。诸君何为入我裈中？'"由此可见刘伶在性情上的放任旷达，超凡脱俗之处。

　　本篇记载的是刘伶喝酒的故事，有一次他犯了酒瘾想喝酒，于是开口向夫人要。刘夫人很生气，把酒倒在地上，摔碎了装酒的瓶子，哭着劝刘伶道："夫君喝酒太多，不是养生之道，一定要戒掉啊！"刘伶说道："好极了，我自己戒不了，只有在神面前祷告发誓才可以，请你准备酒肉吧！"夫人高兴的说："就按你的意思办。"于是，她把酒肉放在神案上，请刘伶来祷告。刘伶跪在神案前，大声说道："老天生了我刘伶，因为爱酒才有大名声，一次要喝一斛，五斗哪里够用？妇道人家的话，可千万不能听！"说罢，拿起酒肉，大吃大喝起来，不一会便醉熏熏的了。

　　故事虽然简洁，但写人叙事都非常生动有趣，刘伶嗜酒如命的特点被展现的淋漓尽致。刘伶喜好喝酒，不信神明，他为了喝酒，拿神来骗妻子，让妻子备酒，然后假模假样地跪在神面前发誓，结果祷词却出人意料，原来他是为了让自己多喝酒才如此"虔诚"。在刘伶面前，神成为他愚弄的对象，也成了他喝酒的借口，魏晋士人的狂放不羁可见一斑。

【石崇与王恺争豪】

刘义庆

　　石崇与王恺争豪，并穷绮丽以饰舆服①。武帝，恺之甥也，每助恺。尝②以一珊瑚树高二尺许赐恺，枝柯扶疏，世罕其比。恺以示③崇，崇视讫④，以铁如意⑤击之，应手而碎。恺既惋惜，又以为嫉己之宝，声色甚厉。崇曰："不足恨⑥，今还卿⑦。"乃命左右悉取珊瑚树，有三尺四尺，条干⑧绝世，光彩溢目者六七枚，如恺许比⑨甚众。恺惘然⑩自失。

【注释】

①舆服：车辆、冠冕和服装。　②尝：曾经。　③示：给……看。　④讫：完毕。　⑤铁如意：搔背痒的工具，因能解痒如人意，故名。一端做成灵芝形或云叶形，供观赏。　⑥恨：遗憾。　⑦卿：此处为对对方的称谓。　⑧条干：枝条树干。　⑨如恺许比：同

王恺那棵珊瑚树差不多相等的。　⑩惘然：失意的样子。

【赏析】

　　石崇与王恺都是西晋时期的官僚贵族，生活奢靡腐化，经常争豪斗富，曾以蜡代薪，做锦步幛五十里，以竞奢华。尤其是石崇，《世说新语》中记载了很多他富可敌国的故事。本篇所讲的石崇与王恺比富，两人都用尽最鲜艳华丽的东西来装饰车马、服装。晋武帝是王恺的外甥，常常帮助王恺。他曾经把一棵二尺来高的珊瑚树送给王恺，这棵珊瑚树枝条繁茂，世上很少有和它相当的。王恺把珊瑚树拿来给石崇看，石崇看后，拿铁如意敲它，马上就打碎了。王恺既惋惜，又认为石崇是妒忌自己的宝物，说话时声音和脸色都非常严厉。石崇说："不值得发怒，现在就赔给你。"于是就叫手下的人把家里的珊瑚树全都拿出来，三尺、四尺高的，树干、枝条举世无双，光彩夺目的有六七棵，像王恺那样的就更多了。王恺看了，自感失落，不得不甘拜下风。石崇：自恃豪富，飞扬跋扈骄横暴戾。他连皇亲国戚都不放在眼里，对御赐之物"以铁如意击之，应手而碎"。又嘲笑王恺失去珊瑚树时，声色甚厉暴跳如雷的神态，表现出他的骄狂傲慢的性格和无比的豪富。

　　本文使用了对比的修辞手法，在二人斗富时，石崇敲碎珊瑚树，王恺因视之为宝而大惊失色，石崇因自己十分富有则泰然自若，两相对比，就生动地展现了石崇的富可敌国，世罕其比。文章还非常注重细节描写，比如"崇视讫，以铁如意击之，应手而碎"，"不足恨，今还卿"，这种对动作、情态非常细微的描写，虽然用语十分精炼，但却深刻传神地刻画了石崇自恃豪富，飞扬跋扈、骄横暴戾的性格特点。

【张季鹰吊顾彦先】

刘义庆

　　顾彦先①平生好琴。及丧，家人常以②琴置灵床上。张季鹰③往哭之，不④胜其恸。遂径上床鼓琴，作数曲，竟，抚琴曰："顾彦先颇复赏此不⑤？"因又大恸，遂不执⑥孝子手而出。

【注释】

　　①顾彦先：顾荣。　②以：把。　③张季鹰：张翰。　④胜：能承担、能承受。这里是抑制、控制。　⑤不（fǒu）：相当于否。　⑥执：持、握。

【赏析】

　　顾彦先，名荣，吴国吴人。《晋书·顾荣传》记载，"荣机神朗悟，弱冠仕吴，为黄门侍郎、太子辅义都尉。吴平与陆机兄弟同入洛，时人号为"三俊"。例拜为郎中，历尚书郎、太子中舍人、廷尉正。恒纵酒酣畅，谓友人张翰曰："惟酒可以忘忧，但无如作病何耳。"张季鹰是西晋著名的文学家,时人称之为"江东步兵",和阮籍齐名。《世说新语》记载张季鹰为人纵任不拘,于是就有人劝他:"卿乃可纵适一时,独不为身后名邪?"张季鹰回答"使我身后有名,不如即时一杯酒!"足可见其旷达不羁。

本文记载顾彦先生前喜欢弹琴,去世后,家人就把琴放在灵床上。张季鹰来吊唁,抑制不住内心的悲痛,于是径直走向灵床,弹起琴来,弹罢几首曲子,他抚摩着琴说道:"顾彦先还能欣赏这些曲子吗?"随即又大哭起来,哭完连孝子的手都不拉就走了。张季鹰的率性,真性情在这个故事中展露无余。

魏晋时人往往看透红尘,主张在现世及时享乐,死亡在他们看来只是生命享受过程的终结。因此,张季鹰来吊唁顾彦先,他是真心地为顾彦先的去世而悲伤,但他悲伤的原因不是惋惜顾彦先和家人朋友天人两隔,而是悲叹顾彦先再也无法听到朋友为他抚琴,无法享受生命的狂放与乐趣,在张季鹰的生命中又少了一个志同道合的知己。张季鹰不拘世间小节,他为朋友的去世而放声大哭,其中没有任何的矫揉造作,但他发泄完自己对朋友的悲恸之情,便只身离去,没有像其他人一样安慰朋友的家人,因为在他看来,可被安慰的对象只有朋友一人,他是为朋友而来,便只为朋友而哭,其他的世俗礼节对于他来说形同虚设。魏晋人士的洒脱狂放被张季鹰诠释得淋漓尽致。

【谢太傅泛海】

刘义庆

谢太傅盘桓东山时,与孙兴公诸人泛海①戏。风起浪涌,孙、王诸人色并遽②,便唱③使还。太傅神情方王,吟啸不言④。舟人以公貌闲意说⑤,犹去⑥不止。既风转急,浪猛,诸人皆喧动不坐⑦。公徐云:"如此,将无⑧归?"众人即承响⑨而回。于是审其量足以镇安朝野。

【注释】

①谢太傅:谢安。按:谢安在出任官职前,曾在会稽郡的东山隐居,时常和孙兴公、王羲之、支道林等畅游山水。盘桓:徘徊;逗留。泛海:坐船出海。 ②王:指王羲之。色:神情。并:一同。遽:惊慌。 ③唱:提议。 ④神情:精神兴致。王:通"旺"。吟啸:同啸咏。啸是吹口哨,咏是歌咏,即吹出曲调。啸咏是当时文士一种习俗,更是放诞不羁、傲世的人表现其名士风流的一种姿态。 ⑤说:通"悦",愉快。 ⑥犹:仍然。去:指划船前进。 ⑦喧:叫嚷。动:摇晃。不坐:坐不稳,不能安坐。 ⑧将无:表示婉转的建议,相当于"还是……吧"。 ⑨承响:承,应声。响,声音。

【赏析】

谢安(320-385),字安石,号东山,东晋政治家,军事家,世称谢太傅、谢安石、谢相、谢公。他是东晋时的名相,与权臣周旋时从不卑躬屈膝违背自己的准则,办事处处以大局为重,曾经运筹帷幄指挥了有名的淝水之战,率领东晋8万士卒一举打败了前秦80多万大军,不仅使国家转危为安,而且留下了"八公山上,草木皆兵"的历史佳话。

本篇是讲述谢安气度之大的一个小故事,说他在东山居留期间,时常和孙兴公等人坐船到海上游玩。有一次起了风,浪涛汹涌,孙兴公、王羲之等人一齐惊恐失色,便提议掉转船头回去。谢安这时精神振奋,兴致正高,又朗吟又吹口哨,不发一言。船夫因为谢安神态安闲,心情舒畅,便仍然摇船向前。一会儿,风势更急,浪更猛了,大家都叫嚷骚动起来,坐不住。谢安慢条斯理地说:"这样看来,恐怕是该回去了吧?"大家立即响应,就回去了。故事很简单,但在两相对比中,人们看出了谢安的气度不凡,的确是能够镇抚朝廷,安定国家。《世说新语》中记载了很多谢安的故事,关于表现其沉稳大度的还有很多篇,比如有一次谢安和人下棋,一会儿,谢玄从淮水派来的信使到了,谢公看完信,默默无言,缓慢地转向棋局。客人问淮水战斗的胜负情况,谢公答道:"孩子们大破贼寇。"神色举止,和平时没什么两样。儿子大破敌军,战争取得胜利,这是举国欢庆的大事,谢安却能以平常心待之,足见其气度涵养之深。正如王夫之所评价的:"安三宰天下,思深而道尽,复古以型今。岂一切苟简之术所可与议短长哉!"

【温峤娶妇】

刘义庆

温公丧妇。从姑刘氏,家值①乱离散,唯有一女,甚有姿慧②,姑以属公觅婚。公密③有自婚意,答云:"佳婿难得,但④如峤比云何?"姑云:"丧败之馀,乞粗⑤存活,便足慰吾馀年。何敢希汝比。"却⑥后少日,公报姑云:"已觅得婚处,门地粗可,婿身名宦,尽不减⑦峤。"因下⑧玉镜台一枚,姑大喜。既婚,交礼,女以手披⑨纱扇,抚掌大笑曰:"我固疑是老奴,果如所卜⑩!"玉镜台是公为刘越石长史,北征刘聪所得。

【注释】

①值:正值,遇到。 ②甚:特别。姿慧:姿色、聪慧。 ③密:私密地,私下里。 ④但:只。 ⑤粗:粗略,勉强。 ⑥却:过后。 ⑦减:低于。 ⑧下:下聘礼。 ⑨披:揭开。 ⑩卜:预测。

【赏析】

温峤(288-329),字泰真,是温羡的弟弟温襜之子,太原祁县(今山西祁县)人,东晋政治家。曾经两次救晋室于危乱之中，在江州任上亦"甚有惠政，甄异行能"，深受民众爱戴，在他死后"江州士庶闻之，莫不相顾而泣。"可见他在民众心中的地位。陶侃也曾在温峤去世后上表称赞温峤："故大将军峤忠诚著于圣世，勋义感于人神，非臣笔墨所能称陈。"

本篇记载了温峤娶妻的趣事，从中可见温峤的幽默与智慧。故事讲的是温峤死了妻子。他的从姑母刘氏家正逢战乱流离失散，身边只有一个女儿，很是美丽聪明。从姑母把她嘱托给温峤，请他寻找婚配对象。温峤私下有自己娶她的意思，回答说："好女婿不容易找到，只像我这样差不多的，怎么样？"从姑母说："经过丧乱衰败之后活下来的人，要求不高，只要能维持生活，就足以安慰我晚年，哪里敢希望能找到像你这样的人呢？"这不几天，温峤回复从姑母说："已找到成婚的人家了，门第大致还可以，女婿的名声官职都不比我差。"于是送去玉镜台一座，作为聘礼。从姑母非常高兴。成婚以后，行了交拜礼，新娘用手拨开遮脸的纱障，拍手大笑说："我本来就疑心是你这老家伙。果然像我所预料的。"因为玉镜台是温峤做刘琨的长史，北征刘聪时得到的。

这个故事影响很大，后世的作家对它进行了多次改编，由此创作出了很多优秀的文学作品，比如元代著名杂剧作家关汉卿所著杂剧《温太真玉镜台》，明代作家朱鼎所著传奇《玉镜台记》，都是以温峤娶妻为原型，再现了温峤其人的幽默与大胆。

【桓南郡好猎】

刘义庆

桓南郡好猎，每田狩①，车骑甚盛。五六十里中，旌旗蔽隰②。骋良马，驰击若飞，双甄③所指，不避陵壑。或行阵不整，麞兔腾逸，参佐④无不被系束。桓道恭，玄之族也，时为贼曹参军⑤，颇敢直言。常自带绛锦绳著腰中，玄问："此何为？"答曰："公猎，好缚人士。会当被缚，手不能堪芒⑥也。"玄自此小差⑦。

【注释】

①田狩：打猎。 ②蔽隰：遮盖大地。 ③双甄：军队的左右两翼。 ④参佐：部下。 ⑤贼曹参军：参佐官名。分曹办事，贼曹是其一。 ⑥不能堪芒：不能忍受（粗绳的）芒刺。 ⑦小差：（捆绑部下的事）略好一些。差，病愈。

【赏析】

桓南郡指的是桓玄，因袭父爵南郡公，故称"桓南郡"。他的父亲是东晋名将武公桓温，桓玄自幼聪慧过人，因此为桓温所喜爱。桓温去世，遗命其弟桓冲统率军队，并以时年5岁的桓玄袭爵南郡公。桓玄长大后，对自己的才能和门第颇为自负，总认为自己是英雄豪杰，然而由于其父桓温晚年有篡位的迹象，所以朝廷一直对他深怀戒心而不敢任用。到了23岁那年，才被任命为太子洗马。几年后出京任义兴（今江苏宜兴）太守，但还是颇觉不得志，于是就弃官回到其封国南郡（今湖北江陵）。但桓玄野心勃勃，并不甘心沉于下僚，他最终通过武力篡权自封为帝，国号楚，改元永始。但他即位后，政事苛刻，又喜欢炫耀自己，还爱好游玩打猎、兴筑宫殿，因此人心思变。桓楚永始二年（404）二月，以北府旧将刘裕为首的数名将领，起兵讨伐桓玄，桓玄终被益州将领冯迁所杀。

　　本文记载的是桓玄爱好打猎的故事，说他每次外出狩猎，总是带很多车马随从，五六十里范围内，旌旗遍布田野，骏马驰骋，追击如飞，左右两翼队伍所到之处，不避山陵沟壑。倘或队伍行列不整齐，让獐子野兔逃跑了，僚属便要被捆绑起来。桓道恭，与桓玄是同一家族，当时任贼曹参军，敢于直话直说。常常自己带上大红色的绵绳系在腰间，桓玄问："带这个做什么？"他回答说："您打猎时欢喜捆绑人，我也总有被捆绑的时候，我的手受不了绳子上的芒刺啊！"桓玄从此以后才稍稍有所收敛。

　　虽然桓玄对自己的行为略有收敛，但通过他以后的举动来看，他的爱好游猎的毛病并未改正，而这正给他的反对派以很好的借口，最终给他带来杀身之祸。

【祖财阮屐】

刘义庆

　　祖士少好财，阮遥集好屐①，并恒自经营，同是一累，而未判其得失。人有诣祖，见料视财物，客至，屏当②未尽，馀两小簏③著背后，倾身障之，意未能平。或有诣阮，见自吹火蜡屐，因叹曰："未知一生当箸几量④屐！"神色闲畅。于是胜负始分。

【注释】

①"祖士少……"句：祖士少、阮遥集均为人名。屐（jī）：木头鞋，泛指鞋。②屏当：料理，收拾。 ③簏（lù）：竹箱。 ④量："双"的意思。

【赏析】

　　本文运用对比的手法记述了两个同样有收藏癖好的人的气度涵养：祖士少爱好财宝，阮遥集爱好鞋子，有人突然拜访祖士少，碰见他在整理财物，还有两小筐没整理好，由于怕被来客看见，祖士少把它们放在身后，还侧着身体意图遮住，言谈举止都表现出心中很不平静的样子。也有人未打招呼就造访阮遥集，看见他自己生火给鞋子上蜡，一边忙着一边叹息道："（虽说有这么多鞋子），一个人一辈子又能穿几双呢？"神情如同闲聊一样舒适顺畅。作者由此判断二人高下立辨。

  他们两人对待自己所喜爱的东西所表现出来的态度，值得我们当代人借鉴。祖士少心有所爱，深怕别人夺其所爱，因此当来人时，"意未能平"，他的举动充分展现了他心胸与气度的狭隘，对于他物充满霸气般的占有欲，不能与人同时分享。而"竹林七贤"之一阮咸的儿子阮遥集则不同，他看到客人来访，不但不把自己的东西藏起来，反而当着客人的面泰然自若地继续收拾，"神色闲畅"。阮遥集的举动告诉我们，爱一个东西就要真心真意地喜欢它，愿意和别人分享，他对鞋子的把玩，不是为了满足自己的占有欲，避免它落入他人之手，他仅仅是享受把玩的过程，在精神的满足中彰显对自己收藏品的喜爱。由此推想开去，世间万物并生，我们想要追求的东西太多太多，假如都和祖士少一样，整日担忧自己的得与失，那么人生的路上我们将因背负太多的欲望而难以前行。相反，如果像阮遥集一样，对万事万物持旷达的态度，不患得患失，仅仅享受喜爱欣赏的过程，那么我们的人生之路将会更加轻松潇洒。

【庐山公九锡文】

袁淑

  若乃三军陆迈①，粮运艰难，谋臣停算②，武夫吟叹；尔乃长鸣上党，慷慨应官③，崎岖千里，荷囊致餐；用捷④大勋，历世不刊⑤；斯实尔之功也。音随时兴，晨夜不默；仰契玄象⑥，俯叶漏刻；应更⑦长鸣，毫分不忒⑧。虽挈壶著称，未足比德；斯复尔之智也。若乃六合昏晦，三辰⑨幽冥，犹忆天时，用不废声；斯又尔之明也。青脊绛⑩身，长颊广额；修尾后垂，巨耳双磔；斯又尔之形也。嘉麦既熟，寔须精面，负磨回衡⑪，迅若转电，惠我众庶，神祇获荐⑫；斯又尔之能也。尔有济师旅之勋，而加之以众能，是用遣中大夫闾丘骡，加尔使衔勒、大鸿胪⑬、斑脚大将军、宫亭侯，以扬州之庐江、江州之庐陵、吴国之桐庐、合浦之珠庐，封尔为庐山公。

【注释】

①陆迈：陆地行军。　②停算：即无计。　③应官：应选。　④用：因此。捷：成功，此指建立。　⑤不刊：不磨灭。　⑥契：合。玄象：天象。　⑦更：古代夜间计时单位，一夜分为五更。此指时间，应更犹应时、合时。　⑧忒：差误。　⑨三辰：即日月星。　⑩绛：深红色。　⑪回衡：即环转。　⑫荐：指进献的祭品。　⑬大鸿胪：赞襄礼仪之官。

【赏析】

袁淑（408—453），字阳源，南朝宋人。出身于陈郡阳夏袁氏，乃汉魏名士袁涣、袁准之后，门第高贵，官任要职，在当时颇有名气。元嘉三十年，太子邵杀文帝，淑不从邵，最终被杀。

袁淑自幼博览群书，爱好文辞，文风遒劲，纵横而有才辩，在文坛上独树一帜。萧子显曾将袁淑与谢庄并提，称赞道："谢庄、袁淑又以才藻继之，朝廷之士及闾阎衣冠，莫不昂其风流，竞为诗赋之事。"可见袁淑在当时文坛的地位之高。

本文是袁淑《诽谐集》中仅存的五篇文章之一，该集中的文章多为滑稽戏弄、讽喻社会现实之作，刘师培评价说："谐隐之文，斯时益盛也。谐隐之文，亦起源古昔。宋代袁淑，所作益繁。惟宋、齐以降，作者益为轻薄，其风盖昌于刘宋之初。"在本文中，作者虚拟出一个动物的世界，以官衔来称呼动物，通过铺叙驴的功勋，虚构驴的家世，赋予驴以心智等手段把驴拟人化，最后给驴封官加爵，让驴也劳有所得。作者在把驴的世界写成人的世界的同时，也不忘驴自身的特点，比如说他长的"青脊绛身，长颊广额；修尾后垂，巨耳双磔"，干活时"嘉麦既熟，寔须精面，负磨回衡，迅若转电，"完全没有脱离驴的形象和拉磨的特点，这样就把吟咏动物和嘲笑时人融为一体，显得生动自然，逸趣横生。

袁淑的《诽谐集》内容独特新颖，作者运用戏仿的手法讽喻时事，抒发对社会的不满。当时人认为袁淑作文奇异怪诞，经常嘲笑他，但历史证明，正是袁淑的大胆创新才开辟出戏仿文学的新天地，为中国古代文学添上十分独特的一笔。

【芜城赋】

鲍照

弥迤①平原，南驰苍梧涨海②，北走紫塞③雁门。柂以漕渠④，轴以昆岗⑤。重江复关之隩⑥，四会五达之庄⑦。当昔全盛之时，车挂轊，人驾⑧肩，廛闬扑地⑨，歌吹⑩沸天。孳⑪货⑫盐田，铲利铜山⑬。才力雄富，士马精妍⑭。故能侈⑮秦法，佚⑯周令，划崇墉⑰，刳浚洫⑱，图修世以休命⑲。是以板筑⑳雉堞之殷，井幹烽橹之勤㉑，格高五岳㉒，袤广㉓三坟，崒若断岸㉔，矗㉕似长云。制磁石以御冲㉖，糊赪壤以飞文㉗。观基扃之固护㉘，将万祀㉙而一君。出入三代㉚，五百馀载，竟瓜剖而豆分㉛。

泽葵㉜依井，荒葛罥涂㉝。坛罗虺蜮㉞，阶斗麏鼯㉟。木魅㊱

山鬼，野鼠城狐。风嗥雨啸，昏见晨趋。饥鹰厉吻㊲，寒鸱吓雏㊳。伏虣藏虎，乳血㊴飧肤㊵。崩榛塞路，峥嵘古馗㊶。白杨早落，塞草前衰。棱棱㊷霜气，蔌蔌㊸风威。孤蓬自振㊹，惊沙坐飞。灌莽杳㊺而无际，丛薄㊻纷其相依。通池既已夷㊼，峻隅㊽又以颓。直视千里外，唯见起黄埃。凝思寂听，心伤已摧。若夫藻扃黼帐㊾，歌堂舞阁之基，璇渊(50)碧树，弋(51)林钓渚之馆，吴蔡齐秦之声(52)，鱼龙爵马(53)之玩，皆薰歇烬灭，光沉响绝(54)。东都妙姬，南国丽人，蕙心纨质(55)，玉貌绛唇，莫不埋魂幽石，委骨穷尘(56)，岂忆同舆之愉乐，离宫(57)之苦辛哉？

天道如何，吞恨者多，抽琴命操(58)，为芜城之歌。歌曰：边风急兮城上寒，井径灭兮丘陇(59)残。千龄兮万代，共尽兮何言！

【注释】

①弥迤：地势相连渐平的样子。 ②苍梧：汉置郡名。治所即今广西梧州市。涨海：即南海。 ③紫塞：指长城。 ④柂（duò）：拖引。漕渠：古时运粮的河道。这里指古邗沟。即春秋时吴王夫差所开。自今江都西北至淮安三百七十里的运河。 ⑤轴：车轴。昆岗：亦名阜岗、昆仑岗、广陵岗。广陵城在其上句谓昆岗横贯广陵城下。如车轮轴心。 ⑥“重江”句：谓广陵城为重重叠叠的江河关口所遮蔽。 ⑦“四会”句：谓广陵有四通八达的大道。 ⑧驾：陵；相迫。 ⑨廛闬（chán hàn）扑地：遍地是密匝匝的住宅。廛：市民居住的区域。闬：里门。扑地：即遍地。 ⑩歌吹：歌唱及吹奏。 ⑪孳：蕃殖。 ⑫货：财货。 ⑬铲利：开采取利。铜山：产铜的山。刘濞曾命人开采郡内的铜山铸钱。 ⑭精妍：指士卒训练有素而装备精良。 ⑮侈：轶；超过。 ⑯佚：超越。此两句谓刘濞据广陵。一切规模制度都超过秦、周。 ⑰划崇墉（yōng）：谓建造高峻的城墙。划：剖开。 ⑱刳（kū）濬（jùn）洫（xù）：凿挖深沟。刳：凿。濬：深。洫：沟渠。 ⑲“图修”句：谓图谋长世和美好的天命。休：美好。 ⑳板筑：以两板相夹。中间填土，然后夯实的筑墙方法。这里指修建城墙。 ㉑井干（hán）：原指井上的栏圈。此谓筑楼时木柱木架交叉的样子。烽：烽火。古时筑城。以烽火报警。橹：望楼。此谓大规模地修筑城墙。营建烽火望楼。 ㉒格：格局。这里指高度。五岳：指东岳泰山、西岳华山、南岳衡山、北岳恒山、中岳嵩山。 ㉓袤（mào）广：南北间的宽度称袤。东西的广度称广。 ㉔断岸：陡削的河岸。 ㉕矗（chù）：耸立。 ㉖御冲：防御持兵器冲进来的歹徒。 ㉗赪（chēng）：红色。飞文：光彩相照。 ㉘基扃（jiǒng）：即城阙。扃：门上的关键。固护：牢固。 ㉙万祀：万年。 ㉚出入：犹言经历。三代：指汉、魏、晋。 ㉛瓜剖、豆分：以瓜之剖、豆之分喻广陵城崩裂毁坏。 ㉜泽葵：莓苔一类植物。 ㉝葛：蔓草。善缠绕在其他植物上。涂：即“途”。 ㉞坛：堂中。罗：罗列。布满。虺（huǐ）：毒蛇。蜮（yù）：相传能在水中含沙射人的动物，形似鳖，一名短狐。 ㉟麕（jūn）：獐。似鹿而体形较小。鼯（wú）。鼯鼠：长尾，前后肢间有薄膜，能飞，昼

伏夜出。㊱木魅：木石所幻化的精怪。㊲吻：嘴。㊳鸱（chī）：鹞鹰。㊴乳血：饮血。㊵飡肤：食肉。㊶馗（kuí）：同“逵”，大路。㊷稜稜：严寒的样子。㊸蔌（sù）蔌：风声劲急貌。㊹振：拔，飞。㊺灌莽：草木丛生之地。杳（yǎo）：幽远。㊻丛薄：草木杂处。㊼通池：城濠。护城河。夷：填平。㊽峻隅：城上的角楼。㊾藻扃：彩绘的门户。黼（fú）帐：绣花帐。㊿璇渊：玉池。璇：美玉。51弋（yì）：用系着绳子的箭射鸟。52吴、蔡、齐、秦之声：谓各地聚集于此的音乐歌舞。53鱼龙爵马：古代杂技的名称。爵。通“雀”。54“皆薰”两句：谓玉树池馆以及各种歌舞技艺都毁损殆尽。薰。花草香气。55蕙：兰蕙。开淡黄绿色花。香气馥郁。蕙心。芳心。纨：丝织的细绢。纨质。丽质。56委：弃置。穷：尽。57同辇（niǎn）：古时帝王命后妃与之同车，以示宠爱。离宫：即长门宫。为失宠者所居。58抽：取。命操：谱曲。命：名。操：琴曲名，作曲当命名。59井径：田间的小路。丘陇：坟墓。

【赏析】

鲍照（414－466），字明远，南朝人，出身贫寒，曾任秣陵令、中书舍人等职，后为临海王刘子顼前军参军，故世称“鲍参军”。公元466年（宋明帝泰始二年），晋安王刘子勋称帝，子顼举兵响应，兵败，照为乱兵所杀。鲍照生当“上品无寒门，下品无世族”的南朝社会，对门阀制度深为不满，其作品多表现普通人民的痛苦生活，抒写寒士的怀才不遇以及希望建功立业的壮志雄心，与谢灵运、颜延之并称“元嘉三大家”。

本文写于公元450年（宋文帝元嘉二十七年）冬，当时宋孝武帝刘骏征讨割据一方的竟陵王刘诞，并滥杀广陵城无辜百姓三千余人，整个城市被摧毁，瓦砾衰草，离乱荒凉。时鲍照正客居江北，耳闻目睹此情此景，感而作此赋。作者用对比的艺术手法描绘了广陵城昔日的歌吹沸天、热闹繁华与今朝的荒草离离、颓败冷落，表现了战争给城市给人民带来的巨大灾难，抒发出历史兴亡之叹。作者善于渲染气氛，在文章前一部分他用浓墨重彩的笔法刻画出广陵城在太平盛世时的歌舞升平，在后一部分则不吝笔墨铺叙了在战争的毁灭下广陵城的满目疮痍，两相对比，更突出了战争的残酷与灾难，读来令人扼腕叹息。徐梿把这篇文章视作六朝文的压轴之作，感叹道：“每读一过，令人辄唤奈何！”

本文在艺术上也十分成功，历来被人称道。作为骈文，既把骈文工整铺叙的特点发挥的淋漓尽致，又不受体裁所拘，言之有物，抒发了自己的感慨，形式和内容实现了完美的结合，并且语言优美精炼，气势雄厚，难怪被人称赞为骈文四六句法之最精妙体制。

【登大雷岸与妹书】

鲍 照

吾自发寒雨[1]，全行日少[2]。加秋潦浩汗[3]，山溪猥[4]至，渡泝[5]无边，险径[6]游历，栈石星饭[7]，结荷水宿[8]，旅客贫辛，波路⁹壮阔,始以今日食时⑩,仅及⑪大雷。涂登千里⑫,日逾⑬十晨。严霜惨节⑭,悲风断肌⑮,去亲为客⑯,如何如何⑰!

向因涉顿,凭观川陆⑱;遂神清渚,流睇方瞤⑲;东顾五洲之隔,西眺九派之分⑳;窥地门之绝景㉑,望天际之孤云㉒。长图大念,隐心者久矣㉓!

南则积山万状㉔,负气争高㉕,含霞饮景㉖,参差代雄㉗,凌跨长陇,前后相属㉘,带天有匝,横地无穷㉙。东则砥原远隰㉚,亡端靡际㉛。寒蓬夕卷㉜,古树云平㉝。旋风四起,思鸟群归㉞。静听无闻,极视不见㉟。北则陂池潜演㊱,湖脉通连㊲。苎蒿攸积㊳,菰芦所繁㊴。栖波之鸟㊵,水化之虫㊶,智吞愚,强捕小,号噪惊聒,纷乎其中㊷。西则回江永指㊸,长波天合㊹。滔滔何穷,漫漫安竭㊺!创古迄今,舳舻相接㊻。思尽波涛,悲满潭壑㊼。烟归八表,终为野尘。而是注集,长写不测㊽,修灵浩荡,知其何故哉㊾!

西南望庐山㊿,又特㉛惊异,基压江潮,峰与辰汉㉒相接。上常积云霞,雕锦缛㉓,若华夕曜㉔,岩泽气通㉕,传明散彩,赫似绛天㉖。左右青霭,表里紫霄㉗。从岭而上,气尽金光㉘,半山以下,纯为黛色㉙。信可以神居帝郊㉠,镇控湘、汉者也㉡。

若深洞所积,溪壑所射,鼓怒㉢之所豗击,涌濆之所宕涤,则上穷荻浦,下至狶洲,南薄燕爪,北极雷淀㉣,削长埤短,可数百里㉤。其中腾波㉥触天,高浪灌日,吞吐百川,写泄万壑。轻烟不流,华鼎振涾㉦。弱草朱靡㉧,洪涟陇蹙㉨。散涣长惊,电透箭疾㉩。穹溘崩聚,坻飞岭覆㉪。回沫冠山,奔涛空谷㉫。砧石为之摧碎,碕岸为之鳖落㉬。仰视大火,俯听波声㉭,愁魄胁息㉮,心惊慓矣㉯!

至于繁化殊育,诡质怪章㉰,则有江鹅、海鸭、鱼鲛、水虎㉱之类,豚首、象鼻、芒须、针尾之族㉲,石蟹、土蚌㉳、燕箕、雀蛤之俦,折甲、曲牙、逆鳞、反舌㉴之属。掩沙涨㉵,被草渚㉶,浴雨排风㉷,吹涝弄翮㉸。夕景㉹欲沉,晓雾将合,孤鹤寒啸㉺,游鸿远吟㉻,樵苏㉼一叹,舟子再泣㉽。诚足悲忧,不可说也㉾。

风吹雷飙㉿,夜戒前路㊀。下弦内外㊁,望达所届㊂。寒暑难适㊃,汝专自慎㊄。夙夜戒护㊅,勿我为念。恐欲知之,聊书所睹。临涂草蹙㊆,辞意不周。

【注释】

①自发寒雨：自从在寒雨天里出发以来。 ②全行日少：很少整天赶路。 ③加：再加上。潦（lǎo）：积水。秋潦：谓入秋雨多，道路积水。浩汗：形容积水很大，茫茫一片。 ④猥（wěi）：众多。这句是说，山里溪水很多，也漫溢出来。 ⑤溯：逆流而上。 ⑥险径：艰险的小路。 ⑦"栈石"句：写山路高险情形。"栈"，栈道，在高山岩壁间架木铺设的道路。"栈石"，在岩石上铺栈道。"星饭"，在星空中吃饭，形容登山极高。 ⑧"结荷"句：写水行艰苦情形。"结荷"，用荷叶结屋；"水宿"，在水中歇宿。这是夸张形容。 ⑨波路：水路。 ⑩食时：午饭时，即谓中午。 ⑪仅及：刚刚到达。 ⑫途登：路上行进。千里：约言路程很远。作者此次旅程大约是从家乡东海（今江苏涟水）出发，到大雷不足千里。 ⑬逾：超过。这句是说，旅期长达十天多。 ⑭严霜：凛冽的寒霜。惨节：使骨节伤痛。 ⑮悲风：凄厉的凉风。断肌：使肌肤如割。 ⑯去亲：离别亲人。为客：到他乡作客。 ⑰如何如何：表示心情悲伤，可以理解，不必形容。 ⑱"向因"二句：是说前些日子在旅途停顿时，也曾闲眺山水。"向"，从前，这里指旅途时。"涉"，徒步过水。"顿"，停止。"涉顿"，谓旅途滞留停顿。"凭"，倚立。"观"，眺望。"川陆"，此谓山水风光。 ⑲"遨神"二句：是说在河中小洲上散心，随意欣赏，直到黄昏。"遨神"让心神松懈，自在活动，即"散心"的意思。"渚（zhǔ）"，水中小洲。"睇（dì）"，斜视，表示随意。"流睇"，谓四处随意浏览。"曛（xūn）"，黄昏时分。 ⑳"西眺"句："九派"，古长江在今江西九江附近派生出九道支流。作者此次到达的目的地是江州，即今九江，就在"九派之分"的地方。这句大意是说，向西眺望自己的目的地。 ㉑"窥地门"句："窥"，这里形容看不清楚。"地门"，《河图括地象》："武关山为地门。"此用作"武关"的别称。"武关"是战国时秦国设置的南边关塞，遗址在今陕西丹凤东南。汉高祖刘邦就是从武关入秦攻克长安的。所以作者借武关即地门比喻北朝的南边关塞，寄托着北伐中原、统一全国的壮志。"绝景"，遥隔不通的景状，指南北朝对立。这句大意是说，有心看看北方，但是隔绝遥远，看不清楚。 ㉒"望天际"句：有作者身世遭遇的寄托。 ㉓"长图"二句：是说雄心壮志在胸中蕴藏已久。 ㉔南：指大雷的南面。积山万状：是说重叠的山峦呈现出千姿百态。 ㉕争气负高：是说群山都好像自恃高尚而要争气出头。"负"，恃。 ㉖含霞饮景：形容群山在云霞阳光中，有的好像咀含彩霞，有的好像渴饮阳光。"景"，日光。 ㉗参差（cēncī）代雄：是说群山高高低低，好像彼此在竞争，逞雄称霸。"代"，争相取代的意思。 ㉘"凌跨"二句：形容群山连绵起伏，从侧面远望，又好像在跨步登越长长的高坡，前后相连，一个接着一个向前迈进。"凌"，超越。"跨"，迈步。"陇"，山坡。"属"，连接。 ㉙"带天"二句：是说山脉远去天边，好像衣带绕天一圈；横贯大地，望不到头，无穷无尽。"带"，衣带。"带天"，衣带围着天。"匝（zā）"，一圈。 ㉚东：指大雷的东西。砥（dǐ）：细的磨刀石。"砥原"谓像磨光了的平原。隰（xí）：低湿的地方。"远隰"谓平原远去，越来越低湿。 ㉛亡：同"无"。亡端靡际：等于说"无边无际"。 ㉜蓬：草名，又称"转蓬"，遇风连根拔飞。这句是说秋天傍晚，寒风卷得蓬草漫飞。 ㉝云平：形容古树参天入云。 ㉞思鸟群归：是说恋窝的鸟儿，成群地飞回树林。这里寄托着作者的乡思。 ㉟"静听"二句：形容伫立远望，直到风声听不见，鸟儿看不见，显出作者心情悯然若失。 ㊱

北：指大雷的北面。陂（bēi）：池塘。陂池：指沼泽地。演：水脉在地下流。潜演：形容沼泽的水从地下渗透漫衍。 ㊲湖脉通连：是说沼泽水和大雷北面一片湖泊相通。 ㊳苎（zhù）：苎麻，草本植物，茎皮可搓绳织布。蒿（hāo）：青蒿，草本植物，可入药。攸：虚词“所”的意思。攸积：聚生的地方。 ㊴菰（gū）：草本植物，茎俗称“茭白”，果实叫“菰米”，都可食用。芦：芦苇。所繁：繁殖的地方。 ㊵栖波之鸟：谓水鸟。 ㊶水化之虫：谓鱼类。 ㊷“智吞”四句：写水鸟、鱼类在沼泽湖泊中追逐吞食的杂乱叫噪情形，显然寓意世态纷乱。“聒（guō）”，声音吵闹。“牣（rèn）”，充满。“其中”，指沼泽湖泊中。 ㊸西：指大雷的西面。回江：谓长江曲折。永指：长流向前。 ㊹长波天合：是说江水远去，与天相合。 ㊺“滔滔”二句：感慨江水长流，没有尽头，也永不枯竭。“滔滔”，形容水流不绝。“漫漫”，形容水涨不衰。 ㊻“创古”二句：是说长江从古到今，江上船只始终往来不绝。“舳（zhú）”，船头。“舻（lú）”，船尾。 ㊼“思尽”二句：是说江水波涛引起人们种种愁思，惹出无尽的悲伤，流满那水潭山沟。“壑”，山沟。 ㊽“烟归”四句：是说天空的云雾飘到世界的尽头，终究还是天地间的灰尘，而这江水流到大海汇集，却总是这样流泻下去，永远测量不出它的大小深浅。“烟”，云雾。“八表”，古人以为世界的边缘是“八极”，此谓八极之表，即谓到了八极之外，世界的尽头。“野尘”，《庄子·逍遥游》：“野马也，尘埃也，生物之以息相吹也。”谓云气即天空中聚集的灰尘。此即用其语。“是”，这个，指江水。“注集”，谓流入大海汇集。“写”，同“泻”。“不测”，不可测量。 ㊾“修灵”二句：意谓大概只有神灵才知道江水“长写不测”的奥秘。“修灵”，神灵。“浩荡”，伟大的样子。屈原《离骚》：“怨灵修之浩荡兮。”此用其语。 ㊿庐山：即今江西九江市南的庐山，在长江南岸，位于大雷西南方向。 (51)特：特别，格外。 (52)辰汉：星辰和银河。 (53)缛（rù）：色彩缤纷的帛。雕锦缛：是说庐山奇丽多彩，好像通体雕画着光彩绚丽的锦缎丝帛。 (54)若华：若木的花。“若木”是古代神话中的树木，生长在日出的地方，树梢上有十个太阳，把若木花照向人间（见《淮南子·地形训》）。曜：照耀。这句是说晚霞夕照。 (55)岩泽气通：是说山间和水上雾气迷濛，混然一片。 (56)“传明”二句：是说夕阳发出光亮，晚霞散布色彩，火红火红地，好像是个红色的天。“赫”，火红的样子。“绛”，大红色。 (57)“左右”二句：写庐山里里外外都是云气缭绕。“霭（ǎi）”，云气。“表里”，外表和内里。“紫霄”，庐山的一个高峰名；这里举以概指庐山，借以与“青霭”对仗。 (58)金光：指晚霞映照的光采。 (59)纯：单一地。黛色：深绿色。 (60)信：确实。可以：可用以作为。神居：神仙居处。帝郊：天帝都城的郊野。 (61)镇控湘、汉：镇守、控制住湘江、汉水流域。 (62)鼓怒：形容大水暴涨，好像江水大发怒气。“豗（huī）”，互相冲撞。“澓（fú）”，同“洑”，回流。“宕”，同“荡”。 (63)“则上穷”四句：写水流遍到各处。大意是说，不论东西南北，不论长满芦荻的水滩，野猪出没的河洲，或者燕子栖落的支流，雷霆击成的浅泊，都是水流所到的地方。“上”、“下”，水的上游、下游，指东、西方位。“穷”，到头。“荻（dí）”，芦苇一类草本植物。“浦”，水边，河滩。“狶（xī）”，通“豨”野猪。“薄”，迫近。“派”，水的支流。“淀”，浅的湖泊。 (64)“削长”二句：是说如果把各种水流削长补短，合在一起，水域可达方圆数百里。“埤（pí）”，增加。 (65)腾波：汹涌的波涛。 (66)“轻烟”二句：极写水的气势。意思是说，即使在无风时，空中轻轻的云气都不流动，而这汇合起来的大水也像华贵的鼎中之水一样沸腾四溢。“烟”，指云气。"鼎",古代贵族用的三足锅。"溚(tà)",水沸溢。 ⑥⑦朱:通"株"。朱靡:一株草都不剩。 ⑥⑧洪涟:大水波浪。陇:陇亩,指田地。陇廛:是说田地被淹得狭小。 ⑥⑨"散涣"二句:是说大水一旦泛滥,其情状令人惊骇不忘,其势态像闪电穿透一切,像射箭一样迅疾。"涣",大水流散。"长",意义同"常",始终存在。 ⑦⑩"穹溘(qióng kè)"二句:是说大水涌起巨浪,时而崩溃,时而聚起,其势足以冲飞河岸,冲倒山岭。"穹",隆起,凸起成拱形。"溘",大水。"穹溘",使大水拱起巨浪。"坻(dǐ)",岸。 ⑦①"回沫"二句:是说浪头击散的浪花水沫,抛落山顶;奔腾的波涛把山谷冲刷一空。"冠",盖,形容水沫落下。"空谷",使山谷变空。 ⑦②"砧石"二句:是说大水把水边捣衣石冲碎,把岸头冲成粉末。"砧石",捣衣石。"之",指大水。"碕(qí)岸",水弯岸头。"虀(jī)",捣成粉末。 ⑦③"仰视"二句:"大火",星宿名,即心宿,今称火星。这两句用东方朔《七谏·自悲》"观天火之炎炀兮,听大壑之波声"语意,表示心里充满对形势动荡的忧愁。 ⑦④愁魄:谓惊心动魄,令人忧愁。胁息:形容心情紧张,呼吸急促。 ⑦⑤慓(piào):迅疾,这里形容心跳剧烈。 ⑦⑥"至于"二句:意思是说,水里还繁殖各种奇形怪状的生物。"繁化",繁殖。"殊育",特产。"诡质",变形的躯体。"怪章",奇怪的外壳。 ⑦⑦鱼鲛:鲛鱼,即鲨鱼。水虎:《襄沔记》载,"沔水中有物如三四岁小儿,甲如鳞鲤,秋曝沙上,膝头似虎掌爪,常没水,名曰水虎"。 ⑦⑧豚首:指海豨。《山海经》郭璞注:"今海中有海豨,体如鱼,头似猪。"象鼻:《北史·真腊传》载,真腊(今柬埔寨)有一种鱼,名叫"建同","四足无鳞,鼻象如,吸水上喷,高五六十丈"。芒须:锐如芒刺的鱼须。潘岳《沧海赋》:"其鱼则吞舟鲸鲵,乌贼龙须。""芒须"即"龙须"之类海鱼。针尾:尖同针头的鱼尾。柳宗元《愚溪对》:"有鱼焉,锯齿锋尾而兽蹄。"或即此类水族。族:族类。 ⑦⑨石蟹:蟹类而小,壳赤色,生山涧水穴;或说即蟹类化石。土蚌:蚌类。 ⑧⑩拆甲:鳖的别名。曲牙:牙齿曲伸口外的一类海兽。逆鳞:长有逆鳞的水族,如龙、蛟之类。反舌:舌头倒钩攫食的水族,此是虾蟆的别称。 ⑧①掩沙涨:藏身于涨潮淹没的沙滩。 ⑧②被草渚:蔽体于水草丛生的小洲。 ⑧③浴雨:借天雨沐浴。排:在风中推推挤挤。 ⑧④吹涝:吐水作耍。翮(hé):翅茎,此指翅膀。弄翮:振翅戏弄。 ⑧⑤夕景:夕阳。 ⑧⑥啸:吹口哨,此指鹤鸣。 ⑧⑦吟:吟咏,此指鸿雁鸣声。 ⑧⑧樵:打柴。苏:割草。樵苏:此指打柴割草的人。 ⑧⑨再泣:又在哭泣。 ⑨⑩"诚足"二句:是说上述种种情景确实令人悲哀忧伤,不是语言所能表达的。 ⑨①飙(biāo):暴风。 ⑨②夜戒前路:是说夜间向前赶路,要多戒备。 ⑨③下弦:农历每月廿三日前后,月亮半明半暗,呈弦弓形,故称"下弦"。这句是说,在本月廿三日左右。 ⑨④所届:目的地。 ⑨⑤寒暑难适:是说他妹妹不易适应天气变化。 ⑨⑥专:注意。自慎:自己多加小心。 ⑨⑦夙夜:日夜。戒护:保重的意思。 ⑨⑧草蹙:是说信写得潦草仓促。

【赏析】

鲍照(412－466),字明远,东海(今江苏涟水)人,出身寒微,以文才擢任临川王刘义庆国侍郎,迁秣陵令,宋文帝时为中书舍人,随临海王刘子顼至荆州,任前军参军,掌书记,遭乱被杀。他与谢灵运、颜延之并称"元嘉三大诗人",擅长乐府,亦工骈文,有《鲍参军集》。大雷在今安徽望江县。晋、宋时为江防要地,军事重镇,驻兵戍守,称"大雷戍"。鲍照妹,名令晖,能诗,有文才。鲍照曾说,他妹妹"才自亚于左芬(左思之妹）",他自己也是"才不及太冲（左思字）"。左思兄妹以才思著称西晋,可见鲍照也因妹有才而颇自豪。

本文是一篇借山水风物以寄胸怀感慨的骈文杰作,它主要是写大雷四眺所见的风光景物,但不是实写,而是概括了沿途所见所想的各种景物,借以抒发心中的壮志和感慨,因而情调浪漫,思绪深婉,而文气遒丽,铸词精美。文章主体部分写山水观感,完全吸取了辞赋的通常结构,分门别类地铺叙一种风光景物,如南则叙山,东为平原,北属湖泽,西乃江水,西南望庐山,此外写众山和水族。在各类风物的描叙中,又突出某种特点,寄托一种感慨,如写山若拟人,有一种英雄竞逐的豪壮气概;写平原则摹景,有一种游子飘零的寂寥归思;写湖泽却瞩目于水草鱼鸟,不难见出一种世态炎凉、人生扰扰的感慨;写江水乃独发问天的忧虑,显然寓有一种历史茫昧的探索;至于赞庐山寄颂军镇,夸众水深叹民力,列水族悲哀沉沦,或比或兴,委曲婉转,而意深旨远,每每流露。这是由于作者以"长图大念"的思想感情,看山水,写风物,抒胸怀,发思虑,因此情景交融,景有情,物见人。实际上这是一篇抒情言志的山水骈文,充满了一个门阀压抑下的志士的壮志和不平。

【瓜步山楬文】

鲍照

岁舍龙纪,月巡鸟张,鲍子辞吴客楚,指兖归扬。道出关津,升高问途。北眺毡乡,南眄炎国,分风代川,揆气闽泽;四①睇天宫,穷曜星络,东窥海门,候景落日。游精八表,骇视四遐,超然远念,意类交横。信哉！古人有数寸之篇,持千钧之关,非有其才施,处势要也。瓜步山者,亦江中眇小山也,徒以因迥为高,据绝作雄,而凌清瞰远,擅奇含秀,是亦居势使之然也。故才之多少,不如势之多少远矣！

仰望穹垂,俯视地域,涕渶②江河,疣赘丘岳。虽奋风漂石,惊电剖山,地纶③维④陷,川斗毁宫,毫发盈虚,曾未注言;况乎沉河浮海之高,遗金堆璧之奇,四迁八聘之策,三黜⑤五逐之疵,贩交买名之薄,吮痈舐痔之卑,安足议其是非。

【注释】

①四：当作"西"。 ②涕渶：眼泪鼻涕。 ③纶：当作"沦"。 ④维：地维,古人一位地是方的,有四角,以大绳维系,故称。 ⑤三黜：《论语·微子》：'柳下惠为士师,三黜。'

【赏析】

　　宋文帝元嘉二十九年壬辰（452），鲍照从南兖州（治广陵，即今江苏扬州）返回建业（今南京），途径瓜步山而作此文。瓜步山在江苏六合县境内，东临长江，是六朝时长江的重要渡口。鲍照为此山作文，写法上有所创新，也是一篇寓意深远的寓言小品。

　　文章首先交代了途径瓜步山的时间和起因："岁舍龙纪"表示岁次在辰年，"月巡鸟张"表示月份在五月，"辞吴客楚"指作者行程是从苏南客居江北，"指兖归扬"表明他即将从南兖州归至扬州。接下来作者就开始写登上瓜步山所能看到的风景："北眺毡乡，南晒炎国，分风代川，揆气闽泽，四睨天宫，穷曜星络，东窥海门，候景落日"，即向北可以眺望到北方的毡帐之乡，向南可以瞭望到南国的炎热之地，向西可见闪闪群星的宫位，向东可窥镇江焦山附近的海门山。作者写景视野开阔，用笔宏大，虽然不无夸张之词，但作者正是借助这种宏大的景致来表达自己的观念，由景及情，借题发挥，引出自己的议论。从"信哉"二字开始，作者点明了文章的主旨。作者认为瓜步山不过是一个江中的小山，但由于它与江中水面高度相差太大，处在重要的"关津"位置，便俨然成为了"据绝作雄"的地方，登上此山便可以登高望远，欣赏到无尽的山水奇美，正是由于它的位置才使它"擅奇含秀"，由此作者感叹道："故才之多少，不如势之多少远矣！"这句话是鲍照由感而发，在魏晋南北朝时期，"上品无寒门，下品无世族"，出身寒门的才智之士根本就没有出人头地的机会。鉴于此种不合理的制度，鲍照写出这篇文章，来对门法制度进行抨击，具有极强的现实意义。

【月　　赋】

谢　庄

　　陈王①初丧应、刘，端忧②多暇。绿苔生阁，芳尘凝榭。悄焉疚怀③，不怡中夜。乃清兰路，肃桂苑；腾④吹寒山，弭⑤盖秋阪。临浚壑⑥而怨遥，登崇岫⑦而伤远。于时斜汉⑧左界，北陆南躔⑨；白露暧空，素月流天。沉吟齐章，殷勤⑩陈篇。抽毫进牍，以命仲宣。

　　仲宣跪而称曰："臣东鄙幽介，长自丘樊⑪，昧道懵学⑫，孤奉明恩。

　　"臣闻沉潜既义，高明既经，日以阳德，月以阴灵。擅扶光于东沼，嗣⑬若英于西冥⑭。引玄兔于帝台，集素娥于后庭。朒朓⑮警阙⑯，朒魄示冲⑰。顺辰通烛⑱，从星泽风⑲。增华台室，扬采轩宫。委照而吴业昌⑳，沦精而汉道融㉑。

"若夫气霁㉒地表，云敛天末；洞庭始波，木叶微脱。菊散芳于山椒㉓，雁流哀于江濑㉔。升清质㉕之悠悠，降澄辉之蔼蔼㉖。列宿掩缛㉗，长河韬映㉘；柔祇㉙雪凝，圆灵㉚水镜；连观㉛霜缟，周除㉜冰净。君王乃厌晨欢，乐宵宴；收妙舞，弛清县㉝；去烛房，即月殿；芳酒登，鸣琴荐㉝。

　　"若乃凉夜自凄，风篁㉞成韵。亲懿㉟莫从，羁孤㊱递进。聆皋禽㊲之夕闻，听朔管之秋引㊳。于是丝桐练响，音容选和；徘徊《房露》㊴，惆怅《阳阿》㊵。声林虚籁㊶，沦池灭波。情纡轸㊷其何托？愬皓月而长歌。

　　"歌曰：'美人迈兮音尘阙㊸，隔千里兮共明月。临风叹兮将焉歇？川路长兮不可越。'歌响未终，馀景㊹就毕，满堂变容，回遑㊺如失。又称歌曰：'月既没兮露欲晞㊻，岁方晏㊼兮无与归；佳期可以还，微霜沾人衣。'"

　　陈王曰："善。"乃命执事㊽，献寿羞璧㊾。"敬佩玉音，复之无斁。"

【注释】

①陈王：指曹植。　②端忧：正处于忧愁之中。　③悄焉：忧愁的样子。疚怀：伤怀，忧心。　④腾：喧腾。　⑤弭：停下。　⑥浚壑：深渊。　⑦崇岫：高高的峰峦。　⑧斜汉：汉：银河。到了秋天，银河出现倾斜的角度，故称斜汉。　⑨躔：日月星辰运行的轨迹。　⑩殷勤：热情而周到。　⑪丘樊：山丘藩篱。　⑫昧：无知。憯：糊涂。　⑬嗣：继续。　⑭西冥：指昧谷，传说中日落之处。　⑮朒朓：月初的缺月称朒，月末之缺月或月行失其常轨，称之为朓。　⑯阙：缺点，错误。　⑰朏魄：月初生明，月光不强，称朏。又称为魄。示冲：言国君看到亏缺的月光，就应该谦虚自省。　⑱烛：用如动词，照耀之意。　⑲从星泽风：泽：雨。古人认为月行到某一星宿，便产生某种气象，如与毕宿相遇，便要下雨，如与箕宿相遇，便要起风。　⑳委照而吴业昌：用吴国孙策之典，传说孙策之母生策之前梦月入怀，遂生之，后孙策奠定吴国王业，故云"吴业昌"。　㉑沦精而汉道融：此句用西汉元帝皇后之典，其母生她之前，也梦月入怀，后来她当了皇后，故称为"汉道融"。融：明。　㉒霁：谓雨雪之止，或者云雾之散。　㉓山椒：山顶。　㉔江濑：江水。　㉕清质：指月轮。　㉖蔼蔼：黯淡、昏昧的样子。　㉗缛：繁，此处指星光灿烂。　㉘韬：隐藏。映：照耀。　㉙柔祇：指大地。　㉚圆灵：指天。古人认为天圆地方，故称圆灵。　㉛连观：连接的宫观。　㉜周除：指四周的台阶。　㉝县：即"悬"。　㉝荐：进献。　㉞风篁：风吹着竹林。　㉟亲懿：即懿亲，指好的亲族。　㊱羁孤：指流落在外的人。　㊲皋禽：指鹤。　㊳朔管：笛子。秋引：秋天肃杀凄凉的曲调。　㊴《房露》：古曲名。　㊵《阳阿》：曲名。　㊶虚：停息。籁：风吹孔窍所发出的音响。　㊷纡轸：隐痛在心，郁结不散。　㊸阙：空。　㊹景：指月光。　㊺回遑：内

心彷徨。㊻晞：干。㊼方：当。晏：晚。㊽执事：指左右侍从人员。㊾羞璧：进献玉璧。

【赏析】

谢庄在本赋中假设"初丧应（玚）、刘（桢）"的陈王曹植与王粲等人赏月吟诗的故事，正如谢惠连在《雪赋》中虚构梁孝王与邹阳、枚乘、司马相如等人置酒赋雪一样，表露了后代赋家对前辈的文采风流的欣羡之情。作家通过对月光的清丽以及沐浴在月光当中的人们的情思的描写，在叙事中传达出怨遥伤远之意，使叙事与抒情二者巧妙地融合在一起。

本赋是赋史上第一篇专门写月的赋作，在此前的诗赋中，或局部，或全体，或片段，或通篇，描摹月色、月夜、月景的篇什已不罕见，但谢庄的赋文出奇制胜，和前人的作品大不一样。他在状写月光时，遗貌取神，即不拘泥于描写月的形状、月光、色彩，而着力作侧面的描摹、景物的烘托和气氛的渲染，如"若夫气霁地表，云敛天末；洞庭始波，木叶微脱。菊散芳于山椒，雁流哀于江濑"六句，写晴朗的大地，澄澈的天空，洞庭的微波，秋叶的零落，菊花的芬芳，流雁的哀鸣，看似远离月的主题，实际上都是为月轮升空起到了铺垫、衬托作用。其中"洞庭始波，木叶微脱"二句，化用屈原《九歌·湘夫人》"洞庭波兮木叶下"语意，而笔触更见细腻。接下来数句，写皎洁的月光，"列宿掩缛，长河韬映；柔祇雪凝，圆灵水镜；连观霜缟，周除冰净"，都是从侧面或对面落笔，用笔极力追求月光的轻灵流丽。在文章的第三段，作者穿插了一些神话、典故以及历史传说，显得比较质实，但也是从侧面来写月。清人许梿评称《月赋》"无一字说月，却无一字非月，清空澈骨，穆然可怀"，的确是很精到。

【北山移文】

孔稚珪

钟山之英①，草堂之灵，驰烟驿路②，勒移山庭。夫以耿介拔俗之标，潇洒出尘之想③，度白雪以方洁，干④青云而直上，吾方知之矣。若其亭亭物表⑤，皎皎霞外⑥，芥千金而不眄⑦，屣万乘⑧其如脱，闻凤吹于洛浦⑨，值薪歌于延濑⑩，固亦有焉。岂期终始参差，苍黄翻覆⑪，泪翟子之悲，恸朱公⑫之哭，乍回迹以心染，或先贞而后黩⑬，何其谬哉！呜呼！尚生不存，仲氏⑭既往，山阿寂寥，千载谁赏！

世有周子，隽俗之士，既文既博，亦玄亦史⑮。然而学遁东鲁，习隐南郭⑯，偶吹草堂，滥巾北岳⑰，诱我松桂，欺我云窒⑱,虽假容于江皋,乃缨情⑲于好爵。其始至也,将欲排巢父,拉许由⑳,傲百氏,蔑王侯。风情张日,霜气横秋㉑。或叹幽人长往,或怨王孙㉒不游。谈空空于释部,核玄玄于道流㉓。务光何足比,涓子不能俦㉔。及其鸣驺入谷,鹤书赴陇㉕,形驰魄散,志变神动。尔乃眉轩席次,袂耸㉖筵上,焚芰制而裂荷衣,抗尘容而走俗状㉗。风云凄其带愤,石泉咽而下怆㉘,望林峦而有失,顾草木而如丧。

至其纽金章,绾墨绶㉙,跨属城之雄,冠百里㉚之首。张英风于海甸,驰妙誉于浙右㉛。道帙长殡,法筵久埋㉜。敲扑喧嚣犯其虑,牒诉倥偬㉝装其怀。琴歌既断,酒赋无续。常绸缪于结课,每纷纶于折狱㉞。笼张、赵于往图,架卓、鲁㉟于前箓,希踪三辅豪,驰声九州牧㊱。

使我高霞孤映,明月独举,青松落阴,白云谁侣?涧户摧绝㊲无与归,石径荒凉徒延伫㊳。至于还飙入幕,写雾出楹㊴,蕙帐空兮夜鹄怨,山人去兮晓猿惊。昔闻投簪逸海岸,今见解兰缚尘缨㊵。于是南岳献嘲,北垄腾笑,列壑争讥,攒峰竦诮㊶。慨游子之我欺,悲无人以赴吊。故其林惭无尽,涧愧不歇,秋桂遗㊷风,春萝罢月,骋西山之逸议,驰东皋之素谒㊸。

今又促装下邑,浪栧㊹上京,虽情投于魏阙,或假步于山扃㊺。岂可使芳杜厚颜,薜荔无耻,碧岭再辱,丹崖重滓㊻,尘游躅于蕙路,污渌池以洗耳㊼。宜扃岫幌㊽,掩云关,敛轻雾,藏鸣湍,截来辕于谷口,杜妄辔㊾于郊端。于是丛条瞋胆,叠颖㊿怒魄,或飞柯以折轮,乍低枝而扫迹(51)。请回俗士驾,为君谢逋客(52)!

【注释】

①英:神灵,此指神灵。②驰烟驿路:驱驰于山路烟雾指中。驿路:古代驿马传递管家文书所走的大道,此指山路。勒移山庭:指刻移文于山庭。③拔俗:超出于世俗之士。标:标格,此指仪表,风度。想:情怀。④度白雪以方洁:与白雪比洁净。干:接触,凌驾。⑤物表:万物之上。⑥霞外:天外。⑦芥:小草,此处用作动词。眄(miǎn):斜视。⑧屣(xǐ):草鞋,此处用作动词。万乘:指天子。⑨"闻凤吹"句:《列仙传》:"王子乔,周灵王太子晋,好吹笙作凤鸣,常游于伊、洛之间。"浦:水边。⑩"值薪歌"句:《文选》吕向注:"苏门先生游于延濑,见一人采薪,谓之曰:'子以终此乎?'采薪人曰:'吾闻圣人无怀,以道德为心,何怪乎而为哀也。'遂为歌二章而去。"值:碰到。濑(lài):水流沙石上为濑。⑪参差(cēn cī):不一致。苍黄:

青色和黄色。翻覆：变化无常。　⑫翟子：墨翟。他见练丝而泣，以为其可以黄，也可以黑（见《淮南子·说林训》）。朱公：杨朱。杨朱见歧路而哭，为其可以南可以北。　⑬乍：初、刚才。心染：心里牵挂仕途名利。贞：正。黩：污浊肮脏。　⑭尚生：尚子平，西汉末隐士，入山担薪，卖之以供食饮（见《高士传》）。仲氏：仲长统，东汉末年人，每当州郡召请他，他就称病不去，曾叹息说："若得背山临水，游览平原，此即足矣，何为区区乎帝王之门哉！"（《后汉书》本传）　⑮周子：周颙（yóng）。隽（jùn）俗：卓立世俗。亦玄亦史：《南齐书·周颙传》称周颙涉猎百家，长于佛理，熟悉《老子》、《易经》。玄，玄学，老庄之道。　⑯东鲁：指颜阖（hé）。《庄子·让王》："鲁君闻颜阖得道人也，使人以币先焉。颜阖守陋闾，使者至曰：'此颜阖之家与？'颜阖对曰：'此阖之家。'使者致币。颜阖对曰：'恐听者谬而遗使者罪，不若审之。'使者反审之，复来求之，则不得已。"南郭：《庄子·齐物论》："南郭子綦隐机而坐，仰天嗒然，似丧其偶。"　⑰偶吹：杂合众人吹奏乐器。用《韩非子·内储说》"滥竽充数"事。巾：隐士所戴头巾。滥巾，即冒充隐士。北岳：北山。　⑱壑（hè）：山谷。　⑲江皋：江岸。这里指隐士所居的长江之滨钟山。缨情：系情，忘不了。　⑳拉：折辱。巢父、许由：都是尧时隐士。《高士传》："尧让天下于许由，不受而逃去。尧又召为九州长，由不欲闻之，洗耳于颍水滨。时其友巢父牵犊欲饮之，见由洗耳，问其故，对曰：'尧欲召我为九州长，恶闻其声，是故洗耳。'巢父曰：'污吾犊口。'牵犊上流饮之。"㉑张：张大。横：弥漫。㉒幽人：隐逸之士。王孙：指隐士。《楚辞·招隐士》："王孙游兮不归，春草生兮萋萋。"㉓空空：佛家义理。佛家认为世上一切皆空，以空明空，故曰"空空"。释部：佛家之书。覈（hé）：研究。玄玄：道家义理。《老子》："玄之又玄，众妙之门。"道流：道家之学。㉔务光：《列仙传》："务光者，夏时人也……殷汤伐桀，因光而谋，光曰：'非吾事也。'汤得天下，已而让光，光遂负石沉窾水而自匿。"涓子：《列仙传》："涓子者，齐人也。好饵术，隐于宕山。"俦：匹敌。㉕鸣驺（zōu）：指使者的车马。鸣，喝道；驺，随从骑士。鹤书：指徵召的诏书。因诏板所用的书体如鹤头，故称。陇：山阜。㉖尔：这时。轩：高扬。袂（mèi）耸：衣袖高举。㉗芰（jì）制、荷衣：以荷叶做成的隐者衣服。《离骚》："制芰荷以为衣兮，集芙蓉以为裳。"抗：高举，这里指张扬。走：驰骋。这里喻迅速。㉘咽（yè）：悲泣。怆（chuàng）：怨怒的样子。㉙纽：系。金章：铜印。绾（wǎn）：系。墨绶：黑色的印带。金章、墨绶为当时县令所佩带。㉚跨：超越。属城：郡下所属各县。百里：古时一县约管辖百里。㉛张：播。海甸：海滨。驰：传。浙右：今浙江绍兴一带。㉜道帙（zhì）：道家的经典。帙：书套，这里指书籍。法筵：讲佛法的几案。埋：废弃。㉝敲扑：鞭打。牒诉：诉讼状纸。倥偬（kōng zǒng）：事务繁忙迫切的样子。㉞绸缪（chóu móu）：纠缠。结课：计算赋税。折狱：判理案件。㉟笼：笼盖。张赵：张敞、赵广汉。两人都做过京兆尹，是西汉的能吏。往图：过去的记载。架：超越。卓鲁：卓茂、鲁恭。两人都是东汉的循吏。㊱希踪：追慕踪迹。三辅：汉代称京兆尹、左冯翊、右扶风为三辅。三辅豪：三辅有名的能吏。九州：指天下。牧：地方长官，如刺史、太守之类。㊲摧绝：崩落。㊳延伫（zhù）：长久站立有所等待。㊴还飙（biāo）：回风。楹：屋柱。㊵投簪：抛弃冠簪。簪，古时连结官帽和头发的用具。逸：隐遁。兰：用兰做的佩饰，隐士所佩。缚尘缨：束缚于尘网。㊶攒（zǎn）峰：密聚在一起的山峰。竦：同"耸"，跳动。献嘲、腾笑、争讥、竦诮：都是嘲笑、讥讽的意思。　㊷遗：排除。　㊸骋、驰：都是传播之意。逸议：隐逸高士的清议。素谒：高尚有德者的言论。　㊹促装：束装。下邑：指原来做官的县邑（山阴县）。浪栧（yè）：鼓棹，驾舟。　㊺魏阙：高大门楼。这里指朝廷。假步：借住。山扃（jiōng）：山门。指北山。　㊻重滓（zǐ）：再次蒙受污辱。　㊼躅（zhú）：足迹。污：污。渌池：清池。　㊽岫幌（xiù huǎng）：犹言山穴的窗户。岫，山穴。幌，帷幕。　㊾杜：堵塞。妄辔：肆意乱闯的车马。　㊿颖：草芒。　㊿飞柯：飞落枝柯。乍：骤然。扫迹：遮蔽路径。　㊿君：北山神灵。逋客：逃亡者。指周颙。

【赏析】

本文是南朝骈文中的一篇名作，全篇假借山灵口吻，斥责周子，揭露假隐士贪图官禄的虚伪情态。北山，即钟山，因在建康城（南京）北，故名。移文是古代官府文书的一种，旨在晓谕或责备对方。本文中的周子，是指当时著名文人周颙，但根据史料考证，孔稚珪与周颙同在朝廷任职，周颙并未假意隐居，因此本文实际上是一篇游戏之作。魏晋南北朝时代，游戏文学颇为发达，作品众多，故《文心雕龙》有《谐隐》专篇着重论述这类文章。孔稚珪与周颙都擅长文学，又是文酒之交，且孔稚珪为人风趣幽默，本文当是作者在当时游戏文学发达的历史背景下，与朋友所开的玩笑。

文章首段一开始就指出：钟山和周子所居草堂的神灵，为了谴责周子的行为，刻这篇移文于山庭，接着用对照的手法，描写世间的两种真假隐士，真隐士为人耿介，超脱世俗，与白雪青云比高洁，假隐士则反复无常，其心被利禄所染，不能保持节操。世间真隐士少，假隐士多，导致美丽的山林寂寥，无人赏识。第二段就引出了周子的隐居，周子学习隐居，表面过着清贫的生活，实际内心挂着功名利禄。当朝廷使者带着征召之书来到山中时，周子为之"形驰魄散，志变神动"，立刻显现出假隐士的嘴脸。接着作者用拟人的手法写山中风云、泉石、草木等对周子的鄙视之情，文笔夸张，形象生动。在第三段作者写周子当官后显示出的丑恶嘴脸，和他隐居时的"清高"形成鲜明对比。在下半段作者写北山的凄凉和蒙耻，色彩鲜明，语言精警，富有诗情画意，历来受到人们的好评。在文章的末段，作者点名了移文的主旨，北山英灵关闭山门，藏匿美景，不让周子上山，写的虎虎有生气，充分表达了北山的愤怒心情和断然行动。结尾"请回俗士驾"两句，与开头"钟山之英"四句呼应，有力地点明了此文的主旨。

【拜中军记室辞随王笺】

谢朓

故吏文学谢朓死罪死罪。即日被尚书召，以朓补中军新安王记室①参军。朓闻潢污之水，愿朝宗②而每竭；驽蹇之乘，希沃若而中疲。何则？皋壤③摇落，对之惆怅；歧路西东，或以呜唈。况乃服义徒拥,归志④莫从。邈若坠雨,翩似秋蒂。

　　朓实庸流,行能无算。属天地⑤休明,山川受纳,褒采一介,抽扬小善。故舍耒场圃,奉笔兔园⑥,东乱三江⑦,西浮七泽。契阔戎旃,从容宴语。长裾日曳⑧,后乘载脂。荣立府庭,恩加颜色。沐发晞阳,未测涯涘。抚臆论报,早誓肌骨。不悟沧溟⑨未运,波臣自荡;渤澥方春,旅翮先谢。

　　清切藩房,寂寥旧草。轻舟⑩反溯,吊影独留。白云在天,龙门不见。去德滋永,思德滋深。唯待青江可望,候归艎⑪于春渚;朱邸⑫方开,效蓬心于秋实⑬。如其簪履或存,衽席无改,虽复身填沟壑,犹望妻子知归。揽涕告辞,悲来横集。不任犬马之诚。

【注释】

①中军新安王:即萧昭文,齐武帝长子萧长懋的次子。记室:掌章表书籍文檄之事。 ②朝宗:指百川归海。 ③皋壤:沼泽旁的洼地。 ④归志:归往随王之志愿。 ⑤天地:喻齐武帝。 ⑥兔园:原指汉武帝之子刘武的苑囿,这里指齐武帝、竟陵王、随王在芳林园、西坻等地主持的各项文学活动。 ⑦三江:古时越地诸江。 ⑧长裾日曳:这里指谢朓常在王府。 ⑨沧溟:大海。 ⑩轻舟:送谢朓之舟,谢朓由荆州(江陵)到京都健康(今江苏南京)乃顺流而下,故曰轻舟。 ⑪归艎:指随王入朝。 ⑫朱邸:指随王在京之府邸。 ⑬秋实:谷实,比喻人的德行成就,这里指随王。

【赏析】

本文是谢朓的传世名篇,明代张溥曾有评论:"集中文字,亦惟文学辞笺、西府赠诗,两篇独绝,盖中情深者为言益工也。"张溥所说的"文学辞笺"即指本篇《辞随王笺》。随王萧子隆系齐武帝第八子,既富政治才干,又具文学禀赋,谢朓为其幕僚,以文才出众,备受赏识。但好景不常,随王和谢朓的宾客之情因政治斗争的风云变幻而中断。谢朓对随王的感恩图报之情,壮志难酬的抑郁不平之情,身陷被害的忧虑恐惧之情,以及虽处逆境仍盼转机的希望之情,在本文中得到充分体现,形成了该文"情思宛妙"的独特风格。

本文首段抒发临行心情,作者用几个典故点名了自己的艰难处境:作者在说明自己应召将行之后,先以横污之水难至东海,驽蹇之乘不骋千里,隐喻自己壮志难遂之苦;接着用"何则"一语设问,续以"皋壤摇落,对之惆怅;歧路西东,或以呜唈"继续阐发自己的壮志难酬之苦。"摇落"语出《楚辞·九辩》,暗示了一种个人无法抗拒的力量,作者用此典故,说明了他此时的无可奈何。第二段追叙宾主情谊,作者说"沧溟未运,波臣自荡;渤澥方春,旅翮先谢",其中沧溟、渤澥喻随王,波臣、旅翮喻自己,随王虽未施展宏图,但属下已受猜忌,自己本当尽力辅佐随王成就一番事业,但现在却被破调离。深切的忧虑与浓重的离情交织在一起,化成了这段"姿采幽茂"的文字。第三段设想别后情景，表白誓死效忠随王的心迹。"轻舟反溯，吊影独留。白云在天，龙门不见"，"唯待青江可望，候归舻于春渚；朱邸方开，效蓬心于秋实"，别时容易见时难，此次与随王别离，不知何日才能相见。在无限的心酸悲怆中，作者又勉强宽慰自己：厄运也许会过去的，转机也许会到来，届时自己将伫立江边，翘首恭候随王的归来。这虽是想像别后情景，却将自己千回百转的复杂情怀表象的十分含蓄动人。

【丽人赋】

沈约

有客弱冠①未仕，缔交戚里②，驰鹜王室，遂游许史③。归而称曰：狭邪④才女，铜街⑤丽人。亭亭似月，嬿婉如春。凝情待价。思尚⑥衣巾。芳逾散麝，色茂开莲。陆离⑦羽佩，杂错花钿⑧。响罗衣而不进，隐明灯而未前。中步檐⑨而一息，顺长廊而回归。池翻荷而纳影，风动竹而吹衣。薄暮延伫，宵分乃至。出暗入光，含羞隐媚。垂罗曳锦，鸣瑶动翠。来脱薄妆，去留馀腻。沾妆委露，理鬓清渠。落花入领，微风动裾。

【注释】

①弱冠：古人以二十为成年，初加冠，体犹未壮，故曰弱。泛指青年。 ②戚里：帝王外戚家聚居处，借指外戚。 ③许史：西汉宣帝皇后许家、祖母史家，皆显贵一时，泛指有势力的外戚家。 ④狭邪：小街曲巷。 ⑤铜街：铜驼街，在洛阳，以列置铜驼，故名。为城内繁华之处，此借指京城中繁华的街道。 ⑥尚：侍奉，此指侍奉男子。 ⑦陆离：参差错综貌。 ⑧钿：金花，妇人首饰。 ⑨步檐：走廊。

【赏析】

在本赋中，沈约以一个冶游少年的口气，描绘了自己在京都所遇到的一位美丽女子，读来生动有趣。

文章首先描写该女子静态时的美丽动人，"亭亭似月"，作者以皎洁的月光来衬托佳人的美好，类似《诗经》中"月出皎兮，佼人僚兮，舒窈纠兮"的诗句，意境十分优美，"亭亭"叠字，则更觉悦耳。古人还曾以日喻美女，如曹植《洛神赋》"皎若太阳升朝霞"，但两相比较，"似月"给人的感觉，除了光华朗耀以外，还透着一种温柔幽静之美。《庄子·大宗师》中有"暖然似春"句，用来形容得道"真人"的"喜怒通四时"，这里沈约用"嬿婉如春"来形容丽人的容貌、神韵之美好，如同温和明丽的春天给人的感觉，的确是恰到好处。接下来作者写了动态的丽人："响罗衣而不进，隐明灯而未前"，黄昏时分，这位弱冠少年正一心期盼着丽人的到来，但只闻其声，若见其影，真人却未曾出现。正是"镜里拈花,水中捉月,觑着无由得近伊"、"池翻荷而纳影,风动竹而吹衣"二句,更是以明媚晴朗的环境衬托丽人的形象:那窈窕的身影与池中的荷影相辉映,那飘拂的罗衣与摇曳的翠竹相谐和,多么令人心旷神怡的画面。最后作者写了少年与丽人的欢爱,丽人"出暗入光",来到眼前,作者用"含羞隐媚"四字写其害羞的神态,用"垂罗曳锦,鸣瑶动翠"写其服饰和动作,文字简略,却使读者似已感受到那动人的风致。最后四句说丽人离去,落花轻柔,飘入她的衣领,微风徐来,拂动了她的裙裾,读者似乎还想追寻审美,但全文已戛然而止。

【恨　赋】

江　淹

试望平原,蔓草萦①骨,拱木②敛魂。人生到此,天道宁论!于是仆本恨人③,心惊不已,直念④古者,伏恨而死。

至如秦帝按剑,诸侯西驰,削平天下,同文⑤共规。华山为城,紫渊为池⑥。雄图既溢⑦,武力未毕。方驾鼋鼍⑧以为梁,巡海右⑨以送日。一旦魂断⑩,宫车晚出⑪。

若乃赵王既虏,迁于房陵。薄暮心动,昧旦⑫神兴。别艳姬⑬与美女,丧金舆及玉乘⑭。置酒欲饮,悲来填膺,千秋万岁,为怨难胜。

至如李陵降北,名辱身冤,拔剑击柱,吊影惭魂⑮。情往上郡,心留雁门⑯。裂帛⑰系书,誓还汉恩。朝露溘⑱至,握手⑲何言!

若夫明妃去时,仰天太息。紫台⑳稍远,关山无极㉑。摇风㉒忽起,白日西匿。陇雁少飞,代云寡色。望君王兮何期,终芜绝㉓兮异域。

至乃敬通见抵,罢归田里。闭关却扫㉔,塞门不仕。左对孺入,顾弄稚子。脱略㉕公卿,跌宕㉖文史。赍志没地㉗,长怀无已。

及夫中散下狱,神气激扬。浊醪㉘夕引,素琴晨张㉙。秋日萧索,浮云无光。郁青霞㉚之奇意,入修夜之不旸㉛。或有孤臣危涕,孽子坠心。迁客海上,流戍陇阴。此人但闻悲风汩㉜起,血㉝下沾衿;亦复含酸茹㉞叹,销落湮㉟沉。

若乃骑叠迹[36]，车屯轨；黄尘匝[37]地，歌吹[38]四起。无不烟断火绝[39]，闭[40]骨泉里。

已矣哉[41]！春草暮兮秋风惊，秋风罢兮春草生。绮罗[42]毕兮池馆尽，琴瑟灭兮丘垄平。自古皆有死，莫不饮恨而吞声！

【注释】

①萦：绕。②拱木：可用两手围抱的树。③恨人：内心充满忧憾之人。④直念：犹言考虑。⑤同文：统一文字。⑥池：护城河。⑦雄图既溢：谓雄伟的计划很宏大。⑧鼋鼍：两种龟属动物。⑨海右：大海的西面。⑩魂断：死去。⑪宫车晚出：比喻帝王死亡。⑫昧旦：拂晓。⑬艳姬：美丽的女子。⑭金舆、玉乘：都是非常华贵的车驾。⑮惭魂：即内心深感惭愧。⑯上郡、雁门：均为汉朝的郡名。⑰裂帛：撕开织物。⑱溘：忽然。⑲握手：谓李陵与苏武告别。⑳紫台：紫宫，帝王所居。㉑无极：无尽头。㉒摇风：即扶摇之风，指大风。㉓芜绝：谓身死后尸骨化为荒草或尘埃。㉔却扫：不再扫路迎客。㉕脱略：轻慢，不拘。㉖跌宕：放纵不拘束。㉗赍：怀着。没地：死去。㉘醪：酒。㉙张：犹弹琴。㉚青霞：喻高远。㉛修：长久。旸：明。㉜汩：快，迅速。㉝血：泪水。㉞茹：吞，含。㉟湮：没。㊱骑叠迹：喻车骑之盛多。㊲匝：原为环围，此引申为漫布。㊳歌吹：音乐。㊴烟断火绝：喻人之死。㊵闭：埋。㊶已矣哉：发端叹词。㊷绮罗：原为丝锦织物，此处代之歌舞。

【赏析】

江淹，南朝梁文学家，《恨赋》是他最为脍炙人口的名作，主要抒发人生命短暂、饮恨而终的感慨。赋作塑造了不同的艺术形象，列举出不同人物的苦衷，但最终又通过他们表达出人们普遍情感，感染力极强。

本赋全文共405字，其名为“恨赋”，顾名思义，就是着重渲染这一“恨”字，文章通过对秦始皇、赵王迁、李陵、王君、冯衍、嵇康这六个历史人物各自不同的恨的描写，来说明人人有恨，恨各不同的普遍现象。秦始皇用武力统一天下，使诸侯都到西方来朝见，而他又雄心勃勃，希望征服海外，然而蓝图并未实现，他便魂断西方，此为始皇壮志未酬之恨。赵王迁做了俘虏，被迁徙到了房陵。整天心神不宁，失去了美丽的姬妾及富丽堂皇的车马。置酒欲饮之时，悲愤首先填满心胸。最终死去，怨恨依然无尽无穷。李陵投降匈奴，汉武帝杀其全家，他名辱身冤。李陵在投降后，郁闷如狂，孤独心惭，无从发泄和排解。但是他虽身在匈奴，但却心怀故国，欲报汉恩。然而生命短促，无话可说，遗憾终身！王昭君离汉北去，远嫁匈奴，仰天深深叹息。离王宫逐渐远去，一路将要经过关隘山峦，行程遥远，似乎没有尽头。边塞荒漠，风沙阵阵，白日西沉，孤雁零落，云色惨淡。明妃心中虽然想念盼望君王，但最终死在异域。冯衍当罪，被罢免归田。他闭门谢客，不与外界往来，关上门庭，不再出去做官，在家陪伴妻儿。他轻慢王侯公卿，在艺术创作上放荡不羁，敢想敢言。他虽然胸怀大志，但已经无从实现，徒然死去，饮恨不止。嵇康下狱，气概激昂。每天喝劣质的酒，弹普通的琴，萧条冷落，没有生机，他心中郁结着那种高迈不俗的情怀，夜不能寐，以盼天明。他们都是不同类型的人，但却有着人人饮恨的结果，由此说明了人生在世"恨"的不能避免。宋喻良能称赞"昔江文通为《恨赋》，备尽古今之情致"，的确不是虚词。

【别　　赋】

江　淹

黯然销魂者①，唯别而已矣。况秦吴兮绝国②，复燕宋③兮千里。或春苔兮始生，乍秋风兮暂起。是以行子肠断，百感凄恻。风萧萧兮异响，云漫漫而奇色。舟凝滞于水滨，车逶迟④于山侧。棹容与而讵前⑤，马寒鸣而不息。掩⑥金觞而谁御⑦，横玉柱而沾轼⑧。居人愁卧，怳⑨若有亡。日下壁而沉彩⑩，月上轩而飞光。见红兰之受露，望青楸之罹霜⑪。巡层楹而空掩，抚锦幕⑫而虚凉。知离梦之踯躅⑬，意别魂之飞扬⑭。

故别虽一绪，事乃万族⑮。至若龙马⑯银鞍，朱轩绣轴⑰，帐饮东都⑱，送客金谷⑲。琴羽张⑳兮箫鼓陈，燕赵㉑歌兮伤美人。珠与玉兮艳暮秋，罗与绮兮娇上春。惊驷马之仰秣㉒，耸渊鱼之赤鳞㉓。造㉕分手而衔涕㉖，感寂寞而伤神。

乃有剑客惭恩㉗，少年报士㉘。韩国赵厕㉙，吴宫燕市㉚。割慈忍爱，离邦去里。沥泣㉛共诀，抆血㉜相视。驱征马而不顾，见行尘之时起。方衔感㉝于一剑，非买价于泉里㉞。金石震㉟而色变，骨肉悲而心死㊱。

或乃边郡未和，负羽㊲从军。辽水无极㊳，雁山㊴参云，闺中风暖，陌上草薰。日出天而耀景㊵，露下地而腾文㊶。镜朱尘之照烂㊷，袭青气㊸之烟煴。攀桃李兮不忍别，送爱子㊹兮沾罗裙。

至如一赴绝国，讵㊺相见期。视乔木兮故里㊻，决北梁兮永辞㊼。左右兮魂动，亲宾兮泪滋。可班荆㊽兮赠恨，惟樽㊾酒兮叙悲。值秋雁兮飞日，当白露兮下时。怨复怨兮远山曲，去复去兮长河湄㊿。

又若君居淄右㊿¹，妾家河阳㊿²。同琼珮㊿³之晨照，共金炉之夕香㊿⁴。君结绶㊿⁵兮千里，惜瑶草之徒芳㊿⁶。惭幽闺之琴瑟，晦高台之流黄(57)。春宫(58)闷此青苔色，秋帐含兹明月光，夏簟(59)青兮昼不暮，冬釭(60)凝兮夜何长。织锦曲兮泣已尽，回文诗兮影独伤(61)。

傥有华阴上士(62)，服食还山(63)。术既妙而犹学，道已寂而未传(64)。守丹灶而不顾(65)，炼金鼎(66)而方坚。驾鹤上汉，骖鸾(67)腾天，暂游万里，少别(68)千年。惟世间兮重别，谢(69)主人兮依然。

下有芍药之诗(70)，佳人之歌(71)，桑中卫女，上宫陈娥(72)。春草碧色，春水渌波(73)，送君南浦(74)，伤如之何！至乃秋露如珠，秋月如珪(75)，明月白露，光阴往来。与子之别，思心徘徊。

是以别方(76)不定，别理千名(77)，有别必怨，有怨必盈(78)，使人意夺神骇，心折骨惊(79)。虽渊、云(80)之墨妙，严、乐(81)之笔精，金闺之诸彦(82)，兰台(83)之群英，赋有凌云(84)之称，辩有雕龙(85)之声，谁能摹暂离之状，写永诀之情者乎！

【注释】

①黯然：心神沮丧，形容惨戚之状。销魂，即丧魂落魄。 ②秦吴：古国名。秦国在今陕西一带，吴国在今江苏、浙江一带。绝国：相隔极远的邦国。 ③燕宋：古国名。燕国在今河北一带，宋国在今河南一带。 ④逶迟：徘徊不行的样子。 ⑤棹：船桨，这里指代船。容与：缓慢荡漾不前的样子。讵前：滞留不前。此处化用屈原《九章·涉江》中“船容与而不进兮，淹回水而疑滞”的句意。 ⑥掩：覆盖。 ⑦御：进用。 ⑧横：横持；阁置。玉柱：琴瑟上的系弦之木，这里指琴。轼：成前的横木。 ⑨怳（huǎng）：丧神失意的样子。 ⑩沉彩：日光西沉。 ⑪楸（qiū）：落叶乔木。枝干端直，高达三十米，古人多植于道旁。罹：遭受。 ⑫层楹（yíng）：高高的楼房。楹，屋前的柱子，此指房屋。锦幕：锦织的帐幕。 ⑬踯躅（zhí zhú）：徘徊不前的样子。 ⑭意：同“臆”，料想。飞扬：飞散而无着落。 ⑮万族：不同的种类。 ⑯龙马：据《周礼·夏官·庾人》载，马八尺以上称“龙马”。 ⑰朱轩：贵者所乘之车。绣轴：绘有彩饰的车轴。此指车驾之华贵。 ⑱帐饮：古人设帷帐于郊外以饯行。东都：指东都门，长安城门名。《汉书·疏广传》记载疏广告老还乡时，“公卿大夫故人邑子设祖道供帐东都门，送者车数百辆，辞决而去。” ⑲金谷：晋代石崇在洛阳西北金谷所造金谷园。史载石崇拜太仆，出为征虏将军，送者倾都，曾帐饮于金谷园。 ⑳羽：五音之一，声最细切，宜于表现悲戚之情。琴羽，指琴中弹奏出羽声。张：调弦。 ㉑燕赵：《古诗》有“燕赵多佳人，美者颜如玉”句。后因以美人多出燕赵。 ㉒上春：即初春。 ㉓驷马：古时四匹马拉的车驾称驷，马称驷马。仰秣（mò）：抬起头吃草。语出《淮南子·说山训》：“伯牙鼓琴，驷马仰秣。”原形容琴声美妙动听，此处反其意。 ㉔耸：因惊动而跃起。鳞：指渊中之鱼。语出《韩诗外传》：“昔者瓠巴鼓瑟而潜鱼出听。” ㉕造：等到。 ㉖衔涕：含泪。 ㉗惭恩：自惭于未报主人知遇之恩。 ㉘报士：心怀报恩之念的侠士。 ㉙韩国：指战国时侠士聂政为韩国严仲子报仇，刺杀韩相侠累一事。赵厕：指战国初期，豫让因自己的

主人智氏为赵襄子所灭，乃变姓名为刑人，入宫涂厕，挟匕首欲刺死赵襄子一事。㉚吴宫：指春秋时专诸置匕首于鱼腹，在宴席间为吴国公子光刺杀吴王一事。燕市：指荆轲与朋友高渐离等饮于燕国街市，因感燕太子恩遇，藏匕首于地图中，至秦献图刺秦王未成，被杀。高渐离为了替荆轲报仇，又一次入秦谋杀秦王事。㉛沥泣：洒泪哭泣。㉜抆（wěn）：擦拭。抆血，指眼泪流尽后又继续流血。㉝衔感：怀恩感遇。衔，怀。㉞买价：指以生命换取金钱。泉里：黄泉。㉟金石震：钟、磬等乐器齐鸣。原本出自《燕丹太子》："荆轲与武阳入秦，秦王陛戟而见燕使，鼓钟并发，群臣皆呼万岁，武阳大恐，面如死灰色。"㊱"骨肉"句：语出《史记·刺客列传》，聂政刺杀韩相侠累后，剖腹毁容自杀，以免牵连他人。韩国当政者将他暴尸于市，悬赏千金。他的姐姐聂嫈说："妾其奈何畏殁身之诛，终灭贤弟之名！"于是宣扬弟弟的义举，伏尸而哭，最后在尸身旁边自杀。骨肉，指死者亲人。㊲负羽：挟带弓箭。㊳辽水：辽河。在今辽宁省西部，流经营口入海。㊴雁山：雁门山。在今山西原平县西北。㊵耀景：闪射光芒。㊶腾文：指露水在阳光下反射出绚烂的色彩。㊷镜：照。朱尘：红色的尘霭。照烂：鲜明绚烂之色。㊸袭：扑入。青气：春天草木上腾起的烟霭。㊹爱子：爱人，指征夫。㊺讵：岂有。㊻乔木：高大的树木。王充《论衡·佚文》："睹乔木，知旧都。"㊼"决北"句：语出《楚辞·九怀》。㊽班：铺设。荆：树枝条。据《左传·襄公二十六年》记载，楚国伍举与声子相善。伍举将奔晋国，在郑国郊外遇到声子，"班荆相与食，而言复故。"后来人们就以"班荆道故"来比喻亲旧惜别的悲痛。㊾樽：酒器。㊿湄：水边。(51)淄右：淄水西面。在今山东境内。(52)河阳：黄河北岸。(53)琼佩：琼玉之类的佩饰。(54)夕：和"晨"相对。二句为回忆昔日朝夕共处的爱情生活。(55)绶：系官印的丝带。结绶，指出仕做官。(56)瑶草：仙山中的芳草。这里比喻闺中少妇。徒芳：比喻虚度青春。(57)晦：昏暗不明。流黄：黄色丝绢，这里指黄绢做成的帷幕。这一句指为免伤情，不敢卷起帷幕远望。(58)春宫：指闺房。(59)簟（diàn）：竹席。(60)釭（gāng）：灯。(61)"织锦"二句：据武则天《璇玑图序》载："前秦苻坚时，窦滔镇襄阳，携宠姬赵阳台之任，断妻苏惠音问。蕙因织锦为回文，五彩相宣，纵横八寸，题诗二百余首，计八百余言，纵横反复，皆成章句，名曰《璇玑图》以寄滔。"一说窦韬身处沙漠，妻子苏惠就织锦为回文诗寄赠给他（《晋书·列女传》）。(62)傥（tǎng）：同"倘"。华阴：即华山，在今陕西渭南县南。上士：道士；求仙的人。(63)服食：道家以为服食丹药可以长生不老。还山：即成仙。一作"还仙"。(64)寂：进入微妙之境。传：至，最高境界。(65)丹灶：炼丹炉。不顾：指不顾问尘俗之事。(66)炼金鼎：在金鼎里炼丹。(67)骖（cān）：三匹马驾车称"骖"。鸾：古代神话传说中凤凰一类的鸟。(68)少别：小别。(69)谢：告辞，告别。(70)下：下土。与"上士"相对。芍药之诗：语出《诗经·郑风·溱洧》："维士与女，伊其相谑，赠以芍药。"(71)佳人之歌：指李延年的歌："北方有佳人，绝世而独立。"(72)桑中：卫国地名。上宫：陈国地名。卫女、陈娥：均指恋爱中的少女。《诗经·鄘风·桑中》："云谁之思？美孟姜矣。期我乎桑中，要我乎上宫。"(73)渌（lù）波：清澈的水波。(74)南浦：《楚辞·九歌·河伯》："子交手兮东行，送美人兮南浦。"后以"南浦"泛指送别之地。(75)珪（guī）：一种洁白晶莹的圆形美玉。(76)别方：别离的双方。(77)名：种类。(78)盈：充盈。(79)折、惊：均言创痛之深。(80)渊：即王褒，字子渊。云：即扬雄，字子云。二人都是汉代著名的辞赋家。(81)严：严安。

乐：徐乐。二人为汉代著名文学家。　⑧金闺：原指汉代长安金马门。后来为汉代官署名。是聚集才识之士以备汉武帝诏询的地方。彦：有学识才干的人。　⑧兰台：汉代朝廷中藏书和讨论学术的地方。　⑧凌云：据《史记·司马相如列传》载，司马相如作《大人赋》，汉武帝赞誉为"飘飘有凌云之气，似游天地之间。"　⑧雕龙：据《史记·孟子荀卿列传》载，驺奭写文章，善于闳辩。所以齐人称颂为"雕龙奭"。

【赏析】

《别赋》是江淹的一篇抒情小赋，在赋中作者以浓郁的抒情笔调，以环境烘托、情绪渲染、心理刻画等艺术方法，通过对戍人、富豪、侠客、游宦、道士、情人别离的描写，生动具体地反映出齐梁时代社会动乱的侧影。

文章开篇以"黯然销魂者，唯别而已矣"定一篇之基调，统摄全篇，点明离别之苦。中间以"故别虽一绪，事乃万族"铺陈七种不同的离别，每一种离别都极具典型性，具有离别的普遍意义，很能引起读者的共鸣，比如作者写了富贵者之别：想当年震撼朝野的宁邑二疏，即疏广、疏受，他们叔侄俩都是汉元帝的老师，疏广为太傅，疏受为少傅。他们在春分得意功成名就之际，在急流勇退告老还乡之时，满朝文武数百人在长安东都门外设起帷帐置酒席为他们饯行送别。晋代石崇曾与众贤士在金谷园设宴送征西祭酒王诩返回长安，场面热闹非凡，但尽管送别的宴会如此之豪奢，送别的声势如此浩荡，还是阻挡不了离别人的伤感之情，仍然是帐饮无绪。还写剑客游侠的诀别，在历史上有四个有名的刺客，他们都是讲义气的冷面杀手，但他们在"割慈忍爱"与亲朋诀别时，在"离邦去里"与故土告别时，同样有"沥泣共诀，抆血相视"的儿女之情。再比如征人之别：高山远水，给人以"一去便是天涯路，思人只在梦里头"的惆怅，从军者对美好的家园难以割舍，"攀桃李兮不忍别，送爱子兮沾罗裙"，慈母攀着桃李不放，是别无选择中的一种祈福的表现，希望儿子此去能够逃开灾难平安吉祥。在这不忍别而别的凄怆中，突出慈母哭泣着望着儿子远去悲哀，儿子带着母亲的哭泣声远去的离愁。另外作者还写了使者之别、宦游之别、求道学仙之别、恋人之别，在描写了七种不同的离别后，作者以"别方不定，别理千名，有别必怨，有怨必盈"概括全文，再次点明了文章的主旨。

【诣建平王上书】

江淹

昔者贱臣①叩心，飞霜击于燕地；庶女告天，振风袭于齐台。下官每读其书，未尝不废卷流涕。何者？士有一定之论，女有不易之行。信而见疑，贞而为戮，是以壮夫义士，伏死而不顾者此也。下官闻仁不可恃，善不可依，谓徒虚语，乃今知之。伏愿大王暂停左右，少加怜察。

下官本蓬户桑枢之人，布衣韦带②之士。退不饰诗书以惊愚，进不买名声于天下。日者谬得升降承明之阙，出入金华③之殿。何常不局影凝严④，侧身局禁者乎！窃慕大王之义，复为门下之宾，备鸣盗⑤浅术之馀，豫三五贱伎之末。大王惠以恩光，顾以颜色。实佩荆卿黄金之赐，窃感豫让国士之分矣。常欲结缨⑥伏剑，少谢万一，剖心摩踵，以报所天。不图小人固陋，坐贻谤缺；迹坠昭宪，身限幽圄⑦。履影吊心，酸鼻痛骨！下官闻亏名为辱，亏形次之。是以每一念来，忽若有遗。加以涉旬月，迫季秋，天光沉阴，左右无色。身非木石，与狱吏为伍，此少卿所以仰天槌心，泣尽而继之以血也！下官虽乏乡曲之誉，然尝闻君子之行矣。其上则隐于帘肆之间，卧于岩石之下；次则结绶金马之庭，高议云台之上；退则虏南越之君，系单于之颈。俱启丹册⑧，并图青史。宁当争分寸之末，竞锥刀之利哉！下官闻积毁销金，积谗磨骨。远则直生⑨取疑于盗金，近则伯鱼被名于不义。彼之二子，犹或如是，况在下官，焉能自免？昔上将之耻，绛侯幽狱；名臣之羞，史迁⑩下室。至如下官，当何言哉！夫鲁连⑪之智，辞禄而不返；接舆之贤，行歌而忘归；子陵闭关于东越，仲蔚杜门于西秦；亦良可知也。若使下官事非甚虚，罪得其实，亦当钳口吞舌，伏匕首以殒身。何以见齐鲁奇节之人、燕赵悲歌之士乎？

方今圣历钦明，天下乐业，青云浮雉，荣光塞河⑫。西洎临洮、狄道，北距飞狐、阳原⑬，莫不浸仁沐义，照景饮醴而已。而下官抱痛圆门⑭，含愤狱户。一物之微，有足悲者。仰惟大王少垂明白，则梧丘之魂，不愧于沉首；鹄亭之鬼，无恨于灰骨。不任肝胆之切，敬因执事以闻。

【注释】

①贱臣：指战国时代邹衍。②蓬户：编蓬为门。桑枢：揉桑条为门枢。韦带：无饰皮带，与布衣皆为平民所服用。③承明、金华：皆汉宫殿名。④局影凝严：屈曲着身影在端庄严肃的地方。⑤盗鸣：战国齐孟尝君门客有能为狗盗者，能为鸡鸣者，曾以此术助孟尝君脱困。⑥结缨：孔子弟子子路与敌斗，帽带（缨）被击断。子路曰，"君子死，冠不免"，结缨而死。⑦昭宪：法令。幽圄：监狱。⑧丹册：汉高祖论功定封，以丹书为信物。⑨直生：指汉人直不疑。他曾被同舍之人诬为窃金。⑩史迁：指太史公司马迁。⑪鲁连：即战国高士鲁仲连，他曾为赵解难排忧，平原君欲封鲁仲连，鲁仲连终不肯受，逃隐于海上。⑫青云浮雉，荣光塞河：古时以为祥瑞之征。⑬临洮、狄

道、飞狐、阳原：皆为地名。　⑭圆门：狱门。

【赏析】

　　江淹的这篇上书，是他遭谗受辱之后的悲愤之作，兼有邹阳《狱中上梁王书》和太史公《报任安书》的流风遗韵，充满了义烈之士无端受辱的孤傲、不平、愤怨之气，也是一篇千古奇文。

　　这桩冤案，发生在江淹出任宋建平王刘景素幕府时。广陵令郭彦文诬陷江淹有"受金"之嫌，建平王一怒之下，将江淹收系入狱。江淹作为"壮夫义士"，不堪忍受这种冤屈，故上书建平王表明自己的清白。在本篇上书中，江淹在开端就先声夺人，充满了拂郁之气："昔者贱臣叩心，飞霜击于燕地；庶女告天，振风袭于齐台。下官每读其书，未尝不废卷流涕"，在无穷的感慨中，展示数百年前燕臣、齐女蒙冤泣天，竟至夏日飞霜、雷风摧台的奇景，令建平王览书之始就受到强烈震动。接下来作者引出自己蒙冤入狱的悲惨境地，并表明自己伏死上书的决心，希望建平王能见书而"少加怜察"。在结尾时作者没有直接恳请建平王将其释放，而是非常突兀地展示了一幅"方今圣历钦明，天下乐业"的画面，并从"西洎临洮、狄道，北距飞狐、阳原"的广大空间上，展示了天下"莫不浸仁沐义，照景饮醴而已"的一片祥瑞。初看起来，文字显得很唐突，但细细分析，却能发现其中暗含深意。作者极力渲染天下四方的仁义普施之乐，正是为了更加鲜明的衬托出自身系狱含冤之悲，在这样强烈的哀乐对比中，作者发出"一物之微，有足悲者。仰惟大王少垂明白，则梧丘之魂，不愧于沉首；鹄亭之鬼，无恨于灰骨"的恳请，便显得更加凄切。史载江淹上书后，建平王览之，即日就将他从狱中释放，足见此书的作用之大。

【与沈约书】

任　昉

　　范仆射遂不救疾。范侯淳孝睦友，在家必闻；直道正色，立朝斯著。一金之俸，必遍亲伦；钟庾①之秩，散之故旧。佐命兴王，心力俱尽；谋猷②忠允，谅诚匪躬。破产而字死友之孤，开门而延故人之殡。则惟其常，无得而称矣。器用车马，无改平生之凭；素论③款对，不易布素之交。若斯人者，岂云易遇？昉将莅此邦④，务在遄速。虽解驾流连，再贻款顾；将乖之际，不忍告别。无益离悲，只增今怅。永念平生，忽焉畴曩。追寻笑绪，皆成悲端。

【注释】

①钟庾：古代容量单位。　②谋猷：谋划。　③素论：朴实之论。　④将莅此邦：疑

即指任昉赴任之宜兴。

【赏析】

本文是任昉写给沈约的一封书信，梁武帝天监二年（503）五月，尚书右仆射范云病逝，任昉虽得以于范云弥留之际与其匆匆见上一面，但之后便急速奔往宜兴赴任，和范云天人两隔。本文正是他在途中忍受着哀痛将此噩耗告诉沈约的书信，寄托了作者对范云深深的哀思。

文章开头即言"范仆射遂不救疾"，友人已去，何忍明言，"不救"二字，正表达了难以言传的生死永隔之悲。一片浓重的哀思，由此在信中弥漫开来。首先涌入作者笔端的是范云在郢城的往事：郢城被围，老母落入敌手，范云被迫为围城军队送书入城，城内有人要杀他，范云朗声而言："老母弱弟，悬命沈氏。若违其命，祸必及亲。今日就戮，甘心如荠！"表明了他的一片孝心。范云在朝中鞠躬尽瘁，不事权贵，具有铮臣之风，萧衍后来能代齐称天下，成为梁代的开国之君，与范云"心力俱尽"的辅佐之功是分不开的。范云待人直爽高洁，具有极高的人格修养，对朋友两肋插刀，赢得众人的唏嘘赞叹。

文章内容简短，文笔常被深深的哀痛冲断，故结构颠倒错综，时断时续，但正是这样极其深郁的情感显示了任昉动人的文情，显示了他对友人的厚重情谊。

【广绝交论】

刘峻

客问主人曰："朱公叔《绝交论》，为是乎？为非乎？"

主人曰："客奚此之问？"

客曰："夫草虫鸣则阜螽跃，雕虎①啸而清风起。故絪缊②相感，雾涌云蒸，嘤鸣相召，星流电激。是以王阳登③则贡公喜，罕生逝而国子悲。且心同琴瑟，言郁郁④于兰茝；道叶胶漆，志婉娈于埙篪。圣贤以此镂金版而镌盘盂，书玉牒而刻钟鼎⑤。若乃匠人辍成风之妙巧，伯子息流波之雅引；范、张款款于下泉，尹、班陶陶于永夕。骆驿⑥纵横，烟霏雨散。巧历⑦所不知，心计莫能测。而朱益州汨彝⑧叙，粤谋训⑨，捶直切，绝交游，比黔首⑩以鹰鹯，媲人灵于豺虎。蒙有猜焉，请辨其惑。"

主人听然⑪而笑曰："客所谓抚弦徽⑫音，未达燥湿交响；张罗沮泽⑬，不睹鸿雁云飞⑭。盖圣人握金镜⑮，阐风烈，龙骧蠖屈，从道污隆。日月联璧⑯，赞亹亹之弘致；云飞电薄⑰，显棣华之微旨。若五音之变化，济九成之妙曲。此朱生得玄珠于赤水，谟神睿而为言⑱。

"至夫组织仁义，琢磨道德⑲，欢其愉乐，恤⑳其陵夷，寄通灵台㉑之下，遗迹江湖之上，风雨急而不辍其音，霜雪零而不渝其色。斯贤达之素交㉒，历万古而一遇。

"逮叔世㉓民讹，狙㉔诈飙起，溪谷不能逾其险，鬼神无以究㉕其变。竞毛羽之轻，趋锥刀之末㉖。于是素交尽，利交兴，天下蚩蚩㉗，鸟惊雷骇㉘。然则利交同源，派流则异。较言其略，有五术焉：

"若其宠钧董、石，权压梁、窦，雕刻百工㉙，炉捶万物，吐漱兴云雨，呼噏下霜露。九域㉚耸其风尘，四海叠其熏灼，靡不望影星奔，藉响川鹜。鸡人㉛始唱，鹤盖成阴，高门旦开，流水㉜接轸。皆愿摩顶至踵，隳㉝胆抽肠，约同要离焚妻子，誓殉荆卿湛七族。是曰'势交'，其流一也。

"富埒㉞陶、白，赀巨程、罗，山擅㉟铜陵，家藏金穴，出平原而联骑，居里闬㊱而鸣钟。则有穷巷之宾，绳枢之士，冀宵烛㊲之末光，邀润屋之微泽。鱼贯凫跃㊳，飒沓鳞萃。分雁鹜之稻粱，沾玉斝之馀沥。衔恩遇，进款诚，援青松以示心，指白水而旌信。是日'贿交㊴'，其流二也。

"陆大夫宴喜西都，郭有道人伦东国，公卿贵其籍甚，搢绅㊵羡其登仙。加以颔颐蹙頞，涕唾流沫，骋黄马之剧谈，纵碧鸡之雄辩。叙温郁则寒谷成暄，论严苦㊶则春丛零叶。飞沈出其顾指㊷，荣辱定其一言。于是有弱冠㊸王孙、绮纨公子，道不挂于通人㊹，声未遒于云阁㊺，攀其鳞翼，丐其馀论，附驵骥之旄端，轶归鸿于碣石。是曰'谈交'，其流三也。

"阳舒阴惨㊻，生民大情；忧合欢离，品物㊼恒性。故鱼以泉涸而煦㊽沫，鸟因将死而鸣哀。同病相怜，缀河上之悲曲；恐惧寘怀，昭㊾《谷风》之盛典。斯则断金由于湫隘，刎颈起于苫盖㊿。是以伍员濯溉于宰嚭，张王抚翼于陈相。是曰'穷交(51)'，其流四也。

"驰鹜之俗，浇薄(52)之伦，无不操权衡，秉纤纩(53)。衡所以揣其轻重，纩所以属其鼻息(54)。若衡不能举，纩不能飞，虽颜、冉龙翰凤雏，曾、史兰薰雪白，舒、向金玉渊海，卿、云黼黻河汉，视若游尘(55)，遇同土梗。莫肯费其半菽(56)，罕有落其一毛。若衡重锱铢，纩微影撇，虽共工之蒐慝(57)，驩兜之掩义，南荆之跋扈，东陵之巨猾，皆为匍匐逶迤(58)，折枝(59)舐痔；金膏翠羽将其意(60)，脂韦便辟导其诚。故轮盖所游，必非夷、惠(61)之室；苞苴(62)所入，实行张、霍之家。谋而后动，毫芒(63)寡忒。是曰‘量交’，其流五也。

“凡斯五交，义同贾鬻。故桓谭譬之于阛阓，林回喻之于甘醴。夫寒暑递进，盛衰相袭。或前荣而后悴(64)，或始富而终贫，或初存而末亡，或古约而今泰(65)。循环翻覆，迅若波澜。此则殉利之情未尝异，变化之道不得一。由是观之，张、陈所以凶终，萧、朱所以隙末(66)，断焉可知矣。而翟公方规规然勒门以箴客，何所见之晚乎？

“因此五交，是生三衅(67)；败德殄(68)义，禽兽相若，一衅也；难固易携，仇讼所聚，二衅也；名陷饕餮，贞介(69)所羞，三衅也。古人知三衅之为梗(70)，惧五交之速尤(71)，故王丹威子以槚楚，朱穆昌言(72)而示绝，有旨哉！有旨哉！

“近世有乐安任昉，海内髦杰(73)，早绾银黄(74)，夙昭民誉。遒文丽藻，方驾(75)曹、王；英跱俊迈，联横许、郭。类田文之爱客，同郑庄之好贤。见一善则盱衡扼腕，遇一才则扬眉抵掌。雌黄(76)出其唇吻，朱紫由其月旦。于是冠盖辐凑(77)，衣裳云合；辎軿(78)击辖，坐客恒满。蹈其阃阈，若升阙里之堂；入其隩隅，谓登龙门(79)之阪。至于顾盼(80)增其倍价，剪拂使其长鸣。彯组云台者摩肩，趋走丹墀(81)者叠迹，莫不缔恩狎，结绸缪(82)，想惠、庄之清尘，庶羊、左之徽烈。及瞑目东粤，归骸洛浦。繐帐(83)犹悬，门罕渍酒之彦；坟未宿草(84)，野绝动轮之宾。藐尔(85)诸孤，朝不谋夕，流离大海之南，寄命嶂疠之地。自昔把臂之英，金兰(86)之友，曾无羊舌下泣之仁，宁慕郈成分宅之德。呜呼！世路险巇(87)，一至于此，太行、孟门，岂云崭绝！是以耿介之士，疾其若斯，裂裳裹足，弃之长骛。独立高山之顶，欢与麋鹿同群，皦皦然绝其雰浊。诚耻之也！诚畏之也！”

【注释】

①雕虎：虎皮有花纹，象雕绘而成，所以称雕虎。 ②细缊：指元气密切地相互交结。 ③登：指登朝作官。 ④馨郁：指气味浓厚，这里有气味相投的意思。 ⑤圣贤二

句：指古代把注重友道的话都保存下来，使人铭记不忘。⑥骆驿：连续不绝的样子。⑦巧历：精巧的计算家。⑧彝：常理，人伦。⑨粤：同越。谟训：指古代圣贤教导人的言行。⑩黔首：老百姓。⑪听然：开口笑的样子。⑫徽：琴上音位的标志，这里是动词，弹奏。⑬沮泽：水泊。⑭云飞：飞在云端。⑮金镜：比喻高明的道理。⑯联璧：并列在一起的两块玉。⑰云飞电薄：比喻丧乱。⑱"此朱生"二句：指朱穆探求到了真理，效法圣哲来说话。⑲"至夫"二句：指朋友间互相砥砺，增进道德修养。⑳恤：同情。㉑灵台：指心。这句说朋友之间，心心相通。㉒素交：指真诚不移的友谊。㉓叔世：即末世，指政治风俗衰败的社会。㉔狙：暗中伤人。㉕究：穷尽。㉖锥刀之末：比喻细小之利。㉗蚩蚩：乱的样子。㉘雷骇：为雷声所惊骇，形容利交的可怕。㉙百工：各种工匠，这里代指各类工匠制作的器物。㉚九域：九州，指全国。㉛鸡人：古代掌管报晓的官吏。㉜流水：形容车辆众多。㉝隳：毁坏。㉞埒：等于。㉟擅：占有。㊱里闬：即里巷。㊲宵烛：夜里的灯烛。㊳鱼贯：像鱼被串起一样。凫跃：像凫雁一样飞跃，形容踊跃。㊴贿交：贪人财富的交游。㊵搢绅：指官僚、士大夫。㊶严：风霜严寒。苦：急。㊷顾指：暗示，表示轻微。㊸弱冠：刚刚成年。古代成年时才束发加冠，举行冠礼。㊹通人：通古达今之人，指名流学者。㊺云阁：高阁，指最高统治者所居的地方。㊻阳舒阴惨：阳、阴，指正负、好坏、顺逆等相对的不同环境。舒：舒畅。惨：悲惨。㊼品物：万物，这里指人。㊽煦：吐。㊾昭：显。㊿"斯则"二句：意思是说交情建立在共同贫困的时候。51穷交：穷迫之交，即只能共苦、不能同甘的朋友。52浇：薄，不忠厚。53纤纩：轻细的丝棉。54属其鼻息：比喻窥测别人微小的动向。55游尘：浮动的尘土。56半菽：半个豆子。57蒐慝：隐蔽之恶，即人家不知道的罪恶。58逶迤：斜行。59折枝：按摩肢体。60金膏：金液。翠羽：翠色的羽毛。都指珍贵的物品。将其意：申明自己的敬意。61夷、惠：指伯夷、柳下惠，都是古代的高士。62苞苴：原是裹鱼肉的草包，后世也借指贿赂。63毫芒：比喻些微、细小。64荣：繁荣。悴：衰败。65约：贫穷。泰：奢侈、安乐。66隙末：末后的时间有了怨隙。67衅：罅隙，毛病。68殄：毁灭。69贞介：指公正耿直的人。70梗：这里指弊病、灾害。71尤：过错。72昌言：好的议论。73髦杰：才能杰出的的人。74银黄：此代指高级官职。75方驾：并驾，处于相等的地位。76雌黄：一种矿质颜料，古代在抄写时，用以涂抹错字，后世引申为评论的意思。77辐凑：比喻聚集一处。78辎軿：这里即指车辆。79龙门：地名，高峻不易攀爬。80顾盼：回头看。81丹墀：这里指皇帝面前。82绸缪：亲密。83繐帐：灵帐。84宿草：隔年的草。85藐尔：弱小的样子。86金兰：古人认为金最坚，兰最香，因此用以比喻友谊深厚。87险巇：危险。

【赏析】

刘峻，字孝标，家贫好学，刘宋时，在北方为魏人所属，齐永明中，到了南方，历任齐梁，官至户曹参军，在当时有才名。本文是刘峻推广汉代朱穆讽刺文章《绝交论》的论点写成的，所以题为《广绝交论》。朱穆，字公叔，为侍御史时，常感世俗浇薄，慕尚敦笃，便写了《绝交论》一文，用以矫正时弊。刘峻写本篇文章的动机，就是因为他的朋友任昉，生前交友很多，但死去之后，家里贫困，子侄流离，无人照顾，于是他感到当时友谊的虚伪,激于义愤,写成此文。

　　文中设为主客问答的形式来阐明自己的论点,主人即代表作者自己。文章抒发了作者愤世嫉俗的感情,讽刺尖锐,文气俊利,是齐梁时代有特色的作品。文章的一开头,作者就借用"客人"之口,说出对朱穆《绝交论》的困惑,并引用自然界的多种现象和历史上的诸多事实,企图说明友朋的不可或缺和多多益善。作者(即主人)认为应该断绝的不是历史上那种"素交",而是随着时间的流变,代"素交"而起的"利交",作者把"利交"分为五种形态:一曰"势交",二曰"贿交",三曰"谈交",四曰"穷交",五曰"量交",这五交犹如街市上做买卖的商贩,有利则成交,赔本绝不干。在文章的最后,作者将笔锋指向身边的人物,无情暴露并嘲笑任昉昔日友人们的丑态。他长叹道"呜呼!世路险巇,一至于此,太行、孟门,岂云崭绝!是以耿介之士,疾其若斯,裂裳裹足,弃之长骛。独立高山之顶,欢与麋鹿同群,皦皦然绝其雰浊。诚耻之也!诚畏之也!"道出了他提倡绝交的真正缘由,是被世道所逼,他呼唤真正的友情,衷心希望有朝一日利交绝,素交兴。

【与陈伯之书】

丘迟

　　迟顿首。陈将军足下①:无恙②,幸甚,幸甚!

　　将军勇冠三军③,才为世出④,弃燕雀之小志,慕鸿鹄以高翔⑤。昔因机变化,遭遇明主⑥,立功立事,开国称孤⑦,朱轮华毂⑧,拥旄⑨万里,何其壮也!如何一旦为奔亡之虏,闻鸣镝而股战⑩,对穹庐⑪以屈膝,又何劣邪!

　　寻君去就⑫之际,非有他故,直以不能内审诸⑬己,外受流言,沉迷猖獗,以至于此。圣朝赦罪责功⑭,弃瑕⑮录用,推赤心于天下,安反侧于万物⑯,将军之所知,不假⑰仆一二谈也。朱鲔涉血于友于⑱,张绣剚刃于爱子⑲,汉主不以为疑,魏君待之若旧。况将军无昔人之罪,而勋重于当世。夫迷途知返,往哲是与⑳;不远而复,先典攸高㉒。主上屈法申恩,吞舟是漏㉓;将军松柏不翦㉔,亲戚安居,高台未倾㉕,爱妾尚在。悠悠尔心,亦何可言!

　　今功臣名将,雁行㉖有序,佩紫怀黄㉗,赞帷幄之谋㉘;乘轺建节㉙,奉疆埸㉚之任,并刑马㉛作誓,传之子孙㉜。将军独靦颜㉝借命,驱驰毡裘㉞之长,宁不哀哉!夫以慕容超㉟之强,身送东市[36]；姚泓之盛[37]，面缚西都[38]。故知霜露所均[39]，不育异类[40]；姬汉旧邦[41]，无取杂种[42]。北虏僭[43]盗中原，多历年所[44]，恶积祸盈，理至焦烂[45]。况伪孽昏狡[46]，自相夷戮[47]，部落携离[48]，酋豪猜贰[49]。方当系颈蛮邸[50]，悬首藁街[51]。而将军鱼游于沸鼎之中，燕巢于飞幕之上[52]，不亦惑乎！

暮春三月，江南草长，杂花生树，群莺乱飞。见故国之旗鼓，感平生于畴日[53]，抚弦登陴[54]，岂不怆悢！所以廉公之思赵将[55]，吴子之泣西河[56]，人之情也，将军独无情哉？

想早励良规[57]，自求多福。当今皇帝盛明，天下安乐。白环西献[58]，楛矢[59]东来。夜郎滇池[60]，解辫请职[61]；朝鲜昌海[62]，蹶角受化[63]。唯北狄野心，掘强沙塞之间，欲延岁月之命耳[64]。中军临川殿下[65]，明德茂亲[66]，总兹戎重[67]。吊民洛汭[68]，伐罪秦中[69]。若遂[70]不改，方思仆言。聊布往怀[71]，君其详之。丘迟顿首。

【注释】

①顿首：叩拜。这是古人书信开头和结尾常用的客气语。足下：书信中对对方的尊称。 ②无恙：古人常用的问候语。恙：病；忧。 ③"将军"句：语出李陵《答苏武书》："陵先将军功略盖天地，义勇冠三军。"此喻陈英勇为三军之首。 ④才为世出：语出苏武《报李陵书》："每念足下才为世生，器为时出。"此喻陈才能杰出于当世。 ⑤"弃燕"二句：语出《史记·陈涉世家》："陈涉太息曰：嗟乎！燕雀安知鸿鹄之志哉！此喻陈伯之有远大的志向。 ⑥"昔因"二句：指陈伯之弃齐归梁，受梁武帝赏爱器重。 ⑦"立功"二句，《梁书·陈伯之传》："力战有功"，"进号征南将军，封丰城县公，邑二千户。"开国：梁时封爵，皆冠以开国之号。孤，王侯自称。此指受封爵事。 ⑧毂(gǔ)：原指车轮中心的圆木，此处指代车舆。 ⑨旄(máo)：用牦牛尾装饰的旗子。此指旄节。拥旄：古代高级武将持节统制一方之谓。 ⑩鸣镝(dí)：响箭。股战：大腿颤抖。 ⑪穹庐：原指少数民族居住的毡帐。这里指代北魏政权。 ⑫去就：指陈伯之弃梁投降北魏事。 ⑬内审：内心反复考虑。诸，"之于"的合音。 ⑭赦罪责功：赦免罪过而求其建立功业。 ⑮瑕：玉的斑点，此指过失。弃瑕：即不计较过失。 ⑯"推赤"二句：《后汉书·光武帝纪》："降者更相语曰：'萧王推赤心置人腹中，安得不投死乎？'"又：汉兵诛王郎，得吏人与郎交关谤毁者数千章烧之曰："令反侧子自安。"反侧子，指心怀鬼胎，疑惧不安的人。此谓梁朝以赤心待人，对一切都既往不咎。 ⑰不假：不借助，不需要。 ⑱"朱鲔"句。朱鲔(wěi)是王莽末年绿林军将领，曾劝说刘玄杀死了光武帝的哥哥刘伯升。光武攻洛阳，朱鲔拒守，光武遣岑彭前去劝降，转达光武之意说，建大功业的人不计小恩怨，今若降，不仅不会被杀，还能保住官爵。朱鲔乃降。涉血，同"喋血"，谓杀人多流血满地，脚履血而行。友于，即兄弟。《尚书·君陈》："惟孝友于兄弟。"此指刘伯升。 ⑲"张绣"句。据《三国志·魏志·武帝纪》载："建安二年，公

（曹操）到宛。张绣降，既而悔之，复反。公与战，军败，为流矢所中。长子昂、弟子安民遇害。"建安四年，"冬十一月，张绣率众降，封列侯。"剚（zì）刃，用刀刺入人体。 ⑳往哲：以往的贤哲。与，赞同。 ㉑不远而复：指迷途不远而返回。《易·复卦》："不远复，无祗悔，元吉。" ㉒先典：古代典籍，指《易经》。攸高：嘉许。 ㉓"主上"二句：桓宽《盐铁论·刑德》："明王茂其德教而缓其刑罚也。网漏吞舟之鱼。"吞舟：这里指能吞舟的大鱼。 ㉔松柏：古人常在坟墓边植以松柏，这里喻指陈伯之祖先的坟墓。不翦：谓未曾受到毁坏。 ㉕"高台"句：桓谭《新论》云：雍门周说孟尝君曰："千秋万岁后，高台既已倾，曲池又已平。"此指陈伯之在梁的房舍住宅未被焚毁。 ㉖雁行：大雁飞行的行列，比喻尊卑排列次序。 ㉗紫：紫绶，系官印的丝带。黄：黄金印。 ㉘赞：佐助。帷幄：军中的帐幕。《史记·留侯世家》："运筹策帷幄中，决胜千里外。" ㉙轺（yáo）：用两匹马拉的轻车，此指使节乘坐之车。建节：将皇帝赐予的符节插立车上。 ㉚疆埸（yì），边境。 ㉛刑马：杀马。古代诸侯杀白马饮血以会盟。 ㉜传之子孙：这是梁代的誓约，指功臣名将的爵位可传之子孙。 ㉝靦（miǎn）颜：厚着脸。 ㉞毡裘：以毛织制之衣，北方少数民族服装，这里指代北魏。长，头目。这里指拓跋族北魏君长。 ㉟慕容超：南燕君主。晋末宋初曾骚扰淮北，刘裕北伐将他擒获，解至南京斩首。 ㊱东市：汉代长安处决犯人的地方。后泛指刑场。 ㊲姚泓：后秦君主。刘裕北伐破长安，姚泓出降。 ㊳面缚：面朝前，双手反缚于后。西都：指长安。 ㊴霜露所均：霜露所及之处，即天地之间。 ㊵异类：古代汉族对少数民族带侮辱性的称呼。 ㊶姬汉：即汉族。姬，周天子的姓。旧邦：指中原周汉的故土。 ㊷杂种：古代汉族对少数民族带侮辱性的称呼。 ㊸北虏：指北魏。虏是古代汉族对少数民族带侮辱性的称呼。僭（jiàn）：假冒帝号。 ㊹"多历"句：拓跋珪公元386年建立北魏，至505年已一百多年。年所：年代。 ㊺焦烂：溃败灭亡。 ㊻伪（niè）：这里指北魏统治集团。昏狡：昏聩狡诈。 ㊼自相夷戮：指北魏内部的自相残杀。公元501年，宣武帝的叔父咸阳王元禧谋反被杀。公元504年，北海王元祥也因起兵作乱被囚禁而死。 ㊽携离：四分五裂。携：离。 ㊾酋豪：部落酋长。猜贰：猜忌别人有二心。 ㊿蛮邸：外族首领所居的馆舍。 ㉛藁（gǎo）街：汉代长安街名，是少数民族居住的地方，蛮邸即设于此。 ㉜"而将军"二句：李善注引袁崧《后汉书》朱穆上疏曰："养鱼沸鼎之中，栖鸟烈火之上，用之不时，必也焦烂。"飞幕：动荡的帐幕，此喻陈伯之处境之危险。 ㉝畴日：昔日。 ㉞陴（pí）：城上女墙。 ㉟"所以"句：事见《史记·廉颇蔺相如列传》："廉颇居梁久之，魏不能信用。赵以数困于秦兵，赵王思复得廉颇，廉颇亦思复用于赵"思赵将，即想复为赵将。 ㊱"吴子"句：据《吕氏春秋·观表》吴起为魏国守西河（今陕西韩城县一带）。魏武侯听信谗言，使人召回吴起。吴起预料西河必为秦所夺取，故车至于岸门，望西河而泣。后西河果为秦所得。 ㊲励：勉励，引申为作出。良规：妥善的安排。 ㊳白环西献：李善注引《世本》载："舜时，西王母献白环及佩。" ㊴楛（hù）矢：用楛木做的箭。《孔子家语》载：武王克商，"于是肃慎氏贡楛矢石砮。"肃慎氏，东北的少数民族。 ㊵夜郎：今贵州桐梓县一带。滇池：今云南昆明市附近。均为汉代西南方国名。 ㊶解辫请职：解开盘结的发辫，请求封职。即表示愿意归顺。 ㊷昌海：西域国名。即今新疆罗布泊。 ㊸蹶角：以额角叩地。受化：接受教化。 ㊹"掘强"二句：《汉书·伍被传》记伍被说淮南王曰："东保会稽，南通劲越，屈强江、淮间，可以延岁月之寿耳。"掘强,即倔强。　⑥中军临川殿下:指萧宏。时临川王萧宏任中军将军。殿下:对王侯的尊称。　⑥茂亲:至亲。指萧宏为武帝之弟。　⑥戎重:军事重任。　⑥吊民:慰问老百姓。汭(ruì):水流隈曲处。洛汭,洛水汇入黄河的洛阳、巩县一带。　⑥秦中:指北魏。今陕西中部地区。　⑦遂:因循。　⑦聊布:聊且陈述。往怀:往日的友情。

【赏析】

本文是丘迟写给陈伯之的一封书信。丘迟(464—508),字希范,南朝梁文学家,吴兴乌程(今浙江吴兴)人。陈伯之,睢陵(今江苏省睢宁县)人,梁时为江州刺史。梁武帝天监元年(公元502年)起兵反梁,兵败后投降北魏。天监四年(公元505年),梁武帝命临川王萧宏领兵北伐,陈伯之屯兵寿阳与梁军对抗,萧宏命记室丘迟以个人名义写信劝降陈伯之。《与陈伯之书》就是在这样的背景下写成的一封政治性书信。丘迟在信中首先义正辞严地谴责了陈伯之叛国投敌的卑劣行径,然后申明了梁朝不咎既往、宽大为怀的政策,向对方晓以大义,陈述利害,并动之以故国之恩、乡关之情,最后奉劝他只有归梁才是最好的出路。文章围绕着"情"字作文章,注意遴选那些饱含情意的细节及相关的事物纳入篇中,让陈伯之感到丘迟处处是在为他着想,是在真心实意地帮助他弃暗投明,摆脱困境。全文濡染着作者热爱祖国,挽救故人的真挚感情,具有摇曳心灵的感染力和说服力。因此,"伯之得书,乃于寿阳拥兵八千归降",丘迟也因劝降陈伯之有功,升为中书郎。

全文可分为五段,这五个段落结合陈伯之以往的经历、现实的处境、内心的疑虑,有的放矢地逐层申说,无论是赞赏陈的才能,惋惜陈的失足,还是担忧陈的处境,期望陈的归来,均发自肺腑,真挚感人。全文有循循善诱、真诚相待之言,无空泛说教、虚声恫吓之语。文章发挥了四六句骈体韵文的优点:全文合辙押韵,对仗工整,读起来朗朗上口,文字流畅易懂,晓之以理,动之以情,环环相扣,鞭辟入里,步步紧逼,引经据典,无可辩驳,是千年传诵不衰的名篇。

【答谢中书①书】

陶弘景

山川之美②,古来共谈。高峰入云,清流见底。两岸石壁,五色交辉③;青林翠竹④,四时俱备⑤。晓雾将歇⑥,猿鸟乱⑦鸣;夕日欲颓⑧,沉鳞竞跃⑨。实⑩是⑪欲界之仙都⑫。自康乐⑬以来,未复有能与其奇者⑭。

【注释】

①谢中书:即谢徵,字元度,陈郡阳夏(现在河南太康)人。　②山川:山河。之:

的。美：美景。 ③五色交辉：这里形容石壁色彩斑斓。五色：古代以青黄黑白赤为正色。交辉：指交相辉映。 ④青林：青葱的林木。翠竹：翠绿的竹林。 ⑤四时俱备四时：四季。俱：都 ⑥将：将要。歇：消散。 ⑦乱：此起彼伏。 ⑧夕日欲颓：太阳快要落山了。颓：坠落。 ⑨沉鳞竞跃：潜游在水中的鱼争相跳出水面。沉鳞：潜游在水中的鱼（这里用了借代的手法，鳞指代鱼）。竞跃：竞相跳跃。 ⑩实：确实。 ⑪是：这。 ⑫欲界之仙都：即人间仙境。欲界，佛家语，佛教把世界分为欲界、色界、无色界。欲界是没有摆脱世俗的七情六欲的众生所处境界，即指人间。仙都：仙人生活在其中的美好世界。 ⑬康乐：指南朝著名山水诗人谢灵运，他继承他祖父的爵位，被封为康乐公，是南朝文学家。 ⑭未：没有。与（yù）：参与，这里指欣赏。奇：指奇山异水。

【赏析】

陶弘景（456－536），字通明，自号"华阳隐居"，卒谥贞白先生。南朝梁时期的道教茅山派代表人物之一，同时也是著名的医药家、炼丹家、文学家。他早年便与梁武帝相识，梁武帝称帝之后，想让其出山为官，辅佐朝政，陶弘景于是画了一张画，两头牛，一个自在地吃草，一个带着金笼头，被拿着鞭子的人牵着鼻子。梁武帝一见，便知其意，虽不为官，但书信不断，人称"山中宰相"。他的思想脱胎于老庄哲学和葛洪的神仙道教，杂有儒家和佛教观点。陶弘景工草隶行书尤妙，对历算、地理、医药等都有一定研究。本文是他写给朋友谢中书的一封书信，反映了作者娱情山水的思想。文章以感慨发端：山川之美，古来共谈，有高雅情怀的人才可能品味山川之美，将内心的感受与友人交流，是人生一大乐事。作者正是将谢中书当作能够谈山论水的朋友，同时也期望与古往今来的林泉高士相比肩。接下来作者以清峻的笔触具体描绘了秀美的山川景色："高峰入云，清流见底。两岸石壁，五色交辉；青林翠竹，四时俱备。晓雾将歇，猿鸟乱鸣；夕日欲颓，沉鳞竞跃"，在这里，山高水净，竹木青翠，山石斑斓，而猿鸟的鸣叫、鱼儿的嬉戏更是为美丽的自然增添了灵动，使画面更加完整统一。最后，文章又以感慨收束，"实欲界之仙都"，这里实在是人间的仙境啊！自从谢灵运以来，没有人能够欣赏它的妙处，而作者却能够从中发现无尽的乐趣，带有自豪之感，期与谢公比肩之意溢于言表。而本文在艺术上风格雅淡，文字清丽，堪与谢灵运、谢朓的山水诗比美。

【三　　峡】

郦道元

自三峡①七百里中，两岸连山，略无阙处。重岩叠嶂，隐天蔽日，自非亭午夜分，不见曦②月。至于夏水襄陵，沿溯③阻绝。或王命急宣，有时朝发白帝④，暮到江陵，其间千二百里，虽乘奔御风，不以⑤疾也。春冬之时，则素湍⑥绿潭，回清倒影。绝𪩘多生怪柏，悬泉瀑布，飞漱⑦其间，清荣峻茂，良多趣味。每至晴初霜旦，林寒涧肃！常有高猿长啸，属引⑧凄异，空谷传响，哀转久绝。故渔者歌曰："巴东⑨三峡巫峡长，猿鸣三声泪沾裳。"

【注释】

①三峡：指瞿塘峡、巫峡、西陵峡，在长江上游，西起四川奉节白帝城，东至湖北宜昌南津关，长一百九十三公里。 ②曦：日光，此指太阳。 ③沿溯：顺流而下曰沿，逆流而上曰溯。 ④白帝：白帝城，在今四川省奉节县东。 ⑤奔：指飞奔的马。御：驾。不以：不如。 ⑥湍：急流的水。 ⑦飞漱：飞流冲荡。 ⑧属引：连续不断。 ⑨巴东：郡名，指四川云阳、奉节、巫山一带。

【赏析】

本文选自郦道元《水经注·江水》，是一篇描写长江三峡壮丽景色的著名游记散文。《水经》是我国一部记载全国水系的地理著作，作者已不可考。由于它记叙简略，郦道元在"访渎探渠"，亲自考察后为其补订作注，名曰《水经注》。它虽是我国最早的一部地理著作，但由于其描写山水委婉曲折，文字峻洁明丽，也被视为我国山水散文中的佳作。

本文是"又东过巫县南，盐水从县东南流注之"句注释中一段，文章于寥寥一百多字中再现了三峡两岸高峻的山形、湍急的流水以及峡中多变的景色，渲染了清幽深邃的境界。作者用词贴切，语言凝练，富有传神的力量，写山写水都极其出色，比如他形象地描写三峡"两岸连山，略无阙处"的景色，说它"重岩叠嶂，隐天蔽日，自非亭午夜分，不见曦月"，用夸张的语言再现了当地山的高峻与密集，令人读之如在眼前，顿生敬畏之心。再比如作者说三峡水流湍急，"或王命急宣，有时朝发白帝，暮到江陵，其间千二百里，虽乘奔御风，不以疾也"，用船在其中穿行之快侧面烘托出当地水流的气势，简洁有力。作者写三峡四季景色变化也极有特点，春冬之时，这里树木倒影清晰，"清荣峻茂，良多趣味"，而在下霜的清晨这里则"林寒涧肃，常有高猿长啸，属引凄异，空谷传响，哀转久绝"，凄清的猿鸣更衬托出这里的清幽深邃。本篇是《水经注》中写的特别优美的章节之一，清人刘熙载曾评价说"郦道元叙山水，峻洁层深，奄有'楚辞'《山鬼》《招隐士》胜境，柳柳州游记，此其先导耶？"的确是很到位。

【孟门山】

郦道元

河水南径北屈县①故城西。西四十里有风山②，上有穴如轮，风气萧瑟，习常不止。当其冲飘也，略无生草，盖常不定，众风之门故也。风山西四十里，河南孟门山。《山海经》曰："孟门之山，其上多金玉，其下多黄垩③、涅石④。"《淮南子》曰："龙门未辟，吕梁⑤未凿，河出孟门之上，大溢逆流，无有丘陵，高阜灭之，名曰洪水。大禹疏通，谓之孟门。"故《穆天子传》曰："北登孟门，九河之隥⑥。"孟门，即龙门之上口也。实为河之巨厄，兼孟门津之名矣。

此石经始禹凿⑦，河中漱广⑧，夹岸崇深，倾崖返捍⑨，巨石临危⑩，若坠复倚。古之人有言："水非石凿⑪，而能入石。"信哉！其中水流交冲，素气⑫云浮，往来遥观者，常若雾露沾人，窥深悸魄⑬。其水尚崩浪万寻，悬流千丈，浑洪赑怒⑭，鼓若山腾，浚波颓叠⑮，迄于下口。方知慎子下龙门，流浮竹，非驷马之追也。

【注释】

①北屈县：故城在今山西省吉县北。 ②风山：在今山西省吉县西北。 ③黄垩：黄色石灰质的土壤，可作涂饰之用。 ④涅石：一种黑色的石。 ⑤吕梁：山名，在今山西省西部。 ⑥隥：险峻的山坡。 ⑦此石经始禹凿：此处石门是禹王开始凿通的。 ⑧漱广：因冲击而河水加宽。 ⑨倾崖返捍：这句是说水势汹涌冲击山崖，又复折回。 ⑩临危：临近一种危险地势。 ⑪石凿：指凿石的工具。 ⑫素气：白气。 ⑬窥深悸魄：往深处看去，使人惊心动魄。 ⑭赑怒：发怒用力的样子，这里形容水势。 ⑮浚波：深大的波涛。颓叠：水势趋向低平的样子。

【赏析】

郦道元在本文中以粗犷的旋律，谱写了一首河下龙门的雄浑壮曲。在文章开篇，作者就带领我们回到了尚未编年的洪荒时代，那时狂放不羁的黄河一路裹挟着太古洪荒的霸气，从传说中的西昆仑呼啸奔来。在征服了无数河流山川之后，却不料在孟门山遭到阻遏。孟门山究竟是何许物也，竟想阻挡狂暴的黄河？作者在此自然地引出了对孟门山的介绍：《山海经》、《淮南子》、《穆天子传》中都讲到了孟门山的来历，它本是一座"其上多金玉，其下多黄垩、涅石"的荒古奇山。当年驾着八骏周历天下的周穆王，来到此地，也只是登上了它的斜坡而已。对于一条普通河流来说，孟门山无疑是一座参天巨障，但黄河还是试图将之冲破，《淮南子》中记载了黄河曾怎样呼啸着冲上山巅，带着轰然巨响汹涌而过。后来身穿神衣、裤管高挽的大禹挥动巨斧，劈开了孟门，终于将狂暴无羁的黄河，约束在畅通的河道里，而孟门山也从此一分为二，绵延在黄河两岸。时间过了千百年后，郦道元来到了孟门山，他为之惊愕的是黄河并没有驯服地躺在河道之中，他还在顽强地冲击山石。长期以往，居然冲刷出了更宽广的河道，为自己赢得了更多自由，而两边的山峰，向河谷倾斜而出，仿佛还在做着隔断黄河的旧梦。作者登上高崖，俯瞰河谷的怒波汹涌，顿时神迷目眩："流交冲，素气云浮"，那巨浪仿佛要冲上悬崖，濛濛水气仿佛要沾湿人的全身，黄河的声音"浑洪赑怒"，听来震人心魄，它呼啸着直奔龙门的"下口"尽情展现着那统驭万物、尽盖乾坤的气势。

【情　采】

刘　勰

圣贤书辞，总称"文章"①，非采而何？夫水性虚而沦漪结②，木体实而花萼③振；文附质也④。虎豹无文⑤，则鞟同犬羊⑥；犀兕⑦有皮，而色资⑧丹漆；质待文⑨也。若乃综述性灵⑩，敷写⑪器象，镂心鸟迹之中⑫，织辞鱼网之上⑬，其为彪炳⑭，缛采名⑮矣。故立文之道⑯，其理有三：一曰形文，五色⑰是也；二曰声文，五音⑱是也；三曰情文，五性⑲是也。五色杂而成黼黻⑳，五音比而成《韶》《夏》㉑，五性发而为辞章，神理之数㉒也。《孝经》垂典㉓，丧言不文㉔，故知君子常言㉕，未尝质㉖也。老子疾伪㉗，故称"美言不信"㉘，而五千㉙精妙，则非弃美矣。庄周㉚云"辩㉛雕万物，谓藻㉜饰也。韩非㉝云"艳采辩说㉞"，谓绮㉟丽也。绮丽以艳说，藻饰以辩雕，文辞之变，于斯极矣。研味《孝》《老》㊱，则知文质㊲附乎性情；详览《庄》《韩》，则见华实过乎淫㊳侈。若择源于泾渭㊴之流，按辔㊵于邪正之路，亦可以驭文采矣。夫铅黛㊶所以饰容，而盼倩生于淑㊷姿；文采所以饰言，而辩丽本于情性㊸。故情㊹者文之经，辞者理㊺之纬；经正而后纬成，理定而后辞畅；此立文之本源㊻也。

昔诗人什㊼篇，为情而造文；辞人㊽赋颂，为文而造情。何以明其然？盖《风》《雅》㊾之兴，志思蓄愤，而吟咏情性，以讽其上㊿，此为情而造文也；诸子[51]之徒，心非郁陶[52]，苟[53]驰夸饰，鬻声钓世[54]，此为文而造情也。故为情者要约而写真，为文者淫丽而烦滥[55]。而后之作者，采滥忽真，远弃《风》《雅》，近师辞赋，故体情之制[56]日疏，逐文[57]之篇愈盛。故有志深轩冕[58]，而泛咏皋壤[59]，心缠几务[60]，而虚述人外[61]。真宰[62]弗存，翩其反矣[63]。夫桃李不言而成蹊[64]，有实存也；男子树兰而不芳⑥⁵，无其情也。夫以草木之微，依情待实；况乎文章，述志为本。言与志反，文岂足征⑥⁶？

是以联辞结采，将欲明理⑥⁷；采滥辞诡⑥⁸，则心理愈翳⑥⁹。固知翠纶桂饵⑦⁰，反所以失鱼。言隐荣华⑦¹，殆⑦²谓此也。是以衣锦褧⑦³衣，恶文太章⑦⁴；《贲》象穷白⑦⁵，贵乎反本。夫能设模⑦⁶以位理，拟地以置心⑦⁷，心定而后结音，理正而后摛⑦⁸藻；使文不灭质⑦⁹，博不溺⁸⁰心，正采耀乎朱蓝⁸¹，间色屏于红紫⁸²，乃可谓雕琢其章⁸³，彬彬君子矣⁸⁴。

赞曰：言以文远⁸⁵，诚哉斯验。心术既形⁸⁶，英华乃赡⁸⁷。吴锦好渝⁸⁸，舜英⁸⁹徒艳。繁采寡情，味之必厌。

【注释】

①文章：《论语·公冶长》："子贡曰：'夫子之文章，可得而闻也。'"何晏注："章，明也；文，彩。形质著见，可以耳目循。"　②采：文采。本篇多用以泛指艺术形式。性：性质，特征。沦漪（lúnyī）：水的波纹。　③萼（è）：花朵下的绿片。　④文：即采。质：即情。这句说明内容和形式的关系的一个方面。　⑤文：这里指虎豹皮毛的花纹。　⑥鞹（kuò）同犬羊：《论语·颜渊》："文犹质也，质犹文也；虎豹之鞹，犹犬羊之鞹。"　⑦犀兕（xīsì）：都是似牛的野兽（犀是雄的，兕是雌的），皮坚韧，可制铠甲。　⑧资：凭借。　⑨质待文：这说明内容和形式的关系的又一个方面。　⑩综：交织，这里是加以组织的意思。性灵：指人的思想感情。　⑪敷写：即描写。敷：铺陈。　⑫镂（lòu）心：精心推敲。镂：雕刻。鸟迹：指文字。相传黄帝时的仓颉受鸟兽足迹的启发而造文字。（见许慎《说文解字序》）　⑬织辞：编织文辞。鱼网：指纸。《后汉书·蔡伦传》说蔡伦开始用树皮、鱼网等造纸。　⑭彪炳：光彩鲜明。　⑮缛（rù）：繁盛。名：《释名·释言语》："名，明也，名实使分明也。"　⑯道：道路，途径。　⑰五色：青、黄、赤、白、黑，指作品的形象描写。《诠赋》："写物图貌，蔚似雕画。"《物色》："凡摛表五色，贵在时见，若青黄屡出，则繁而不珍。"　⑱五音：宫、商、角、徵（zhǐ）、羽，指作品的声韵。包括《乐府》篇"声为乐体"、"诗声曰歌"的"声"，和《声律》篇讲的宫商声韵。　⑲五性：指从心、肝、脾、肺、肾产生出来的五种性情。晋代晋灼《汉书音义》说："肝性静"，"心性躁"，"脾性力"，"肺性坚"，"肾性智"。（《汉书·翼奉传》注引）这里指作者的思想感情。　⑳黼黻（fǔfú）：古代礼服上的花纹。黼：半白半黑的斧形。黻：半黑半青的两个"己"字形。　㉑比：缀辑。《韶（sháo）》：舜时的乐名。《夏》：禹时的乐名。　㉒神理：神妙的道理。从《文心雕龙》全书多次所用"神理"一词的意义来看，所谓神妙的道理，就是《原道》篇所说的"自然之道"。数：定数。　㉓《孝经》：孔门后学所著儒家"十三经"之一。垂：留传下来。典：法度。　㉔"言不文"：指哀悼父母的话不应有文采。《孝经·丧亲》："孝子之丧亲也，哭不偯（yǐ），礼无容，言不文。"　㉕常言：指不是哀伤父母的话。　㉖未尝质：并不朴质。　㉗老子：姓李，名耳，春秋时期的思想家。著有《老子》八十一章，亦称《道德经》。疾：憎恶。

㉘美言不信：这是《老子》最后一章中的话，是针对某些虚华不实的文辞说的。 ㉙五千：即《道德经》，因它共有五千多字。 ㉚庄周：即庄子，战国时期的思想家。著有《庄子》。 ㉛辩：巧言。《庄子·天道》："辩虽雕万物，不自说（悦）也。" ㉜藻：辞藻。 ㉝韩非：战国时期的思想家。著有《韩非子》。 ㉞采：当作"乎"。《韩非子·外储说左上》："夫不谋治强之功，而艳乎辩说文丽之声，是却有术之士，而任坏屋折弓也。" ㉟绮（qǐ）：有花纹的丝织品。 ㊱《孝》：指《孝经》。《老》：指《老子》。 ㊲文质：本指形式和内容，这里是复词偏义，只指形式。 ㊳华实：也是复词偏义，这里只指华。淫：过分。 ㊴泾、渭：泾水和渭水，一清一浊，二水会合于陕西高陵县。这里用以喻"文质附乎性情"和"华实过乎淫侈"两种创作倾向。 ㊵辔（pèi）：马缰绳。 ㊶铅：铅粉。黛（dài）：古代女子画眉用的青黑色颜料。 ㊷盼：美目。倩（qiàn）：动人的笑貌。《诗经·卫风·硕人》："巧笑倩兮，美目盼兮。"淑：美好。 ㊸情性：指作品中所表达作者的思想感情。 ㊹情：这里泛指作品内容。 ㊺理：和上句"情"字意义相近。 ㊻本源：根本，这里指文学创作的根本原理。 ㊼诗人：《诗经》的作者，同时也指能继承《诗经》优良传统的作家。什：诗篇。 ㊽辞人：辞赋家，同时也指某些具有汉赋铺陈辞藻的特点的作家。扬雄《法言·吾子》："诗人之赋丽以则，辞人之赋丽以淫。" ㊾《风》、《雅》：指《诗经》中的《国风》、《小雅》等代表作品。 ㊿讽：婉言规劝。上：指统治者。 ○51诸子：这里指汉以后的辞赋家。 ○52郁陶（yáo）：忧思郁积。《楚辞·九辩》："岂不郁陶而思君兮，君之门以九重。"王逸注："愤念蓄积盈胸臆也。"（《文选》卷三十二） ○53苟：姑且，勉强。 ○54鬻（yù）：卖。声：名声。钓：骗取。 ○55滥：不切实。 ○56体：体现。制：作品。 ○57逐文：单纯地追求文采。逐：追逐。 ○58轩冕（miǎn）：指高级官位。轩：有屏藩的车。冕：礼冠。 ○59皋（gāo）壤：水边地，指山野隐居的地方。 ○60心缠几务：嵇康《与山巨源绝交书》："机务缠其心，世故繁其虑。"几务：即机务，指政事。 ○61人外：指尘世之外。 ○62宰：主，这里指作者的内心。 ○63翩（piān）：疾飞。《诗经·小雅·角弓》："翩其反矣。"郑注："翩然而反。" ○64"桃李不言"句：这是古代民谣。《史记·李将军列传赞》中引到："桃李不言，下自成蹊。"蹊：路。 ○65男子树兰：《淮南子·缪称训》："男子树兰，美而不芳。"芳：花的香气。这个说法当然不可信，刘勰借用此话是意在强调真实感情在文学创作中的重要性。 ○66征：证验。 ○67理：指作品的思想内容，和上文所说"情者文之经，辞者理之纬"中的"情"、"理"意同。 ○68诡：反常。 ○69心理：作者内心所蕴蓄的道理，表达而为作品的思想内容。翳（yì）：隐蔽。 ○70翠纶：用翡翠鸟毛做的钓鱼线。桂：肉桂，喻珍贵食物。饵（ěr）：引鱼的食物。《太平御览》卷八三四录《阙子》："鲁人有好钓者，以桂为饵，黄金之钩，错以银碧，垂翡翠之纶，其持竿处位即是，然其得鱼不几矣。故曰：钓之务不在芳饰，事之急不在辩言。" ○71言隐荣华：这是《庄子·齐物论》中的话。隐：埋没。《庄子》原文"隐"下有"于"字。 ○72殆（dài）：几乎，大约。 ○73褧（jiǒng）：一种套在外面的单衣。这句是《诗经·卫风·硕人》中的话。 ○74章：鲜明。 ○75《贲（bì）》：《易经》中的卦名。贲：文饰。穷白：最终是白色。《贲》卦的最后说："白贲无咎。"王弼注："处饰之终，饰终反素，故在其质素，不劳文饰而无咎也。" ○76模：规范。 ○77地：底子，这里指文章的基础。本书《定势》篇中曾说："譬五色之锦，各以本来为地矣。"心：指作品的思想内容。 ○78摛（chī）：舒展，发布。 ○79文：指作

品的文采。质：指思想内容。　⑧博：指辞采的繁盛。溺（nì）：淹没。《庄子·缮性》："知，而不足以定天下，然后附之以文，益之以博。文灭质，博溺心。"　⑧正采：即正色。《礼记·玉藻》："衣正色，裳间色。"疏引皇氏云："正，谓青、赤、黄、白、黑，五方正色也；不正，谓五方间色也，绿、红、碧、紫、骝黄（即留黄）是也。"朱：属赤色；蓝：属青色，都是正色。《说文》："蓝，染青色也。"　⑧间色：由正色相间杂而成的杂色。屏：弃。红、紫：都属杂色。　⑧章：文采。　⑧彬彬（bīn）：指文质兼顾，内容和形式结合得恰当。《论语·雍也》："质胜文则野，文胜质则史；文质彬彬，然后君子。"　⑧远：指流传久远。《左传·襄公二十五年》："言之无文，行而不远。"　⑧心术：运用心思的道路，这里指写作的方法。形：显著，明确。《礼记·乐记》："应感起物而动，然后心术形焉。"孔疏："术，谓所申道路也；形，见也；以其感物所动，故然后心之所由道路而形见焉。"　⑧赡（shàn）：富足。　⑧渝：变。　⑧舜：木槿（jǐn）花。英：花。木槿花朝开暮落，有花无实。

【赏析】

《文心雕龙》是我国古代文学典籍中罕见的"体大虑周"的文学理论专著，《情采》是其中重要的一篇。"情采"的"情"指情理、情性，亦指文章的思想感情；"采"指文采，辞采，即文章的语言形式，"情"和"采"的关系也就是通常所说的作品内容与形式的关系。

《情采》一文对文章的内容和形式做了较为全面的把握，其中既有理论的论述，又有实践性的讲析；既有正面的立论，又有批判性的阐述，直到今天仍然对文学创作有极好的指导意义。在表达方式上，作者运用了一系列比喻和比附的手法来清晰生动地阐述道理，例如文章第一部分用水波、花萼、虎豹等来论证文质的不可分性，用铅黛、经纬交织来比喻质本文末的关系，讲理形象，深入浅出，给人以极深的印象。文章采用当时流行的骈文体裁来写作，这种固定的文体形式无疑将给说理带来一定不便，但作者并没有去刻意剪裁文字，而是在骈体基本格式之下，力求把话说得明白畅通，并且尽可能借取骈偶组织来表达正反相形、高下相须的文理，例如"水性虚而沦漪结，木体实而花萼振；文附质也。虎豹无文，则鞟同犬羊；犀兕有皮，而色资丹漆；质待文也。"反映了对待关系；"五色杂而成黼黻，五音比而成《韶》、《夏》，五性发而为辞章，神理之数也"反映的是并列关系；"夫桃李不言而成蹊，有实存也；男子树兰而不芳，无其情也。夫以草木之微，依情待实；况乎文章，述志为本。言与志反，文岂足征？"反映的是反比关系。各种不同的关系，却有着相须相对的共同文理，用骈偶的形式加以表达，不但不觉得人工矫饰，反而自然贴切。

【物　色】

刘勰

　　春秋代序①，阴阳惨舒②，物色之动，心亦摇③焉。盖阳气萌而玄驹步④，阴律凝而丹鸟羞⑤，微虫犹或入感，四时之动物深矣。若夫珪璋挺其惠心⑥，英华⑦秀其清气，物色相召，人谁获安⑧！是以献岁发春⑨，悦豫⑩之情畅；滔滔孟夏⑪，郁陶⑫之心凝；天高气清⑬，阴沉之志远⑭；霰雪无垠⑮，矜肃⑯之虑深。岁有其物，物有其容⑰；情以物迁，辞以情发⑱。一叶且或迎意⑲，虫声有足引心。况清风与明月同夜，白日与春林共朝哉！

　　是以诗人感物，联类⑳不穷，流连万象㉑之际，沉吟㉒视听之区。写气图貌㉓，既随物以宛转㉔；属采附声㉕，亦与心而徘徊㉖。故"灼灼"㉗状桃花之鲜，"依依"尽㉘杨柳之貌，"杲杲"㉙为出日之容，"瀌瀌"拟㉚雨雪之状，"喈喈"逐㉛黄鸟之声，"喓喓"学草虫之韵㉜"皎日"、"嘒星"㉝，一言㉞穷理；"参差"、"沃若"㉟，两字穷㊱形。并以少总㊲多，情貌无遗㊳矣。虽复思经千载，将何易夺㊴？及《离骚》代兴㊵，触类而长㊶，物貌难尽，故重沓舒状㊷，于是"嵯峨"㊸之类聚，"葳蕤"㊹之群积矣。及长卿㊺之徒，诡势瓌声㊻，模山范水㊼，字必鱼贯㊽，所谓诗人丽则而约言㊾，辞人丽淫㊿而繁句也。至如《雅》咏棠华㉛，"或黄或白"㉜；《骚》㉝述秋兰，"绿叶""紫茎"㉞。凡摛表五色，贵在时见㉟；若青黄屡出，则繁而不珍。

　　自近代㊀以来，文贵形似，窥㊁情风景之上，钻貌草木之中。吟咏所发，志㊂惟深远，体㊃物为妙，功在密附㊄。故巧言㊅切状，如印之印泥㊆，不加雕削㊇，而曲写毫芥㊈。故能瞻㊉言而见貌，印字而知时㊊也。然物有恒㊋姿，而思无定检㊌，或率尔造极㊍，或精思愈疏㊎。且《诗》《骚》所标㊏，并据要害㊐，故后进锐笔㊑，怯㊒于争锋，莫不因方㊓以借巧，即势以会奇，善于适要㊔，则虽旧弥新矣㊕。是以四序纷回㊖，而入兴贵闲㊗；

物色虽繁，而析⑧⁰辞尚简；使味飘飘而轻举，情晔晔⑧¹而更新。古来辞人，异代接武⑧²，莫不参伍⑧³以相变，因革⑧⁴以为功，物色尽而情有馀⑧⁵者，晓会通⑧⁶也。若乃山林皋⑧⁷壤，实文思之奥府⑧⁸，略语则阙⑧⁹，详说则繁。然屈平所以能洞监《风》《骚》⑩之情者，抑⑨¹亦江山之助乎？

赞曰：山沓水匝⑨²，树杂云合⑨³。目既往还，心亦吐纳⑨⁴。春日迟迟，秋风飒飒⑨⁵。情往似赠，兴⑨⁶来如答。

【注释】

①代：更替。序：次序，指四季的次序。　②阴阳惨舒：即阴惨阳舒。张衡《西京赋》："夫人在阳时则舒，在阴时则惨。"（《文选》卷二）阴：秋冬寒冷的时候。惨：不愉快。阳：春夏温暖的时候。舒：舒畅。　③摇：动摇，这里指心情受到外物的影响而波动。　④萌：开始。玄驹：蚂蚁。步：走动。　⑤阴律：指某几种乐律，代表秋天。古代乐律分阴阳二种，古人曾以十二种乐律分配于十二月，但并不是所有的阴律都属于秋冬，这里只是借用阴律这个名称，来指阴冷的季节。丹鸟：萤火虫。羞：进食。《大戴礼记·夏小正》："丹鸟羞白鸟。丹鸟者，谓丹良也。白鸟者，谓蚊蚋也。其谓之鸟也，重其养者也，有翼者为鸟。羞也者，进也，不尽食也。"　⑥珪（guī）璋：古代聘问时所用的名贵玉器，这里泛指美玉。挺：挺拔。惠：即慧。　⑦英华：美好的花。　⑧安：安静；指没有受到感动。钟嵘《诗品序》："凡斯种种，感荡心灵，非陈诗何以展其义？非长歌何以骋其情？"　⑨献岁：新的一年。献：进。发春：春气发扬。《楚辞·招魂》："献岁发春兮，汨吾南征些。"　⑩豫：安乐。　⑪滔滔：阳气盛发的样子。孟：始。《楚辞·九章·怀沙》："滔滔孟夏兮，草木莽莽。"　⑫郁陶：忧闷。　⑬天高气清：指秋天。《楚辞·九辩》："泬寥兮天高而气清。"　⑭阴沉：深沉。阴、沉，都是深。　⑮霰（xiàn）：雪珠。垠（yín）：边界。《楚辞·九章·涉江》："霰雪纷其无垠兮，云霏霏而承宇。"　⑯矜（jīn）肃：严肃。矜：庄，敬。　⑰物有其容：《左传·昭公九年》："事有其物，物有其容。"　⑱情以物迁，辞以情发：《明诗》篇说的"应物斯感，感物吟志"，和这两句同旨。　⑲迎：接，引申为感触。《淮南子·说山训》中曾说："见一叶落，而知岁之将暮。"　⑳联：联系，联想。类：相近、相似的。　㉑流连：徘徊不忍离去。万象：各种自然现象。　㉒沉吟：低声吟味，即研究思考的意思。　㉓气：指事物的精神。图貌：描绘状貌。《诠赋》篇曾说："写物图貌，蔚似雕画。"　㉔宛转：曲折随顺，指在写作中根据事物的状貌来构思。"随物以宛转"，即《神思》篇所说"神与物游"、"与风云而并驱"之意。　㉕属：连缀。声：指文章的音节。　㉖徘徊：来回走动，这里指外物与内心密切联系的构思活动。　㉗灼灼（zhuó）：花盛开的样子。《诗经·周南·桃夭》中用来形容桃花："桃之夭夭，灼灼其华。"毛传："夭夭，其少壮也；灼灼，华之盛也。"　㉘依依：枝条轻柔的样子。《诗经·小雅·采薇》用来形容杨柳："昔我往矣，杨柳依依。"尽：完全，即完全描绘出。　㉙杲杲（gǎo）：光明的样子，《诗经·卫风·伯兮》用来形容太阳："其雨其雨，杲杲出日。"　㉚瀌瀌（biāo）：雪多的样子。《诗经·小雅·角弓》用来形容下雪："雨雪瀌瀌。"拟：模仿。　㉛喈喈（jiē）：众鸟和鸣的声音。《诗经·周

南·葛覃(tán)》用来形容黄鸟的声音："黄鸟于飞，集于灌木，其鸣喈喈。"逐：追，指追摹，表现。 ㉜喓喓(yāo)：虫叫的声音。《诗经·召南·草虫》用来形容草虫的声音："喓喓草虫。"韵：指虫鸣声。 ㉝皎(jiǎo)：《诗经·王风·大车》用来形容太阳："谓予不信，有如皦日。"皦：即皎，洁白明亮。嘒(huì)：微小，《诗经·召南·小星》用来形容星辰："嘒彼小星，三五在东。" ㉞一言：一字。 ㉟参差(cēncī)：不齐，《诗经·周南·关雎(jū)》用来形容荇(xìng)菜："参差荇菜，左右流(求)之。"荇菜：即水葵。沃若：美盛的样子。《诗经·卫风·氓(méng)》用来形容桑叶："桑之未落，其叶沃若。" ㊱穷：尽，指完全表现出来。 ㊲总：综合。 ㊳情貌：神情状貌。无遗：指完全表达出来。 ㊴易：更改。夺：除去。 ㊵《离骚》：屈原的杰作，这里借以代指《楚辞》。 ㊶长：指事物的引申、发展。 ㊷重沓(chóngtà)：多的意思。舒：伸展，即描写。 ㊸嵯峨(cuōē)：山峰高险的样子。汉赋中用这类辞藻很多，如司马相如《上林赋》"山气巃嵷兮石嵯峨"，王延寿《鲁灵光殿赋》"嵯峨嶵嵬"等。 ㊹葳蕤(wēiruí)：草木叶垂的样子。司马相如《子虚赋》"错翡翠之葳蕤"(《汉书》作"葳甤")，张衡《东京赋》"羽盖葳蕤"。 ㊺长卿：西汉作家司马相如的字。 ㊻诡(guǐ)：不平常。势：文章的气势。 ㊼模、范：都指依照物象描绘。 ㊽鱼贯：所用词藻如鱼之成行，指罗列堆砌的毛病。 ㊾诗人：指《诗经》的作者，也泛指一般走正确道路的作家，与下文"辞人"相反。则：合于规则而不过分。约：简练。 ㊿辞人：辞赋家。淫：过分。扬雄《法言·吾子》中说："诗人之赋丽以则，辞人之赋丽以淫。" 51《雅》：指《诗经·小雅》。裳华：即"裳华"，指《小雅》中的《裳裳者华》。 52或黄或白：《小雅·裳裳者华》："裳裳者华，或黄或白。" 53《骚》：这里泛指《楚辞》。 54绿叶、紫茎：《九歌·少司命》："秋兰兮青青，绿叶兮紫茎。" 55时见：适时出现。 56近代：指晋宋时期。 57窥(kuī)：探视。 58志：指作者的情志。 59体：体现，描写。 60密附：指准确地描绘事物，和《比兴》篇要求的"以切至为贵"同理。附：接近。 61切：切合。 62印泥：古代封信用泥，上面盖印，和后来用的火漆相似。 63雕削：雕刻，雕琢。 64曲：曲折，细致。芥(jiè)：小草。 65瞻：看。 66印：当作"即"，就。时：指四时。 67恒：经常的，有定的。 68检：法式。《明诗》"诗有恒裁，思无定位"，和这里说的"物有恒姿，而思无定检"同理。 69率尔：随便的样子。造极：达到理想的境地。 70疏：远，指作者的思想和客观物象距离很大。 71标：显出。 72要害：重要之处，指事物的主要特征。 73锐笔：指精于写作的人。 74怯(qiè)：懦弱，害怕。 75方：方法，指过去的写作手法。 76适要：抓住要点，和上面说的"据要害"意思相同。 77旧：指常见的、前人多次写到过的事物。弥(mí)：更加。新：新鲜，指同一事物能从新的角度或深度表现出新的特色。 78四序：四季。纷回：复杂多变。回：运转。 79兴：指写作的兴致。闲：法度。 80析：分解，引申为抉择、运用。 81晔晔(yè)：美盛的样子。 82接武：继迹。武：半步。 83参伍：错杂。 84因：沿袭。革：改变。 85尽而有余：晋代作家张华曾称赞左思的作品"使读之者尽而有余，久而更新"(《晋书·左思传》)。 86会通：指对传统精神的融会贯通。 87皋(gāo)：水边地。 88奥：深。府：藏聚财物之所。 89阙(què)：缺。 90屈平：屈原名平，战国时楚国诗人。洞：深。监：察。风、骚：泛指诗赋等作品。 91抑：语首助词。 92匝：围绕。 93合：聚、会。 94吐纳：指抒发。 95飒飒(sà)：风声。 96兴：指物色引起作者产生的创作兴致。纪昀评："诸赞之中，此为第一。"

【赏析】

本文是《文心雕龙》的第四十六篇，作者就自然现象对文学创作的影响来论述文学与现实的关系，用语精到，叙述详略得到，是《文心雕龙》中较精彩的一篇。

全篇分三个部分。第一部分论自然景色对作者的影响作用。刘勰从四时的变化必然影响于万物的一般道理，进而说明物色对人的巨大感召力量；不同的季节也使作者产生不同的思想感情。根据这种现象，刘勰提炼出一条基本原理："岁有其物，物有其容；情以物迁，辞以情发。"相当精辟地概括了文学创作和自然景物的关系。

第二部分论述怎样描写自然景物。必须对客观景物进行仔细地观察研究，再进而结合物象的特点来思考和描写。刘勰从《诗经》中描绘自然景色的具体经验中，概括出"以少总多"的原则，认为这是值得后人学习的。对汉代辞赋创作中堆砌辞藻的不良倾向，刘勰提出了批评，要文学创作避免这种"繁而不珍"的罗列。

第三部分总结了晋宋以来"文贵形似"的新趋向，提出一些具体的写作要求：首先是要密切结合物象，"体物为妙，功在密附"；其次强调"善于适要"，能抓住物色的要点；再次是要继承前人而加以革新，做到"物色尽而情有余"；最后强调"江山之助"，鼓励作者到取之不尽的大自然府库中去吸取营养。

【与宋元思书】①

吴 均

风烟俱②净③，天山共色④，从流飘荡⑤，任意东西⑥。自富阳至桐庐⑦一百许里，奇山异水，天下独绝⑧。水皆⑨缥碧⑩，千丈见底；游鱼细石⑪，直视无碍⑫。急湍⑬甚箭⑭，猛浪若⑮奔⑯。夹岸高山，皆生寒树⑰。负势竞上⑱，互相轩邈⑲，争高直指⑳，千百成峰㉑。泉水激㉒石，泠泠作响㉓；好鸟相鸣㉔，嘤嘤成韵㉕。蝉则千转㉖不穷，猿则百叫无绝㉗。鸢飞戾天者㉘，望峰息心㉙；经纶世务者㉚，窥谷忘反㉛。横柯上蔽㉜，在昼犹昏㉝；疏条交映㉞，有时见日㉟。

【注释】

①书：信函。　②俱：全，都。　③净：净尽无余。　④共色：一样的颜色。共，相同，一样。　⑤从流飘荡：（乘船）随着江流漂浮移动。从，顺，沿。　⑥任意东西：任凭船按照自己的意愿，时而向东时而向西。东西：方向，并非实指。　⑦自富阳

至桐庐：富阳与桐庐都在杭州境内，富阳在富春江下游，桐庐在富阳的西南中游。如按上文"从流飘荡"，则应为"从桐庐至富阳"。原文可能是作者笔下误。至：到。许：表示大约的数量，上下，左右。 ⑧独绝：独一无二。独：独特。绝：妙绝。 ⑨皆：全，都。 ⑩缥碧：原作"漂碧"，据其他版本改为此。青绿色。 ⑪游鱼细石：游动的鱼和细小的石头。 ⑫直视无碍：可以看到底，毫无障碍。这里形容江水清澈见底。 ⑬急湍：急流的水。 ⑭甚箭：即"甚于箭"，比箭还快。甚：胜过。为了字数整齐，中间的"于"字省略了。 ⑮若：好像。 ⑯奔：动词活用作名词，文中指飞奔的马。 ⑰寒树：使人看了有寒意的树，形容树密而绿。 ⑱负势竞上：这些山凭借（高峻的）地势，争着向上。负：凭借。竞：争着。这一句说的是"高山"，不是"寒树"，这从下文"千百成峰"一语可以看得出来。 ⑲轩邈（miǎo）：意思是这些山峦仿佛都在争着往高处和远处伸展。轩，高。邈，远。这两个词在这里作动词用。 ⑳直指：笔直地向上，直插云天。指：向。 ㉑千百成峰：意思是形成无数山峰。 ㉒激：冲击。 ㉓泠（líng）泠作响：泠泠地发出声响。泠泠，拟声词，形容水声的清越。 ㉔好鸟相鸣：好，美丽的。相鸣，互相和鸣。 ㉕嘤（yīng）嘤成韵：鸣声嘤嘤，和谐动听。嘤嘤，鸟鸣声。韵，和谐的声音。 ㉖千转（zhuàn）：长久不断地叫。千，表示多。转，通"啭"，鸟叫声。 ㉗无绝：就是"不绝"。与上句中的"不穷"相对。 ㉘鸢（yuān）飞戾（lì）天：鸢飞到天上。这里比喻极力追求名利的人。鸢，古书上说是鸱（chī）一类的鸟。也有人说是一种凶猛的鸟，形状与鹰略同。戾，至。 ㉙望峰息心：意思是看到这些雄奇的山峰，就会平息热衷于功名利禄的心。息：使……平息，使动用法。 ㉚经纶世务者：治理政务的人。经纶，筹划。 ㉛窥谷忘反：看到（这些幽美的）山谷，（就）流连忘返。反：通"返"，返回。窥：看。 ㉜横柯上蔽：横斜的树木在上边遮蔽着。柯，树木的枝干。蔽：遮蔽。 ㉝在昼犹昏：即使在白天，也像黄昏时那样昏暗。昼：白天。犹：好像。 ㉞疏条交映：稀疏的枝条互相掩映。疏条：稀疏的小枝。交：相互。 ㉟日：太阳，阳光。见：看见。

【赏析】

吴均（469－520），字叔庠，吴兴故鄣（今浙江安吉县）人。家世贫寒，好学而有才华，为沈约所称赏。南朝梁时官至奉朝请。因私撰《齐春秋》免官，后来奉封诏撰《通史》，尚未完成就去世了。他所写的诗文，多描绘山水景物，文辞清拔，格调隽永，当时的人纷纷仿效，号"吴均体"。这篇文章以书信短札的形式，描写了富阳至桐庐一百里范围秀丽的山水景物。文体骈散相间，笔致清新隽永，历历如绘，是六朝山水小品中的佳作。宋元思，一作朱元思，是错误的说法。

文章先以"奇山异水，天下独绝"总括全文，点出富春江的山之奇，水之异的独特之处，以清幽宁远的笔调映衬游历的闲适随兴之情，让读者也随之进入到优美旷远的胜境。接着作者分写了水的绿、深、清、急之特点和山的高险、奇、密之景象，运用了动静结合的手法进行了白描，突出水之异与山之奇，而且从人的视觉、听觉入手，描物摹声淋漓尽致，使静态的景物和动态的水势，形象的绘画与动听的万籁之声融合得浑然一体，相得益彰，使人仿佛身临其境，不仅"增添了青山绿水的妙趣，而且给人无尽的美好感受"。最后，用"鸢飞戾天者，望峰息心；经纶世务者，窥谷忘返"一句，将写景自然而然地转入到抒怀,是作者心与大自然的融合,作者的感情至此已得到了升华,灵魂得以净化,世间的一切功名利禄,忧愁烦闷于此已消失殆尽,不足为外人道了。篇末追笔,用"横柯"、"疏条"紧承上文的"寒树",补写出两岸山间的繁茂之状,营造了令人"息心忘返"的哲理境界,与陶渊明的"云无心以出岫,鸟倦飞而知还"有异曲同工之意,创造了一个情景交融、物我两忘的意境。

【与顾章书】

吴 均

仆去月谢病①,还觅薜萝②。梅溪③之西,有石门山者,森壁争霞④,孤峰限日⑤,幽岫⑥含云,深溪蓄翠⑦;蝉吟鹤唳⑧,水响猿啼⑨,英英⑩相杂,绵绵成韵⑪。既素重幽居⑫,遂葺宇其上⑬。幸富菊花⑭,偏饶竹实。山谷所资,于斯已办⑮。仁智所乐⑯,岂徒语⑰哉!

【注释】

①去月:上月。谢病:告病,即因病辞官。 ②薜萝:即薜荔和女萝,植物名。屈原《楚辞·九歌·山鬼》:"若有人兮山之阿,披薜荔兮带女萝。"后以此代指隐士的服饰。还觅薜萝,意思是说自己要隐居。 ③梅溪:山名,在今浙江安吉境内。 ④森壁争霞:阴森陡峭的峭壁与天上的云霞争高。森:众多的样子。壁:险峻的山崖。霞:早晚的彩云。⑤孤峰限日:孤特耸立的高峰遮断了阳光。限:阻,这里指遮断。 ⑥幽岫:幽深的山穴。⑦蓄:包含。翠:绿水。 ⑧唳:(鹤)鸣叫。 ⑨啼:(猿)鸣叫。 ⑩英英:同"嘤嘤",指鸟的叫声动听 ⑪绵绵:连绵不绝的样子,形容声调悠长。韵:和声。 ⑫重:这里是向往的意思。幽居:隐居。素:向来,一向。 ⑬葺宇其上:在上面修建屋舍。葺,修建。宇:房子。 ⑭幸富菊花,偏饶竹实:幸好菊花、竹实很多。富:多。偏:特别。竹实:又名竹米,状如小麦。菊花、竹实都是隐士的食物。 ⑮山谷所资,于斯已办:山谷中隐居生活的必需品,这里都已具备。资:出产的东西。所资:所需的东西。斯:这。办,具备。 ⑯仁智之乐:佳山秀水为仁人智士所喜爱。《论语·雍也》:"智者乐水,仁者乐山。"乐:喜爱。 ⑰徒语:随便说说。

【赏析】

本文内容简短,全文仅八十四字,但文章写景出色,把石门山清幽秀美的风景,如诗如画般地展现在我们眼前,并且通过对自然的描摹表达了自己不追慕名利,愿回归自然,崇尚淡泊宁静的生活的品质,是六朝散文的名篇。

起首二句，作者告知友人近况，一是上月我告病辞官，而是今我已还乡隐居。作者仅用九个字即将时间、地点、事件交代地清除明了。作者用笔如此简单，不单是因为友人与自己关系亲密，更主要是为了将自己的得意之笔——对隐居之处山水的描绘尽快向对方托出。接下来作者就开始写山中胜景。此地名叫梅溪，在吴兴郡故鄣县，此地多奇山秀水，"森壁争霞，孤峰限日，幽岫含云，深溪蓄翠"，山崖险峻壁立，山峰耸入云天，山谷幽邃阴柔，而此地的水作为山的陪衬，作者仅简单地交代了一句，却也将水的碧绿清澈形象地展现在我们面前。接下来的四句"蝉吟鹤唳，水响猿啼，英英相杂，绵绵成韵"，用动态的声音衬托出此地的盎盎生机，增添了此地的灵动之气。简单的八句话却把这里美丽的风景，盎然的生机描写地淋漓尽致，如此优美的山水胜地，一般人也会倾心不已，更何况是素常就向往隐居生活的人呢，我们几乎可以想象吴均在这里逍遥自由的山水生活之乐。如此美妙的一处胜地，作者自然要"遂葺宇其上"，不但如此，他还在房屋四周"幸富菊花，偏饶竹实"，高洁的菊花、碧绿的竹子，这一切使山水风景中增添了隐士之风。深山景色迷人，但隐士并非不食人间烟火，他劝解友人一同隐居，还解除了他的后顾之忧，"山谷所资，于斯已办"，现在唯一要做的事就是友人尽快进山了。"仁智所乐，岂徒语哉！"两句感叹，再次督促友人一同归隐。

《诗品》序

钟　嵘

（一）

气①之动物，物之感人，故摇荡性情，形诸舞咏。照烛三才②，晖丽万有③。灵祇待之以致飨④，幽微⑤藉之以昭告。动天地，感鬼神，莫近于诗。

昔《南风》之辞，《卿云》之颂，厥义夐矣。夏歌曰"郁陶乎予心"，楚谣⑥曰"名余曰正则"，虽诗体未全，然是五言之滥觞也。逮汉李陵，始著五言之目⑦矣。古诗眇邈，人世难详，推其文体，固是炎汉⑧之制，非衰周之倡也。自王、扬、枚、马之徒，词赋竞爽，而吟咏靡闻。从李都尉迄班婕妤，将百年间，有妇人焉，一人而已。诗人之风，顿已缺丧。东京⑨二百载中，惟有班固《咏史》，质木无文。降及建安，曹公父子，笃好斯文；平原兄弟，郁为文栋；刘桢、王粲，为其羽翼。次有攀龙托凤，自致于属车者，盖将百计，彬彬之盛，大备于时矣。尔后陵迟衰微，迄于有晋。太康中，三张、二陆、两潘、一左，勃尔复兴，踵武⑩前王，风流未沫，亦文章之中兴也。永嘉时，贵黄老，稍尚虚谈。于时篇什，理过其辞，淡乎寡味。爰及江表⑪，微波尚传，孙绰、许询、桓、庾诸公诗，皆平典似《道德论》，建安风力尽矣。

先是郭景纯用隽上之才，变创其体；刘越石仗清刚之气，赞⑫成厥美。然彼众我寡，未能动俗。逮义熙中，谢益寿斐然继作。元嘉中，有谢灵运，才高词盛，富艳难踪，固已含跨刘、郭，陵轹潘、左。故知陈思为建安之杰，公幹、仲宣为辅；陆机为太康之英，安仁、景阳为辅；谢客为元嘉之雄，颜延年为辅。斯皆五言之冠冕，文词之命世⑬也。

夫四言，文约易广，取效《风》、《骚》，便可多得。每苦文繁而意少，故世罕习焉。五言居文词之要⑭，是众作之有滋味者也，故云会于流俗。岂不以指事造形，穷情写物，最为详切者邪？故诗有六义焉：一曰兴，二曰比，三曰赋。文已尽而意有余，兴也；因物喻志，比也；直书其事、寓言⑮写物，赋也。宏斯三义，酌而用之，幹之以风力，润之以丹采⑯，使咏之者无极，闻之者动心，是诗之至也。若专用比兴，则患在意深，意深则词踬。若但用赋体，则患在意浮，意浮则文散。嬉成流移⑰，文无止泊，有芜漫之累矣。

若乃春风春鸟，秋月秋蝉，夏云暑雨，冬月祁寒，斯四候之感诸诗者也。嘉会寄诗以亲，离群托诗以怨。至于楚臣去境⑱，汉妾辞宫；或骨横朔野，或魂逐飞蓬；或负戈外戍，杀气雄边；塞客衣单，孀闺泪尽；又士有解佩出朝⑲，一去忘反；女有扬蛾入宠，再盼倾国；凡斯种种，感荡心灵，非陈诗何以展其义，非长歌何以骋其情？故曰：“《诗》可以群，可以怨。”使穷贱易安，幽居靡闷，莫尚于诗矣。

故词人作者，罔不爱好。今之士俗，斯风炽矣。才能胜衣⑳，甫就小学，必甘心而驰骛焉。于是庸音杂体，各各为容㉑。至使膏腴子弟，耻文不逮，终朝点缀，分夜呻吟。独观谓为警策，众睹终沦平钝。次有轻薄之徒，笑曹、刘为古拙㉒，谓鲍照羲皇㉓上人，谢朓今古独步。而师鲍照，终不及"日中市朝满"，学谢朓，劣得"黄鸟度青枝"。徒自弃于高明，无涉于文流矣。

观王公搢绅之士，每博论之馀，何尝不以诗为口实。随其嗜欲，商榷不同，淄渑并泛，朱紫相夺㉔，喧议竞起，准的无依。近彭城刘士章，俊赏之士，疾其淆乱，欲为当世诗品，口陈标榜。其文—未遂，嵘感而作焉。昔九品论人，《七略》裁士，校以宾实㉕，诚多未值。至若诗之为技，较尔可知，以类推之，殆均博弈㉖。

方今皇帝，资生知之上才，体沉郁之幽思，文丽日月，学究天人，昔在贵游，已为称首。况八纮既奄㉗，风靡云蒸，抱玉者联肩，握珠者踵武。固以瞰汉魏而不顾，吞晋宋于胸中。谅非农歌辕㉘议，敢致流别。嵘之今录，庶周旋于闾里，均之于谈笑耳。

（二）

序曰：一品之中，略以世代为先后，不以优劣为铨次。又其人既往，其文克定；今所寓言，不录存者。

夫属词比事，乃为通谈㉙。若乃经国文符㉚，应资博古；撰德㉛驳奏，宜穷往烈。至乎吟咏情性，亦何贵于用事㉜？"思君如流水"，既是即目；"高台多悲风"，亦唯所见；"清晨登陇首"，羌无故实；"明月照积雪"，讵出经史。观古今胜语，多非补假㉝，皆由直寻㉞。颜延、谢庄，尤为繁密，于时化之。故大明、泰始中，文章殆同书钞。近任昉、王元长等，词不贵奇，竞须新事。尔来作者，寖以成俗。遂乃句无虚语，语无虚字，拘挛补衲㉟，蠹文已甚。但自然英旨㊱，罕值其人。词既失高，则宜加事义，虽谢天才，且表学问，亦一理乎！

陆机《文赋》，通而无贬；李充《翰林》，疏而不切；王微《鸿宝》，密而无裁；颜延论文，精而难晓；挚虞《文志》，详而博赡，颇曰知言；观斯数家，皆就谈文体，而不显优劣。至于谢客集诗，逢诗辄取；张骘《文士》，逢文即书；诸英志录，并义在文，曾无品第。嵘今所录，止乎五言。虽然，网罗今古，词人殆集。轻欲辨彰清浊，掎摭利病㊲，凡百二十人。预此宗流者，便称才子。至斯三品升降，差非定制，方申变裁，请寄知者尔。

（三）

　　序曰：昔曹、刘殆文章之圣，陆、谢为体贰之才，锐精研思，千百年中，而不闻宫商之辨，四声㊳之论。或谓前达偶然不见，岂其然乎！

　　尝试言之：古曰诗颂，皆被之金竹㊴，故非调五音，无以谐会。若"置酒高殿上"，"明月照高楼"，为韵之首。故三祖之词，文或不工，而韵入歌唱。此重音韵之义也，与世之言宫商异矣。今既不被管弦，亦何取于声律耶？

　　齐有王元长者，常谓余云："宫商与二仪㊵俱生，自古词人不知之。惟颜宪子乃云'律吕音调'，而其实大谬。唯见范晔、谢庄，颇识之耳。"常欲造《知音论》，未就而卒。王元长创其首，谢朓、沈约扬其波。三贤咸贵公子孙，幼有文辩。于是士流景慕，务为精密，襞积细微，专相凌架㊶。故使文多拘忌，伤其真美。余谓文制，本须讽读，不可蹇碍㊷，但令清浊通流，口吻调利，斯为足矣。至平上去入，则余病未能，蜂腰鹤膝，闾里已具。

　　陈思赠弟㊸，仲宣《七哀》，公幹思友㊹，阮籍《咏怀》，子卿"双凫"，叔夜"双鸾"，茂先寒夕，平叔衣单，安仁倦暑，景阳苦雨，灵运《邺中》，士衡《拟古》，越石感乱，景纯咏仙，王微风月，谢客山泉，叔源离宴，鲍照戍边，太冲《咏史》，颜延入洛，陶公《咏贫》之制，惠连《捣衣》之作；斯皆五言之警策者也。所谓篇章之珠泽，文采之邓林。

【注释】

①气：自然之气，由它形成冷暖阴晴等现象在，中国古代哲学通常以气指构成宇宙万物的物质。　②三才：天、地、人。　③万有：万物。　④致飨：指神灵享受祭祀。　⑤幽微：深奥，多用于形容哲理。　⑥楚谣：楚辞。　⑦目：科目，这里指体裁。　⑧炎汉：指汉代，汉以火德王，称炎汉。　⑨东京：东汉。　⑩踵武：跟着别人的脚步。　⑪江表：即江外，指长江以南的地方。　⑫赞：助。　⑬命世：闻名于世。　⑭居文辞之要：文词不多不少，繁简得当。　⑮寓言：有所寄托之言。　⑯丹采：即词藻。　⑰嬉：游戏。移：指油滑。　⑱楚臣去境：指屈原被放逐出境。　⑲解佩出朝：指辞官归隐田园。　⑳胜衣：谓儿童稍长能穿戴大人的衣冠。　㉑为容：打扮容貌。　㉒笑曹、刘为古拙：讥笑曹植、刘桢等的作品体式陈旧、语言笨拙。　㉓羲皇：指伏羲氏。　㉔朱紫相

夺：古代以朱为正色，紫为杂色，喻正与偏互相斗争。 ㉕宾实：名与实。 ㉖博：局戏。弈：围棋。 ㉗奄：覆。 ㉘辕：赶车人。 ㉙属词：连缀文词。比事：排比事类，谋篇布局。通谈：指通达的文章。 ㉚经国文符：有关国家大事的文书。 ㉛撰德：指撰写德行的文章。 ㉜用事：用典故。 ㉝补假：拼缀前人典故。 ㉞直寻：直接状物抒情，不注重用典。 ㉟拘挛：拳曲不展。补衲：补缀拼凑。 ㊱英旨：辞意精粹优美。 ㊲掎摭利病：指出优点缺点。 ㊳四声：即平上去入。 ㊴金竹：指乐器。 ㊵二仪：天、地。 ㊶专相凌驾：指屋上架屋，重叠繁复。 ㊷蹇碍：不顺利。 ㊸陈思赠弟：曹植作《赠白马彪诗》。 ㊹公幹思友：刘桢，字公幹，有《赠徐干诗》，为思友之作。

【赏析】

钟嵘的《诗品》"深从六艺溯流别"、"思深而意远"，被称为"百代诗话之祖"，与刘勰的《文心雕龙》堪称六朝文学批评史上的双璧。作为我国第一部诗论著作，《诗品》所揭示的诗歌史观、批评标准、诗歌发生论和方法论，在我国诗歌史和美学史上有着重要地位。这些诗歌理论，除三品品语外，主要表现在《＜诗品＞序》中，《＜诗品＞序》是钟嵘美学思想的代表，也是《诗品》进行诗歌评论的理论纲领。

《诗品》序原本仅包括文中（一）的部分，文中（二）原为上品小序或后序，文中（三）原为中品小序或后序。在宋末至元的流传过程中，由于经过三卷本———一卷本———三卷本的版式变化，因而导致上品后序误与中品品语相连；中品后序误与下品品语相连，最后变成了"中品序"和"下品序"，这种情况明显不合理，故清人何文焕刻《历代诗话》，索性将不能致辩的三品序汇集起来刻于卷首，这就是本文三序合集的由来。

《诗品》和《诗品》序的写作缘于当时汉代末年兴盛起来的五言诗，经过三百多年的发展，五言诗到魏晋南北朝时期已经蔚为壮观，作为表达情感思想的载体，它在形式上的优势已经十分明显。当时人们十分热衷于作诗，"终朝点缀，分夜呻吟"使得诗歌充满"廉音杂体"，好诗坏诗充斥文坛，没有统一的标准，诗歌质量大大下降。另外，当时已经兴起来文学评论的著作，如陆机《文赋》、李充《翰林》、王微《鸿宝》等等都刺激着钟嵘写出一部鉴赏诗歌的评论作品，并通过它把自己的美学观和文学观表达出来，而这部作品正是我们今天看到的《诗品》和《诗品》序。

【祭夫徐敬业文】

刘令娴

惟梁大同五年①，新妇谨荐②少牢于徐府君之灵曰：惟君德爱礼智③，才兼文雅。学比山成④，辩同河泻⑤。明经擢秀，光朝振野。调逸许中，声高洛下⑥。含潘度陆，超终迈贾。二仪⑦既肇，判合⑧始分，简⑨贤依德，乃隶⑩夫君。外治徒奉，内佐无闻⑪。幸移蓬性⑫,颇习兰薰。式传琴瑟,相酬典坟。辅仁⑬难验,神情易促⑭。霆碎春红⑮,霜雕夏绿。躬奉正衾,亲观启足。一见无期,百身何赎⑯?呜呼哀哉!生死虽殊,情亲犹一。敢遵先好,手调姜橘。素俎⑰空干,奠觞徒溢。昔奉齐眉,异于今日。从军暂别,且思楼中;薄游未反,尚比飞蓬。如当此诀⑱,永痛无穷!百年何几,泉穴方同。

【注释】

①大同五年:大同,即梁武帝萧衍年号。大同五年,即公元539年。 ②荐:进献。 ③德爱礼智:品德高尚有礼智。 ④学比山成:学问知识如同山高。 ⑤河泻:比喻口才极好,谈吐滔滔不绝。 ⑥声高洛下:才气为首都之冠。 ⑦二仪:指天地。 ⑧判合:两半相合。指男女婚配。 ⑨简:选择。 ⑩隶:附属。 ⑪无闻:指四五十岁的老人。 ⑫蓬性:即蓬心,比喻见识浮浅。 ⑬辅仁:指自己以仁道与徐敬业相辅助。 ⑭促:急迫,在此引申为不安。 ⑮霆碎春红:比喻徐敬业夭折。 ⑯百身何赎:意思是说拿一百个人也换不到他一人的性命。 ⑰素俎:简单的祭品。 ⑱诀:永别,指死。

【赏析】

刘令娴是南朝著名女作家,本文是他为祭奠亡夫而写的一篇祭文,感情凄怆,文笔清丽,是古代祭文中的名篇。

祭文的开头,首先交代了祭奠的时间,祭奠人,被祭奠的对象等,记叙虽然平常,但却在简单地语词中透出深深的悲凉,"新妇"二字,点名了作者与死者结婚未久,如今丈夫猝然长逝,作者的悲痛自不可待言。接着文章转入正文,主要是追记丈夫的生平事迹。作者用凄怆的笔触写道亡夫是一位才华横溢的诗人,自己则是名闻一时的才女,他们既是亲密的夫妻,又是志趣相投的知己。作者首先盛赞亡夫的人品,突出了他德才兼备、博学多能的品质,他的才情、声望、容貌、能力都超过了当时名流,雄视古今。而后作者追叙二人打得婚后生活,他们一起读书作文、琴瑟相和,生活美满,幸福。作者在记叙往事时用语简淡,却寄予了无限深情。所谓"祭奠之楷,宜恭宜哀"就是此等写法。作者和亡夫幸福的生活正如"春红、绿夏"一般明媚,但天有不测风云人有旦夕祸福,"霆碎'霜雕"暗示了自己的生活突遭变故,丈夫卒于晋安内史任上,丧还建邺,亲为送殡,想到从此永无会期,作者更加悲痛欲绝,恨不能以身代之。这段悲惨的情感历程和前文的幸福生活形成鲜明反差,表达了作者对亡夫的无限眷恋。"呜呼哀哉",作者面对丈夫的去世,无能为力,只能准备了他生前爱吃的食品来使他祭享,但是素盘空自摆设,酒杯突然斟满,想起昔日举案齐眉,而今人已长逝,怎能不长歌当哭!最后作者强忍悲痛安慰死者,"百年何几,泉穴方同",真是言语凄切,令人垂泪。

【《文选》序】

萧统

　　式①观元始,眇觌②玄风。冬穴夏巢之时,茹③毛饮血之世,世质民淳,斯文④未作。逮⑤乎伏羲氏之王天下也,始画八卦,造书契⑥,以代结绳之政。由是文籍生焉。《易》曰:"观乎天文,以察时变;观乎人文,以化成天下。"文之时义⑦远矣哉!若夫椎轮为大辂之始,大辂宁有椎轮之质⑧?增冰⑨为积水所成,积水曾微增冰之凛。何哉?盖踵⑩其事而增华,变其本而加厉⑪。物既有之,文亦宜然。随时变改,难可详悉⑫。

　　尝试⑬论之曰:《诗序》云:"诗有六义焉:一曰风,二曰赋,三曰比,四曰兴,五曰雅,六曰颂。"至于今之作者,异乎古昔⑭。古诗之体,今则全取赋名。荀、宋表之于前,贾、马继之于末。自兹以降⑮,源流实繁,述邑居,则有"凭虚"'亡是'⑯之作;戒畋⑰游,则有《长杨》、《羽猎》之制。若其纪一事,咏一物,风云草木之兴,鱼虫禽兽之流⑱,推而广之,不可胜载矣。又楚人屈原,含忠履洁⑲,君匪从流,臣进逆耳,深思远虑,遂放湘南。耿介之意既伤,壹郁⑳之怀靡诉;临渊有怀沙之志,吟泽有憔悴之容。骚人之文,自兹而作。诗者,盖志之所之也,情动于中而形㉑于言。《关雎》、《麟趾》,正始之道著㉒;桑间濮上,亡国之音表㉓。故风雅之道,粲然㉔可观。自炎汉中叶,厥㉕途渐异;退傅㉖有"在邹"之作,降将㉗著"河梁"之篇,四言五言,区以别矣。又少则三字,多则九言,各体互兴,分镳㉘并驱。颂者,所以游扬㉙德业,褒赞成功。吉甫有"穆若"之谈,季子有"至矣"之叹。舒布㉚为诗,既言如彼;总成㉛为颂,又亦若此。次则箴兴于补阙,戒㉜出于弼匡,论则析理精微,铭㉝则序事清润,美终㉞则诔发,图像则赞兴。又诏诰教令之流,表奏笺记之列,书誓符檄之品,吊祭悲哀之作,答客㉟指事之制,三言八字之文,篇辞引序,碑碣志状,众制锋起,源流间出㊱。譬陶匏异器,并为入耳之娱;黼黼䋲㊲不同，俱为悦目之玩㊳。作者之致，盖云备矣㊴。

　　余监抚馀闲，居多暇日。历观文囿㊵，泛览辞林，未尝不心游目想，移晷㊶忘倦。自姬㊷、汉以来，眇焉悠邈㊸，时更七代，数逾㊹千祀。词人才子㊺，则名溢于缥㊻囊；飞文染翰㊼，则卷盈乎缃帙。自非略其芜秽㊽，集其清英，盖欲兼功，太半难矣！若夫姬公之籍，孔父之书，与日月俱悬㊾，鬼神争奥，孝敬之准式，人伦之师友；岂可重以芟夷，加之剪截？老、庄之作，管、孟之流，盖以立意为宗，不以能文为本；今之所撰㊿，又以略诸。若贤人之美辞，忠臣之抗直㉛，谋夫之话，辩士之端㉜，冰释泉涌，金相玉振。所谓坐狙丘，议稷下，仲连之却秦军，食其之下齐国，留侯之发八难，曲逆之吐六奇，盖乃事美一时，语流千载，概见坟籍㉝，旁出子史，若斯之流，又亦繁博。虽传之简牍，而事异篇章，今之所集，亦所不取。至于记事之史，系年之书，所以褒贬是非，纪别㉞异同；方之篇翰㉟，亦已不同。若其赞论之综缉辞采，序述之错比文华，事出于沉思，义归乎翰藻，故与夫篇什，杂而集之。远自周室，迄于圣代㊱，都㊲为三十卷，名曰《文选》云尔。凡次文之体，各以汇聚。诗赋体既不一，又以类分；类分之中，各以时代相次。

【注释】

①式：语首助词。元始：原始时代。　②眇觊：仔细思考。　③茹：吃。　④文：文章典籍。　⑤逮：到。　⑥书契：指文字。　⑦时义：时代意义。　⑧宁：岂。质：朴质。　⑨增：层。增冰：厚冰。　⑩踵：继。　⑪本：原来的样子。厉：甚。　⑫悉：知道。　⑬尝试：试。　⑭昔：过去，与今相对。　⑮以降：以下，以后。　⑯凭虚：指张衡的《西京赋》。亡是：指司马相如的《上林赋》。　⑰畋：打猎。　⑱流：活动。　⑲含：怀。履洁：行为高洁。　⑳壹郁：忧思。壹，通抑。　㉑盖：原来。志：思想感情。形：表现。　㉒著：显明。　㉓表：标志。　㉔粲然：鲜明的样子。　㉕厥：其，代词，指诗歌。　㉖退傅：指西汉韦孟。　㉗降将：指西汉李陵。　㉘镳：马嚼子，也用来称骑。　㉙游扬：称扬。　㉚舒：展示。布：敷陈。舒布：引申为表现。　㉛总成：总括而成。　㉜戒：用于警戒的一种文体。　㉝铭：用于赞扬功德或申明鉴戒的一种文体。　㉞美终：赞美有功业而死的人。　㉟答客：借答人问难以抒发自己情怀的一种文体。　㊱间出：杂出。　㊲黼䋲：古代礼服上绣的花纹。黑白相间的花纹叫黼；黑青相间的花纹叫䋲。　㊳玩：供玩赏的东西。　㊴致：情致。备：完备。　㊵文囿：文坛。　㊶晷：日影。　㊷姬：指周代，周为姬姓。　㊸眇、悠、邈：三者近义，都是久远的意思。　㊹逾：超过。　㊺词人才子：指作者。　㊻缥：青白色的帛。　㊼染翰：用笔蘸墨。　㊽芜

秽：不好的文章。　㊾俱悬：并存。　㊿撰：同"选"。　㊾抗直：刚直之言。　㊾端：舌尖，谓言论。　㊾概：梗概，大略。坟籍：泛指典籍。　㊾纪别：区别。　㊾方：比。篇翰：指文学作品。　㊾圣代：指梁代。　㊾都：总共。

【赏析】

《文选》是梁昭明太子萧统统撰，选录先秦至梁代作者一百三十余人的诗、赋、诏、表、书等诸体文章，凡三十卷。《文选》是现存最早的诗文总集，其成书年代，研究者根据不录存者的惯例，认为当在梁武帝七年（526）后，《文选》序的写作时间也应是在其前后。

《文选》序可分为三部分，第一部分论述"文"的起源和发展，作者认为远古时代，物质生活贫乏，社会风气淳朴，只须结绳而治便可应付简单的人事，尚未有"文"。一直到了伏羲氏时，才画八卦，造文字，于是逐渐产生了文章典籍。作者引用《易经》中的卦辞来说明治国者必须观天象以察时序之变化，观人文以教化天下之人，这就强调了文的重要性。然后作者总结道"文之时义远矣哉"，这就引出了作者接下来所说的要编写这部书的缘由。在文章的第二部分作者主要论述了诸种文体，简述其发展过程，如说赋始于荀况、宋玉，经贾谊、司马相如而发展至今，已是内容广泛而"不可胜载"，或者说明其功用，比如颂用于歌功颂德，箴、戒用于规谏告诫，诔用于赞美死者等等。另外作者还对介绍了文学写作的特点，比如论要求分析道理精深微妙，铭则要求风格清润等等。在这部分中，萧统细致地区分了约三十多种文体，代表了当时文学理论的发展水平。在文章最后一部分，萧统说明了他编撰《文选》的目的，主要是"至于记事之史，系年之书，所以褒贬是非，纪别异同；方之篇翰，亦已不同"，即由于年代久远，作家作品众多，因此需要按照编撰体例，对其进行收集和编撰。文章三部分说理明白，叙述质朴，很好地阐明了作者自己的文学观和美学观，同时为后人留下一笔宝贵的文学财富。

【《陶渊明集》序】

萧　统

夫自衒①自媒者，士女之丑行；不忮②不求者，明达之用心。是以圣人韬光，贤人遁世。其故何也？含德之至，莫逾于道；亲己之切，无重于身。故道存而身安，道亡而身害。处百龄③之内，居一世之中，倏忽比之白驹，寄寓谓之逆旅④，宜乎与大块⑤而盈虚，随中和而任放，岂能戚戚劳于忧畏，汲汲役于人间。齐讴赵女之娱，八珍九鼎之食，结驷连骑之荣，侈袂⑥执圭之贵，乐则乐矣，忧亦随之。何倚伏之难量，亦庆吊之相及。智者贤人居之，甚履薄冰⑦；愚夫贪士竞之，若泄尾闾⑧。玉之在山，以见珍而终破；兰之生谷，虽无人而自芳。故庄周垂钓于濠，伯成躬耕于野，或货海东之药草，或纺江南之落毛。譬彼鹓雏，岂竞鸢鸱之肉；犹斯杂县⑨，宁劳文仲之牲！至如子常、宁喜之伦，苏秦⑩、卫鞅之匹，死之而不疑，甘之而不悔。

主父偃言："生不五鼎食，死即五鼎烹。"卒如其言，岂不痛哉！又楚子观周，受折于孙满；霍侯骖乘，祸起于负芒。饕餮之徒，其流甚众。唐尧四海之主，而有汾阳之心；子晋天下之储，而有洛滨之志。轻之若脱屣，视之若鸿毛，而况于他人乎！是以至人达士，因以晦迹。或怀疐而谒帝。或被裘而负薪，鼓枻清潭，弃机汉曲。情不在于众事，寄众事以忘情者也。

有疑陶渊明诗篇篇有酒。吾观其意不在酒，亦寄酒为迹者也。其文章不群，辞采精拔，跌宕昭彰，独超众类，抑扬爽朗，莫之与京。横素波而傍流，干青云而直上。语时事则指而可想，论怀抱则旷而且真。加以贞志不休，安道苦节，不以躬耕为耻，不以无财为病，自非大贤笃志，与道污隆⑪，孰能如此乎！余爱嗜其文，不能释手，尚想其德，恨不同时。故更加搜求，粗为区目。白璧微瑕，惟在《闲情》一赋，扬雄所谓劝百而讽一者，卒无讽谏，何必摇其笔端？惜哉，无是可也！并粗点定其传，编之于录。尝谓有能读渊明之文者，驰元之情遣，鄙吝之意祛，贪夫可以廉，懦夫可以立，岂止仁义可蹈，亦乃爵禄可辞！不劳复傍游太华⑫，远求柱史，此亦有助于风教也。

【注释】

①衒：炫耀。 ②忮：忌恨。 ③百龄：百岁，指人的一生。 ④逆旅：旅社。 ⑤大块：自然造化。 ⑥侈袟：一种礼服。圭：一种长条形的玉质礼器。执圭：意谓做官。 ⑦薄冰：《诗经·小雅·小旻》："战战兢兢，如临深渊，如履薄冰。" ⑧尾闾：传说中海水所归之处。 ⑨杂县：一种海鸟。 ⑩苏秦：战国时纵横家。 ⑪污隆：污指下降，衰落；隆指上升，兴盛。 ⑫太华：泰山和华山。傍游：指隐居。

【赏析】

据考证，本序言正写于陶渊明死后一百年之际，在该序言中，萧统对陶渊明其作与其人给予了很高的评价，奠定了日后陶渊明在中国文坛上的至高地位。

本序言旨在推崇陶渊明高洁的德操及其作品所蕴含的强大教化作用。在文章的前部分作者详细叙写了前人在人生中何取何舍的不同态度，亮明了自己的是非观。他认为那些为了自己的进身荣显而百般钻营的人的行为是"丑行"，而把不贪求、不苟且的人的行为称为"用心"、"明达"；接着作者用整齐的句式道出了自己的人生态度，即人的一生生活在世上，短暂如白驹过隙，应该顺应天地自然的变化规律，这样才能放逸自由，而不能忧谗畏讥，为追求荣华富贵而在社会奔走。萧统不吝笔墨描写了世人追求荣华富贵的丑态："齐讴赵女之娱，八珍九鼎之食，结驷连骑之荣，佩袂执圭之贵"，富贵固然令人喜悦，但萧统真切地认识到了福与祸的关系，正如老子所说"祸兮，福之所倚；福兮，祸之所伏"，所以萧统认为"智者贤人"居富贵，视为危险，而陶渊明正是这样的贤人。

在文章的后半部分萧统高度评价了陶渊明的作品，认为"其文章不群，辞采精拔，跌宕昭彰，独超众类，抑扬爽朗，莫之与京"，对其文章的艺术和内容都给予了很高的肯定。萧统作为具有极高鉴赏能力的文学家，慧眼识英雄，看出了当时名不见经传的陶诗的闪光点，看出了其在中国诗歌发展史上的地位，对于陶诗的发扬光大起到重要作用。

【采莲赋】

萧　纲

望江南兮清且空，对荷花兮丹复红。卧莲叶而覆水，乱高房而出丛。楚王暇日之欢，丽人妖艳之质。且弃垂钓之鱼，未论芳萍之实①。唯欲回渡轻船，共采新莲。傍斜山而屡转，乘横流而不前。于是素腕举，红袖长，回巧笑，堕明珰。荷稠刺密，亟牵衣而绾裳；人喧水溅，惜亏朱而坏妆。物色虽晚，徘徊未返。畏风多而榜②危，惊舟移而花远。歌曰：常闻蕖可爱，采撷欲为裙。叶滑不留绠，心忙无假熏。千春谁与乐，唯有妾随君。

【注释】

①"且弃"二句：《战国策·魏策四》载，魏王与所宠幸的龙阳君共船而钓，龙阳君说，既得大鱼，即欲弃去前所钓小鱼。　②榜：船桨，此处借指船。

【赏析】

江南风光秀美，在文坛上也留下了众多写江南风景的名诗名文，如唐末韦庄的《菩萨蛮》说"春水碧于天，画船听雨眠"，读来令人心醉神驰。南朝人占据江南胜地，有机会欣赏满目优美的江南风景，梁代时的作家尤其喜爱描摹江南夏日荷花盛开的景象。他们既写荷花，又写那些采莲的少女，萧纲的这篇《采莲赋》便是代表作之一。

文章开头就用"清且空"三字渲染出江南特有的空灵环境。此时正值夏日荷花盛开，满塘的红色花朵似乎将天空都染红了。在开满荷花的水面之上，楚王和美丽的女子在舟上玩耍，此时，楚王亦无心垂钓，痴痴地看着美人、荷花相映成趣。美人的一举一动，在荷叶、荷花的衬托之下显得是那么自然柔和，一幅美妙的夏日游荷图仿佛显现在人们眼前。赋末作者缀以短歌，先说美人欲撷荷花荷叶为裙裳。《离骚》中说"制芰荷以为衣兮，集芙蓉以为裳"，《九歌·少司命》云："荷衣兮蕙带"，因此后人长袭其喻，使诗文意境更加美丽芬芳。"叶滑不留绠，心忙无假熏"既写莲美，同时也表现了少女们天真的心理。"千春谁与乐，唯有妾随君"反映了丽人们愿得常侍君王，长受宠爱的心情。全赋即在这一派祥和欢乐的歌声中结束。

【答张缵谢示集书】

萧 纲

纲少好文章，于今二十五载矣。窃尝论之：日月参辰①，火龙黼黻②，尚且著于玄象，章乎人事，而况文辞可止，咏歌可辍乎？不为壮夫，扬雄实小言破道；非谓君子，曹植亦小辩破言。论之科刑，罪在不赦！

至如春庭落景，转蕙承风；秋雨且晴，檐梧初下；浮云生野，明月入楼。时命亲宾，乍动严驾；车渠③屡酌，鹦鹉骤倾④。伊昔三边，久留四战；胡雾连天，征旗拂日；时闻坞笛，遥听塞笳；或乡思凄然，或雄心愤薄。是以沉吟短翰，补缀庸音，寓目写心，因事而作。

【注释】

①参辰：参星和辰星，均为二十八星宿之一。 ②火龙黼黻：《左传》桓公二年："火、龙、黼、黻，昭其文也。"四者皆为古代贵族礼服上的纹饰，为不同等级之标志。 ③车渠：玉石之类，出于西域。 ④鹦鹉骤倾：屡屡倒掉鹦鹉杯中的酒。鹦鹉：指鹦鹉螺所制酒杯，其螺形如覆杯，头部弯曲如鸟头屈向其腹，似鹦鹉，故名。

【赏析】

这篇《答张缵谢示集书》写于梁武帝大通元年（527），是萧纲向张缵出示自己的诗文集，并收到对方表示感谢的信之后所写的回信。张缵是萧纲祖母之侄，又娶了萧纲的姐妹为妻，与萧纲关系十分密切。

萧纲在本信中表达了两层意思：一是说诗文写作非常重要，咏歌不可辍，必须长期坚持，表述了自己热爱创作的心情；二是陈述自己写作诗文的兴感之由，"春庭落景，转蕙承风；秋雨且晴，檐梧初下；浮云生野，明月入楼"，这些景象都是引起创作的缘由，也就是说文学创作冲动来自于生活本身。本信采用骈俪的文体写成，文句对偶整齐，音节铿锵，具有极强的语言感染力，同时淋漓尽致地表述出了自己的思想感情。文章前半段意气洋洋，有破竹之势，后半段则寥寥数笔就使形象鲜明，气氛浓郁，富有诗情画意。本信既反映了萧纲的文学观点，又是文学批评史上值得注意的文献，同时是一篇耐读的骈文小品。

【采莲赋】

萧 绎

紫茎兮文波，红莲兮芰荷。绿房兮翠盖，素实兮黄螺。于时妖童媛女，荡舟心许。鹢首①徐回，兼传羽杯②。棹将移而藻挂，船欲动而萍开。尔其纤腰束素，迁延顾步。夏始春馀，叶嫩花初。恐沾裳而浅笑，畏倾船而敛裾。故以水溅兰桡，芦侵罗荐。菊泽未反，梧台③迥见。荇湿沾衫，菱长绕钏。泛柏舟而容与，歌采莲于枉渚④。歌曰：碧玉小家女，来嫁汝南王⑤。莲花乱脸色，荷叶杂衣香。因持荐君子，愿袭芙蓉裳。

【注释】

①鹢首：古代船头上画着鹢鸟，故称。 ②羽杯：古代饮酒用的杯，作雀鸟形，有头尾羽翼。 ③梧台：《水经·淄水注》记："昔楚使聘齐，齐王飨之梧宫。其地犹名梧台里。台甚层秀，东西百余步，南北如减，即古梧宫之台。"按此是借用，并非实指其处。 ④枉渚：屈原《九章·涉江》："朝发枉渚兮，夕宿辰阳。" ⑤碧玉二句：《玉台新咏》卷十录孙绰《情人碧玉歌》二首："碧玉小家女，不敢攀贵德"云云。

【赏析】

《采莲赋》以采莲为中心，因为古代"莲"字还有"恋"、"怜"之谐音意义，意为"爱恋"和"怜惜"，因此，此诗所写内容应该与男女情爱相关。这篇作品就有了双关的意义：表面上，是写姑娘小伙采莲的情景，实际上，也是写男女青年相爱的情景。在荷花盛开的湖面，在轻摇的采莲船上，碧水蓝天之中，作者不仅写出了采莲的快乐，更展现了"荡舟心许"恋恋不舍的美丽爱情。

从行文内容看，先写夏初荷花盛开，莲蓬成熟，为采莲故事准备了背景，然后写男女的倾心和恋恋不舍，他们同心相映，杯酒传情，快乐地享受着采莲过程中的美好欢愉；接着写采莲女在采莲中不断被各种植物牵绊，"棹将移而藻挂，船欲动而萍开"，兰棹将举，却被水藻牵挂;船身未移,浮萍早已荡开,宛如一艘水波荡漾中的画船,轻摆慢摇而来,整个画面活灵活现。船上女子"纤腰束素,迁延顾步","夏始春馀"喻其芳龄正盛,"叶嫩花初"喻其青春正美。她们虽有胜日之高情雅趣,却也不敢纵情放肆,不敢开怀放声,因为着轻舟荡兰桨,生怕沾湿了裙裾,打翻了小船,她们的小心谨慎更加增添了其妩媚动人之态。在文章的最后,采莲女有意用歌唱开起玩笑,说自己想要嫁汝南王,似是拒绝着对方的男孩子,实则已是芳心暗许,整篇文风显得更加清新活泼而俏皮。

【荡妇①秋思赋】

萧 绎

荡子之别十年,倡妇之居自怜。登楼一望,惟见远树含烟。平原如此,不知道路几千?天与水兮相逼,山与云兮共色。山则苍苍入汉②,水则涓涓不测。谁复堪见鸟飞,悲鸣只翼!秋何月而不清,月何秋而不明?况乃倡楼荡妇,对此伤情。于时露萎庭蕙,霜封阶砌。坐视带长,转看腰细。重以秋水文波,秋云似罗,日黯黯而将暮,风骚骚而渡河。妾怨回文之锦③,君思出塞之歌④。相思相望,路远如何!鬓飘蓬而渐乱,心怀愁而转叹。愁紫翠眉敛,啼多红粉漫。已矣哉!秋风起兮秋叶飞,春花落兮春日晖。春日迟迟犹可至,客子行行终不归。

【注释】

①荡妇:荡子之妇。 ②汉:云汉,云霄。 ③回文锦:可以倒读的回文诗。 ④出塞歌:据《西京杂记》记载,汉高帝令戚夫人歌《出塞》、《入塞》、《望归》之曲,数百侍婢齐和,声入云霄,此代指思妇之歌。

【赏析】

本文是代人立言、代客言愁的典型作品,和曹丕《代刘勋出妻王氏作二首》、潘岳《寡妇赋》等作品类似。本赋写一荡子之妇,与夫相别十年,秋日登高,触目皆感怀伤心之色,于是秋思秋情络绎而生,不能自已。文章首先写景,以秋景带出秋情,"与水兮相逼,山与云兮共色。山则苍苍入汉,水则涓涓不测",描绘出了一幅秋高气爽、天水相接的美妙图画。而孤鸟悲鸣,划破长空,仿佛一支利剑穿透了荡妇的心,使她不忍心再看这美景。接下来赋文转入抒情,此时天已入夜,"秋何月而不清,月何秋而不明",两个反诘的语句,看似写景实则抒情,明知故问,加重了情感。接下来的露萎、霜封等,烘托了气氛的凄凉;带长、腰细则描摹了相思情愫,突出了荡妇的孤苦形象。这一部分内容并非实写，而是由登楼望远引发的伤怀，是荡妇对自己孤苦生活的追忆。接下来作者又从追忆转会到登楼遥望，描写实景，此时的秋水、秋云、秋风等由开头的大笔渲染变成了工笔细描，并且在描写之中暗寓着时间的变化，"日黯黯而将暮"，表明荡妇登楼时间已久，人、情、景在不知不觉中融为一体。文章以七言骚体结尾，带有反复咏叹，情为奈何的意味，加重了赋文的情思。

文章中荡妇情感波澜起伏，文章结构随之布置得严密精巧，所有的景色皆因主人公的感情而络绎奔会，鳞次栉比，在文体形式上本文是赋，但它以情感为主线的特征则使它更像诗，作者正是以诗的情怀、诗的构思，谱写了一曲荡妇秋思的凄婉之歌。

【涉务】

颜之推

士君子之处世，贵能有益于物耳，不徒高谈虚论，左琴右书，以费人君禄位也。国之用材，大较不过六事：一则朝廷之臣，取其鉴达治体①，经纶博雅；二则文史之臣，取其著述宪章，不忘前古；三则军旅之臣，取其断决有谋，强干习事；四则藩屏之臣，取其明练风俗，清白爱民；五则使命之臣，取其识变从宜，不辱君命②；六则兴造之臣，取其程功③节费，开略有术，此则皆勤学守行者所能办也。人性有长短，岂责具美于六途④哉？但当皆晓指趣⑤，能守一职，便无愧耳。

吾见世中文学之士，品藻⑥古今，若指诸掌，及有试用，多无所堪。居承平之世，不知有丧乱之祸；处庙堂之下，不知有战陈之急；保俸禄之资，不知有耕稼之苦；肆吏民之上，不知有劳役之勤，故难可以应世经务也。晋朝南渡⑦，优借士族，故江南冠带⑧，有才干者，擢为令、仆已下，尚书郎、中书舍人已上，典掌机要；其馀文义之士，多迂诞浮华，不涉世务，纤微过失，又惜行捶楚，所以处于清高，盖护其短也。至于台阁令史，主书监帅，诸王签省，并晓习吏用，济办时须，纵有小人之态，皆可鞭杖肃督，故多见委使，盖用其长也。人每不自量，举世怨梁武帝父子⑨爱小人而疏士大夫，此亦眼不能见其睫耳。

梁世士大夫，皆尚褒衣博带，大冠高履，出则车舆，入则扶侍，郊郭之内，无乘马者。周弘正为宣城王⑩所爱，给一果下马⑪，常服御之，举朝以为放达⑫。至乃尚书郎乘马，则纠劾之。及侯景之乱，肤脆骨柔，不堪行步，体羸气弱，不耐寒暑，坐死仓猝者，往往而然。建康令王复，性既儒雅，未尝乘骑，见马嘶歕陆梁⑬，莫不震慑，乃谓人曰："正是虎，何故名为马乎？"其风俗至此。

古人欲知稼穑⑭之艰难，斯盖贵谷务本⑮之道也。夫食为民天，民非食不生矣，三日不粒，父子不能相存。耕种之，茠锄之，刈获之，载积之，打拂之，簸扬之，凡几涉手，而入仓廪，安可轻农事而贵末业哉？江南朝士，因晋中兴，南渡江，卒为羁旅，至今八九世，未有力田，悉资俸禄而食耳。假令有者，皆信僮仆为之，未尝目观起一坡土，耘一株苗；不知几月当下，几月当收，安识世间馀务乎？故治官则不了⑯，营家则不办，皆优闲之过也。

【注释】

①治体：指国家的体制、法度。　②不辱君命：不使君命受到折辱，也就是完成使命之意。　③程功：衡量功绩，计算完成工程的进度。　④六途：反映上述的"六事"。　⑤指趣：即"旨趣"。　⑥品藻：评议，鉴定等级。　⑦晋朝南渡：指建武元年（317）西晋灭亡，司马睿南渡并在建康建立东晋一事。　⑧冠带：士族、缙绅的代称，以其戴冠束带故称。　⑨梁武帝父子：梁武帝萧衍共有八子。此处仅指梁武帝和后来居位的简文帝萧纲、元帝萧绎。　⑩宣城王：指南朝梁简文帝嫡长子萧大器，武帝中大通三年受封宣城郡王。简文帝即位后，为太子。后死于侯景之乱，谥哀太子。　⑪果下马：一种矮小的马，高仅约三尺，骑上它能在果树上行走，故有此称。南朝时供富贵人平时乘坐。　⑫放达：率性而为，不为世俗礼法所拘束。　⑬陆梁：跳跃，强横不驯。　⑭稼穑：指农事。　⑮本：指农业，与下文"末业"相对。　⑯不了：不晓事。此指不明为官之道。

【赏析】

颜之推生活于南朝梁代，但命运多舛，身世坎坷，先后曾仕梁、北齐、北周、隋四朝。作者在乱离的生活中饱经忧患，到了晚年，为了"整齐门内，提撕子孙"，让后代在社会上安身立命有个准则，他写下了这部千古流传的《颜氏家训》。《家训》涉及的内容范围广泛，其中有作者经历了许多痛苦后得出的经验，有作者目睹了乱离社会种种惨痛教训后的总结，语言恳切动人，《涉务》就是该书中的佳篇之一。

《涉务》列在《家训》第十一篇，"涉务"的意思是专心致力从事某项工作。在文章中，作者指出君子立身处世，贵在对社会有所贡献，他认为国家所需要的人才有六种：朝廷之臣，文史之臣，军旅之臣等，人各有长短，要求一个人同时具有这六种品质也是不现实得，但人们可以根据自己的特点，发扬其中一种品质，胜任其中一职，那就可以问心无愧了。接着颜之推批判了南朝士大夫的通病在于夸夸其谈，"及有所用，多无所堪"，他们虽然多身居要职，却难以处理现实政务，相反倒是那些旁门庶族，出身清寒的中下层官吏能多做点事。

《涉务》中提倡务实的精神值得我们的肯定，这种精神的形成受到当时时代背景的影响，梁代末年的社会动乱使一部分作家从虚诞浮华的文风中觉醒，转向重视现实和实际。《颜氏家训》讲眼前话，道家常事，告诫后人在社会中应该发挥的作用，具有极强的现实意义。文章艺术上骈散结合，行文自如，语言朴素流畅且注重人物形象的塑造，展现了梁代末年士大夫的生活和精神面貌，是文坛上不可多得的一篇好文。

【《玉台新咏》序】

徐　陵

凌云概日，由余之所未窥；万户千门①，张衡之所曾赋。周王璧台②之上，汉帝金屋之中，玉树以珊瑚作枝，珠帘以玳瑁③为押。其中有丽人焉。其人也，五陵④豪族，充选掖庭；四姓⑤良家，驰名永巷。亦有颍川、新市，河间、观津，本号娇娥⑥，曾名巧笑。楚王宫内，无不推其细腰；魏国佳人，俱言讶其纤手⑦。阅诗敦礼，非直东邻之自媒⑧；婉约⑨风流，无异西施之被教。弟兄协律⑩，自小学歌；少长河阳，由来能舞。琵琶新曲，无待石崇；箜篌杂引，非因曹植。传鼓⑪瑟于杨家，得吹箫于秦女。至若宠闻长乐，陈后⑫知而不平；画出天仙，阏氏⑬览而遥妒。至乃东邻巧笑⑭，来侍寝于更衣；西子微颦⑮，将横陈于甲帐。陪游驭娑⑯，骋纤腰于结风；长⑰乐鸳鸯，奏新声于度曲。妆鸣蝉之薄鬓⑱，照堕马之垂鬟，反插金钿⑲，横抽宝树⑳。南都㉑石黛，最发双蛾；北地燕脂，偏开两靥㉒。亦有岭上仙童，分丸魏帝；腰中宝凤，授历㉓轩辕。金星与婺女㉔争华，麝月共嫦娥竞爽。惊鸾㉕冶袖，时飘韩掾之香；飞燕㉖长裾，宜结陈王之佩。虽非图画，入甘泉而不分；言异神仙，戏阳台而无别。真可谓倾国倾城㉗，无双无对者也。

加以天情㉘开朗，逸思㉙雕华，妙解文章，尤工诗赋。琉璃㉚砚匣，终日随身；翡翠笔床㉛，无时离手。清文㉜满箧，非惟芍药之花；新制连篇，宁止㉝蒲萄之树。九日㉞登高，时有缘情之作㉟；万年公主㊱，非无诔德之辞㊲。其佳丽㊳也如彼，其才情也如此。既而椒房㊴宛转，柘馆阴岑，绛鹤晨严，铜蠡昼静。三星㊵未夕，不事怀衾；五日犹赊，谁能理曲㊶。优游㊷少托，寂寞多闲。厌长乐之疏钟，劳中宫㊸之缓箭。轻身无力，怯㊹南阳之捣衣；生长深宫，笑扶风之织锦。虽复投壶㊺玉女，为欢尽于百骁㊻；争博㊼齐姬，心赏穷于六箸。无怡㊽神于暇景，惟属意于新诗，可得代彼萱苏，微蠲㊾愁疾。

但往世名篇，当今巧制，分诸麟阁，散在鸿都。不藉篇章，无由㊿披览。于是然脂暝㊿写，弄墨晨书，撰录艳歌㊿，凡为十卷。曾无参㊿于雅颂，亦靡滥于风人㊿，泾渭之间，若斯而已。于是丽㊿以金箱，装之宝轴。三台妙迹㊿，龙伸蠖屈之书；五色花笺，河北胶东之纸。高楼红粉㊿，仍定鱼鲁㊿之文；辟恶生香，聊防羽陵之蠹。灵飞六甲㊿，高擅玉函；鸿烈仙方，长推丹枕。至如青牛帐㊿里，馀曲未终，朱鸟窗前，新妆已竟㊿。方当开兹缥帙㊿，散此绦绳，永对玩于书帷，长循环于纤手。岂如邓学春秋，儒者之功难习；窦传黄老，金丹之术不成。固㊿胜西蜀豪家，托情㊿穷于鲁殿；东储㊿甲观，流咏止于洞箫。娈㊿彼诸姬，聊同弃日；猗欤彤管㊿，丽以香奁。

【注释】

①万户千门：形容宫室宏大。　②周王璧台：周穆王为其妃盛姬建重璧台，台的形状像重叠的玉璧。　③玳瑁：一种大海龟，甲壳光滑坚硬，有花纹，可作装饰品。　④五陵：即西汉高帝、惠帝、武帝、昭帝所葬长陵、安陵、阳陵、茂陵、平陵，在今陕西渭河北咸阳、兴平一带。　⑤四姓：指汉明帝时外戚樊氏、郭氏、殷氏、马氏。　⑥娇娥：古代女子常用娇、娥字为名。巧笑：魏文帝最宠爱的宫人有名段巧笑者，日夕在侧。这里泛指美女。　⑦纤手：尖细柔美的手。　⑧自媒：自我做媒，即不靠媒妁而求婚姻。　⑨婉约：柔美的样子。　⑩协律：本指校正音律，这里用作协律都尉的简称，是汉代掌管音乐的官员。　⑪鼓：击。　⑫陈后：指汉武帝陈皇后。　⑬阏氏：汉时匈奴王后妃的称号。　⑭巧笑：笑得很美的样子。　⑮颦：皱眉头。　⑯驭姿：马行迅疾的样子。　⑰长：经常。　⑱鸣蝉之薄鬓：鬓发薄如蝉翼。　⑲金钿：用金翠珠宝制成的形如花朵的首饰。　⑳宝树：用黄金为底座，贯珠玉为桂枝形的首饰。　㉑南都：与下句"北地"相对应，泛指南方。　㉒靥：脸上的酒窝儿。　㉓历：律吕，这里指乐律。　㉔婺女：星名，二十八星宿之一。　㉕惊鸾：衣袖飘拂的样子。　㉖飞燕：形容衣襟飞扬的样子。　㉗倾国倾城：可以倾覆邦国和城池，形容绝色的女子。　㉘天情：天性。　㉙逸思：文思超绝。　㉚琉璃：有光泽的天然宝石。　㉛笔床：即笔管，南朝人称笔管为笔床。　㉜清文：清丽的文章。　㉝宁止：不止是。　㉞九日：即重阳节，农历九月初九。　㉟缘情：抒发感情。缘情之作：指诗。　㊱万年公主：指晋武帝女。　㊲谏德之辞：指谏文。　㊳佳丽：

指容貌娟好。 ㊴椒房：汉代皇后居住的宫殿。 ㊵三星：小星。 ㊶理曲：演习乐曲。 ㊷优游：悠哉游哉，悠闲自得。 ㊸中宫：皇后住处，以别于东西二宫。 ㊹怯：畏惧。 ㊺投壶：古代饮宴时的游戏。宾主依次向壶中投矢，中多者为胜，负者饮酒。 ㊻骁：投壶游戏的方法。 ㊼博：赌输赢的游戏。 ㊽怡：愉悦。 ㊾蠲：除去。 ㊿无由：没有办法。 ㊿然脂：指点灯。暝：日落，天黑。 ㊽艳歌：同"艳诗"，指以爱情为题材的诗歌，这里指宫体诗。 ㊾曾：简直，表示否定。无参：不参与，比不上。 ㊿风人：诗人。 ㊽丽：附丽，附着，即盛装之意。 ㊾妙迹：指精妙的书法。 ㊿红粉：指女子。 ㊽鱼鲁：文字因形近而传写致误。 ㊾灵飞六甲：道家典籍名。 ㊿青牛帐：画有青牛的帐幔。 ㊽竟：完毕，终了。 ㊾缥帙：书套，这里借指书卷。 ㊿固：本来，肯定。 ㊽托情：寄托情感。 ㊾东储：东宫储君，指皇太子。 ㊿婆：美好的样子。 ㊽彤管：赤管笔，古代女史以彤管记事。

【赏析】

徐陵（507－583），字孝穆，南朝梁间文学家。年少好学，8岁即能文。在梁朝官至东宫学士，曾两次出使北朝。入陈，主持朝廷重要文书的草拟。在文学创作方面，诗赋皆淫靡绮艳，与庾信同为宫体诗代表作家，并称"徐庾"。

《玉台新咏》相传为徐陵所编撰，在本序中，他说编纂的宗旨是"选录艳歌"，即主要收集男女闺情之作。其收集的范围上至西汉、下迄南朝梁代，共769篇，内容丰富，感情真挚，比如古代著名长篇叙事诗《孔雀东南飞》就首见此书。

徐陵这篇《序》七百九十多字，音律铿锵，声色兼备，齐召南称其"云中彩凤，天上石麟。即此一序，惊彩绝艳，妙在人寰。"作者在文章的开端没有直接去写自己编纂《玉台新咏》的原因或目的，而是用了大段的篇幅描绘丽人的百态。他把丽人按照出身分为两类，一类是出身于"五陵豪族，充选掖庭；四姓良家，驰名永巷"，地位较高，另一类是出自"颍川、新市，河间、观津，本号娇娥，曾名巧笑"，地位卑微。但出身有高贱，美丽无区别，"妆鸣蝉之薄鬓，照堕马之垂鬟，反插金钿，横抽宝树。南都石黛，最发双蛾；北地燕脂，偏开两靥"，妩媚动人的身姿再加上世上无双的配饰，她们越发显得楚楚动人，再加上她们"天情开朗，逸思雕华，妙解文章，尤工诗赋"，就愈发惹人怜爱。但"往世名篇，当今巧制，分诸麟阁，散在鸿都"，她们精美的作品却无法长存，因此作者为了记下她们的美丽与才情，"然脂暝写，弄墨晨书，撰录艳歌，凡为十卷"，终成此书。至此，我们明白了本书编写的原因和宗旨，明白了作者含蓄隽永的文笔之妙。

【夜亭度雁赋】

陈叔宝

春望山楹①，石暖苔生。云随竹动，月共水明。暂逍遥于夕径,听霜鸿之度声。

度声已凄切,犹含关塞鸣。从风兮前侣驶,带暗兮后群惊。帛久兮书字灭,芦束兮断衔轻。行杂响时乱,响杂行时散。

已定空闺愁,还长倡楼②叹。空闺倡楼本寂寂,况此寒夜寒珠幔。心悲调管曲未成,手抚弦,聊一弹。一弹管,且陈歌,翻使怨情多。

【注释】

①山榓:就山岩凿成的石室,汉严忌《哀时命》:"凿山榓而为室兮"。　②倡楼:以歌舞娱人的女子所居之处。

【赏析】

陈叔宝(553-604),字元秀,南朝最后一个君主,世称陈后主。在位时大建宫室,生活奢侈,不理朝政,日夜与妃嫔、文臣游宴,制作艳词。隋军南下时,自恃长江天险,不以为然。祯明三年(589),隋军人建康,陈叔宝被俘至洛阳,与隋炀帝花天酒地,不改过往奢靡生活,毫无故国之思,最终在洛阳城病死,终年52岁。

陈叔宝在政治上无所作为,在文学上却有极高天赋,以他为首的文学之士把南朝的宫体诗发挥到了极致,对后代文学有很大影响。本赋是感物伤怀之作,假借倡楼妇之口,抒发了幽怨之情。作者在开端写景,写的妩媚动人:山头上已经可以看出春天的痕迹;石头被阳光晒得暖暖的,生出绿油油的苔藓;微风吹过,竹影斑驳,而天上的云彩仿佛也在随竹飘动。月亮照在水面上,水天一色,互相闪耀着光芒。接着笔锋一转,"暂道遥于夕径,听霜鸿之度声",此时此刻,看不到那一幅美景了,只能听到长鸿在寒冷的秋霜中嘶嘶哀鸣。"度声已凄切,犹含关塞鸣",路远天长,不知征人正在何方,这哀鸣的大雁把关塞的凄凉一起带了过来,却惟独没有带来征人的消息。空阁本来就寂寞无声,何况是这样一个寒冷的夜晚呢,女子无心睡眠,起身弄素琴,手抚琴弦,暂成一曲,却又是一首怨歌。

本赋写景清新自然,抒情感人肺腑,叙事则环环相扣,仿佛在向人描绘一幅怨妇秋思图,又仿佛在向人讲述一个生离死别的故事,令人看后心有所思,体有所悟,仿佛心中最细腻最难于陈述的一面被人揭开,在与作者、与赋中女子的心有灵犀中感受到了生命的酸甜苦辣。

【题江总所撰孙场墓志铭后四十字】

陈叔宝

秋风动竹,烟水惊波。几人樵径,何处山阿?今时日月,宿昔绮罗。天长路远,地久云①多。功臣未勒,此意如何?

【注释】

①云：《梁书·孙玚传》、《南史·孙玚传》均作"灵"。

【赏析】

孙玚，字德琏，吴郡吴人，史书记载他"少倜傥，好谋略，博涉经史，尤便书翰"，在当时颇富盛名。他去世后，尚书令江总为其作墓志铭，陈后主陈叔宝又题铭后四十字，遣左民尚书蔡徵宣敕就宅镌之，当时很令孙家引以为荣。

本文字数虽少，却意境深幽，耐人寻味。陈叔宝一向擅长写绮丽芜糜的宫体诗，用词华美，用语堆砌，本文却一洗宫体诗的铅华，显出十分清新自然的色彩，的确是南朝文学中不可多得的佳作。作者在开头首先描绘了一个非常动人的画面：秋风吹动竹林，竹林树影婆娑，沙沙作响；微风略拂水面，水波荡漾，如烟一般的烟雾罩在水面之上，如同仙境。循着山径向深处走去，何处才能找到托体的山阿呢？"何处山阿"四字暗示了孙玚的去世。接着作者抒发感叹之情，今天孙玚就要化作山土，与日月同行，与万物无隔了，而遥想昨日我们还在一起享受着生命的绮丽美好，"天长路远，地久云多"，从此以后天人两隔，再无相见之日，可如何是好呢？更何况孙玚还未完成终身事业，就这样撒手人寰，就更令人哀伤叹息了。

文章全篇没有出现任何表现情感的词语，但作者借助特定的意象巧妙地寄托了自己的哀悼之情。比如他想表达自此以后再也无法相见之意，并不直接抒发情怀，而是写了这样八个字"天长路远，地久云多"，天有多长，路有多远，地有多久，云有多多，这都是无法衡量的，恰如再次相见一样遥遥无期。地老天荒，白云悠长，而人的生命却是如此短暂，作者在传达无法相见之恨的同时，又传达出他对生命之短暂的体悟，可谓一语双关。

【与阳休之书】

祖鸿勋

阳生大弟：吾比以家贫亲老，时还故郡①。在本县之西界，有雕山焉。其处闲远，水石清丽，高岩四匝，良田数顷。家先有野舍于斯，而遭乱荒废，今复经始。即石成基，凭林起栋。萝生映宇，泉流绕阶。月松风草，缘庭绮合；日华云实，傍沼星罗。檐下流烟，共霄气而舒卷；园中桃李，杂椿柏而葱倩。时一褰裳涉涧，负杖登峰。心悠悠以孤上，身飘飘而将逝。杳然不复自知在天地间矣。若此者久之，乃还所住。孤坐危石，抚琴对水，独咏山阿，举酒望月。听风声以兴思，闻鹤唳以动怀。企庄生②之逍遥，慕尚子之清旷。首戴萌蒲③，身衣缊被④，出艺⑤粱稻，归奉慈亲。缓步当车，无事为贵，斯已适矣，岂必抚麈⑥哉！

而吾子既系名声之缰锁，就良工之剞劂⑦。振佩紫台之上，鼓袖丹墀⑧之下。采金匮⑨之漏简，访玉山之遗文，敝精神于丘坟，尽心力于河汉⑩。搞藻期之肇绣⑪，发议必在芬香。兹自美耳，吾无取焉。尝试论之；夫昆峰积玉，光泽者前毁；瑶山丛桂，芳茂者先折。是以东都有挂冕之臣⑫，南国见捐情之士⑬。斯岂恶粱锦，好蔬布哉！盖欲保其七尺，终其百年耳。今弟官位既达，声华已远。象由齿毙，膏用明煎。既览老氏⑭谷神之谈，应体留侯⑮止足之逸。若能翻然清尚，解佩捐簪，则吾于兹山庄，可办一得。把臂入林，挂巾垂枝，携酒登巘，舒席平山。道素志，论旧款，访丹法⑯，语玄书⑰，斯亦乐矣，何必富贵乎？去矣阳子！途乖趣别。缅寻此旨，杳若天汉。已矣哉，书不尽意。

【注释】

①故郡：祖鸿勋原籍涿郡范阳。　②庄生：庄子，有《逍遥游》等名篇。尚子：尚长，字子平，西汉末隐士，待男女娶嫁已毕，遂与同好俱游五岳，不知所终。　③萌蒲：即矛蒲，斗笠。　④缊被：乱麻制成的蓑衣。　⑤艺：种植。　⑥抚麈：麈为一种似鹿而大的动物，其尾毛可制成拂尘。魏晋人清谈时常执此种拂尘，所以挥麈、抚麈等常成为清谈的代称。　⑦剞劂：刻镂用的刀和凿。　⑧紫台、丹墀：皆官中建筑物，代指朝廷。　⑨金匮：古代政府所设藏书之所，此指经典著作。　⑩河汉：指子史之书。　⑪肇绣：一种锦绣小动物。　⑫"东都"句：西汉末年逢萌，因王莽杀其子宇，即解冠挂于东都城门而归，携家属浮海，客于辽东。　⑬"南国"句：屈原既放江南，不忍以清白之心而居浊世，乃自沉汨罗江而死。　⑭老氏：即老子。　⑮留侯：西汉张良，辅助刘邦打天下，功成名就，封为留侯。乃急流勇退，自愿弃人间之事，从赤松子游，所谓知足不辱，知止不殆。　⑯丹法：道教所谓延年益寿，长生不老之法。　⑰玄书：玄言之书。

【赏析】

祖鸿勋是北魏涿郡范阳人，好学能文，清高廉洁。《北史》中记载有这样一则他的故事，北齐仆射淮王元或因看重他的文学才能，向朝廷推荐，被任奉朝请。有人对祖鸿勋说："临淮举卿，使以得调，竟不相谢，恐非其宜。"鸿勋答曰："为国举力，临界淮之务，祖鸿勋何事从而谢之"。元或知道了高兴地说："吾得其人矣。"在北魏末年，战乱纷争，祖鸿勋后来辞官归隐，本信是他写给友人阳休之的，当时阳休之不顾国家政治黑暗，不顾自身气节，仍在官场中追求荣华富贵。祖鸿勋写此信就是劝其抛弃现在的生活，随他一起归隐。

　　本文既为劝勉之作，作者希望友人听从劝说，故十分讲究行文的技巧。在文章开端，作者没有直接提出要求，而是从写自己的生活入手，娓娓道来，写的逸趣横生，使人不禁产生羡慕之情。他说自己"即石成基，凭林起栋"，在山脚盖了一座房舍，这里环境优美，"萝生映宇，泉流绕阶。月松风草，缘庭绮合；日华云实，傍沼星罗。檐下流烟，共霄气而舒卷；园中桃李，杂椿柏而葱倩"，真是一幅美不胜收的美妙风景图，生活于此，无复他求。作者在这里每天"褰裳涉涧，负杖登峰。心悠悠以孤上，身飘飘而将逝。杳然不复自知在天地间矣"，人在自然之中自由涉足，惘然不知今夕何年何月，真是神仙般的境界。这种惬意的生活不但让自己享受了生命的快乐，还能够留下一世清名，既然如此，阳休之你为何还要羁绊于官场之中，不肯脱身呢？作者在下面的文字中反复证明了阳休之奔波于世俗富贵的得不偿失，委婉地劝慰他放弃仕途早日归隐。前面惬意生活的对比，以及反复陈述道理，足可见作者之用心良苦。

【与周弘让书】

王　褒

　　嗣宗穷途①，杨朱②歧路。征蓬③长逝，流水不归。舒惨殊方④，炎凉异节⑤。木皮春厚，桂树冬荣。想摄卫⑥惟宜，劲静多豫。贤兄入关，敬承款曲⑦。犹依杜陵之水，尚保池阳之田。铲迹幽溪，销声穷谷⑧。何其愉乐，幸甚幸甚！

　　弟昔因多疾，亟览九仙之方；晚涉世途，常怀五岳之举。同夫关令，物色异人⑨；譬彼客卿，服膺高士⑩。上经说道，屡听玄牝之谈⑪；中药养神，每禀丹砂之说⑫。顷年事道尽，容发衰谢，芸其黄矣⑬，零落无时，还念生涯，繁忧总集。视阴愒日⑭，犹赵孟之徂年；负杖行吟，同刘琨之积惨。河阳北临，空思巩县；霸陵⑮南望，还见长安。所冀书生之魂，来依旧壤；射声之鬼，无恨他乡。

　　白云在天，长离别矣！会见之期，邈无日矣！援笔揽纸，龙钟⑯横集。

【注释】

①嗣宗穷途：嗣宗，阮籍的字。阮籍不满于司马氏的横暴统治，纵酒昏酣，常独自驾车出游，任其乱走，到无路可行的地方便恸哭而返。　②杨朱：战国时魏人，又称扬子。　③征蓬：犹言飘蓬，与下文"流水"均比喻远行的人。　④舒惨殊方：悲喜北方和南

方不同。　⑤炎凉异节：冷热与南方季节不同。　⑥摄卫：保养身体。　⑦款曲：衷情，详尽情况。　⑧"铲迹"二句：销声匿迹于深山幽谷之中，此指周弘让隐于句容之茅山，频征不出。　⑨异人：指老子。　⑩服膺高士：鲁仲连，战国齐人，高蹈不仕，为人排忧解难而无所取，各国客卿对他衷心信服称为"齐国之高士"。　⑪玄牝之谈：指道家的学说。　⑫丹砂之说：道家炼丹以求长生的学说。　⑬芸其黄矣：花草枯黄貌。　⑭视阴愒日：看着日影叹息旷废时日而又急不可待。　⑮霸陵：汉文帝刘恒的陵墓，在长安东郊。　⑯龙钟：泪流貌。

【赏析】

王褒（约513－576），字子渊，琅琊临沂人，南北朝文学家。七岁能文，博览史传，工文章，在南朝名声甚大。江陵沦陷后入西魏，被扣留不复南返，与庾信同被宇文氏看重，诗风受到北朝诗歌的影响，也有所改易。

王褒与周弘让相交多年，关系亲密，身陷北周后，二人便彼此天各一方，无缘相见。凑巧一天周弘让之兄周弘正因事来到北周，王褒便写成此信，托付弘正代为转交。在此信中，作者向朋友诉说了陷落北朝后穷途末路的境况，表达了自己对故土的思念和国破家亡的悲慨，可谓是字字千钧，感人涕下。

文章以"嗣宗穷途，杨朱歧路。征蓬长逝，流水不归"开端，气势宏大，先声夺人，是历来被称颂的名句，写尽了自己如征蓬、流水一样漂泊无依的命运。接着作者咏叹友人隐于山林，穷善其身的生活状态，"铲迹幽溪，销声穷谷。何其愉乐，幸甚幸甚！"这是作者发自肺腑地钦慕，也是作者朝思暮想的愿望，但只可惜身不由己，无缘像友人一样寄情山水。对友人生活的赞美，正是对自己悲凉处境的哀叹。接着作者向友人讲述自己的景况和对故土的思念，他就像当年的刘琨，国破家亡，"负杖行吟"，但刘琨尚有一个自由身，可为国效力，作者却只能"空思巩县"、"还见长安"，对于祖国的未来无计可施，无以为报，男儿深陷如此境地，如何不感叹，如何不悲哀！"白云在天，长离别矣！会见之期，邈无日矣！"悠悠白云还是他们年轻共商国事，共享青春时的样子，然而如今他们却要生离别；万水千山，路途渺茫，何时才能与故人相见呢？恐怕再无机会了吧。

【《哀江南赋》序】

庾　信

粤以戊辰之年①，建亥之月②，大盗移国③，金陵④瓦解。余乃窜⑤身荒谷⑥，公私⑦涂炭⑧；华阳⑨奔命⑩，有去无归。中兴⑪道销⑫，穷于甲戌⑬。三日哭于都亭⑭，三年囚于别馆。天道⑮周星，物极不反⑯。傅燮⑰之但悲身世，无处求生；袁安⑱之每念王室，自然流涕。昔桓君山⑲之志事，杜元凯⑳之平生，并有著书，咸能自序㉑。潘岳㉒之文采，始述家风㉓；陆机㉔之辞赋，先陈世德㉕。信年始二毛㉖，即逢丧乱㉗，藐是㉘流离，至于暮齿㉙。《燕歌》㉚远别，悲不自胜；楚老㉛相逢，泣将何及㉜！畏南山之雨㉝，忽践秦庭㉞；让东海之滨，遂餐周粟。下亭㉟漂泊，高桥羁旅。楚歌㊱非取乐之方，鲁酒㊲无忘忧之用。追为此赋，聊以记言。不无危苦之辞，唯以悲哀为主㊳。

日暮途远㊴，人间何世！将军一去，大树飘零；壮士不还，寒风萧瑟㊵。荆璧睨柱，受连城而见欺㊶；载书横阶，捧珠盘而不定㊷。钟仪君子，入就南冠之囚㊸；季孙行人，留守西河之馆㊹。申包胥之顿地，碎之以首㊺；蔡威公之泪尽，加之以血㊻。钓台移柳，非玉关之可望㊼；华亭鹤唳，岂河桥之可闻㊽！

孙策以天下为三分，众才一旅㊾；项籍用江东㊿之子弟，人唯八千。遂乃分裂山河，宰割天下(51)。岂有百万义师(52)，一朝卷甲，芟夷斩伐，如草木焉！江淮无涯岸(53)之阻，亭壁无藩篱(54)之固。头会箕敛者(55)，合纵缔交；锄耰棘矜者，因利乘便(56)。将非江表王气，终于三百年乎(57)？是知并吞六合，不免轵道之灾(58)；混一车书，无救平阳之祸(59)。呜呼！山岳崩颓，既履危亡之运(60)；春秋迭代，必有去故(61)之悲。天意人事，可以凄怆伤心者矣(62)！况复舟楫路穷，星汉非乘槎可上(63)；风飙道阻，蓬莱无可到之期(64)。穷者欲达其言，劳者须歌其事(65)。陆士衡闻而抚掌，是所甘心(66)；张平子见而陋之，固其宜矣(67)！

【注释】

①粤：发语辞。戊辰：指公元548年（梁武帝太清二年）。 ②建亥之月：阴历十月。 ③大盗：窃国篡位者，这里指侯景。移国：篡国。 ④金陵：即建邺，今南京市，梁国都。 ⑤窜：逃匿。 ⑥荒谷：《左传》杜预注：“荒谷，楚地。”此指江陵（今湖北江陵县，古楚地）。《北史·庾信传》：“侯景作乱，梁简文帝命信率宫中文武千余人营于朱雀航。及景至，信以众先退。台城陷后，信奔于江陵。” ⑦公私：公室和私家。 ⑧涂炭：指陷于泥涂炭火。《尚书》：“有夏昏德，民坠涂炭。” ⑨华阳：华山之南。阳，山南。此指江陵。 ⑩奔命：奉命奔走。公元554年（梁元帝承圣三年），庾信奉命由江陵出使西魏，十一月，江陵被西魏攻陷，庾信于是留在长安未归。 ⑪中兴：指公元552年（梁元帝于承圣元年）平定侯景之乱，即位江陵。 ⑫道销：中兴之道销亡。 ⑬甲戌：指公元554年（承圣三年）。《南史·元帝纪》：“承圣三年，魏使于谨来攻。……十一月，魏军至栅下，帝见执。魏人戕帝。” ⑭“三日”句：《晋书·罗宪传》：“魏之伐蜀，宪守永安城。及成都败，知刘禅降，乃率所部临于都亭三日。”临，《左传》杜注：“哭也。”

都亭，都城亭阁。 ⑮天道：天理。 ⑯物极不反：指梁朝就此一蹶不振、再难恢复。 ⑰傅燮：字南容，东汉末年人。无处求生：据《后汉书·傅燮传》记载，傅燮任汉阳太守，王国、韩遂等率兵攻城，城中兵少粮乏，他的儿子劝他弃城归乡，傅燮慨叹说："汝知吾必死耶！……世乱不能养浩然之志，食禄又欲避其难乎？吾行何之，必死于此！"于是命令左右进兵，临阵战死。 ⑱袁安：字邵公，后汉时人。 ⑲桓君山：即桓谭，字君山，后汉时人。著《新论》二十九篇。 ⑳杜元凯：即杜预，字元凯，晋代人，有《春秋经传集解》。书的序里说："少而好学，在官则观于吏治，在家则滋味典籍。" ㉑自序：古人著书往往有自序记述身世和写作旨意。桓谭《新论》自序今已散佚。 ㉒潘岳：字安仁，晋代诗人。 ㉓始述家风：潘岳有《家风诗》，自述家族风尚。 ㉔陆机：字士衡，晋代诗人。 ㉕先陈世德：陆机有《祖德赋》、《述先赋》，又有《文赋》："咏世德之骏烈。" ㉖二毛：指头发有黑白二色。 ㉗丧乱：指侯景之乱和江陵沦陷被留西魏。当时庾信年四十左右。 ㉘藐：远。"藐是"一作"狼狈"。 ㉙暮齿：暮年。 ㉚《燕歌》：指乐府《燕歌行》。 ㉛楚老：代指故国父老。旧说引《汉书·龚舍传》，说楚人龚胜于王莽时不愿"一身事二姓"，"遂不复开口饮食，积十四日死"，庾信世居楚地，所以引用此事来深惭他自己为两位君主效命。 ㉜泣将何及：《后汉书·逸民传》："桓帝世党锢事起，守外黄令陈留张升去官归乡里，道逢友人，共班草而言。……因相抱而泣。老父趋而过之，植其杖，太息言曰：'吁！二大夫何泣之悲也，夫龙不隐鳞，凤不藏羽，网罗高悬，去将安所？虽泣何及乎！'" ㉝南山之雨：《列女传·贤明传》："妾闻南山有玄豹，雾雨七日而不下食者，何也？欲以泽其毛而成文章，故藏而远害。"一说以山高在阳喻君主，指迫于君命不敢不使魏。 ㉞践秦庭：《左传·定公四年》："申包胥如秦乞师，……立依于庭墙而哭，日夜不绝声，……七日，……秦师乃出。"这里比喻出使求和救急。 ㉟下亭：《后汉书·范式传》载孔嵩应召入京，在下亭的道路旁过夜时，马匹被盗。 ㊱楚歌：楚地民歌。《汉书·高帝纪》："帝谓戚夫人曰：'为我楚舞，吾为若楚歌。'" ㊲鲁酒：鲁地之酒。许慎《淮南子注》："楚会诸侯，鲁、赵俱献酒于楚王，鲁酒薄而赵酒厚。楚之主酒吏求酒于赵，赵弗与。吏怒，乃以赵厚酒易鲁薄酒。奏之楚王，以赵酒薄，故围邯郸也。" ㊳"不无"二句：原本出自嵇康《琴赋》序："称其材干，则以危苦为上；赋其声音，则以悲哀为主。" ㊴日暮途远：指年岁已老而离乡路远。《吴越春秋》："子胥谢申包胥曰：'吾日暮途远，吾故倒行而逆施之。'"远一作"穷"。人间何世：《庄子》有《人间世》篇，王先谦《集解》："人间世，谓当世也。"二句感慨年老世变。 ㊵壮士：指荆轲。《战国策·燕策》记太子丹送荆轲易水上，"高渐离击筑，荆轲和而歌，……曰：'风萧萧兮易水寒，壮士一去兮不复还！'"这两句是说他出使西魏，一去不归。 ㊶荆璧：即和氏璧，因楚人和氏在楚山挖得而名。睨：斜视。连城：相连之城。二句典出《史记·廉颇蔺相如列传》："赵惠文王时，得楚和氏璧。秦昭王闻之，使之遗赵书，愿以十五城请易璧。……遂遣相如奉璧西入秦。……相如视秦王无意偿赵城，……因持璧却立，倚柱，怒发上冲冠，谓秦王曰：'……大王必欲急臣，臣头今与璧俱碎于柱矣！'……秦王恐其破璧，乃辞谢固请，召有司案图，指从此以往十五都予赵。……相如度秦王虽斋，决负约不偿城，乃使其从者衣褐，怀其璧，从径道亡，归璧于赵。"这里指作者出使西魏被骗。 ㊷载书：盟书。珠盘：诸侯盟誓所用器皿。《周礼·天官·冢宰》"若合诸侯，则共珠盘玉敦"郑玄注："合诸侯者必割牛耳，取其血歃之以盟。珠盘以盛牛耳。”二句引用了毛遂的事情。《史记·平原君列传》：“平原君与楚合纵，言其利害，日出而言之，日中不决。毛遂按剑历阶而上，……谓楚王之左右曰：‘取鸡狗马之血来！’毛遂奉铜盘而进之，……于是定纵。”这里是说他出使西魏，未能缔约，梁朝反遭攻打。 ㊸“钟仪”二句：《左传·成公七年》：“楚子重伐郑。……囚郧公钟仪，献诸晋。……晋人以钟仪归，囚诸军府。”九年，“晋侯观于军府，见钟仪问之曰：‘南冠而絷者谁也？’有司对曰：‘郑人所献楚囚也。’……使与之琴，操南音，……文子曰：‘楚囚，君子也。’”这里是作者以钟仪自比，说他原本是楚人，却羁留在魏、周一带，类似于“南冠之囚”。 ㊹季孙：春秋时鲁国大夫。行人：掌朝觐聘问的官员。西河：今陕西省东部。《左传·昭公十三年》里记载说，“诸侯盟于平丘，邾、莒告鲁朝夕伐之，因无力向晋进贡。晋遂执季孙。后欲释之，季孙不肯归。”叔鱼就威胁说：“……鲋也闻诸吏将为子除馆于西河，其若之何？季孙惧，乃归鲁。”这两句是作者自比季孙，但稍微改变了原意，说他被留在异国他乡，难以回归。 ㊺申包胥：春秋时楚国大夫。顿地：叩头至地。事见《左传·定公四年》，吴国伐楚国，申包胥到秦国求救兵，“立依于庭墙而哭，日夜不绝声，勺饮不入口。七日，秦哀公为之赋《无衣》，九顿首而坐。秦师乃出。”二句是说作者曾为救梁国竭尽心力。 ㊻“蔡威公”二句：刘向《说苑》：“蔡威公闭门而泣，三日三夜，泣尽而继之以血，曰：‘吾国且亡。”这里是说作者对梁国灭亡深感悲痛。 ㊼钓台：在武昌。此代指南方故土。移柳：据《晋书·陶侃传》，陶侃镇守武昌时，曾命令各军营种植柳树。玉关：玉门关，在今甘肃敦煌县西。此代指北地。这两句是说滞留北地的人是再也见不到南方故土的柳树了。 ㊽华亭：在今上海市松江县，晋代陆机兄弟曾共游于此十余年。河桥：在今河南孟县，陆机在此兵败被诛。《世说新语·尤悔》：“陆平原河桥败，为卢志所谗，被诛。临刑叹曰：‘欲闻华亭鹤唳，可复得乎！’”这两句是说故乡鸟鸣已非身处异地的人所能听到。 ㊾孙策：字伯符，三国时吴郡富春（即今浙江富阳）人。先以数百人依附袁术，后平定江东，建立吴国。三分：指魏、蜀、吴三分天下。一旅：五百人。《吴志·陆逊传》：“逊上疏曰，昔桓王（孙策谥号长沙桓王）创基，兵不一旅，而开大业。” ㊿项籍：字羽，下相（今江苏宿迁西南）人。江东：长江南岸南京一带地区。《史记·项羽本纪》记载项羽兵败乌江，笑着对亭长说：“籍与江东子弟八千人渡江而西，今无一人还。” (51)“遂乃”二句：原本出自贾谊《过秦论》：“宰割天下，分裂山河。” (52)百万义师：指平定侯景之乱的梁朝大军。卷甲：卷敛衣甲而逃。芟夷：删削除灭。据《南史·侯景传》载，侯景造反，梁将王质率兵三千无故自退，谢禧弃白下城逃走，援兵至北岸，号称百万，后来全都败走。另外，侯景曾告戒诸将说：“破城邑净杀却，使天下知吾威名。” (53)江淮：指长江、淮河。涯岸：水边河岸。 (54)亭壁：指军中壁垒。藩篱：竹木所编屏障。 (55)头会箕敛：《汉书·陈余传》：“头会箕敛以供军费”服虔注：“吏到其家，以人头数出谷，以箕敛之。”合从缔交：贾谊《过秦论》：“合从缔交，相与为一。”原为战国时六国联合抗秦的一种谋略，这里指起事者们彼此串联，相互勾结。 (56)锄耰（yōu）：简陋的农具。棘矜：低劣的兵器。贾谊《过秦论》：“锄耰棘矜，不敌于钩戟长铩也。”因利乘便：贾谊《过秦论》：“因利乘便，以宰割天下。此指陈霸先乘梁朝衰乱，取而代之。” (57)江表：江外，长江以南。王气：古时人们认为天子所在地有祥云王气笼罩。三百年：指从孙权称帝江南，历东晋、宋、齐、梁四代，前后约三百年的时间。 (58)六合：指天地四方。贾谊《过秦论》：“吞二周而亡诸侯，履至尊而制六合。”轵道之灾：《史记·高祖本纪》记汉高祖入关：“秦王子婴素车白马，……降轵道旁。”轵道，在今陕西咸阳市西北。 (59)混一车书：指统一天下。《礼记·中庸》：“今天下车同轨，书同文，行同伦。”平阳之祸：据《晋书·孝怀帝本纪》，公元311年（永嘉五年）刘聪攻陷洛阳，迁晋怀帝于平阳。公元313年（永嘉七年），怀帝被害。又《孝愍帝本纪》记载，公元316年（晋愍帝建兴四年）刘曜攻陷长安，迁愍帝于平阳。公元317年（建兴五年），愍帝遇害。平阳，在今山西临汾县。 (60)“山岳”二句：《国语·周语》：“山崩川竭，亡之征也。” (61)春秋迭代：比喻梁、陈两朝更替。去故：离别故国。 (62)凄怆伤心：阮籍《咏怀诗》其九：“素质游商声，凄怆伤我心。” (63)楫：船桨。星汉：银河。槎：竹筏木排。张华《博物志》：“旧说云，天河与海通。近世有人居海渚者，年年八月有浮槎去来不失期。” (64)飙：暴风。蓬莱：传说中的三座神山之一。无可到之期：《汉书·郊祀志》：“自威宣、燕昭使人入海求蓬莱、方丈、瀛洲。此三神山者，其传在勃海中，……未至，望之如云；及到，三神山反居水下。临之，患且至，则风辄引船而去，终莫能至云。” (65)穷者：指仕途困踬的人。达：表达。《晋书·王隐传》：“隐曰：盖古人遭时则以功达其道，不遇则以言达其才。”何休《公羊传解诂》：“饥者歌其食，劳者歌其事。”这两句说明作者作赋是有感而发。 (66)陆士衡：陆机字士衡。抚掌：拍手。《晋书·左思传》记载，左思作《三都赋》，“初陆机入洛，欲为此赋。闻思作之，抚掌而笑，与弟云书曰：‘此间有伧父作《三都赋》。须其成，当以复酒瓮耳。’及思赋出，机绝叹伏，以为不能加也，遂辍笔焉。”这两句是说，作者写这篇文章以后即使受人嘲笑，也心甘情愿。 (67)张平子：张衡，字平子。陋：轻视。《艺文类聚》：“昔班固观世祖迁都于洛邑，惧将必逾溢制度，不能遵先圣之正法也。故假西都宾，盛称长安旧制，有陋洛邑之议，而为东都主人折礼衷以答之。张平子薄而陋之，故更造焉。”这两句是说，作者的赋就算为人轻视，也是理所当然的。

【赏析】

庾信（513－581），字子山，南阳新野（今河南新野县）人。少年时聪敏好学，富有才名。早年在梁朝做官，为昭明太子伴读，出入宫禁，为文绮艳，与徐陵并为宫廷文学代表，当时人称他们的文风为“徐庾体”。后奉命由江陵出使西魏，却正值西魏灭梁，因而被留在西魏。《北史》记载在梁朝时，庾信“每有一文，都下莫不传诵”。他留在北方后虽然身居高位，但却常常怀念故国，作品风格亦由早期的轻靡华丽变为苍劲沉郁，《北史》说他在北方“虽位望显通，常作乡关之思，乃作《哀江南赋》以致其意”。“哀江南”三字语出《楚辞·招魂》“魂兮归来哀江南”句。本文是作者为《哀江南赋》所作的序，概述了全赋的主题，并阐明了“穷者欲达其言，劳者须歌其事”的创作动机，写的感人至深。

在本序言中，作者首先记述了自己在侯景之乱和江陵失陷中的遭遇，交代了创作的背景和缘起，将全篇纲领提出。接着就叹息梁朝并未能够按照物极必反的规律复兴，而自己身处异国，心情正如“傅燮之但悲身世，无处求生；袁安之每念王室，自然流涕”。因此他效仿桓谭、杜预、潘岳、陆机等古人，著书自序以述家世。“日暮途远，人间何世!”，庾信初来北方时年仅三十七岁，而历经流离，作此赋时已是暮年。望岁月悠悠，望故国渺渺，庾信深知自己终将客死他乡，“将军一去，大树飘零；壮士不还，寒风萧瑟”这千古流传的四句悲歌写尽了庾信日暮途穷，纵有复国之心，也无能为力的苍凉无奈。在序文的最后，作者由个人的遭际联想到梁朝的覆灭，对天道提出了伤心的诘问。他知晓春秋更迭的规律，虽然他试图解释说江南王气的终结是天意又是人事，但字里行间，我们读到的还是作者对故国灭亡的深深遗憾和哀伤。

【小园赋】

庾 信

若夫一枝之上，巢父①得安巢之所；一壶之中，壶公②有容身之地。况乎管宁③藜床，虽穿而可坐；嵇康锻灶，既暖而堪眠。岂必连闼④洞房，南阳樊重之第；赤墀青琐⑤，西汉王根之宅。余有数亩敝庐⑥，寂寞人外⑦，聊以拟伏腊，聊⑧以避风霜。虽复晏婴近市，不求朝夕之利⑨；潘岳面城，且适闲居之乐。况乃黄鹤戒露⑩，非有意于轮轩；爰居避风，本无情于钟鼓⑪，陆机则兄弟同居，韩康⑫则舅甥不别。蜗角蚊睫，又足相容者也。

尔乃⑬窟室徘徊，聊同凿坯⑭。桐间露落，柳下风来。琴号珠柱⑮，书名《玉杯》，有棠梨而无馆，足酸枣而非台。犹得欹侧⑯八九丈，纵横数十步，榆柳两三行，梨桃百馀树。拨蒙密⑰兮见窗，行欹斜兮得路，蝉有翳⑱兮不惊，雉⑲无罗兮何惧。草树混淆，枝格⑳相交。山为篑㉑覆，地有堂坳㉒。藏狸并窟，乳鹊重巢，连珠细菌㉓，长柄寒匏㉔。可以疗饥㉕，可以栖迟㉖。崎岖兮狭室，穿漏兮茅茨㉗，檐直倚而妨帽㉘，户平行而碍眉。坐帐无鹤，支床有龟。鸟多闲暇，花随四时。心则历陵枯木，发则睢阳㉙乱丝。非夏日而可畏，异秋天而可悲。

一寸二寸之鱼，三竿两竿之竹，云气荫㉚于丛著，金精㉛养于秋菊。枣酸梨酢㉜，桃榹㉝李薁。落叶半床，狂花㉞满屋。名为野人之家，是谓愚公之谷。试偃息于茂林，乃久羡于抽簪㉟，虽有门而长闭，实无水而恒沉。三春负锄㊱相识，五月披裘见寻。问葛洪之药性，访京房之卜林。草无忘忧㊲之意，花无长乐㊳之心，鸟何事而逐酒，鱼何情而听琴？

加以寒暑异令㊴，乖㊵违德性，崔骃以不乐损年，吴质以长愁养病。镇宅神㊵以埋石，厌㊷山精而照镜。屡动庄舄之吟，几行魏颗之命。薄晚㊸闲闾，老幼相携㊹，蓬头王霸之子，椎髻梁鸿之妻。爝㊺麦两瓮，寒菜一畦㊻。风骚骚㊼而树急，天惨惨㊽而云低。聚空仓而雀噪，惊懒妇而蝉嘶。

昔草滥于吹嘘㊾，藉《文言》之庆馀。门有通德㊿，家承赐书㉑。或陪玄武之观，时参凤凰㉒之墟，观受釐㉓于宣室，赋《长杨》于直庐。

遂乃山崩川竭，冰碎瓦裂，大盗潜移，长离㉔永灭。摧直辔于三危㉕，碎平途于九折。荆轲有寒水之悲，苏武有秋风之别。关山则风月凄怆，陇水则肝肠断绝。龟言此地之寒，鹤讯今年之雪。百龄㉖兮倏忽，光华㉗兮已晚。不雪㉘雁门之踦，先念鸿陆之远。非淮海兮可变，非金丹兮能转。不暴骨于龙门㉙，终低头于马坂。谅天造㉚兮昧昧，嗟生民兮浑浑。

【注释】

①巢父：古代隐士，相传因巢居树上而得名。尧要把君位让给他，他不受。 ②壶公：东汉时的一个道士，据说他在市中卖药，在门前挂着一把壶，每当太阳落山后就跳入壶中，谁也看不见，后人称他做壶公。 ③管宁：三国时北海朱虚人，字幼安，东汉末隐居不仕。 ④连闼：门相连。 ⑤赤墀：用赤色涂的台阶。青琐：古代官门上的一种装饰。 ⑥敝庐：简陋的房屋。 ⑦人外：人境之外，形容地处偏僻。 ⑧聊：姑且，暂且。 ⑨不求朝夕之利：此句反用其意，意思虽然距市很近，但我也不追求早晚买东西的方便。 ⑩黄鹤戒露：传说黄鹤在霜露下降的时节，听到露水滴到草叶上的声音，就以长鸣互相警戒，转向安全的地方。 ⑪钟鼓：指祭祀时用的音乐。 ⑫韩康：即韩伯，因他字康伯，故称韩康。 ⑬尔乃：于是。 ⑭凿坯：开地道。 ⑮珠柱：良琴。 ⑯欹侧：不正的样子。 ⑰蒙密：树叶茂盛的样子，此处指茂密的树叶。 ⑱翳：遮蔽，指树叶。 ⑲雉：野鸡。 ⑳格：树木的长枝条。 ㉑簣：盛土的竹筐。 ㉒堂坳：地上低洼的地方。 ㉓连珠细菌：香菌丛生，累累如连珠一样。 ㉔长柄寒匏：长柄葫芦。 ㉕疗饥：止饿。 ㉖栖迟：游息。 ㉗茅茨：用芦苇、茅草盖的屋顶。 ㉘直倚：直斜，斜而直的样子。妨帽：指屋檐低于头。 ㉙睢阳：县名，古属宋国地域。 ㉚荫：遮盖。 ㉛金精：古代把九月上寅日采的甘菊叫"金精"，用以服食养生。 ㉜梨酢：指酸梨。 ㉝桃楔：山桃。 ㉞狂花：到处乱飞的花。 ㉟抽簪：做官的人必须用簪束发，抽簪即散发，此处指不做官。 ㊱负锄：扛着锄头，此处指农民。 ㊲忘忧：草名，即萱草。 ㊳长乐：花名，开紫花。 ㊴异令：时令不同。 ㊵乖：违背，不协调。 ㊶宅神：住宅里的神。 ㊷厌：同"压"，镇压。 ㊸薄晚：傍晚。 ㊹老幼相携：指全家老小都在长安。 ㊺爝：同焦。 ㊻畦：田园中分成的小区。 ㊼骚骚：风声。 ㊽惨惨：黯淡无光的样子。 ㊾滥于吹嘘：即滥竽充数。 ㊿门有通德：郑玄，东汉末年经学家，字康成，学问渊博，屡征不就。北海相孔融很佩服他，为他特立一个乡，并在那里特意为他设一个大

门，号称"通德门"。 ㊿家承赐书：东汉史学家班彪，与其兄班嗣共游学，皇帝曾赐给他们书籍。 ㊾凤凰：汉代殿名，又健康有凤凰台，此处也指梁代官殿。 ㊽受胙：祭祀用的肉，祭后把餘肉献给皇帝，表示庆贺祝福，此种仪式称为受胙。 ㊼长离：即长丽，又名朱雀、朱鸟。 ㊻摧：折断。辔：马缰绳。三危：古代山名，在今甘肃省。 ㊺百龄：指百岁，人的一生。 ㊹光华：年华，岁月。 ㊸雪：洗刷。 ㊷不暴骨于龙门：言自己不能像传说中跳过龙门的鲤鱼那样化而为龙。 ㊶谅：诚然。天造：指天道。

【赏析】

本文是庾信羁留北方时写成的一篇力作，作者借描写小园之景，抒发自己出使辱命的凄惶愧疚之恨、远离国土的思乡恋故之情。

作者在开篇就借巢父、壶公、管宁、嵇康等历史人物的清净淡泊来表白自己不贪图荣华富贵的心志，他只想要"数亩敝庐，寂寞人外"，这样就可以"聊以拟伏腊，聊以避风霜"，高官厚禄并非他的追求。然而事与愿违，这样一个与世无争的人却偏偏遭遇乱世，被迫做上了异国之官，受命于人无法脱身，恰如"黄鹤戒露，非有意于轮轩；爰居避风，本无情于钟鼓"，作者用这两个比喻形象地表明了自己的身不由己。在异国他乡他试图归隐，但却没有机缘，因为他身著异国官职的枷锁，无法象颜阖一样凿壁逃遁。虽然他在异国衣食无忧，但他对故土的思念一刻没有忘怀，他无法排解心中的忧念，只能暂避于小园之中，在小园里寻找心灵的寄托。园中的景物令作者觉得"非夏日而可畏，异秋天而可悲"，"草无忘忧之意，花无长乐之心"，作者并不能借助它们寄托哀思，他顾影徘徊，想到"鸟何事而逐酒？鱼何情而听琴？"作者在鸟和鱼的命运中找到了心灵的共鸣，他恰如《庄子·至乐》中那只"不敢食一脔，不敢饮一杯，三日而死"的海鸟，在异国他乡诚惶诚恐，如履薄冰。在文章的最后一部分，作者极力铺写自己的羁留之愁，他每天都在"关山则风月凄怆，陇水则肝肠寸断"的悲伤中度日，时光流逝，他一天天走向老年，"百龄兮倏忽，光华兮已晚"，他知道自己将最终客死他乡，无法回归故土。他悔恨"不暴骨于龙门"的当初，他哀叹"终低头于马坂"的可悲，他为自己的不幸深深哀悼，其内心的愁苦孤寂至今读来仍令人动容。

【枯树赋】

庾信

殷仲文①风流儒雅，海内知名；世异时移②，出为东阳③太守，常忽忽不乐，顾庭④槐而叹曰："此树婆娑⑤，生意尽矣。"
至如白鹿贞⑥松，青牛文梓⑦；根柢盘魄⑧，山崖表里⑨。桂何事而销亡⑩，桐何为而半死⑪？昔之三河徙植⑫，九畹⑬移根；开花建始⑭之殿，落实睢阳⑮之园。声含嶰谷⑯，曲抱《云门⑰;将雏集凤⑱,比翼巢鸳⑲。临风亭而唳鹤⑳,对月峡而吟猿㉑。乃有拳曲拥肿㉒,盘坳㉓反覆;熊彪顾盼㉔,鱼龙起伏。节竖山连㉕,文横水蹙㉖。匠石惊视,公输眩目㉘。雕镌始就㉙,剞劂㉚仍加;平鳞铲甲㉛,落角摧牙㉜;重重碎锦㉝,片片真花;纷披㉞草树,散乱烟霞。

若夫松子、古度,平仲、君迁㉟,森梢㊱百顷,槎枿千年㊲。秦则大夫受职㊳,汉则将军坐焉㊴。莫不苔埋菌压,鸟剥虫穿;或低垂于霜露,或撼顿㊵于风烟。东海有白木之庙㊶,西河有枯桑之社㊷,北陆以杨叶为关㊸,南陵以梅根作冶㊹。小山则丛桂留人㊺,扶风则长松系马㊻。岂独城临细柳之上㊼,塞落桃林之下㊽。

若乃㊾山河阻绝,飘零㊿离别;拔本垂泪㊿¹,伤根沥血。火入空心㊿²,膏流断节㊿³。横洞口而歁㊿⁴卧,顿㊿⁵山腰而半折,文斜者百围冰碎㊿⁶,理正者千寻瓦裂㊿⁷。载瘿衔瘤㊿⁸,藏穿抱穴㊿⁹,木魅睒睗㊿¹⁰,山精妖孽㊿¹¹。

况复风云不感㊿¹²,羁旅㊿¹³无归;未能采葛㊿¹⁴,还成食薇㊿¹⁵;沉沦穷巷㊿¹⁶,芜没荆扉㊿¹⁷;既伤摇落㊿¹⁸,弥嗟㊿¹⁹变衰。《淮南子》云:"木叶落,长年悲。"斯之谓矣。乃歌曰:"建章三月火㊿²⁰,黄河万里槎㊿²¹;若非金谷㊿²²满园树,即是河阳一县花㊿²³。"桓大司马㊿²⁴闻而叹曰:"昔年种柳,依依汉南㊿²⁵;今看摇落,凄怆江潭㊿²⁶。树犹如此,人何以堪㊿²⁷!"

【注释】

①殷仲文:东晋人,曾任骠骑将军、咨议参军、征虏长史等职,才貌双全,颇有名望。　②世异时移:桓玄(殷仲文内弟)称帝,以仲文为咨议参军、侍中,领左卫将军。后桓玄为刘裕所败,晋安帝复位,仲文上表请罪。此句即指此。　③东阳:郡名,在今浙江金华一带。　④庭:院子。　⑤婆娑:联绵词,枝叶纷披貌。《晋书·桓玄传》:"仲文因月朔与众至大司马府,府中有老槐树,顾之良久而叹曰:'此树婆娑,无复生意。'"　⑥贞:坚。晋黄义仲《十三州记》载,甘肃敦煌有白鹿塞,多古松,白鹿栖息于下。　⑦青牛文梓:唐徐坚等辑《初学记》引《录异传》载,春秋时"秦文公伐雍州南山大梓木,有青牛出走丰水矣。"　⑧根柢:草木的根。盘魄:又作"盘薄"、"盘礴",通"磅礴",根深牢固。　⑨山崖表里:枝叶覆盖山崖之表里。上句言根柢之牢固,下句说占地之广大。　⑩桂:桂树。销亡:消亡。语出汉武帝《悼李夫人赋》:"秋气潜以凄戾兮,桂枝落而销亡。"　⑪半死:半死不活。语出枚乘《七发》:"龙门之桐,高百尺而无枝……其根半死半生。"　⑫三河:河东、河内、河南,今山西、河南一带。徙:迁。徙植:

移植。 ⑬畹：有说十二亩为畹，有说三十亩为畹。此言大面积的移植。 ⑭建始：洛阳宫殿名。 ⑮落实：果实熟落。睢阳：在今河南商丘，汉为梁国，有梁孝王所建梁园。⑯声：指树木在风雨中发出的声音。嶰谷：指黄帝时的音乐。相传黄帝曾命乐官在昆仑山北的嶰谷取竹制作乐器。 ⑰曲：指树声中含有古代乐曲。抱：怀，有。《云门》：黄帝时的舞乐。 ⑱将：带领。雏：幼鸟。集：群鸟停落在树上。此句言凤凰携幼鸟停落在树上。 ⑲巢鸳：作动词用，筑巢。鸳鸯在树上筑巢双飞。 ⑳临：面对。风亭：指风。唳：鹤鸣。此句说鹤常立树上对风鸣叫。 ㉑月峡：指月。此句说猿猴常立树上对月长鸣。 ㉒拳曲：弯曲。拥肿：同“臃肿”。 ㉓盘坳：盘旋于山坳之中。 ㉔彪：虎。此与下句是形容树木的曲肿盘绕之状。 ㉕节：树木枝干交接处。此句是说树节竖立之多，有如山山相连。《易·说卦》：“艮为山……其于木也，为坚多节。” ㉖文：花纹。水蹙：水面出现波纹。蹙：，皱。此句是说树木的花纹横生，有如水面波纹。 ㉗匠石：古代有名的木匠，名石，字伯说。 ㉘公输：公输般，即鲁班。眩目：眼花缭乱。 ㉙雕镌：雕刻。就：成。 ㉚剞劂：雕刻用的刀子。 ㉛鳞、甲：指树皮。 ㉜角、牙：指树干上的疤痕、节杈。落、摧：指砍掉、铲去。 ㉝重重：层层。锦：有彩色花纹的丝织品。此与下三句，均言能工巧匠在木头上雕刻的生动图案。 ㉞纷披：散乱。 ㉟松子：即赤松子。古度：即根木。平仲：疑是银杏树。君迁：也称君迁子。以上四树均生南国。 ㊱梢：树枝的末端。森梢：指枝叶繁盛茂密。 ㊲槎：音 chá，斜砍树木。枿：音 niè，树木砍后重生的枝条。此句是说这些新芽也会生长千年。 ㊳大夫受职：受封大夫之职。秦始皇到泰山封禅时，风雨骤至，避于松树下，乃封其树为“五大夫”。后便以“五大夫”为松的别名。 ㊴将军坐焉：东汉将领冯异佐刘秀兴汉有功。诸将并坐立功，他常独坐树下，军中称其为“大树将军”。上句说秦松，此句说汉树。 ㊵撼顿：摇倒。 ㊶东海：东部临海的地方。白木：指白皮松。白木之庙：相传为黄帝葬女处的天仙宫，在今河南密县。其地栽种白皮松，故称。 ㊷西河：西方黄河上游地区。社：古代祭祀土地神的地方。应劭《风俗通义》载，东汉汝南南顿（今河南项城西南）人张助在干枯的空桑中种李，有患目疾者在树荫下休息，其目自愈，于是在此处设庙祭祀。 ㊸北陆：泛指北方地区。陆，高平地区。以杨叶为关：以“杨叶”为关卡之名。 ㊹南陵：南方丘陵地区。一说指安徽南陵县。梅根作冶：据说当地以梅树根作冶炼金属时用的燃料，日久习称其地为“梅根冶”。 ㊺小山：西汉淮南王刘安。丛桂留人：淮南小山《招隐士》有“桂树丛生兮山之幽……攀援桂枝兮聊淹留”之句。 ㊻扶风：郡名。在今陕西泾阳县。长松：高松。晋刘琨《扶风歌》：“据鞍长叹息，泪下如流泉。系马长松下，发鞍高岳头。” ㊼岂独：难道只有。临：看。细柳：细柳城。汉文帝时周亚夫屯军处。在今陕西咸阳市西南。 ㊽落：停息。桃林：桃林寨。在今河南灵宝以西、潼关以东地区。《尚书·武成》：周武王灭商后，“乃偃武修文，归马于华山之阳，放牛于桃林之野。”此二句承前四句东有白木、西有桑树、北有杨柳、南有梅树而来，大意说，以树木命名的地方，又岂止是史书上记载的细柳营、桃林塞？ ㊾若乃：至于。 ㊿飘零：飘泊，流落。 (51)拔本：与下句之“伤根”，指拔掉树根，损伤树根。垂泪：与下句之“沥血”均指大树因受到损伤而痛哭流涕。《三国志·魏志·武帝纪》注引《曹瞒传》：曹操命花匠移植梨树，“掘之，根伤尽出血。” (52)入：放入。此句说把干空心的树木投入火中。 (53)膏：指树脂。此句说树脂常从断节处流出。 (54)横：横放。攲：倾斜。 (55)顿：倒下。 (56)文：树木花纹。围：

两臂合抱的圆周长。百围：形容树干粗大。冰碎：像冰一样被敲碎。 (57)理：纹理。寻：长八尺为一寻。千寻：形容树木高大。瓦裂：像瓦一样被击裂。 (58)瘿瘤：树木枝干上隆起似肿瘤的部分。 (59)藏：指在树上的虫子。穿：咬穿。抱：环绕。指整天环绕树木飞行的飞鸟。穴：作动词用，作窝。 (60)木魅：树妖。睗睒：目光闪烁的样子。亦作“睒睗”。 (61)山精：山妖。妖孽：危害，扰乱。 (62)况复：何况。风云：喻局势。感：感奋，振奋。意谓国家再无复兴之望。语出《后汉书·二十八将论》：“中兴二十八将，咸能感会风云，奋其智勇，称为佐命。” (63)羁旅：客居。 (64)采葛：完成使命。《诗经·王风·采葛》本是男女的爱情诗，汉郑玄解作“以采葛喻臣以小事使出”，庾信是出使北朝时被迫留下的，他以此典喻自己未能完成使命。 (65)食薇：薇是野豌豆。相传商臣伯夷、叔齐在武王伐纣灭商后，隐居首阳山，耻食周粟，采薇而食。后知薇亦周之草木，不再采食，饿死山中。以上借古人故事说自身的思想与经历。 (66)沉沦：沦落。穷：阻塞不通。穷巷：为平民百姓住处。 (67)芜：丛生杂草。没：埋没，遮掩。荆扉：柴门。 (68)摇落：喻衰老。宋玉《九辩》：“悲哉，秋之为气也。萧瑟兮，草木摇落而变衰。” (69)弥：更加。嗟：叹息。 (70)建章：西汉宫殿名，汉武帝时修建。三月火：指东汉建武二年时被焚。语用《史记·项羽本纪》：项羽引兵“烧秦宫室，火三月不灭”。 (71)槎：木筏。晋张华《博物志》：“年年八月，有浮槎往来不失期。”此句是说，建章宫被焚烧时，灰烬在万里黄河中漂流，有如浮槎。 (72)金谷：金谷园。在今河南洛阳市东北。晋石崇所筑。园中有清泉，遍植竹柏，树木十分繁茂。 (73)河阳：在今河南孟县西。晋潘岳任河阳令时，全县到处都种桃树。这二句是说，黄河里漂流的灰烬，都是昔日的绿树红花。 (74)桓大司马：指东晋桓温，简文帝时任大司马。 (75)依依：繁盛貌，又指杨柳随风飘扬，似有眷恋之意。汉南：汉水之南。 (76)凄怆（chuàng）：凄惨，悲伤。江潭：江水深处。此指江汉一带。 (77)堪：忍受。《晋书·桓温传》载，桓温自江陵北伐，行经金城，见年轻时“所种柳皆已十围，慨然曰：‘木犹如此，人何以堪！’攀枝执条，泫然流涕。”按，又见《世说新语·言语》篇。

【赏析】

本文是庾信后期作品中的名篇，作者在文中以枯树摧折的形象自况，抒发自己国破家亡之痛和故国乡关之思。唐张鷟《朝野佥载》记载了这样一则轶事：“庾信从南朝初至北方，文士多轻之。信将《枯树赋》以示之，于后无敢言者。”虽或许为小说家之言，却足可看出此文影响之深。

《枯树赋》借东晋名士殷仲文起兴，他和庾信身世有相似之处，因此作者写他实为在写自己。作者在文中借树的衰枯来隐喻自己的境况，他探问“桂何事而销亡，桐何为而半死?”，其实正是在说自己像桂、桐一样，远离故土，心中悲哀，时刻受到灵魂和精神的折磨。接着作者又写到恶木的命运，它们不能像庄子所说的那样因无用而保全，反而被“平鳞铲甲”、“落角摧牙”，被迫成为他人的玩物。作者写的最惊险的部分是“山河阻绝”一段，他从自己血和泪的经历出发，描写了一幅诡怪可怖的画面，借此表达自己被迫生别离的心灵创伤，极其富于象征意义。在文章的后一部分，作者从借树抒情转为直抒胸臆，他颠沛流离的生活经历，他国破身辱的惨痛过去，他无才补天的悲凉无奈，这一切都折磨着他，把他的情感逼迫到了不得不发的地步，因此他仰天长啸，发出“树犹如此，人何以堪"的千古哀叹。

本赋抒情真挚，情感充沛，写尽作者的无限哀伤，极具气骨，同时又用词华丽，用语夸诞，征事用典，颇具齐梁文学的华丽之貌。这两种特色的融合正体现了庾信晚年文风的集南北之大成，难怪杜甫称赞"庾信文章老更成，凌云健笔意纵横"，"暮年诗赋动江关"。

【春　赋】

庾　信

宜春苑①中春已归，披香殿里作春衣。新年鸟声千种啭②，二月杨花③满路飞。河阳一县并是花，金谷从来满园树④。一丛香草足碍人，数尺游丝⑤即横路。开上林⑥而竞入，拥河桥⑦而争渡。

出丽华⑧之金屋，下飞燕⑨之兰宫。钗朵⑩多而讶重，髻鬟⑪高而畏风。眉将柳而争绿，面共桃而竞红。影⑫来池里，花落衫中。

苔始绿而藏鱼，麦才青而覆雉。吹箫弄玉⑬之台，鸣佩凌波⑭之水。移戚里⑮而家富，入新丰⑯而酒美。石榴聊泛⑰，蒲桃酦醅。芙蓉玉碗，莲子金杯。新芽竹笋，细核杨梅。绿珠捧琴至，文君送酒来⑱。

玉管⑲初调，鸣弦⑳暂抚。《阳春》㉑、《渌水》㉒之曲，对凤回鸾㉓之舞。更炙笙簧㉔，还移筝㉕柱。月入歌扇㉖，花承节鼓㉗。协律都尉㉘，射雉中郎㉙。停车小苑㉚，连骑长杨㉛。金鞍始被㉜，柘弓新张㉝。拂尘看马埒㉞，分朋入射堂㉟。马是天池㊱之龙种，带乃荆山之玉梁㊲。艳锦安天鹿㊳，新绫织凤凰。

三日曲水向河津㊴，日晚河边多解神㊵。树下流杯客㊶，沙头渡水人。镂薄㊷窄衫袖，穿珠帖领巾㊸。百丈山头日欲斜，三晡㊹未醉莫还家。池中水影悬胜㊺镜，屋里衣香不如花。

【注释】

①宜春苑：秦汉时的苑名，即唐代的曲江，在今陕西省长安县南。披香殿，汉后宫有披香殿。　②啭（zhuàn）：鸟鸣。　③杨花：即柳絮。　④金谷从来满园树：金谷，指晋石崇的金谷园。石崇《思归引序》："遂肥遁（隐居）於河阳别业。其制宅也，却阻长

堤，前临清渠，百木几於万株。"所以这里说"满园树"。 ⑤游丝：春天虫类所吐的丝在空中飞扬，叫游丝。 ⑥上林：秦旧苑，汉武帝加以扩大。故址在今陕西鄠县、鄂县界。 ⑦河桥：在今河南孟县南，是晋杜预造的。 ⑧丽华：姓阴，东汉光武帝的皇后。《后汉书·光烈皇后传》："初光武闻后美，叹曰：'娶妻当得阴丽华。'"金屋，《汉武故事》载：武帝幼时，他的姑母馆陶长公主把他抱置膝上，问道："儿欲得妇否？"后来又指阿娇，（长公主的女儿）说："阿娇好否？"武帝笑着说："好！若得阿娇作妇，当作金屋贮之也。"后因以"金屋"为藏所爱女子的地方。 ⑨飞燕：姓赵，汉成帝的皇后，貌美，善歌舞。兰宫，赵飞燕女弟为昭仪（女官名），居昭阳舍，其舍兰房椒壁。这里用丽华、飞燕喻美人，是说美人们都离开华美的宫室而出游。 ⑩钗朵：金钗做成花朵的形状。 ⑪髻鬟：把发束在头顶叫髻，环形的髻叫鬟。 ⑫柳：指柳叶。古代女子用黛（青黑色的颜料）画眉，所以说眉跟柳叶争绿。影：指美人的身影。 ⑬弄玉：秦穆公的女儿。《列仙传》载：穆公将女儿弄玉嫁给善吹箫的萧史，萧史教弄玉吹箫作凤鸣。穆公又为他们筑凤凰台，让他们住在台上。从来萧史乘龙，弄玉乘凤，飞升而去。 ⑭鸣佩：佩，系在襟带上的玉石装饰品。鸣佩，佩上玉声锵锵，所以叫鸣佩。凌波，乘波。曹植《洛神赋》："凌波微步，罗袜生尘。" ⑮戚里：西汉时皇家姻亲所住的地方。《汉书·石奋传》："於是高祖召其（石奋）姊为美人，……徙其家长安中戚里。" ⑯新丰：汉高祖的父亲思念他的家乡丰邑，高祖於是仿照丰邑建立新丰（在今陕西临潼县东），把丰邑的屠户、卖酒、煮饼的商人都迁到新丰。新丰以美酒闻名天下。这里着重在赞扬家富酒美，并非实指戚里新丰。 ⑰石榴：指石榴酒。《南史·夷貊传》："有顿逊国在海崎上，有酒树似安石榴，采其花汁，停瓮中，数日成酒。"聊，姑且。泛，同泛，指泛杯，即流杯。 ⑱绿珠：石崇的歌妓。文君：即卓文君，是卓王孙的女儿。卓王孙请司马相如饮宴，文君新寡，相如弹琴挑动她。夜里文君私奔相如，两人一同到临邛（今四川邛崃县），尽卖车骑，买酒舍，文君当垆（安置酒瓮的土墩子）卖酒。 ⑲玉管：用玉做的乐管。 ⑳鸣弦：指琴。陶潜《闲情赋》："仰睇天路，俯促鸣弦。" ㉑阳春：古曲名。 ㉒渌（lù）水：古诗名。 ㉓对凤、廻鸾：都是舞蹈的姿势。 ㉔炙：烘烤。簧：笙管中的金属薄片。簧暖则声清，所以天寒时笙簧必须烘烤。 ㉕筝：古乐器名。 ㉖月入歌扇：这是说歌女们拿着团扇歌舞。班婕妤诗："裁为合欢扇，团圆似明月。" ㉗花：指花萼，喻鼓架，因鼓架承鼓，好像花萼承花。节鼓，用以节乐的鼓。 ㉘协律都尉：乐官名。汉武帝时，李延年做过协律都尉。 ㉙射雉中郎：晋潘岳著有《射雉赋》，他又当过虎贲中郎将。 ㉚苑：养禽兽的地方。 ㉛长杨：汉宫名，在今陕西鄠县东南。内有长杨榭，秋冬让武士搏射禽兽，皇帝在榭上观看。 ㉜始被（pī）：等於说新披上。 ㉝柘弓：用柘木作的弓。张：把弦安在弓上。 ㉞马埒（lèi）：古时跑马的堤。 ㉟射堂：古代习射的地方。 ㊱天池：倪璠注引《开山图》："陇西神马山有泉，乃龙马所生。"天池即指神马山之泉。 ㊲荆山：在今湖北南漳县西，楚卞和得玉於此。玉梁，《北史·陈顺传》载：陈顺破赵青雀，魏文帝解所服金镂玉梁带赐给他。这是说玉梁带是用荆山之玉做成的。 ㊳天鹿：兽名。 ㊴三日：指三月三日。曲水，古代在三月三日就河边宴饮，并引水环曲成渠，流杯取乐，因称这种渠为曲水。河津，河边渡水处。 ㊵解神：还愿谢神。 ㊶流杯：三月三日人们聚会在环曲的水渠旁，在上流放置酒杯，任其顺流而下，停在谁的面前，谁就拿起杯水喝酒。 ㊷镂薄：刻金薄（金箔）。《荆楚岁时记》："一月七日为人日，以七种菜为羹。剪采为人，或镂金薄为人，以贴屏风，亦戴之头鬓。” ㊸帖：紧帖着的。领巾，妇人披巾一类的东西。 ㊹三晡：申时将尽，即傍晚之时。 ㊺悬胜：等於说远胜。

【赏析】

《春赋》作为庾信的早年之作，物色鲜丽，情思轻靡，生动地展现了江南春天莺歌燕舞的祥和明媚之相。自古写春的诗文数不胜数，但庾信却不落俗套，他笔下姹紫嫣红的春天，是借助如梦如幻的历史，从汉宫、皇苑、魏风、晋树的富丽堂皇中映衬出来的，达官贵人的车马，名门闺秀的钗钿、春花飞动的亭台，这一切的一切无不在向人们传达着春的讯息。

作者开篇就渲染了一幅的胭脂粉黛的女子世界：批香殿中的妃子们早早地穿起了春衣，在鸟儿的千鸣百转中，恣意地玩笑。接着作者让时空迅速转到了历史上的潘岳、石崇之地，在那里，片片桃花灿若云霞，万株花树吐艳争辉，飘飞于空中的蛛丝，不舍地缠着游人，使人欲行又止。时间不停地穿梭在古代和现实之中，那些裙裾飘曳的仕女，仿佛刚从汉武帝的金屋中露面，个个含羞露笑，娇媚可人。“眉将柳而争绿，面共桃而竞红”，她们似乎根本就不是来游春的，分明是要和春光来争俏呢。“影来池里，花落衫中”，在池水、落花的倒影之中，还有什么比那些拈花不语的女郎更美的呢？作者在这里借人画春，春的美丽恰是为了衬托女子的美好，一首《春赋》原来竟是《美人赋》！

本赋写景优美，写人动情，并且化用了大量典故来描摹春景、游人，显示了作者高超的写作技巧和极深的文学功底。作者大量用典却不显晦涩，反而还制造出了时空错陈的美感，使春天似梦似幻，增添了一笔更浓的情趣。这篇赋文虽然没有庾信后期作品的凝重深沉，但其清丽可人的意境之美仍然奠定了其在文学史上的重要地位。

【至仁山铭】

庾　信

峰横鹤岭[①]，水学龙津[②]。瑞云[③]一片，仙童两人。三秋云薄？九日[④]寒新。真花暂落，画树长春。横石临砌，飞檐枕岭。壁绕藤苗，窗衔竹影。菊落秋潭[⑤]，桐疏寒井[⑥]。仁者可乐，将由爱静。

【注释】

①鹤岭：《豫章记》：“鸾冈西有鹤岭，王子乔控鹤所经。” ②龙津：即龙门，在陕西韩城与山西河津之间。 ③瑞云：吉祥之云。 ④九日：九月九日重阳节。 ⑤菊落秋潭：语出晋陆机《要览》。 ⑥桐疏寒井：化自魏明帝曹睿《猛虎行》诗歌：“双桐生空井”。

【赏析】

　　南朝时期，文人学士寄情山水，把山水看做是自己精神人格的象征，热衷于以山水为对象写文作诗，因此山水文学在南北朝时期蔚为大观。在这种风气的影响下，山水景观铭文也受到文人的青睐，文坛出现了大量描写自然景观的铭文，如鲍照的《石帆铭》，梁简文帝的《行雨山铭》、《秀林山铭》，梁简元帝的《东宫后堂仙室山铭》，庾肩吾的《东宫玉帐山铭》，徐陵的《后堂望美人山铭》等，庾信的《至仁山铭》也是山水景观铭文的代表作。

　　本文虽然内容简短，却意境优美，意蕴丰富。作者把峰、岭、云、霞、金坛、树、殿、桥、河、窗……这些意象一一铺陈开来，为我们勾勒出了至仁山清丽、幽静的风光，把我们带入了一个曼妙空灵的仙境之中，但作者并未停留于此，在美丽的自然风光之中，他更要追求"仁者乐山"的境界，在结尾句他点名了心声："仁者可乐，将由爱静"，山在作者的眼中成为灵魂的寄托，他在山中寻找的是人与自然的契合，是他理想、品格的最终归宿。

　　本文是一篇十分标准的骈体文，字字对偶，十分工整，并且对的恰到好处，凸显了作者深厚的文学功底。作者在行文中也十分重视艺术技巧的使用，比如他在排列意象时就很注重空间方位，"壁绕藤苗，窗衔竹影。菊落秋潭，桐疏寒井。"壁、窗在上，潭、井在下；藤苗、竹影之密，落菊、疏桐之稀，上下、密疏皆形成对比，意象不再仅仅是堆砌在读者面前，而是变成了一幅立体画，每一个意象都独具立体感，这样的设计就使读者更容易体悟到作者试图传达的清雅静谧的意境。